EL BOSQUE DE HOLLOW

Nora Roberts nació en Estados Unidos (1950) y es la menor de cinco hermanos. Después de estudiar algunos años en un colegio de monjas, se casó muy joven y fue a vivir a Keedysville, donde trabajó un tiempo como secretaria. Tras nacer sus dos hijos, decidió dedicarse a su familia. Empezó a escribir al quedarse sola con sus hijos de seis y tres años, y en 1981 la editorial Silhouette publicó su novela *Irish Thoroughbred*. En 1985 se casó con Bruce Wilder, a quien había conocido al encargarle una estantería para sus libros. Después de viajar por el mundo abrieron juntos una librería.

Durante todo este tiempo Nora Roberts ha seguido escribiendo, cada vez con más éxito. En veinte años ha escrito 130 libros, de los que se han vendido ya más de 85 millones de copias. Es autora de numerosos best-sellers con gran éxito en Estados Unidos, Inglaterra, Francia y Alemania.

www.noraroberts.com

NORA ROBERTS

EL BOSQUE DE HOLLOW

Traducción de Adriana Delgado Escrucería

punto de lectura

Título original: *The Holow*
© 2008, Nora Roberts
© Traducción: 2010, Adriana Delgado Escrucería
© De esta edición:
2011, Santillana Ediciones Generales, S.L.
Torrelaguna, 60. 28043 Madrid (España)
Teléfono 91 744 90 60
www.puntodelectura.com

ISBN: 978-84-663-1641-5
Depósito legal: B-7.298-2011
Impreso en España – Printed in Spain

Diseño de portada: OpalWorks
Diseño de interiores: Raquel Cané

Primera edición: marzo 2011

Impreso por **blackprint**
A CPI COMPANY

A la memoria de mis padres

«Mantén ardiendo los fuegos del hogar».

LENA GUILBERT FORD

«Los vuelos naturales de la mente humana no van de placer en placer, sino de una esperanza en otra».

SAMUEL JOHNSON

PRÓLOGO

En una esplendorosa mañana de verano, un caniche se ahogó en la piscina del jardín de los Bestler. Al principio, Lynne Bestler, que se había escabullido para nadar a solas antes de que sus hijas se levantaran, pensó que se trataba de una ardilla muerta. Lo que ya habría sido suficientemente malo, pero cuando finalmente se armó de valor para sacar del agua la masa de pelos con la red, se dio cuenta de que era *Marcell*, la adorada mascota de su vecina.

Por lo general, las ardillas no usan collares con incrustaciones de gemas de fantasía.

Los gritos de Lynne, más el chapoteo que provocó al volver a tirar al desventurado perro a la piscina, con red y todo, hicieron que su marido saliera de casa deprisa en calzoncillos. Las gemelas Bestler se despertaron al escuchar los sollozos de su madre y las maldiciones de su padre, que saltó al agua para sacar la red y el cadáver, y ponerlos en la orilla. Las niñas, to-

11

davía con sus pijamas idénticos de My Little Pony, se quedaron chillando al borde de la piscina. Al cabo de pocos minutos, la histeria colectiva en el jardín de los Bestler atrajo la atención de los vecinos, que corrieron a las cercas limítrofes justo en el momento en que el señor Bestler salía del agua arrastrando su carga. Como muchos hombres, el señor Bestler había desarrollado un apego excesivo hacia la ropa interior vieja. Y, en este caso, el peso del agua fue demasiado para el gastado elástico de los calzoncillos que llevaba. Así, el hombre salió de la piscina con un perro muerto y sin calzoncillos.

La espléndida mañana de verano en el pequeño pueblo de Hawkins Hollow empezó con conmoción, dolor, farsa y drama.

Fox supo de la muerte prematura de *Marcell* pocos minutos después de entrar en el local de Ma con la intención de comprar una Coca-Cola de medio litro y algo de embutido. Había estado trabajando con su padre en la remodelación de la cocina de la señora Larson, que vivía calle abajo en Main Street, y ahora había decidido tomarse un descanso. La mujer quería encimeras nuevas, puertas nuevas para los armarios, suelo nuevo y pintura nueva. Ella decía que se trataba de «renovar» la cocina, pero para Fox era la manera de ganar suficiente dinero para llevar a Allyson Brendon a cenar pizza y después al cine el sábado por la noche. Tenía la esperanza de que ésa fuera la manera de seducirla para convencerla de que echara un polvo con él en el asiento trasero de su viejísimo Volkswagen escarabajo.

A Fox no le importaba trabajar con su padre. Tenía la ferviente esperanza de no tener que pasarse el resto de la vida blandiendo martillos o usando una sierra mecánica, pero no le parecía tan mal hacerlo. La compañía de su padre siempre era agradable y este tipo de trabajo evitaba tener que trabajar en el jardín, cuidar de los animales u otras tareas que requería el mantenimiento de la pequeña granja familiar. También le daba la oportunidad de tener acceso fácil a la Coca-Cola y los embutidos, dos cosas que nunca, absolutamente nunca, habría en el hogar de los Barry-O'Dell.

Su madre era la dueña y señora de ese reino.

Entonces Fox escuchó la noticia de *Marcell* de boca de Susan Keefafer, que marcó en la máquina registradora lo que el muchacho había comprado mientras unas pocas personas que no tenían nada mejor que hacer esa tarde de junio pasaban el rato tomando café recostadas contra la barra y chismeando.

Fox no conocía a *Marcell*, pero, dado que tenía un especial cariño por los animales, sintió una punzada de dolor cuando se enteró de la muerte del pobre perrito. Sin embargo, la pena se vio aliviada en cierto modo por la imagen del señor Bestler, a quien *sí* conocía, de pie junto a la piscina «tan desnudo como Dios lo trajo al mundo», según las palabras de Susan Keefafer.

A pesar de que le dio mucha pena imaginarse al desdichado de *Marcell* ahogándose en la piscina, Fox no estableció ninguna conexión, al menos no en ese momento, entre la muerte del animal y la pesadilla que él y sus dos mejores amigos habían tenido que vivir siete años atrás.

Había tenido un mal sueño la noche anterior —había soñado con sangre y fuego, y con voces que cantaban en un idioma que no entendía—, pero pensó que se debía a que había visto con sus amigos Cal y Gage dos películas de terror seguidas: *La noche de los muertos vivientes* y *La matanza de Texas*. Así las cosas, no se le ocurrió pensar que podía existir una relación entre el perro muerto y sus sueños, o entre ambos eventos y lo que había ardido a lo largo del pueblo durante una semana después de su décimo cumpleaños. Después de la noche que Cal, Gage y él habían pasado en la Piedra Pagana, en el bosque Hawkins, y todo había cambiado, tanto para ellos tres como para el pueblo.

En unas pocas semanas, Cal, Gage y él cumplirían diecisiete años, y eso era lo que tenía en mente. El equipo de béisbol de Baltimore tenía grandes posibilidades de quedar campeón ese año, y ésa era otra cosa que tenía en mente. Volvería a la escuela para su último año, lo que significaba, por fin, estar a la cabeza de la cadena alimenticia y empezar a planear la universidad.

Lo que ocupaba la cabeza de un muchacho de dieciséis años era bastante diferente de lo que ocupaba la de un niño de diez, incluyendo pasar la tercera base y llegar a la meta con Allyson Brendon.

Por tanto, cuando caminó calle abajo, para este chico delgado que todavía no había dejado atrás del todo la etapa desgarbada de la adolescencia, de espeso cabello castaño sujeto en una corta cola de caballo sobre la nuca y ojos marrones con destellos dorados protegidos con gafas oscuras Oakley, éste no era más que un día como cualquier otro.

El pueblo estaba como de costumbre: limpio, un poco anticuado con sus casas y tiendas de piedra, los porches pintados y las aceras altas. Mientras caminaba, Fox miró sobre el hombro en dirección al Bowl-a-Rama, la bolera que quedaba en la plaza. Era la edificación más grande del pueblo y el lugar donde Cal y Gage trabajaban. Decidió que, cuando su padre y él terminaran las labores del día, iría a la bolera a ver cómo les iba.

Caminó el último tramo hasta la casa de los Larson y entró por la puerta sin llave, mientras empezaba a escuchar la suave cadencia de un blues de Misisipi de Bonnie Raitt que provenía de la cocina. Su padre estaba cantando a la par que la mujer, con su voz clara y tranquila, mientras examinaba el nivel de los estantes que la señora Larson quería poner en el armario de las escobas. A pesar de que las ventanas y la puerta trasera estaban abiertas de par en par, el lugar olía a serrín, a sudor y al pegamento que habían usado esa mañana para pegar la fórmica nueva.

Brian O'Dell estaba trabajando enfundado en unos vaqueros Levi's viejos y una camiseta que rezaba «Dale una oportunidad a la paz». Llevaba el pelo unos quince centímetros más largo que su hijo y lo tenía recogido en una cola de caballo debajo de un pañuelo azul. Se había afeitado la barba y el bigote que había lucido desde que Fox podía recordar, y el muchacho todavía no estaba del todo acostumbrado a verle tanta piel en la cara a su padre, o a ver tanto de sí mismo en ella.

—Un perro se ha ahogado en la piscina de los Bestler, en su casa de Laurel Lane —le dijo Fox a su padre. Brian se detuvo en lo que estaba haciendo y se dio la vuelta para mirar a su hijo.

—Qué pena más grande. ¿Alguien sabe cómo sucedió?

—En realidad, no. Era uno de esos caniches pequeñitos, así que creen que probablemente se cayó al agua y después no pudo salir solo.

—Alguien habría podido oírlo ladrar. Sí, es una pena muy grande. —Brian puso a un lado las herramientas y le sonrió a su hijo—. Dame uno de esos embutidos que traes.

—¿Qué embutidos?

—Los que tienes en el bolsillo de atrás de tus vaqueros. No traes ninguna bolsa y no has tardado lo suficiente como para pensar que ya has engullido algunas chocolatinas o pastelitos. Por tanto, hijo, apuesto lo que quieras a que traes los embutidos en el bolsillo. Si me das uno, tu madre nunca se va a enterar de que hemos comido productos cárnicos y químicos. Esto se llama chantaje, hijo mío.

Fox rezongó y sacó del bolsillo los embutidos. Había comprado dos justamente con este propósito. Padre e hijo abrieron cada uno el suyo, mordieron y masticaron en perfecta armonía.

—La encimera queda muy bien, papá.

—Sí, así es. —Brian pasó una mano sobre la suave y clara superficie semimate—. A la señora Larson no le gusta mucho el color, pero éste es un buen trabajo. No sé quién me va a servir de perro faldero cuando te vayas a la universidad.

—Ridge es el siguiente en la fila —le respondió Fox a su padre pensando en su hermano menor.

—Ridge no puede retener medidas en la cabeza más de dos minutos seguidos y probablemente se cortaría un dedo con el serrucho por andar en sus ensoñaciones. No —Brian sonrió y se encogió de hombros—, este tipo de trabajo no es para Ridge. Ni para ti, en todo caso. Ni para ninguna de tus hermanas. Supongo que voy a tener que contratar a algún chico que sí quiera trabajar con madera.

—Nunca he dicho que no quiera trabajar en esto. —Al menos no en voz alta.

Su padre lo miró de la manera en que lo hacía a veces, como si estuviera viendo más de lo que había allí.

—Tienes buen ojo. Y buenas manos. Vas a ser hábil en tu propia casa, cuando tengas una, pero no vas a ganarte la vida con un cinturón de herramientas atado a la cintura. Y mientras decides qué quieres hacer, puedes tirar estos desperdicios en el contenedor de la basura.

—Hecho. —Fox recogió el serrín y los restos que había en el suelo, los reunió y los sacó en brazos por la puerta trasera, atravesó el angosto patio y se dirigió al contenedor de basura que los Larson habían alquilado mientras duraba la remodelación.

Echó un vistazo hacia el jardín de la casa vecina, desde donde provenía el sonido de las voces y risas de niños jugando.

Se quedó paralizado y no pudo sino soltar la carga que llevaba, que se estrelló con estrépito contra el suelo. Los niños estaban jugando con camiones, palas y cubos en un arenero azul, pero éste no estaba lleno de arena. La sangre les cubría los brazos desnudos mientras arrastraban sus camiones Tonka entre la inmundicia sanguinolenta que rebosaba del arenero. Fox se tambaleó hacia atrás mientras los niños continuaban imitando el sonido del motor de los camiones y la sangre se derramaba por los brillantes bordes azules y manchaba el césped verde a su alrededor.

Y entonces lo vio. Sobre la cerca que separaba los dos jardines, donde la hortensia estaba a punto de florecer, estaba agazapado el chico que no era un chico, y tenía los dientes al descubierto en una sonrisa torcida. Fox regresó a la casa llamando a Brian.

—¡Papá, papá!

El tono de Fox, el miedo jadeante de su hijo, hizo que Brian saliera deprisa hacia el jardín.

—¿Qué pasa? ¿Qué te pasa?

—¿No lo ves, papá? ¿No lo puedes ver? —Pero mientras modulaba las palabras, al tiempo que apuntaba con el dedo, en el fondo Fox supo que nada de aquello era real.

—¿Qué? —Con firmeza ahora, Brian tomó a su hijo de los hombros—. ¿Qué ves?

El chico que no era un chico bailó sobre la cerca de tela metálica mientras ardían llamas desde la base y quemaban la hortensia hasta reducirla a cenizas.

—Me tengo que ir, papá. Tengo que ir a ver a Cal y a Gage, ya mismo. Tengo que...

—Anda. —Brian soltó a Fox y se hizo a un lado. No preguntó nada más—. Ve.

Fox corrió lo más rápido que pudo, atravesó la casa y salió a la calle de nuevo, siguió corriendo calle arriba, por la acera, hasta llegar a la plaza. El pueblo no tenía el aspecto de costumbre. En su mente, Fox lo vio como lo había visto durante esa terrible semana de julio hacía siete años.

«Fuego y sangre», recordó, pensando en su sueño.

Entró como una tromba en la bolera, donde estaban en plenas ligas vespertinas de verano. El estruendo de las bolas y el choque de los bolos unos contra otros le llenaron la cabeza mientras corría directamente hacia el mostrador principal que atendía Cal.

—¿Dónde está Gage? —le preguntó a su amigo en tono urgente.

—Por Dios, Fox, ¿qué te pasa?

—¿Dónde está Gage? —repitió Fox, y entonces los burlones ojos grises de Cal se pusieron serios—. Está trabajando en la sala de videojuegos. Ya... viene.

Gage se les acercó al ver la rápida señal que le hacía Cal.

—Buenas tardes, señoritas. Qué... —La sonrisa traviesa se le esfumó del rostro al ver la expresión de Fox—. ¿Qué ha pasado?

—Ha vuelto —dijo Fox—. Ha regresado al pueblo.

CAPÍTULO 1

Hawkins Hollow
Marzo de 2008

Fox recordaba muchos detalles de aquel lejano día de junio. El desgarrón en la rodilla izquierda de los vaqueros de su padre, el olor a café y cebolla en el local de Ma, el crujido del envoltorio cuando él y Brian abrieron los embutidos en la cocina de la señora Larson. Pero lo que más recordaba, incluso más allá de la conmoción y el miedo por lo que había visto en el patio, era que su padre había confiado en él.

Brian también había confiado en él la mañana de su décimo cumpleaños, cuando había llegado a casa, llevando a Gage con él, los dos sucios, agotados y aterrorizados, y había contado esa historia que ningún adulto creería.

Sus padres se habían preocupado, reflexionó Fox. Todavía podía recordar la manera en que se habían mirado uno al otro mientras él y Gage contaban lo que había sucedido, que esa figura negra, poderosa y mala había emergido de la tierra en la que se erigía la Piedra Pagana.

19

Ninguno de los dos había desestimado la historia como un producto de la imaginación demasiado activa de ambos niños ni lo habían regañado por haberles mentido al decirles que iba a pasar la noche en casa de Cal cuando la verdad era que iba a pasar la noche de su décimo cumpleaños junto con sus amigos en el bosque a las afueras del pueblo. Por el contrario, sus padres escucharon con atención. Y cuando llegaron los padres de Cal, éstos también escucharon.

Fox le echó un vistazo a la delgada cicatriz que le atravesaba la muñeca. Ese corte, que Cal le había hecho con su cuchillo de niño explorador hacía casi veintiún años ya, para que los tres fueran hermanos de sangre, era la única cicatriz que tenía en el cuerpo. Tenía otras antes de esa noche, antes del ritual —¿acaso un niño activo de diez años no tenía cicatrices?—, sin embargo, todas las que tenía se habían curado y desaparecido, todas menos ésta. Desde entonces, también se había curado de todas las lesiones que había tenido hasta el momento, sin que le quedara rastro de nada.

Esa marca, esa mezcla de sangre, era lo que había liberado a la cosa que había estado atrapada durante siglos. Y durante siete días había asolado Hawkins Hollow.

Pensaron que la habían vencido, tres niños de diez años contra la maléfica criatura que arrasaba el pueblo. Pero había regresado, siete años más tarde, durante siete infernales noches más. Después había aparecido de nuevo, la semana en que los tres amigos habían cumplido veinticuatro años. E iba a volver este verano nuevamente. Ya se estaba haciendo sentir.

Pero las cosas eran diferentes esta vez. Estaban mejor preparados, estaban mejor informados. Y en esta oportunidad no estaban solos Cal, Gage y él, ahora eran seis, contando a las tres mujeres que habían llegado al pueblo y cuya relación con el demonio se remontaba muy atrás en su árbol genealógico.

Así como Cal, Gage y él estaban relacionados con la fuerza que lo había encadenado.

Y ya no eran unos niños, pensó Fox mientras se arrimaba para aparcar enfrente de la casa de Main Street que albergaba tanto su oficina como su apartamento. Y si lo que esta pequeña pandilla de seis había logrado en la Piedra Pagana hacía un par de semanas era realmente algún tipo de señal, al demonio que una vez se había llamado a sí mismo Lazarus Twisse le esperaban unas cuantas sorpresas.

Después de coger su maletín, se apeó del coche y cruzó la acera. A Fox le había costado mucho trabajo, y muchos malabarismos financieros, poder comprar la vieja casa de piedra. El primer par de años había sido, sencillamente, un absoluto infierno. Pensó que literalmente podía decirse que habían sido años de lo más flacos. Pero el sacrificio había valido completamente la pena. Así como las infinitas cenas con sándwiches de mantequilla de cacahuete y mermelada, porque ahora cada centímetro del lugar le pertenecía... a él y al Banco de Hawkins Hollow, que había financiado el préstamo.

La placa en la puerta de entrada rezaba «Fox B. O'Dell, abogado». Todavía le sorprendía que le hubiera gustado la abogacía, e incluso más que hubiera elegido el ejercicio de la abogacía en un pueblo pequeño.

Supuso que no debería sorprenderlo, después de todo la abogacía no se trataba sólo de lo correcto y lo incorrecto, sino de toda la gama intermedia. Le gustaba descubrir qué gama funcionaba mejor en cada caso.

Abrió la puerta de la oficina y se sobresaltó al ver allí a Layla Darnell, una de las integrantes de la pandilla de los seis, sentada detrás del escritorio de la recepción. La mente se le puso en blanco por un momento, como le sucedía con frecuencia cuando la veía inesperadamente. Fox sólo atinó a balbucir:

—Hummm...

—Hola. —La sonrisa que le ofreció Layla fue cautelosa—. Has regresado antes de lo previsto.

¿En serio? Fox no logró recordar a qué hora se suponía que debía volver. ¿Cómo se suponía que iba a poder pensar claramente con esta atractiva rubia de ojos verdes de sirena sentada en el escritorio de la recepción en lugar de su señora H., que le recordaba más a su abuela?

—Yo... Nosotros... Ganamos. El jurado deliberó menos de una hora.

—¡Fantástico! —La sonrisa de Layla se amplió unos cuantos grados—. Felicidades, Fox. ¿Era ése el caso de lesiones personales? ¿El accidente de tráfico? ¿El señor y la señora Pullman?

—Sí. —Fox se pasó el maletín al otro hombro y mantuvo la mayor parte de la recepción entre ellos—. ¿Dónde está la señora H.?

—Tenía cita con el dentista. Está apuntado en tu agenda.

Por supuesto que era así.

—Muy bien. Voy a estar en mi oficina.

—Shelley Kholer ha llamado. Dos veces. Ha decidido que quiere demandar a su hermana por enajenación del afecto y por... espera. —Layla tomó la libreta de anotaciones y leyó—: Y por ser una «roñosa, vulgar e inútil hija de puta». Lo dijo así, tal cual. Y en la segunda llamada me dijo que quería saber si, como parte de su acuerdo de divorcio, puede quedarse con los puntos del juego en línea de NASCAR del infiel y rastrero de su futuro ex marido, porque fue ella quien le escogió los pilotos al malnacido. Sinceramente, no tengo ni idea de qué quiere decir nada de nada.

—Ajá, interesante. La llamo en un momento.

—Después se echó a llorar.

—Mierda. —Fox todavía sentía debilidad por los animales, y por las mujeres infelices: no podía evitar que se le encogiera el corazón—. Mejor la llamo ya.

—No. Es mejor que esperes una hora —le dijo Layla echándole un vistazo a su reloj—. Justo en este momento debe de estar en el salón de belleza. Se va a teñir el pelo de rojo. En realidad no puede demandar a la roñosa, vulgar e inútil hija de puta de su hermana por enajenación del afecto, ¿verdad?

—Uno puede demandar a quien quiera por cualquier maldita cosa, pero la voy a convencer de que no lo haga. Tal vez puedas recordarme que la llame dentro de una hora. ¿Estás bien aquí? —añadió—. ¿Necesitas algo?

—Estoy bien. Alice, es decir, la señora Hawbaker, es muy buena profesora. Y es simpre de lo más protectora contigo, así que si no hubiera considerado que podía arreglármelas sola, no lo estaría. Además, como administrativa en formación de esta oficina, soy yo quien debería preguntarte si necesitas algo.

Una administrativa de la oficina que no le calentara la sangre estaría mejor para empezar, pero ya era demasiado tarde para ello.

—También yo estoy bien, gracias. Voy a estar en... —Fox hizo un gesto hacia su oficina y reanudó la marcha hacia allá.

Tuvo la tentación de cerrar las puertas correderas, pero le pareció que sería poco amable. Nunca cerraba las puertas de su oficina a menos que estuviera con un cliente que necesitara o quisiera privacidad.

Puesto que nunca se sentía bien del todo con traje completo, Fox se quitó la americana y la colgó descuidadamente del cerdo sonriente que servía como una de las perchas. Sintiéndose aliviado, se quitó la corbata y la puso en la vaca feliz, lo que dejaba libres una gallina, una cabra y un pato, todos animales tallados por su padre, que había opinado que ningún bufete de abogado se sentiría acartonado si era el hogar de un puñado de locos animales de granja. Y hasta el momento, se dijo Fox, su padre había tenido razón.

Y eso era exactamente lo que había querido de su oficina, que pareciera parte de un hogar, no sólo un edificio, con vistas a un barrio y no a las calles de una gran ciudad. Los estantes contenían libros sobre derecho y las cosas y documentos que necesitaba con mayor frecuencia, pero entre toda la parafernalia legal podían encontrarse retazos y fragmentos de la persona que era. Sobre una repisa descansaba una bola de béisbol autografiada por el inigualable Cal Ripken, el caleidoscopio de vidrio ahumado que su madre le había hecho, fotos enmarcadas, un modelo a escala del Halcón Milenario, que había construido laboriosa y meticulosamente cuando tenía doce años. Y en un lugar destacado se encontraba el gran bote de vidrio que dejaba ver su contenido de billetes de un dólar. Fox tenía que poner un dólar dentro cada vez que soltaba un improperio en la oficina. Ése era el decreto que había hecho regir Alice Hawbaker.

Sacó una lata de Coca-Cola del pequeño refrigerador que albergaba su siempre bien nutrida provisión de la bebida gaseosa y se preguntó qué demonios iba a hacer cuando la señora Hawbaker lo abandonara para irse a Minneapolis y le tocara lidiar con la encantadora Layla no sólo como parte del equipo para derrotar al demonio, sino cinco días a la semana en su oficina.

—¿Fox?

—¿Ah? —Fox apartó la vista de la ventana y allí la vio de nuevo, de pie en su oficina—. ¿Sí? ¿Pasa algo?

—No. Bueno, no aparte del gran demonio. No tienes ninguna cita en un par de horas y, puesto que Alice no está, me preguntaba si podríamos hablar sobre eso. Sé que tienes otras cosas que hacer, pero...

—Está bien. —El gran demonio le daba la posibilidad de concentrarse en otra cosa además de en los hermosos ojos verdes y los rosados y húmedos labios de Layla—. ¿Te apetece una Coca-Cola?

—No, gracias. ¿Sabes cuántas calorías contiene esa lata?

—Todas valen la pena. ¿Quieres sentarte?

—Estoy demasiado nerviosa. —Y, como para demostrarlo, Layla se frotó las manos una contra la otra al tiempo que caminaba de un lado a otro de la oficina—. Y me pongo más nerviosa cada día que pasa sin que nada suceda, lo que es estúpido, lo sé, porque, por el contrario, debería ser un alivio. Pero nada ha pasado, absolutamente nada, desde que estuvimos todos juntos en la Piedra Pagana.

—Lanzándole palos y piedras a un demonio del infierno. E insultándolo, no hay que olvidarlo.

—Sí. Además de que Gage le disparó. Y Cal... —se interrumpió y se giró para mirar a Fox a la cara—. Todavía me estremezco cada vez que recuerdo cómo Cal se abalanzó sobre esa masa negra que no cesaba de retorcerse y le hundió un cuchillo. Y ahora, nada. Y ya han pasado casi dos semanas. Antes de que fuéramos al bosque, se hacía sentir casi todos los días, lo sentíamos, lo veíamos y soñábamos con él con demasiada frecuencia.

—Le hicimos daño —le recordó Fox—. Debe de andar por cualquiera que sea el lugar al que los demonios se van a lamer las heridas.

—Cybil dice que es la calma antes de la tormenta, que va a regresar con más fuerza y violencia la próxima vez. Se pasa el tiempo investigando hora tras hora todos los días, y Quinn, por su parte, se pasa el tiempo escribiendo. Eso es lo que hacen todo el día, y ya lo han hecho antes. No exactamente este mismo tipo de cosa, pero algo por el estilo. Pero para mí, que me estoy estrenando en esto, es de lo más evidente que tanta investigación no las está conduciendo a ninguna parte. —Se pasó una mano entre su oscuro pelo y ladeó la cabeza de tal manera que las sensuales puntas oscilaron—. Lo que quiero decir es que... hace un par de semanas Cybil encontró lo que pensó que eran pistas muy probables que nos iban a llevar a descubrir adónde se fue Ann Hawkins para dar a luz a sus tres hijos.

Sus ancestros, pensó Fox. Giles Dent, Ann Hawkins y los hijos que habían concebido.

—Sí, no han tenido éxito, ya lo sé. Ya hemos hablado de esto, Layla.

—Pero creo... Siento, más bien, que ésa es una de las claves de todo el asunto. Ellos son tus ancestros, vuestros ancestros, es decir, de Cal, de Gage y tuyos. Es probable que el lugar en el que nacieron sea importante. E incluso más desde que tenemos algunos de los diarios de Ann y ya estamos de acuerdo en que debe de haber otros. Puede ser que estos otros expliquen más sobre el padre de sus hijos, sobre Giles Dent. ¿Quién era ese hombre, Fox? ¿Un hombre, un demonio bueno, un brujo? Si es que alguno de los anteriores realmente puede existir. ¿Cómo pudo atrapar al que se llamaba a sí mismo Lazarus Twisse esa noche de 1652 hasta la noche en que vosotros tres...?

—Puedes decirlo —le dijo Fox, pero Layla sólo negó con la cabeza.

—Estabais destinados a hacerlo. También estamos de acuerdo en eso. Era parte del plan de Dent, o parte de su hechizo. Pero no parece que sepamos más ahora de lo que sabíamos hace dos semanas. Estamos atascados.

—Tal vez Twisse no sea el único que necesita recargar baterías. Le hicimos daño —repitió Fox—. Nunca antes habíamos sido capaces de hacer algo así. Lo asustamos. —Y el recuerdo de ello fue suficiente para que sus ojos castaños con visos dorados resplandecieran con satisfacción—. Cada siete años lo único que hemos podido hacer es tratar de sacar a la gente de en medio y limpiar el desastre después. Pero ahora sabemos que podemos herirlo.

—Pero hacerle daño no es suficiente.

—No, es cierto. —Si estaban atascados, tuvo que admitir Fox, en parte era culpa suya: se había mantenido al margen, había buscado excusas para no presionar a Layla para que se apresurara a pulir la habilidad que le habían dado, habilidad que era pareja a la suya—. ¿En qué estoy pensando?

Layla lo miró con sorpresa.

—¿Perdón?

—¿En qué estoy pensando? —Fox le repitió la pregunta y deliberadamente empezó a recitar el alfabeto mentalmente.

—Ya te lo he dicho antes, Fox: no puedo leer la mente. Y no quiero...

—Y ya te he dicho yo que no se trata exactamente de leer la mente, sino de algo parecido. —Recostó la cadera contra el macizo escritorio antiguo y bajó la mirada al nivel de la de ella. La clásica camisa de tela de Oxford que llevaba puesta tenía abierto el botón del cuello y su cabello castaño oscuro hacía ondas alrededor de su cara angulosa y rozaba la parte posterior del cuello de la camisa—. Sé que puedes percibir impresiones, sensaciones y de hecho lo haces. Incluso puedes formarte imágenes en la mente. Inténtalo de nuevo, ¿en qué estoy pensando?

—Tener buen instinto no es lo mismo que...

—Déjate de esas tonterías. Estás permitiéndote sentirte asustada de lo que tienes dentro por la sencilla razón de que

27

proviene de donde proviene y porque te hace diferente a ser solamente...

—¿Humana?

—No. Sencillamente «diferente». —Fox comprendía la complejidad de los sentimientos que todo el asunto le producía a Layla. También había algo en él que lo hacía «diferente» y a veces era más difícil para él que ponerse traje completo y corbata, pero Fox consideraba que afrontar lo difícil y hacerlo era parte de la vida—. No importa de dónde proviene tu don, Layla. Tienes lo que tienes y eres la persona que eres debido a una razón determinada.

—Para ti es fácil decirlo, con una ascendencia que se remonta hasta una luz resplandeciente y esplendorosa mientras mi ascendiente primigenio es un demonio que violó a una pobre chica de dieciséis años.

—Pensando de esa manera sólo consigues que el demonio sume puntos a costa tuya. Inténtalo de nuevo —le insistió Fox, pero esta vez la tomó de la mano antes de que Layla pudiera evitarlo.

—No puedo... ¡Deja de presionarme! —le espetó, al tiempo que se frotaba la sien con la mano que tenía libre.

Fox sabía que era una especie de sacudida, cuando le aparecía algo en la cabeza sin que se lo estuviera esperando. Pero no había nada que hacer.

—¿En qué estoy pensando?

—No sé, en la cabeza sólo veo un montón de letras.

—Exactamente. —Una sonrisa de satisfacción se le dibujó ampliamente a Fox en el rostro, entonces la miró a los ojos—. Estaba pensando en un montón de letras. Estás en el punto del no retorno —Fox le habló con dulzura esta vez—. Pero de todos modos no retrocederías aunque pudieras. No podrías recoger tus cosas, regresar a Nueva York y suplicarle a tu jefa que te devuelva tu empleo en la tienda en la que solías trabajar.

Layla sacó su mano de entre las de él de un tirón mientras el rubor le coloreaba intensamente el rostro.

—No tienes derecho a espiar en mis pensamientos y sentimientos.

—No, tienes razón, y no suelo hacerlo. Pero si no confías en mí, Layla, si no quieres o no puedes confiar en mí en cuanto a lo que está apenas a ras de la superficie, tú y yo vamos a ser completamente inútiles en la misión que se nos presenta. Cal y Quinn tienen la habilidad de ver lo que pasó en el pasado, y Gage y Cybil pueden ver imágenes del futuro, de lo que va a pasar o puede pasar. Nosotros somos el ahora, tú y yo. Y el presente es de lo más importante, por si no te has dado cuenta. Dijiste que estamos atascados. Pues bien, entonces pongámonos en marcha.

—Es más fácil para ti, Fox, más fácil aceptarlo, porque has vivido con esta cosa durante... —Giró un dedo a la altura de la sien—. Has tenido esto durante veinte años.

—¿Y acaso tú no? —le repuso él—. Incluso es más que probable que tú hayas nacido con este don.

—¿Porque el demonio se balancea en las ramas de mi árbol genealógico?

—Así es. Ésos son los hechos. Pero lo que sí depende completamente de ti es lo que hagas con eso que tienes. Usaste el don que tienes hace un par de semanas cuando fuimos a la Piedra Pagana. Hiciste tu elección. Ya te lo dije una vez, Layla: tienes que comprometerte.

—Me he comprometido, Fox. Perdí mi empleo a causa de esto, subalquilé mi apartamento porque no pienso regresar a Nueva York hasta que todo esto acabe. Estoy trabajando para ti para pagar mis gastos y casi todo el tiempo que no estoy trabajando aquí me lo paso en casa trabajando con Cybil y Quinn tratando de establecer los antecedentes, investigando, lanzando teorías, proponiendo soluciones.

—Y te sientes frustrada porque no has podido encontrar la solución definitiva. El compromiso implica mucho más que sólo invertir tiempo en esto, Layla. Y no tengo que leerte la mente para saber que te molesta escucharme decírtelo.

—Yo también estuve en el claro ese día, Fox. También me enfrenté a esa cosa.

—Así es. ¿Por qué es más fácil para ti eso que aceptar lo que tienes dentro? Es una herramienta, mujer. Si permites que las herramientas se oxiden y pierdan su brillo por la falta de uso, dejan de ser útiles. Si no las sacas del estuche y no las usas, además, olvidas cómo manejarlas.

—Pero si esa herramienta es punzante y está afilada y no tienes ni remota idea de cómo usarla, también puedes hacer mucho daño.

—Yo te voy a ayudar. —Y extendió una mano hacia ella. Layla vaciló y cuando el teléfono empezó a sonar en la recepción, dio un paso atrás—. Déjalo —le dijo—. Pueden volver a llamar. —Pero ella negó con la cabeza.

—No te olvides de llamar a Shelley —le dijo Layla a Fox al tiempo que se apresuraba a salir de la oficina.

«Sí que ha ido bien», pensó Fox con disgusto. Abrió el maletín y sacó el expediente del caso de las lesiones personales que acababa de ganar. «Se ganan unas, se pierden otras», concluyó.

Fox procuró mantenerse al margen de Layla el resto de la tarde, pensando que eso era lo que ella quería. Fue muy fácil darle instrucciones por medio del correo electrónico para que rellenara el documento estándar de poder especial con los nombres que su cliente requería, o para pedirle que preparara alguna factura y la enviara o que pagara otra. Él mismo hizo las llamadas que necesitó en lugar de pedirle a Layla que lo comunicara primero. En todo caso, ese tipo de cosas siempre le habían parecido una estupidez. Él sabía cómo usar el maldito teléfono.

Fox logró calmar a Shelley, adelantó papeleo que tenía pendiente y ganó una partida de ajedrez en línea. Entonces, cuando consideró mandarle a Layla otro correo electrónico para decirle que ya era hora de terminar la tarea del día y que se fuera a casa, se dio cuenta de que lo que estaba haciendo era evitarla, no respetar sus deseos. Entonces salió a la recepción, pero se sorprendió al ver a la señora Hawbaker sentada detrás del escritorio.

—No sabía que ya había vuelto, señora H. —le dijo.

—Volví hace un rato. Ya he terminado de revisar los documentos que Layla te preparó. Ahora tienes que firmar esas cartas.

—Muy bien. —Recibió el bolígrafo que la señora Hawbaker le ofreció y se dispuso a firmar—. ¿Dónde está Layla?

—En su casa. Me parece que lo hizo muy bien hoy.

Fox entendió que era tanto una afirmación como una pregunta, por lo que asintió:

—Sí, muy bien.

La señora Hawbaker dobló las cartas que Fox había firmado con su estilo rápido y vigoroso.

—No nos necesitas a las dos aquí a jornada completa, sin contar con que tampoco puedes pagar doble sueldo.

—Señora H...

—Voy a venir a media jornada el resto de la semana —habló con rapidez, al tiempo que metía cada carta en su sobre correspondiente y los cerraba—, sólo para asegurarme de que las cosas van bien y que no vais a tener ningún problema en la transición, ni tú ni Layla. Si algo sucede, puedo venir y ayudar a solucionar cualquier cosa que pase, aunque, la verdad, no creo que vaya a pasar nada. Si no hay problemas, no pienso volver después del próximo viernes. Todavía nos falta empaquetar un montón de cosas y decidir otro montón de asuntos, por no mencionar mandar el menaje a Minneapolis y enseñar la casa.

—¡Maldición!

La señora Hawbaker tan sólo lo señaló con el dedo y entrecerró los ojos.

—Cuando me haya ido, puedes volver azul el aire, si te apetece, pero mientras yo siga aquí, vas a tener que cuidar tu lenguaje, jovencito.

—Sí, señora. Señora H...

—Y no me mires con esos ojos de cordero degollado, Fox O'Dell. Ya hemos pasado por esto...

Así era, y Fox podía sentir el dolor de la mujer, y el miedo que la embargaba. Echarle encima su propia tristeza no iba a ayudarla en nada.

—Voy a conservar el bote de los improperios de mi oficina en su honor.

Eso la hizo sonreír.

—Teniendo en cuenta la cantidad de improperios que sueltas, casi puedo apostar a que te vas a jubilar siendo un hombre rico gracias al contenido de ese bote. Pero, a pesar de ello, eres un buen chico, Fox. Y eres un buen abogado. Ahora, vete. Estás libre el resto del día... es decir, lo que queda de él. Sólo me queda terminar un par de cosas más y me voy. Yo cierro.

—Bien. —Pero se detuvo en la puerta y se volvió a mirarla. Sus cabellos blancos estaban perfectamente peinados y su vestido azul la recubría de dignidad—. Ya la estoy echando de menos, señora H.

Cerró la puerta de la oficina detrás de sí después de salir y metió las manos en los bolsillos mientras bajaba hacia la acera de ladrillo. Cuando escuchó el sonido de un claxon, se giró a mirar y saludó con la mano al ver pasar en su coche a Denny Moser. Denny Moser, cuya familia era la dueña de la ferretería del pueblo; Denny, que había sido el ágil tercera base de los Hawkins Hollow Bucks durante la secundaria; Denny Moser, quien durante el último Siete había perseguido a Fox con una llave Stillson e ideas asesinas en la mente.

Sucedería de nuevo, pensó Fox. Sucedería de nuevo en cuestión de meses, si no lograban evitarlo. Ahora Denny estaba casado y tenía una hija. Y tal vez durante el próximo Siete a quien perseguiría con una llave Stillson sería a su mujer o a su pequeña. O su esposa, antigua animadora y ahora proveedora de servicios de guardería con licencia, le cortaría el cuello mientras el hombre estuviera durmiendo.

Había pasado muchas veces antes, esa locura colectiva que se apoderaba de gente decente y buena. Y pasaría de nuevo. A menos que...

Fox caminó a lo largo de la amplia acera de ladrillo en un ventoso atardecer de marzo y supo que no podía permitir que sucediera de nuevo.

Probablemente Cal todavía estuviera en la bolera, pensó Fox, así que decidió pasar por allí a tomarse una cerveza y cenar temprano. Y tal vez entre los dos podrían tomar una decisión sobre qué camino tomar a continuación.

Cuando ya estaba llegando a la plaza, vio a Layla saliendo del local de Ma, al otro lado de la calle, con una bolsa de plástico en la mano. Ella vaciló al verlo, lo que le dejó una sensación de irritación en la tripa a Fox. Después de que Layla lo saludara casualmente con la mano, ambos caminaron hacia el semáforo de la esquina de la plaza, cada uno a un lado de la calle.

Pudo haber sido esa irritación que lo embargaba o la frustración al tratar de decidir entre hacer lo que era natural para él, es decir, esperar en su esquina a que ella cruzara y hablarle, o hacer lo que sentía, a pesar de la distancia, que ella prefería, es decir, seguir de largo por Main Street sin detenerse para no tener que hablar. Sin decidir todavía qué hacer, estaba a punto de llegar a la esquina cuando sintió el miedo, repentino y palpitante. Lo hizo detenerse en el acto y lo urgió a levantar la cabeza con rapidez.

Allí, sobre los cables entre Main y Locust, estaban los cuervos.

Docenas de cuervos estaban hacinados, completamente inmóviles a todo lo largo de los delgados cables. Enormes cuervos con las alas recogidas, Fox lo supo, sólo observando. Cuando miró al otro lado de la calle, se dio cuenta de que Layla también había visto a los pájaros, ya fuera porque los había sentido o porque había seguido la dirección de la mirada de Fox.

Fox no corrió, a pesar de la urgente necesidad que sentía de hacerlo. En cambio, caminó con pasos rápidos y largos, y atravesó la calle hacia Layla, que estaba quieta con la bolsa blanca aferrada entre las manos.

—Son reales —Layla apenas pudo susurrar las palabras—. Al principio pensé que se trataba solamente de otra... Pero no, son de verdad.

—Así es. —Fox la tomó del brazo—. Vamos a entrar. Vamos a darnos la vuelta y vamos a entrar en el local de Ma, después... —se interrumpió al escuchar el primer susurro detrás de la espalda, sólo una agitación del viento. Y en los ojos de la mujer, grandes primero, enormes como platos un segundo después, vio que ya era demasiado tarde.

El veloz aletear de los pájaros sonó como un torrente ensordecedor. Fox empujó a Layla de espaldas contra la pared del edificio e hizo que se agachara. Acto seguido, se agachó él mismo y pegó el pecho contra el rostro de la mujer y la abrazó, de tal manera que su cuerpo la cubrió como un escudo protector.

Astillas de vidrio volaron a su espalda, a sus costados. Se oyeron chirridos de frenos entre golpes y ruidos sordos de metal contra animal, metal contra metal. Escuchó gritos, pies que corrían, sintió la violenta fuerza del ataque de los pájaros contra su espalda, sintió el escozor de los picotazos que rasgaban tela y piel. Reconoció los sonidos sordos y húmedos que producían los pájaros al ir a estrellarse contra paredes y ventanas para después caer inertes a la calle y las aceras.

Todo concluyó en un momento, no más de un minuto. Un niño berreó, sin descanso, una sola nota aguda sostenida tras otra.

—Quédate aquí. —Ligeramente jadeante, Fox se separó de Layla para mirarla a la cara—. No te muevas de aquí.

—Estás sangrando. Fox...

—Sólo quédate aquí un momento.

Fox se puso en pie. En la intersección, habían chocado tres coches. Se dibujaban telarañas en el cristal de seguridad de los parabrisas adonde habían ido a estrellarse los cuervos. Corrió hacia el accidente y vio parachoques hundidos, guardabarros abollados y gente al borde de un ataque de nervios.

Habría podido ser peor. Mucho peor.

—¿Todo el mundo está bien?

Fox no escuchó las palabras: «¿Has visto eso? ¡Volaron directamente hacia mi coche!», sino que percibió con sus sentidos. Golpes y moretones, nervios alterados, cortes menores, pero ninguna herida grave. Dejó a los demás para que se encargaran de todo y regresó donde Layla, que estaba de pie entre un grupo de gente que había salido del local de Ma y de otros locales de la manzana.

—Qué cosa más increíble —exclamó Meg, la cocinera de Ma, mirando el escaparate roto del pequeño local—. Qué cosa más increíble.

Puesto que Fox había visto antes esto mismo y cosas mucho, mucho peores, sencillamente tomó de la mano a Layla y se dispuso a sacarla de allí.

—Vamos.

—¿No deberíamos hacer algo?

—No hay nada que podamos hacer. Te voy a llevar a casa y después vamos a llamar a Cal y a Gage.

—Tu mano. —La voz de Layla sonó nerviosa y maravillada a la vez—. Fox, tu mano se está curando.

—Es parte de los extras —respondió él secamente y tiró de ella a través de Main Street.

—A mí no me han dado ese extra —comentó ella en voz baja al tiempo que trotaba para no quedarse atrás de los rápidos y largos pasos de Fox—. Si no me hubieras cubierto, estaría sangrando. —Levantó una mano y tocó suavemente el corte en la cara del hombre, que estaba cerrándose poco a poco—. Sin embargo, sí duele. Cuando sucede y después, cuando se cura, te duele. —Layla bajó la mirada hacia sus manos entrelazadas—. Puedo sentirlo. —Entonces, cuando él aflojó la mano para soltarla, ella se la agarró con fuerza—. No. Quiero sentirlo. Tenías razón en lo que me dijiste en la oficina. —Layla se giró para mirar hacia la plaza, donde los cadáveres de los cuervos estaban esparcidos por todo el suelo y una niña pequeña gritaba a pleno pulmón entre los brazos de su conmocionada madre—. Odio que tengas razón, pero así es y tengo que trabajar en ello. No soy de ninguna utilidad si no acepto lo que tengo dentro. Y si no aprendo a usarlo. —Miró a Fox de nuevo a la cara y respiró profundamente—. Se acabó la calma antes de la tormenta.

CAPÍTULO **2**

Fox decidió tomarse una cerveza sentado a la pequeña mesa con elegantes asientos de hierro que hacían que la cocina de la casa alquilada tuviera un aire inconfundiblemente femenino. O, al menos, a ojos de Fox. Supuso que las pequeñas macetas pintadas de colores brillantes que contenían hierbas aromáticas y que estaban alineadas en el alféizar de la ventana intensificaban la sensación. Así como el estrecho florero en el que reposaban unas margaritas blancas, que seguramente alguna de las mujeres había comprado en la floristería, le ponía el toque final a todo el efecto.

Las mujeres: Quinn, Cybil y Layla, se las habían arreglado muy bien para crear un ambiente hogareño en aquella casa en cuestión de pocas semanas, a base de muebles de segunda mano, retales y un generoso derroche de color.

Y lo habían conseguido a pesar de invertir la mayor parte de su tiempo en investigar y esbozar las raíces de la pesadilla que acosaba al pueblo de Hawkins Hollow durante siete días, cada siete años.

Una pesadilla que había comenzado hacía veintiún años, la noche de su décimo cumpleaños, fecha que compartía con sus amigos Cal y Gage. Esa noche los había cambiado, a él y a sus hermanos de sangre, para siempre. Las cosas volvieron a cambiar cuando Quinn llegó a Hawkins Hollow a hacer la investigación que debía constituir la base del libro que quería escribir sobre el pueblo y su leyenda.

Ahora era más que un libro para ella, la rubia con curvas que disfrutaba del lado sobrenatural de la vida y que se había enamorado de Cal. Y también era más que un proyecto para la amiga de la universidad de Quinn, Cybil Kinski, la investigadora exótica. Y pensó que para Layla Darnell se trataba más bien de un problema.

Cal, Gage y él eran amigos desde que eran bebés, incluso antes, podía decirse, dado que sus madres se habían conocido en el curso de método Lamaze, que su madre había dado cuando las tres estaban embarazadas de ellos. Quinn y Cybil habían compartido habitación en la residencia de la universidad y habían continuado siendo amigas. Pero Layla había llegado al pueblo sola. Había llegado a esta situación sin nadie que la acompañara.

Fox se recordaba esto cada vez que estaba a punto de perder la paciencia. A pesar de que había entablado una relación cercana con Quinn y con Cybil, y de que estaba directamente conectada con el meollo de lo que sucedía, Layla se había metido en este embrollo sola.

Cybil entró en la cocina con un bloc de notas en la mano. Lo puso sobre la mesa y se sirvió una copa de vino. Llevaba su largo cabello rizado sujeto a los lados con dos horquillas que lanzaban destellos plateados sobre la cabellera negra de la mujer. Llevaba puestos unos pantalones negros de corte recto y una blusa rosada por fuera de la cinturilla. Iba descalza y tenía las uñas de los pies pintadas del mismo tono de la blusa. A Fox siempre le parecían especialmente fascinantes este tipo de detalles. Él, que a duras penas se acordaba de ponerse los calcetines del mismo color.

—Entonces... —Cybil clavó sus profundos ojos marrones en los de Fox—. Estoy aquí para tomar tu declaración.

—¿No me vas a leer antes mis derechos? —Cuando ella sonrió, Fox añadió, encogiéndose de hombros—: Ya te contamos lo que sucedió cuando llegamos.

—Detalles, caballero. —Su voz sonó tan suave como la crema de un postre—. A Quinn le gustan particularmente los detalles en las notas para sus libros y todos los demás los necesitamos para ir terminando de pintar el cuadro completo. Arriba, Quinn le está tomando declaración a Layla mientras se cambia. Tenía la blusa manchada de sangre. Tuya, supongo, dado que ella no tiene ni un rasguño en el cuerpo.

—Ni yo tampoco, ahora.

—Sí, gracias a tus superpoderes de curación. Muy útiles, por lo demás. Suéltame el cuento de nuevo, ¿vale, bonito? Sé que es un fastidio, puesto que cuando lleguen tus amigos, van a querer que les hagas un informe de nuevo. Pero ¿no es eso lo que dicen en las series de policías? ¿Que hay que seguir machacando el tema y así de pronto se recuerda algo nuevo?

Fox decidió que Cybil tenía razón, entonces empezó a contárselo a partir del momento en que había levantado la mirada y había visto los cuervos.

—¿Qué estabas haciendo justo antes de levantar la mirada?

—Iba caminando por Main Street. Tenía la intención de pasar por la bolera para ver a Cal y tomarme una cerveza. —Curvó los labios en una sonrisa a medias y levantó la botella de la que estaba bebiendo—. Pero, al venir aquí, me la dieron gratis.

—Según recuerdo, tú compraste esas cervezas. Todo parece indicar que te habrías dado cuenta antes de lo que dices, si ibas caminando por Main Street hacia la plaza y estos pájaros estaban haciendo su número a lo Hitchcock sobre el cruce.

—Iba distraído, iba pensando en... trabajo y otras cosas. —Se pasó la mano entre los cabellos húmedos. Había tenido que meterse debajo del grifo de agua para lavarse la sangre y la suciedad de los pájaros . Supongo que estaba mirando más al otro lado de la calle que hacia arriba de la calle. Entonces Layla salió del local de Ma.

—Fue a comprarle a Quinn su asquerosa leche semidesnatada. ¿Crees que fue pura suerte, buena o mala, que ambos estuvierais allí, justo en medio de la acción? —Ladeó la cabeza y arqueó una ceja—. ¿O será que era la clave de todo, que estuvierais ahí?

A Fox le gustaba que Cybil fuera rápida y que fuera aguda.

—Me inclino a pensar que ésa era la cuestión. Si el maldito bastardo quería anunciar que ha regresado a jugar, el impacto era mayor si al menos uno de nosotros estaba en el lugar de los hechos. No habría sido tan divertido si sólo nos hubiéramos enterado de oídas.

—Yo también me inclino por esa posibilidad. Ya antes hemos estado de acuerdo en que es capaz de influir más fácilmente y con mayor rapidez en los animales y en las personas que están bajo algún tipo de efecto alterado. Así que esta vez fueron cuervos. Ya ha pasado antes, ¿no?

—Sí, cuervos u otros pájaros han volado contra ventanas, personas o edificios. Cuando empieza, incluso las personas que ya han estado aquí antes se sorprenden, como si fuera la primera vez que ven algo así. Eso es parte de los síntomas, podríamos decir.

—Había otras personas allí, peatones, gente conduciendo.
—Así es.
—Pero nadie se detuvo un momento y dijo: «Caramba, mirad todos esos cuervos allá arriba».

—No —confirmó Fox, siguiendo a Cybil—. No, nadie los vio o, si alguien los vio, no le pareció que fuera digno de mencionar. Eso también ha pasado antes. Las personas ven cosas que no están allí o no ven otras que sí lo están. Lo único nuevo de la situación es que nunca antes había sucedido algo así con tanta anterioridad al Siete.

—¿Qué hiciste después de ver a Layla?

—Seguí caminando. —Fox sintió curiosidad, entonces ladeó la cabeza para tratar de leer las notas de Cybil al revés, pero lo que vio fueron garabatos y símbolos que no entendió cómo alguien podía descifrar incluso estando al derecho—. Supongo que me detuve un segundo, como lo hace la gente, y después reanudé la marcha. Entonces fue cuando... Primero lo percibí, que es lo que hago *yo*. Es una especie de toma de conciencia, como cuando se te erizan los pelos o sientes un hormigueo en la espalda. Los vi en mi cabeza primero, después levanté la mirada y los vi con los ojos. Layla también los vio.

—¿Y sin embargo nadie más los vio?

—No —de nuevo, Fox se pasó la mano por el pelo—, no lo creo. Quería llevar a Layla adentro de alguno de los locales, pero no hubo tiempo.

Cybil no lo interrumpió ni le preguntó nada más cuando él continuó con el relato. Cuando terminó, puso el lápiz sobre la mesa y le sonrió.

—Eres un sol, Fox.

—Cierto, muy cierto. ¿Por qué?

Cybil continuó sonriendo mientras se ponía de pie y rodeaba la pequeña mesa. Tomó el rostro de Fox entre sus manos y le dio un ligero beso en los labios.

—Vi cómo quedó tu chaqueta. Está rasgada y está manchada de sangre de pájaro y sólo Dios sabe de qué más. Habría podido mancharse de Layla, de no ser por ti.

—Puedo comprarme otra chaqueta.

—Como dije antes, eres un sol. —Y tras decir esto, lo besó de nuevo.

—Perdón por interrumpir este momento tan conmovedor —dijo Gage al entrar en la cocina. Llevaba el pelo desordenado por el viento y su habitual expresión cínica en los ojos verdes. Guardó en el refrigerador el paquete de seis cervezas que llevaba en la mano y sacó una de las que ya estaban allí.

—El momento ha llegado a su fin —anunció Cybil—. Qué pena que te perdieras toda la emoción.

Gage abrió la cerveza.

—Seguro que habrá muchos más antes de que esto acabe. ¿Estás bien, Fox? —le preguntó a su amigo.

—Sí, aunque tengo la firme intención de no volver a ver mi DVD de *Los pájaros* en un futuro cercano.

—Cal me dijo que Layla no estaba herida.

—No, está bien, está arriba cambiándose. Las cosas se ensuciaron un poco.

Al notar que Fox le lanzaba una mirada de reojo, Cybil se encogió de hombros.

—Creo que ése es el pie que me indica que debo subir a ver en qué andan las chicas, así os dejo solos para que habléis de vuestras cosas.

Gage la siguió con la mirada.

—Tiene buena pinta yendo y viniendo. —Le dio un largo trago a la cerveza y fue a sentarse frente a Fox—. ¿Estás mirando en esa dirección?

—¿Qué? Ah, ¿Cybil, quieres decir? No. —La mujer había dejado una estela de aroma tras de sí, advirtió Fox, que era tan misteriosa como atractiva. Pero...—. No. ¿Y tú?

—Mirar no cuesta nada. ¿Cómo de malo ha sido el día de hoy?

—Hemos visto días mucho peores. Más que nada, hubo daño a la propiedad privada y tal vez algunas personas sufrieron moretones o rasguños, pero nada grave —Fox se endureció, por dentro y por fuera, mientras continuaba—: le habrían hecho mucho daño, Gage, si yo no hubiera estado allí. Layla no habría podido entrar a tiempo en ningún sitio. Los cuervos no estaban sencillamente volando contra los coches y los edificios. Estaban volando hacia ella. La querían atacar a ella.

—Habría podido ser cualquiera de nosotros —reflexionó Gage un momento—. El mes pasado fue tras Quinn cuando estaba sola en el gimnasio.

—Tiene como objetivo atacar a las mujeres —comentó Fox asintiendo con la cabeza—, más específicamente, cuando alguna de ellas está sola. Actúa desde el punto de vista, equivocado, por lo demás, de que una mujer sola es más vulnerable.

—No del todo equivocado, Fox. Nosotros nos curamos, ellas no. —Gage se desparramó en su silla—. No hay manera de mantener a las tres mujeres encerradas mientras tratamos de descifrar cómo matar a un demonio de siglos de antigüedad muy enojado. Por no mencionar que las necesitamos para tal fin.

Escucharon la puerta principal abrirse y después cerrarse. Gage se giró y vio a Cal entrar a la cocina con las manos llenas de bolsas con comida.

—He traído hamburguesas y sándwiches —anunció Cal. Puso las bolsas sobre la encimera mientras observaba a Fox—. ¿Estás bien? ¿Y Layla?

—La única baja fue mi chaqueta de cuero. ¿Cómo están las cosas allá fuera?

Cal sacó una cerveza del refrigerador y fue a sentarse con sus amigos. Sus ojos grises tenían una expresión fría y furiosa.

—Hay unos doce escaparates rotos en Main Street y una pila de tres coches colisionados en la plaza. Esta vez no ha habido ningún herido de gravedad. El alcalde y mi padre están reuniendo a un equipo de limpieza, para que se encargue del desastre que quedó. Y el jefe de policía Larson está tomando declaraciones.

—Y si las cosas suceden como de costumbre, en un par de días nadie va a pensar más en esto. Tal vez es mejor así. Si la gente recordara este tipo de cosas, Hawkins Hollow sería un pueblo fantasma.

—Tal vez debería serlo. Y no me vengas con la antigua arenga del pueblo natal —dijo Gage antes de que Cal pudiera hablar—. Es sólo un lugar, Cal, un punto en el mapa.

—Es las personas que viven en él —corrigió Cal, a pesar de que habían tenido esta discusión muchas veces antes—. Es las familias, los negocios y los hogares. Y es nuestro pueblo natal, maldición. Y Twisse, o como sea que prefiramos llamarlo, no va a apropiarse de él.

—¿No se te ha ocurrido pensar que sería muchísimo más fácil derrotarlo si no tuviéramos que preocuparnos por las tres mil personas que viven aquí? —le preguntó Gage a Cal con irritación—. ¿Qué es lo que terminamos haciendo la mayor parte del tiempo durante cada Siete, Cal? Tratar de evitar que la gente se suicide, que se maten unos a otros o de conseguir asistencia médica para los heridos. ¿Cómo podemos luchar contra él si nos pasamos el tiempo tratando de minimizar las consecuencias de lo que hace?

—Gage tiene razón —intervino Fox levantando una mano en señal de paz—. Sé que he deseado muchas veces poder sacar a toda la gente del pueblo, tener un enfrentamiento y acabar con esto de una vez. Pero no se les puede decir a tres mil personas que abandonen su hogar y cierren su negocio durante una semana. No se puede vaciar un pueblo por completo así como así.

—Los anasazi lo hicieron. —Quinn entró en la cocina y se aproximó a Cal primero. Su largo cabello rubio se deslizó hacia delante cuando se agachó para darle un beso—. Hola. —Cuando se enderezó, dejó las manos sobre los hombros de Cal. Fox se preguntó si se trataría sólo de un gesto afectuoso o si era para ayudarlo a tranquilizarse. Pero cuando vio que Cal ponía una de sus manos sobre una de las de ella, supo que significaba que estaban unidos—. Antes ya ha habido casos de pueblos y aldeas que se han vaciado, por numerosas e inexplicables razones —continuó Quinn—. Los antiguos anasazi, que construyeron comunidades de lo más complejas en los cañones de Arizona y Nuevo México; la aldea colonial de Roanoke. Las causas pueden haber sido la guerra, alguna enfermedad o algo más. Me he estado preguntando si alguna de esas causas pudo haber sido la otra cosa con la que hemos tenido que lidiar aquí.

—¿Crees que Lazarus Twisse pudo haber exterminado a los anasazi y a los colonos de Roanoke? —le preguntó Cal.

—Es posible en el caso de los anasazi, antes de que hubiera asumido cualquiera de los nombres que conocemos. La desaparición de los colonos de Roanoke sucedió después de 1652, así que no podemos achacarle ese suceso a nuestro maldito bastardo particular. Sólo estoy lanzando hipótesis, y ésta es una teoría a la que le he estado dando vueltas desde hace un tiempo. —Se dio la vuelta para curiosear en las bolsas que había sobre la encimera—. En todo caso, creo que deberíamos cenar.

Mientras ponían la mesa y se organizaban platos y comida, Fox logró hacer un aparte con Layla.

—¿Estás bien?

—Sí. —Lo tomó de la mano y la giró para examinar la piel sin marca—. Y tú también, supongo.

—Layla, si quieres tomarte un par de días libres de la oficina, por mí vale. Seguro.

Layla le soltó la mano, ladeó la cabeza y le miró fijamente a la cara.

—¿En realidad piensas que soy tan débil?

—No. Lo que quise decir es que...

—Sí, sí, crees que soy una floja. Crees que soy una cobarde sólo porque no me entusiasma la idea de... de la fusión mental vulcana, por llamarla de alguna manera.

—No es así. Sólo pensé que estarías un poco alterada, como le pasaría a cualquier persona después de la experiencia de hoy. A propósito, acabas de ganar puntos por la referencia al señor Spock, aunque es inexacta.

—¿En serio? —Sin dejarle responder, pasó de largo a su lado y fue a sentarse a la mesa.

—Muy bien. —Quinn le dio un vistazo anhelante a la hamburguesa de Cal antes de centrarse en su pollo a la parrilla—. Todos estamos ya al tanto de lo que ha sucedido en la plaza. Pájaros malos. Tenemos que registrar el incidente y ponerlo en nuestra tabla. También estoy planeando hablar con los testigos mañana. Me pregunto si valdrá la pena enviar uno de los cadáveres de cuervo al laboratorio para que le hagan la autopsia.

—Eso te lo dejamos a ti. —Cybil hizo una mueca mientras mordisqueaba el sándwich de pavo que había partido en cuatro—. Y por favor no hablemos de autopsias mientras comemos. Pero os voy a decir lo que me parece interesante del suceso de hoy: tanto Fox como Layla sintieron y vieron a los cuervos, simultáneamente, según todos los indicios. O con muy poca diferencia de tiempo, en todo caso, lo que es suficiente. Ahora bien, ¿esto se debió a que los seis tenemos algún tipo de conexión tanto con el lado oscuro como con el claro de lo que sucedió y sigue sucediendo en Hawkins Hollow? ¿O se debió a la particular habilidad que comparten?

—Yo diría que ambas cosas —opinó Cal—, aunque un poco más por la habilidad que comparten.

—Yo soy de la misma opinión —continuó Cybil—. Entonces, ¿cómo podemos usar esto?

—No podemos. —Fox se sirvió patatas fritas—. No mientras Layla se niegue a aprender a usar el don que tiene. Así es —continuó él cuando sólo Layla se le quedó mirando—. No tiene que gustarte, pero así son las cosas. El don que tienes es completamente inútil, tanto para ti como para el equipo, si no lo usas o no aprendes a usarlo.

—No dije que no fuera a hacerlo, pero no voy a aguantar que me presiones con ello. Y tampoco te va a funcionar tratar de hacerme sentir avergonzada.

—¿Entonces qué va a funcionar? —le preguntó Fox—. Estoy abierto a tus sugerencias.

Cybil levantó una mano.

—Dado que fui yo la que abrió esta lata de lombrices, permitidme hacer un intento. Tienes reservas en cuanto a esto, Layla. ¿Por qué no nos dices qué es lo que te pasa?

—Siento que estoy perdiendo trozos de mí misma o de la persona que pensaba que era. Y, encima, no voy a volver a ser la persona que solía ser.

—Eso es cierto —apuntó Gage espontáneamente—, pero de todas maneras es probable que no sobrevivas a julio.

—Por supuesto. —Medio riéndose, Layla levantó su copa de vino—, tengo que ver el lado positivo.

—Pensemos esto —intervino Cal y negó con la cabeza hacia Gage—. Son muchas las probabilidades de que hoy hubieras salido herida si algo no hubiera hecho clic entre tú y Fox. E hizo clic sin que ninguno de los dos se lo hubiera propuesto voluntariamente. ¿Qué? —preguntó Cal cuando Quinn empezó a hablar, para luego interrumpirse.

—No. Nada. —Quinn intercambió una rápida mirada de reojo con Cybil—. Sólo quiero decir que entiendo la raíz de lo que todos estáis diciendo y todos tenéis razón. Tal vez, Layla, podrías considerar las cosas desde otro punto de vista y en lugar de pensar que estás perdiendo algo, pienses que podrías estar ganando algo. Mientras tanto, todavía estamos revisando los diarios de Ann Hawkins y los otros libros que la tía abuela de Cal nos dio. Y Cybil está trabajando en descubrir adónde pudo haber ido Ann la noche en que Giles Dent se enfrentó a Lazarus Twisse en la Piedra Pagana, dónde dio a luz a sus hijos, dónde vivió hasta que regresó al pueblo con los niños ya casi de dos años. Todavía tenemos la esperanza de que, si encontramos el lugar, podremos encontrar más diarios suyos. Y Cybil también verificó su rama del árbol genealógico.

—Que es una rama más joven que la de todos vosotros, hasta donde he podido establecer —continuó Cybil—. Uno de mis antepasados, una mujer llamada Nadia Sytarskyi, llegó aquí con su familia y otros viajeros a mediados del siglo XIX. Se casó con Jonah Adams, un descendiente de Hester Deale. De hecho, tengo dos ramas relacionadas: unos cincuenta años después, uno de mis otros antepasados, del lado Kinski, también vino aquí y se lió con una de las nietas de Nadia y Jonah. Así las cosas, al igual que Quinn y Layla, soy descendiente de Hester Deale y del demonio que la violó y la dejó embarazada.

—Lo que nos convierte a todos en una enorme familia feliz —apuntó Gage.

—Lo que nos convierte en algo. A mí, personalmente, no me sienta bien —continuó Cybil dirigiéndose a Layla— saber que parte de lo que tengo, parte de lo que soy, proviene de algo maligno, algo que no es ni humano ni humanitario. De hecho, me enfurece. Y me enfurece lo suficiente como para que me haya hecho el propósito de usar todo lo que tengo y soy, todo lo que esté a mi alcance, para patearle el trasero al maldito.

—¿No te preocupa que él sea capaz de usar lo que eres y tienes en su propio beneficio?

Cybil levantó de nuevo su copa de vino, y sus ojos oscuros se tornaron fríos al darle un sorbo.

—Podría intentarlo, supongo.

—A mí me preocupa. —Layla observó el rostro de las cinco personas sentadas a la mesa, personas a quienes había llegado a tener afecto—. Me preocupa mucho tener algo dentro de mí que no entiendo del todo ni sé cómo controlar. Me preocupa que en algún punto, cualquier punto, él me controle a mí —negó con la cabeza antes de que Quinn pudiera hablar—. Ahora ni siquiera sé si he venido hasta aquí por elección propia o si me han hecho venir. Y lo que me parece aún más perturbador de todo esto: no estoy segura de que nada de lo que he hecho hasta ahora haya sido por decisión voluntaria o si ha sido debido a que formo parte de un plan maestro de estas fuerzas poderosas, tanto la clara como la oscura. Esto es lo que subyace a todo lo demás para mí. Ése es el punto clave del asunto.

—Nadie te tiene encadenada al asiento —apuntó Gage.

—Cálmate, hombre —le dijo Fox, pero Gage sólo se encogió de hombros.

—No lo creo. Si ella tiene un problema, todos tenemos un problema. Así que lo mejor es tomar el toro por los cuernos. Layla, ¿por qué sencillamente no recoges tus cosas y regresas por donde viniste? Puedes pedir que te devuelvan tu puesto de trabajo... ¿Qué era? Ah, sí: vender zapatos de precios exorbitantes a mujeres aburridas que no saben qué hacer con el dinero que tienen.

—Basta, Gage.

—No. —Layla le puso una mano sobre el brazo a Fox cuando éste empezó a ponerse de pie—. No necesito que me protejan o me rescaten. ¿Que por qué no me voy? Porque sería una cobarde si me marchara. Y nunca hasta ahora he sido una cobarde. No me voy porque lo que violó a Hester Deale, lo que puso al bastardo mitad demonio en el vientre de esa chica, la enloqueció y la llevó al suicidio querría más que nada en el mundo que yo saliera huyendo. Sé mejor que nadie en esta mesa lo que le hizo a Hester, porque me hizo sentirlo. Tal vez por eso me siento más asustada que el resto de vosotros y tal vez eso era parte del plan. No me voy a ir a ninguna parte, pero no me avergüenza admitir que estoy asustada. Temo a lo que hay allá afuera y a lo que hay dentro de mí, dentro de todos nosotros.

—Serías una estúpida, si no estuvieras asustada. —Gage levantó su copa a modo de medio brindis—. Las personas inteligentes y conscientes de sí mismas son más difíciles de manipular que las estúpidas.

—Cada siete años, en este pueblo, personas buenas, personas comunes y corrientes, inteligentes y conscientes de sí mismas se hacen daño y hacen daño a los demás. Hacen cosas que nunca, en ningún otro momento, se plantearían hacer.

—¿Crees que podrías verte afectada? —le preguntó Fox—. ¿Que podrías perder la cabeza y herir a alguien? ¿A alguno de nosotros?

—¿Cómo podemos saber a ciencia cierta que soy inmune? ¿O que Cybil y Quinn lo son? ¿No deberíamos considerar la posibilidad de que podríamos ser aún más vulnerables, si se tiene en cuenta de dónde proviene nuestro linaje?

—Ésa es una buena pregunta. Perturbadora, pero no por ello menos buena —comentó Quinn.

—A mí no me lo parece. —Fox se giró para mirar a Layla directamente a los ojos—. Las cosas no salieron como Twisse había planeado ni como esperaba, porque Giles Dent se le adelantó y lo estaba esperando. Dent evitó que estuviera presente cuando Hester dio a luz y que tuviera más descendencia, así que el linaje se ha ido diluyendo. Tú no eres lo que él está persiguiendo, y de hecho, según lo que sabemos por ahora y lo que podemos especular, por el contrario, eres parte de lo que nos va a dar a Cal, a Gage y a mí la ventaja esta vez. ¿Le temes a él, le temes a lo que tienes dentro? Piensa que Twisse te teme a ti, a lo que hay dentro de ti. ¿Por qué otra razón ha estado tratando de asustarte?

—Buena respuesta —comentó Quinn mientras le acariciaba la mano a Cal.

—Segunda parte —continuó Fox—: no es sólo cuestión de ser inmune al poder que tiene el bastardo de causar que la gente cometa actos violentos y anormales. Se trata de tener algún aspecto de ese poder, que aunque esté diluido, cuando se une a los otros, va a ayudar a acabar con él de una vez por todas.

—¿De verdad crees eso? —le preguntó Layla examinándole detenidamente el rostro.

Fox empezó a contestar, pero se interrumpió y la tomó de la mano. Cuando ella trató de soltarse, él se la apretó con mayor fuerza.

—Dímelo tú.

Layla opuso resistencia y luchó contra el inicial e instintivo temor que la embargó a aceptar el vínculo que la unía a Fox. Él pudo verlo y sentirlo, pero logró resistirse a la urgencia de presionarla y sencillamente se abrió. E incluso cuando sintió el clic, sólo esperó.

—Sí lo crees —dijo Layla lentamente—. Nos ves... a nosotros seis, como hebras que se trenzan para formar una sola cuerda.

—Y vamos a ahorcar a Twisse con ella.

—Los amas tanto. Es...

—Ah. —Ahora fue Fox quien le soltó la mano. Se sintió nervioso y avergonzado de que ella hubiera visto más, de que hubiera profundizado más en su interior de lo que había esperado—... Bueno, y ahora que ya aclaramos las cosas, quiero otra cerveza. —Y, diciendo esto, se levantó y se dirigió a la cocina.

Cuando regresaba del refrigerador con una cerveza en la mano, Layla entró en la cocina.

—Lo siento mucho, Fox. No fue mi intención...

—No te preocupes, no tiene importancia.

—Sí que la tiene. Yo sólo... Fue como estar dentro de tu cabeza, o de tu corazón. Vi... o sentí, más bien, esa oleada de amor que sientes por ellos, esa conexión que tienes con Cal y Gage. No fue eso lo que me pediste hacer, fui de lo más intrusa y lo siento.

—No pasa nada, Layla, en serio. Es un proceso que tiene su maña. Yo estaba un poco más abierto de lo que debía porque supuse que necesitabas que fuera así. Pero al parecer no necesitas tanta ayuda como pensaba. O como pensabas tú.

—No, te equivocas. Sí que necesito ayuda. Necesito que me enseñes. —Layla caminó hasta la ventana y observó hacia la oscuridad afuera—. Porque Gage tiene razón. Si permito que esto siga siendo un problema para mí, va a ser un problema para todo el equipo. Y si voy a usar esta habilidad, necesito ser capaz de controlarla, para no pasarme el tiempo metiéndome en la mente de las personas a diestro y siniestro.

—Podemos empezar mañana mismo.

Layla asintió con la cabeza.

—Voy a estar lista. —Se dio la vuelta—. ¿Por favor, podrías decirles a los otros que he ido a acostarme? Ha sido un día de lo más extraño.

—Por supuesto.

Durante un momento, Layla sólo se quedó de pie allí donde estaba, observando a Fox.

—Quiero decir que lo siento si te avergüenzo, pero hay algo excepcional en un hombre que tiene una capacidad de amar tan profunda como la tuya. Cal y Gage son muy afortunados de tener un amigo como tú. Cualquiera se sentiría afortunado de ser tu amigo.

—También soy tu amigo, Layla.

—Eso espero. Buenas noches.

Fox se quedó donde estaba después de que ella se hubiera ido, sólo recordándose a sí mismo que debía seguir siendo su amigo. Tenía que ser lo que ella necesitara, cuando ella lo necesitara.

CAPÍTULO 3

En el sueño, era verano. El calor acariciaba con manos sudorosas, apretaba y arrancaba la energía como al escurrir agua de un trapo húmedo. En el bosque de Hawkins, las hojas se extendían como un espeso y verde techo, pero el sol luchaba por abrirse paso a través de ellas como rayos láser que le encandilaban los ojos. Las bayas maduras colgaban de las zarzas espinosas y los lirios silvestres estaban florecidos en un tono naranja casi sobrenatural.

Conocía el camino. Era como si Fox hubiera conocido siempre por dónde moverse entre esos árboles, entre esos senderos. Su madre habría dicho que se trataba de memoria sensorial, pensó, o de imágenes de las vidas pasadas.

Le gustaba la quietud que envolvía el bosque: el suave zumbido de los insectos, el susurro ligero que producían las ardillas y los conejos al moverse, el coro melódico de los pájaros, que tenían muy poco más que hacer en una calurosa tarde de verano que cantar y revolotear por ahí.

Sí, conocía bien el bosque y sus sonidos. Incluso conocía la sensación del aire en cada estación, puesto que lo había recorrido en todas: los veranos hirvientes, las exuberantes primaveras, los otoños ventosos, los brutales inviernos. Así que reconoció el frío en el viento cuando le subió por la columna y el repentino cambio de luz, el tono grisáceo que no se debía a la sencillez de una nube solitaria pasando frente al sol. Reconoció el suave gruñido que escuchó a su espalda, al frente y a sus costados y que ahogó los cantos de los carboneros y los arrendajos.

Continuó su marcha hacia el Estanque de Hester.

El miedo caminó a su lado. Le corrió por la piel como sudor y lo instó a correr. No estaba armado, y en el sueño no se preguntó por qué vendría al bosque solo, desarmado. Cuando los árboles, desnudos ahora, empezaron a sangrar, no aminoró la marcha. La sangre no era real, era miedo.

Continuó avanzando y sólo se detuvo cuando vio a la mujer. Estaba de pie frente a la pequeña laguna oscura, dándole la espalda. Se agachó, recogió rocas, se llenó los bolsillos con ellas.

Hester. Hester Deale. En el sueño, Fox la llamó a gritos, aunque sabía bien que la mujer estaba condenada. No podía echar el tiempo atrás cientos de años para evitar que se ahogara. Pero tampoco podía evitar intentarlo ahora.

Entonces gritó su nombre al tiempo que apretaba el paso hacia ella, al tiempo que el gruñido se convertía en una húmeda risa sorda horriblemente divertida.

«No, no, detente. No fue culpa tuya. Nada de lo que ha pasado es culpa tuya».

Cuando la mujer se dio la vuelta, cuando lo miró directamente a los ojos, Fox se dio cuenta de que no era Hester, era Layla. Las lágrimas le rodaban por las mejillas como lluvia amarga y tenía el rostro tan pálido como el hueso.

«No puedo detenerme. No quiero morir. Ayúdame. ¿No puedes ayudarme?».

Fox empezó a correr, a correr hacia ella, pero el sendero se fue haciendo cada vez más largo, y la risa sonó más estridente, más fuerte a cada carcajada. La mujer extendió los brazos hacia Fox, como una súplica final, antes de echarse al agua y desaparecer.

Fox saltó también. El agua estaba ferozmente fría. Nadó hacia el fondo, buscándola, hasta que el brutal ardor en los pulmones le hizo emerger a la superficie para respirar. Ahora, una tormenta azotaba los árboles, rayos incandescentes iluminaban la oscuridad mientras retumbaban truenos salvajes a través del bosque. Fox vio también que un fuego crepitante envolvía algunos de los árboles sin consumirlos. Se hundió de nuevo, llamando a Layla dentro de su cabeza.

Cuando la vio, nadó más deprisa, más profundo.

Una vez más, sus ojos se encontraron. Una vez más, ella extendió los brazos hacia él.

Fox se dejó abrazar, la boca de la mujer se apropió de la suya en un beso tan gélido como el agua que los rodeaba. Y lo arrastró con ella, hasta el fondo.

* * *

Se despertó ahogándose, luchando por respirar, con la garganta inflamada y ardiéndole y el pecho palpitándole dolorosamente. Se esforzó por encontrar el interruptor de la luz y se revolvió hasta que logró sentarse en el borde de la cama mientras trataba de recuperar el aliento.

No estaba en el bosque, no estaba dentro del estanque, se dijo, sino en su propia cama, en su hogar. Mientras se presionaba el borde de las manos contra los ojos se recordó que tendría que estar acostumbrado a las pesadillas. Tanto él, como Cal y Gage habían sufrido horribles pesadillas cada siete años desde que habían cumplido diez años. También tendría que estar acostumbrado a traer ciertos aspectos del sueño a la vigilia.

Todavía estaba helado y tiritaba con fuerza, convulsivamente, y sentía los huesos gélidos. El sabor ferroso del agua del estanque todavía le llenaba la garganta. «No es real», se dijo. No más real que árboles que sangran o fuegos que no queman. No había sido más que otra jugarreta malévola de un demonio salido del infierno. Sin daños permanentes.

Se levantó, salió de la habitación, atravesó el salón y fue hasta la cocina. Sacó una botella de agua fría del refrigerador y ahí, de pie, bebió de un solo trago casi la mitad del contenido. Cuando sonó el teléfono, sintió una punzada de angustia al ver que el número de Layla titilaba en el visor del identificador de llamadas.

—¿Ha pasado algo?

—Estás bien. —Layla espiró largamente con evidente alivio—. Estás bien.

—¿Por qué no habría de estarlo?

—Yo... Dios santo, son las tres de la mañana. Lo siento. Ataque de pánico. Perdón por despertarte. Lo siento mucho.

—No me has despertado. ¿Por qué no habría de estar bien, Layla?

—Fue sólo un sueño. No debí haberte llamado.

—Estábamos en el Estanque de Hester.

Se hizo un momento de silencio.

—Te maté.

—Como abogado de la defensa, he de advertir que será de suma dificultad iniciar un procedimiento criminal en contra de la acusada debido a que la víctima está vivita y coleando, en perfecto estado de salud y se encuentra de pie hablando por teléfono en la cocina de su casa.

—Fox...

—Fue un sueño, Layla. Una pesadilla. Está jugando con tus debilidades, eso es todo. —«Y con las mías», pensó Fox,

57

«porque quiero salvar a la chica»—. Si quieres, puedo ir hasta tu casa. Podemos...

—No, no. Ya me siento demasiado estúpida por haberte llamado. ¿Sabes? Es sólo que todo fue tan real.

—Sí, lo sé.

—No lo pensé. Sencillamente, cogí el teléfono y te llamé. Pero bueno, ya estoy más tranquila. Necesitamos hablar de esto mañana.

—Así será. Ahora ve a dormir.

—Tú también. Y, ¿Fox?, me alegro de no haberte ahogado en el Estanque de Hester.

—Yo también estoy muy contento de que no haya sido así. Buenas noches.

—Buenas noches.

Fox llevó la botella de agua a su habitación. Allí, se quedó mirando por la ventana que daba a la calle. El pueblo estaba silencioso y tranquilo como una fotografía. No había ningún movimiento. Y la gente que amaba y la que conocía estaba a salvo en su cama durmiendo.

Pero se quedó de pie frente a la ventana, como un centinela de la oscuridad, y pensó en el beso gélido que había sentido como una lápida. Y que, sin embargo, tenía algo de seductor.

* * *

—¿Recuerdas algún otro detalle? —le preguntó Cybil a Layla mientras tomaba notas sobre el sueño y Layla se terminaba el café.

—Creo que ya te lo he contado todo.

—Muy bien. —Cybil se recostó contra el respaldo de la silla de la cocina en la que estaba sentada y jugueteó con el lápiz—. Por cómo suena, parece que Fox y tú tuvisteis el mis-

58

mo sueño. Aunque sería interesante compararlos, para ver si son exactos o qué detalles varían entre uno y otro.

—Interesante.

—E informativo. Habrías podido despertarme, Layla. Todos sabemos lo que es tener ese tipo de pesadillas.

—Me sentí más tranquila después de hablar con Fox y constatar que no estaba muerto —logró sonreír débilmente—. Además, no necesito los servicios profesionales de un loquero para saber que parte del sueño tiene su raíz en la conversación que tuvimos anoche durante la cena. El miedo que me da herir a alguno de vosotros.

—Especialmente a Fox.

—Tal vez especialmente. Por ahora estoy trabajando para él y además necesito trabajar con él. Quinn, tú y yo somos como peces de la misma pecera, podría decirse. Tal vez debido a ello vosotras dos no me preocupáis tanto. Por favor, cuéntale tú a Quinn lo del sueño.

—En cuanto regrese de hacer sus ejercicios. Y puesto que supongo que arrastró a Cal al gimnasio con ella, probablemente lo convencerá para venir a tomarse el café aquí. Así que se lo podré contar a ambos al mismo tiempo y alguno de los hombres informará a Gage. A propósito, Gage fue un poco duro contigo anoche.

—Así es.

—Te lo tenías merecido.

—Tal vez. —No tenía sentido lamentarse al respecto, pensó Layla—. Deja que te haga una pregunta: Gage y tú también vais a tener que trabajar juntos en algún momento. ¿Cómo lo vais a hacer?

—Me preocuparé por eso cuando llegue el momento. Y supongo que encontraremos una manera de que podamos hacerlo sin sacarnos los ojos.

—Si tú lo dices... Bueno, voy a vestirme. Tengo que ir a trabajar.

—¿Quieres que te lleve?

—No, gracias. Creo que el paseo me vendrá bien.

Layla se tomó su tiempo. Alice Hawbaker se iba a encargar de la oficina por la mañana, así que habría poco que hacer. Y con la mujer en la oficina, pensó Layla, no sería buena idea comentar con Fox el sueño que habían tenido. Tampoco era el momento oportuno para que él le diera su primera lección sobre cómo pulir el don que tenía. O, lo que era más importante para ella, aprender a controlarlo.

Así que durante un par de horas se encargaría del papeleo que hubiera que hacer o haría los recados que la señora Hawbaker necesitara. Le había tomado sólo unos pocos días entender el ritmo de la oficina. Si Layla hubiera tenido algún interés o aspiración de convertirse en asistente o administradora de un bufete de abogados, la experiencia en la oficina de Fox habría sido de lo mejor. Pero, tal como eran las cosas, estaría muerta del aburrimiento en pocas semanas.

Lo que no era la cuestión, se recordó Layla mientras se dirigía deliberadamente hacia la plaza. La cuestión era ayudar a Fox, ganar un sueldo y mantenerse ocupada.

Se detuvo en la plaza. Y ésa era otra cuestión. Podría detenerse allí, pensó, a mirar los escaparates rotos o cubiertos con tablas. Podría decirse que tenía que afrontar lo que le había sucedido la noche anterior, podría prometerse que haría todo lo que estuviera a su alcance para evitar que volviera a suceder.

Dobló la esquina y empezó a caminar calle abajo por Main Street las pocas manzanas que le quedaban para llegar a la oficina de Fox.

Era un pueblo de lo más agradable, si uno no pensaba en lo que le pasaba cada siete años. A todo lo largo de Main Street había encantadoras casas antiguas y primorosas tiendas. Era animado a la manera en que son animados los pueblos pequeños. Era estable, lleno de rostros familiares haciendo recados y pidiendo el cambio en las cajas registradoras. Era reconfortante, supuso Layla.

Le gustaban los amplios porches, las marquesinas, los bien cuidados jardines delanteros y las aceras de ladrillo. Era un pueblo bonito y pintoresco, al menos en la superficie, pero no tan perfecto, estilo tarjeta postal, como para hacerlo aburrido.

Layla también se había integrado enseguida en el ritmo del pueblo. La gente caminaba por aquí, se detenía a saludar a un conocido o a un vecino. Si cruzaba la calle hasta el local de Ma, seguro que alguien la saludaría por su nombre o le preguntaría cómo estaba.

Media manzana más allá, se detuvo frente a la pequeña tienda de regalos donde había comprado algunas cosas para la casa. La dueña estaba fuera, observando su escaparate roto. Cuando se dio la vuelta, Layla pudo ver que estaba llorando.

—Lo siento mucho —le dijo Layla al tiempo que caminaba hacia la mujer—. ¿Hay algo que pueda...?

La mujer negó con la cabeza.

—Es sólo vidrio, ¿no? Sólo vidrio y cosas. Un montón de cosas rotas. Un par de esos malditos pájaros voló dentro y entre los dos rompieron la mitad de las cosas que tenía. Fue como si hubiera sido a propósito, como si fueran borrachos en una fiesta. No sé...

—Lo siento mucho —repitió Layla.

—No hago más que decirme: «Tienes seguro y el señor Hawkins va a cambiar el escaparate. Es un buen casero. Seguro que en cuestión de nada todo estará arreglado», pero no parece que me haga sentir mejor.

—Yo también estaría con el corazón destrozado —le dijo Layla y le puso una mano sobre el brazo, tratando de reconfortarla—. De verdad, usted tenía cosas muy bonitas.

—Todas rotas ahora. Hace siete años, unos cuantos chicos, todo parecía indicar que eran chicos, forzaron la entrada y destruyeron la tienda. Rompieron todo lo que pudieron y escribieron obscenidades en las paredes. Fue difícil recuperarnos de esa experiencia, pero lo logramos. No estoy segura de que tenga ahora el ánimo suficiente para hacerlo de nuevo; sí, no sé si tendré ánimos. —La mujer entró de nuevo en la tienda, al otro lado del escaparate roto.

No se trataba solamente de vidrio y cosas rotas, pensó Layla mientras reanudaba la marcha. Sueños rotos, también. Un solo acto despiadado podía hacer añicos mucho más que sólo cosas materiales.

Para cuando llegó al vestíbulo de la oficina, su propio corazón también estaba apesadumbrado. La señora Hawbaker estaba sentada detrás del escritorio, tecleando en el ordenador.

—¡Buenos días! —La señora Hawbaker hizo una pausa y le ofreció a Layla una sonrisa—. ¡Qué guapa vas hoy!

—Gracias. —Layla se quitó la ceñida cazadora y la colgó en el armario—. Una amiga mía me hizo el favor de ir a mi casa, recoger mi ropa y mandármela por correo. ¿Le apetece tomar alguna cosa? ¿Le traigo un café o prefiere que empiece con alguna tarea en particular?

—Fox me pidió que te pasara a su oficina en cuanto llegaras. Tiene unos treinta minutos antes de la primera cita, así que adelante.

—Bien, gracias.

—Hoy me voy a la una. Asegúrate de recordarle a Fox que tiene sesión en el tribunal mañana por la mañana. Está apuntado en su agenda y le envié un aviso, pero es mejor recordárselo nuevamente al final del día.

—No hay problema.

Por lo que había visto hasta entonces, pensó Layla mientras caminaba por el pasillo hacia la oficina de Fox, él no era ni por asomo tan olvidadizo ni despistado como a Alice y a él mismo les gustaba pensar. Puesto que las puertas correderas estaban abiertas, se dispuso a golpear en el marco antes de entrar, pero al mirar hacia dentro, se quedó quieta y sólo pudo quedarse observando.

Fox estaba detrás de su escritorio, frente a la ventana, en su atuendo de no ir al tribunal, es decir, vaqueros y camisa por fuera de la cinturilla, haciendo malabares con tres pelotas rojas. Tenía las piernas extendidas a los lados, la expresión de su rostro era de total sosiego y esos ojos de tigre que tenía seguían de cerca el círculo que sus manos iban formando al soltar y tirar, soltar y tirar las pelotas.

—Puedes hacer malabares.

Layla le interrumpió el ritmo, pero Fox logró atrapar dos pelotas en una mano y la última con la otra antes de que salieran volando por la oficina.

—Sí. Me ayuda a pensar.

—Puedes hacer malabares —repitió ella, encantada y sorprendida.

Dado que era tan raro verla sonreír de esa manera, recogió las pelotas y empezó a hacer malabares otra vez.

—Todo es cuestión de coordinación de tiempo. —Cuando ella se rió, lanzó las pelotas más alto y empezó a caminar y dar vueltas al tiempo que seguía lanzándolas al aire—. Tres objetos, incluso cuatro, del mismo tamaño y peso, no son realmente un gran reto. Si lo que quiero es un verdadero desafío, mezclo los objetos. Esto es sólo pensar haciendo malabares.

—Pensar haciendo malabares —repitió ella mientras él recibía las pelotas de nuevo.

—Sí. —Fox abrió uno de los cajones de su escritorio y dejó caer las pelotas dentro—. Me ayuda a aclarar la cabeza cuando estoy... —La miró de arriba abajo—. Caramba. Se te ve... bien.

—Gracias. —Layla se había puesto una falda con una blusa corta ceñida y ahora se estaba preguntando si sería demasiado elegante para su empleo actual—. Me llegó el resto de mi ropa y pensé que, ya que la tengo aquí... En fin. ¿Querías verme?

—¿En serio? Ah, sí —recordó—. Espera. —Atravesó la oficina y fue a cerrar las puertas correderas—. ¿Quieres algo?

—No, gracias.

—Muy bien. —Fox notó que había perdido la claridad que había logrado gracias a los malabares debido a las piernas de Layla, entonces se dirigió al refrigerador y sacó una Coca-Cola—. Pensé que, como tenía algo de tiempo esta mañana, podíamos comparar nuestras notas sobre ambos sueños. ¿Nos sentamos?

Layla se sentó en una de las sillas para los clientes, frente al escritorio, y Fox se sentó en la otra a su lado.

—Tú primero —le dijo ella.

Cuando Fox hubo terminado su relato, se levantó, sacó del refrigerador una botella de Pepsi light y se la puso a Layla en la mano. Cuando ella no dijo nada y sólo se quedó mirándola, él se sentó de nuevo.

—Eso es lo que tomas, ¿no? He visto que es el refresco que siempre hay en el refrigerador de tu casa.

—Sí. Gracias.

—¿Quieres un vaso?

Layla negó con la cabeza. La sencilla consideración de Fox no debía haberla sorprendido tanto y, sin embargo, así fue.

—¿Tienes Sprite light para Alice en tu refrigerador?

64

—Por supuesto. ¿Por qué no?

—Por qué no —repitió ella en un murmullo y bebió—. Yo también estaba en el bosque —empezó Layla—, pero no estaba sola. Ella estaba en mi cabeza, o yo estaba en la de ella. Es difícil de saber. Pude sentir la desesperación y el miedo que la embargaban como si fueran míos. No... no tengo hijos, nunca he estado embarazada, pero mi cuerpo se sentía diferente.

—Layla vaciló, después se dijo que si había sido capaz de darle los detalles a Cybil, podía dárselos a Fox—. Sentía los pechos pesados, y entendí, *supe*, más bien, que había estado lactando. Fue ese mismo tipo de conciencia, de conocimiento de primera mano. Igual que cuando experimenté la violación. Además, sabía adónde iba. —Hizo una pausa y se removió en la silla para poder mirarlo directamente a la cara. Fox tenía una manera de escuchar, pensó Layla, que le hacía sentir que no solamente estaba escuchando cada palabra, sino que entendía el significado que se ocultaba detrás de cada una de ellas—. No conozco el bosque, sólo he estado allí esa única vez con vosotros: sin embargo, sabía dónde estaba y sabía que estaba dirigiéndome hacia el estanque. Sabía por qué. No quería ir, no quería ir al estanque, pero no pude detenerme. Y no pude detenerla a ella tampoco. Empecé a gritar por dentro, porque no quería morir, pero ella sí. Ella no podía soportarlo más.

—¿Qué no podía soportar?

—Los recuerdos. Recordaba claramente la violación, lo que sintió, lo que se le metió dentro. Recordaba también la noche en el claro. Él la controló y la obligó a acusar a Giles Dent de la violación, la obligó a acusarlos, a Dent y a Ann Hawkins, de brujería, y en ese punto, la pobre chica creía que ambos estaban muertos. Así que no podía seguir viviendo con esa culpa. Él le dijo que corriera.

—¿Quién?

—Giles Dent. En el claro, antes de que empezara el incendio, Dent la miró. Le tenía lástima, la perdonó. Le dijo que corriera. Entonces ella corrió. Sólo tenía dieciséis años, Fox. Todo el mundo pensó que la hija era de Dent y le tenían lástima por eso. Hester lo sabía, pero le daba miedo retractarse. Le daba miedo hablar. —A Layla le dolía hablar sobre esto, sentía el miedo, el horror, la desesperación que habían abrumado a la chica—. Estaba asustada todo el tiempo, Fox, y ese miedo y la culpa la enloquecieron, además de los recuerdos que no la dejaron en paz mientras estuvo embarazada. Lo sentí, todo lo que se arremolinaba en su interior, y en el mío. Entonces sintió que quería ponerle fin, y quería llevar al bebé con ella y terminar con eso también, pero al final no pudo hacerlo.

Los ojos atentos y compasivos de Fox se entrecerraron y se clavaron en el rostro de Layla.

—¿Se planteó matar al bebé?

Layla asintió con la cabeza e inspiró lentamente.

—Hester temía al bebé, pero también lo odiaba. Aunque al mismo tiempo amaba a su hija. Lo que sentía era contradictorio y no pensaba en ella como en una personita, sino como en una cosa... Es decir...

—Hester consideraba al bebé como una cosa...

—Sí, así es, sin embargo, no pudo matarlo. Si lo hubiera hecho... Cuando lo entendí, pensé que, si lo hubiera hecho, yo no estaría aquí. Me dio vida a mí al perdonarle la vida a su hija, pero ahora iba a matarme porque estaba atrapada dentro de ella. Caminamos, y si me escuchó, debió de pensar que se trataba de una de las voces que la estaban enloqueciendo. No pude hacerla escuchar, no pude hacerla comprender. Entonces te vi. —Layla hizo una pausa para beber de nuevo, para tranquilizarse un poco—. Te vi y pensé: «Gracias, Dios mío; menos mal que él está aquí». Podía sentir las piedras en mis manos mientras ella las recogía y el peso de éstas en los bolsillos del vestido que llevábamos puesto. No había nada que yo pudiera hacer, pero pensé...

—Pensaste que yo la detendría. —«Igual que yo», pensó Fox. «Salvar a la chica».

—Estabas diciéndole a gritos que no había sido culpa suya. Corriste hacia ella... hacia mí. Y por un instante pensé que Hester te había escuchado. Pensé, sentí, más bien, que ella quería creerte. Pero después estábamos en el agua, hundiéndonos. No podría decir a ciencia cierta si saltó o se cayó, pero estábamos dentro del estanque. Me dije a mí misma que no me asustara. No había motivo. Soy una buena nadadora.

—Capitana del equipo de natación.

—¿Te lo conté? —Se rió débilmente y bebió de nuevo para hidratarse la garganta—. Me dije que podría salir a la superficie, a pesar del peso de las piedras, porque soy una nadadora fuerte. Pero no pude. O lo que es peor: ni siquiera pude intentarlo. No eran solamente las piedras lo que hacía que me hundiera.

—Era Hester.

—Así es. Te vi en el agua, nadando hacia el fondo y entonces... —Cerró los ojos y apretó los labios con fuerza.

—No pasa nada. —Fox tomó una de las manos de Layla entre las suyas y la apretó ligeramente—. Ambos estamos bien.

—Fox, no sé si fue ella, o si yo... No sé, pero nos aferramos a ti.

—Me besaste.

—Te matamos.

—Todos tuvimos un mal final, pero no sucedió en la realidad. A pesar de que la experiencia fue sensorial y pareció real, no lo fue. Fue una manera difícil para ti de entrar en la mente de Hester Deale, pero ahora, gracias a ello, sabemos más sobre la chica.

—¿Por qué estabas ahí?

—La mejor explicación que se me ocurre es que se debe al vínculo que nos une a ti y a mí. Ya antes he compartido sueños con Cal y Gage. Lo mismo. Pero esta vez había algo más, un nivel diferente de conexión. En el sueño, te vi a ti, Layla, no a Hester. Te escuché a ti. Lo que me parece interesante. Algo en que pensar.

—Cuando haces malabares.

Fox sonrió.

—No hace daño. Necesitamos...

El intercomunicador sonó y se escuchó la voz de la señora Hawbaker:

—El señor Edwards está aquí.

Fox se puso en pie y fue a presionar el botón del aparato, que estaba sobre su escritorio.

—Bien. Deme un minuto, señora H. —Entonces se volvió hacia Layla, que ya estaba poniéndose en pie—. Necesitamos más tiempo para hablar de esto. Mi última cita hoy es...

—A las cuatro. Con el señor Halliday.

—Exactamente. Eres buena. Si no tienes planes esta noche, podemos subir a mi apartamento después de que termine con él y trabajar en esto.

Layla pensó que ya era hora de estar a la altura de la situación.

—Muy bien.

Fox la acompañó hasta la salida y le abrió las puertas.

—Podemos cenar, también —le dijo.

—No quisiera complicártelo.

—Tengo todos los restaurantes con servicio a domicilio del pueblo grabados en la memoria de mi teléfono.

—Entonces suena como un buen plan —concluyó ella.

Fox caminó con Layla fuera de la oficina hasta la recepción, donde los ciento diez kilos del señor Edwards descansaban sobre una de las sillas allí dispuestas. Tenía la barriga enfundada en una camiseta blanca y se le desbordaba por encima de la cinturilla de los vaqueros. Sobre la cabeza llevaba una gorra con el logotipo de John Deere que le dejaba ver parte de un descuidado pelo canoso. Se puso en pie al ver a Fox y extendió la mano para estrechar la que Fox le ofreció.

—¿Cómo está, señor Edwards?

—Dígame usted.

—Pasemos a la oficina para que podamos hablar.

«Trabaja al aire libre», pensó Layla mientras observaba a los dos hombres caminar por el pasillo hacia la oficina de Fox. «Tal vez es granjero. O trabaja en la construcción. O en jardinería. Debe de tener un poco más de sesenta años. Y está muy descorazonado».

—¿Cuál es la historia del señor Edwards, Alice? ¿Puedes contármela?

—Pleito por una propiedad —dijo Alice mientras reunía unos sobres—. Tim Edwards tiene una granja a unos pocos kilómetros al sur del pueblo. Unos constructores compraron parte de un terreno que colinda con la granja. La oficina de peritaje dice que algo así como unas tres hectáreas de la tierra de Tim están fuera de los lindes y por tanto forman parte de lo que compraron los constructores. Tim quiere su tierra, pero los constructores también. Voy a la oficina de correos.

—Puedo ir yo.

Alice negó con la mano.

—No, porque si vas tú, me voy a perder mi paseo diario y los chismes del camino. Allí están las notas sobre el fideicomiso que Fox está legalizando. ¿Por qué no haces el borrador del documento mientras vuelvo?

A solas, Layla se sentó a trabajar. Tras diez minutos, se estaba preguntando por qué las personas necesitaban tanta parafernalia verbal en lugar de decir las cosas sencilla y directamente. Terminó el documento, contestó el teléfono, organizó citas. Cuando Alice regresó, tenía algunas preguntas. Y al ver salir al señor Edwards, se dio cuenta de que se le veía mucho menos descorazonado.

Hacia la una de la tarde, Layla estaba sola y complacida de poder imprimir el documento del fideicomiso que había redactado y que Alice había aprobado. Cuando iba por la página dos, una lucecita de la impresora empezó a titilar para avisar de que se le había acabado el cartucho de tinta. Layla se dirigió al armario donde se guardaban los suministros de la oficina y que quedaba al otro lado de la pequeña biblioteca con la esperanza de que Fox tuviera allí cartuchos nuevos. Al abrir la puerta, vio la caja de cartuchos en el estante más alto.

¿Por qué siempre lo que se necesita está en el estante más alto?, se preguntó. ¿Cuál era la función de los estantes altos, de todas maneras, puesto que no todo el mundo mide un metro ochenta? Se puso de puntillas, se estiró, pero sólo logró tocar la esquina de la caja de cartón que sobresalía sobre el estante. Se sostuvo entonces con una mano sobre un estante más bajo y volvió a probar; sólo se acercó un centímetro más.

—Voy a salir a almorzar. —Layla escuchó la voz de Fox a su espalda—. Si quieres algo... ven, déjame ayudarte.

—Casi he logrado agarrar la maldita caja.

—Sí, y se te va a caer sobre la cabeza.

Fox se estiró detrás de ella hacia la caja de cartuchos, al tiempo que Layla se daba la vuelta.

Sus cuerpos se tocaron, chocaron uno contra el otro. El rostro de ella mirando hacia arriba llenó todo el campo de visión de Fox mientras su olor lo envolvía como cintas de seda. Los ojos verdes de sirena de ella lo hicieron sentir ebrio y un poquito anhelante. Pensó: «Retrocede, O'Dell». Pero al segundo cometió el error de permitir que sus ojos descendieran hasta la boca de la mujer. Entonces estuvo perdido.

Fox acercó el rostro, un centímetro más, escuchó la respiración de ella. Layla entreabrió los labios y él no pudo más que acortar la pequeña distancia que los separaba. Una breve y suave degustación, luego otra, ambas tan ligeras como una pluma. Luego las pestañas se cerraron sobre los seductores ojos de la mujer y la boca de ella acarició la suya.

Ambos profundizaron en el beso, un lento deslizarse hacia una calidez que le embotó los sentidos a Fox, que los envolvió con el perfume de ella hasta que él sintió que lo que quería era zambullirse y clavarse y hundirse. Y ahogarse.

Layla emitió un sonido, de placer, de angustia, Fox no logró saber a ciencia cierta, debido a que la sangre se le agolpaba en los oídos. Pero le recordó dónde estaban, cómo estaban. Entonces se separó de ella, al darse cuenta de que básicamente estaba empujándola dentro del armario.

—Lo siento, lo siento mucho. —Layla trabajaba para él, por Dios santo—. No debí... Fue un comportamiento de lo más inapropiado. Fue... —increíble— fue...

—¿Fox?

Fox dio un gran paso atrás al escuchar la voz detrás de él. Cuando se dio la vuelta, pudo sentir que el estómago se le hundía hasta las rodillas.

—Hola, mamá.

—Perdón por interrumpir. —Joanne Barry le dirigió a su hijo una sonrisa esplendorosa, después se dirigió a Layla—. Hola. Soy Joanne Barry, la madre de Fox.

¿Por qué no se abría la tierra y se la tragaba?, se preguntó Layla.

—Encantada de conocerla, señora Barry. Yo soy Layla Darnell.

—¿Te acuerdas de que te había comentado que Layla me estaba ayudando en la oficina, mamá? Ahora estábamos...

—Sí que estabais. —Y aún sonriendo, dejó las cosas así.

Joanne era la clase de mujer a la que cualquier persona se detendría a mirar, hombres y mujeres, sin importar su orientación sexual, pensó Layla. Una espesa mata de pelo castaño ondeaba libremente alrededor de un rostro de huesos fuertes, de boca generosa sin pintar y grandes ojos castaños que tenían una expresión divertida, curiosa y paciente, todo al mismo tiempo. Era de constitución alta y esbelta, lo que hacía que le quedara perfecto el atuendo de vaqueros a la cadera, botas y suéter ajustado.

Como al parecer a Fox lo había partido un rayo, Layla se las arregló para aclararse la garganta.

—Eh... mmm... Necesitaba un cartucho de tinta para la impresora y resulta que la caja está en el estante superior.

—Así es, sí. Y yo estaba ayudándote a bajarla. —Fox se dio la vuelta y se tropezó de nuevo con Layla—. Lo siento.

—Por Dios santo. Pero tardó más él en bajar la caja que Layla en arrancársela de las manos y desaparecer.

—¡Gracias! —exclamó a la carrera.

—¿Tienes un minuto para mí? —le preguntó Jo a su hijo con dulzura—. ¿O tienes que volver a lo que estabas haciendo cuando entré?

—Basta, mamá. —Fox encogió los hombros y guió a su madre hasta la oficina.

—Es muy guapa. ¿Quién podría culparte de querer jugar al jefe y la secretaria con ella?

—Mamá, por favor. —Y se pasó las manos por el pelo—. Las cosas no son así. Es que... No importa. —Se dejó caer en su asiento—. ¿Qué ha pasado?

—Tenía un par de cosas que hacer en el pueblo, una de las cuales era ir a almorzar donde tu hermana. Sparrow me dijo que no te ha visto por el restaurante en las dos últimas semanas.

—He tenido la intención de ir.

Jo se inclinó hacia el escritorio.

—Comer algo que no esté frito, procesado o lleno de sustancias químicas una vez por semana no va a matarte, Fox. Además, deberías estar apoyando a tu hermana en su negocio.

—Tienes razón. Hoy paso por allí.

—Bien. Segundo: tenía que llevarle unas piezas de cerámica a Lorrie. ¿Viste lo que le pasó a su tienda?

—No específicamente. —Fox pensó en los escaparates rotos y los cadáveres de cuervos esparcidos por Main Street—. ¿Cómo le fue de mal?

—Bastante mal. —Jo se llevó una mano hacia el trío de cristales que colgaban de una cadena alrededor de su cuello—. Fox, Lorrie está hablando de cerrar la tienda y mudarse a otra parte. Me parte el corazón. Y me asusta. Temo por ti.

Fox se puso en pie y fue hasta donde estaba su madre, la abrazó y frotó la mejilla contra la de ella.

—Todo va a ir bien. Estamos trabajando en ello.

—Yo quisiera ayudar. Tu padre, yo, todos, quisiéramos poder hacer algo.

—Tú has hecho algo todos los días de mi vida. —Le dio un apretón—. Has sido mi madre.

Jo se zafó del abrazo de su hijo, dio un paso atrás y tomó el rostro de Fox entre sus manos.

—Ese encanto tuyo lo sacaste de tu padre. Mírame a los ojos y asegúrame que todo va a ir bien.

Sin vacilación y con toda seguridad, Fox miró a su madre a los ojos:

—Todo va a ir bien. Confía en mí.

—Confío en ti. —Le dio un beso en la frente, en una mejilla, luego en la otra y finalmente le dio uno ligero en los labios—. Pero sigues siendo mi bebé. Así que espero que cuides bien de mi bebé. Ahora ve a comer donde tu hermana. El especial de hoy es su maravillosa ensalada de berenjena.

—Qué delicia.

Jo le pinchó con el dedo en la tripa, con toda tolerancia.

—Deberías cerrar la oficina una hora y llevar a esa chica guapa a comer contigo.

—Esa chica guapa trabaja para mí.

—¿Cómo diantres me las arreglé para criar a semejante cumplidor de reglas, eh? Es descorazonador. —Y le volvió a pinchar en la barriga antes de dirigirse a la puerta—. Te quiero, Fox.

—Y yo te quiero a ti, mamá. Y salgo contigo —añadió Fox rápidamente, al caer en la cuenta de que a su madre no le produciría ningún remordimiento detenerse en el escritorio de Layla para sonsacarle información.

—Ya tendré alguna otra oportunidad de estar con ella a solas y la voy a interrogar —le dijo Jo a Fox como si nada.

—Sí, pero no hoy.

* * *

La ensalada no estuvo mal, y dado que comió en la barra, Fox tuvo la oportunidad de conversar un poco con su hermana menor. Sparrow siempre le ponía de buen humor, así que Fox regresó a la oficina disfrutando la soleada y ventosa tarde. Aunque la habría disfrutado más si no se hubiera encontrado con Derrick Napper, la pesadilla de su infancia que ahora era subcomisario de la policía, cuando estaba saliendo de la barbería.

—Diablos, pero si es nada más y nada menos que O'Dell. —Napper se puso las gafas oscuras y miró a lado y lado de la calle—. Pero qué raro, si no veo ambulancias en persecución.

—¿Te cobraron cinco centavos por ese corte militar? Creo que pagaste demasiado, a juzgar por los resultados.

La sonrisa de Napper se convirtió en una delgada mueca en su tosco rostro cuadrado.

—Escuché que estuviste en el lugar de los hechos ayer, cuando se presentaron problemas en la plaza. No esperaste para dar tu declaración ni pasaste por la comisaría para rellenar un atestado. Siendo el abogado de secano del pueblo, deberías saber que tienes que hacerlo.

—Estás equivocado, aunque no es nada nuevo, ¿verdad? Fui a la comisaría esta mañana y hablé con el jefe personalmente. Supongo que no les cuenta todo a sus lameculos.

—Creo que deberías recordar cuántas veces te pateé el trasero en el pasado, O'Dell.

—Recuerdo muchas cosas, Napper. —Fox reanudó la marcha. El que ha sido matón sigue siendo un imbécil el resto de su vida, pensó Fox. Antes de que el Siete empezara de nuevo, Fox se imaginó que él y Napper se enfrentarían de nuevo. Pero, por ahora, decidió no pensar más en ello.

Tenía cosas que hacer y en cuanto abrió la puerta de la oficina, admitió que tenía, además, que allanar un terreno. Y que era mejor hacerlo de una buena vez.

Cuando empezó a caminar hacia dentro, Layla salió del extremo contrario hacia la recepción con un jarrón lleno de flores, que a Alice Hawbaker le gustaba tener siempre en la oficina. Y apenas vio a Fox se quedó paralizada.

—Sólo estaba poniendo agua fresca a las flores. Nadie ha llamado mientras no estabas. He terminado el documento del fideicomiso y lo he impreso. Lo he dejado sobre tu escritorio.

—Bien. Oye, Layla...

—No estaba segura de si había que preparar algo sobre el caso del señor Edwards o si...

—Muy bien, muy bien. Pon el florero en la mesa. —Y no dio pie a discusión tomando el florero él mismo de las manos de Layla y poniéndolo en la mesa.

—De hecho, el florero va...

—Basta. Me pasé de la raya y me disculpo por ello.

—Ya te disculpaste.

—Pues me estoy disculpando de nuevo. No quiero que te sientas incómoda debido a que en la oficina tenemos esta relación de jefe-empleada y me sobrepasé contigo. No fue mi intención... Es sólo que tu boca estaba ahí.

—¿Mi boca sólo estaba ahí? —El tono de Layla pasó de nervioso a peligrosamente dulce—. ¿Como en mi cara, debajo de mi nariz, encima de mi barbilla?

—No. —Fox se frotó los dedos contra la frente—. Sí, pero no. Tu boca estaba... Me olvidé de no hacer lo que hice, lo que fue completamente inapropiado, teniendo en cuenta las circunstancias. Y voy a empezar a alegar la quinta enmienda en un minuto. O tal vez sencillamente locura temporal.

—Puedes alegar lo que te apetezca, pero es posible que quieras considerar que mi boca, que sólo estaba ahí, no formuló nunca las palabras «no» o «detente» o «aléjate de mí», lo que es perfectamente capaz de hacer.

—Muy bien. —Fox guardó silencio durante un momento—. Esto es de lo más incómodo.

—¿Antes o después de que añadamos a tu madre a la situación?

—Mi madre hizo que la situación pasara de incómoda a comedia de situación. —Se metió las manos en los bolsillos—.

¿Entonces puedo suponer que no vas a contratar a un abogado para demandarme por acoso sexual?

Layla ladeó la cabeza.

—¿Entonces puedo suponer que no vas a despedirme?

—Voto por un «sí» como respuesta a ambas preguntas. ¿Estamos bien, entonces?

—Perfectamente. —Layla tomó el jarrón con flores y lo llevó a la mesa correcta—. A propósito, he pedido cartuchos de repuesto para la impresora. —Le lanzó una mirada de reojo apenas esbozando una ligera sonrisa.

—Muy bien pensado. Voy a estar... —Fox señaló hacia su oficina.

—Y yo voy a estar... —respondió Layla señalando hacia su escritorio.

—Muy bien. —Y empezó a atravesar la recepción en dirección hacia la oficina—. Muy bien —repitió, y le lanzó una mirada al armario de suministros—. Ay, Dios.

CAPÍTULO 4

A falta de quince minutos para las cinco de la tarde, Fox acompañó a su último cliente del día a la puerta. Fuera, marzo estaba arrastrando hojas secas sobre las aceras y un par de chicos que vestían sudadera con capucha caminaban desafiando la fuerza del viento. A Fox se le ocurrió que tal vez irían a la bolera, seguramente a la sala de videojuegos a retarse en un par de rondas antes de la cena.

Hacía mucho tiempo él mismo había desafiado el viento por un par de juegos de Galaxia. De hecho, pensó, había hecho lo mismo la semana pasada. Si eso hacía que pareciera tener doce años en algún aspecto, pues la verdad lo tenía sin cuidado. Algunas cosas no deberían cambiar.

Escuchó a Layla hablando por teléfono, le estaba diciendo a alguien que el señor O'Dell iba a estar en el tribunal mañana, pero que podía darle una cita hacia el final de la semana.

Cuando Fox se dio la vuelta, Layla estaba tecleando en el ordenador, seguramente en la agenda, supuso él, a su manera eficiente. Desde ese ángulo podía verle las piernas por la abertura del escritorio y que movía un pie a medida que trabajaba. Los pendientes de plata que llevaba puestos lanzaron destellos al oscilar cuando Layla se volvió para colgar el auricular. Entonces levantó la mirada y se encontró con la de él. Y los músculos del estómago de Fox se hicieron un nudo.

Decididamente, no tenía doce años en este aspecto en concreto. Gracias a Dios, algunas cosas sí cambiaban.

Tal vez fue la sonrisa tonta que se le dibujó en el rostro lo que hizo que Layla ladeara la cabeza y le preguntara:

—¿Qué?

—Nada. Sólo estaba filosofando mentalmente. ¿Algo importante con respecto a esa llamada?

—Nada urgente. Un par de mujeres que quieren que las ayudes a redactar un acuerdo de sociedad. Están escribiendo una serie de libros de cocina a cuatro manos que creen que van a venderse como pan caliente y que van a hacer temblar a Rachael Ray, me dijeron. Quieren legalizar su colaboración antes de convertirse en una sensación. Tienes una agenda ocupada esta semana.

—Entonces creo que me llega para pedir comida china esta noche. Es decir, si todavía te apetece cenar conmigo.

—Sólo me falta cerrar por hoy.

—Adelante, yo voy a hacer lo mismo. Podemos subir por la cocina.

En su oficina, Fox apagó el ordenador, se puso el maletín al hombro y después trató de recordar exactamente en qué estado estaría su apartamento. Oh, oh, acababa de encontrarse con otro aspecto en el que seguía teniendo doce años. Mejor no pensar en eso, decidió, dado que era demasiado tarde para hacer nada al respecto. En todo caso, ¿tan mal podía estar?

Fue hasta la cocina, donde la señora Hawbaker tenía una cafetera, un microondas y un juego de platos que había considerado que eran apropiados para servir a los clientes. Fox sabía que también guardaba galletas, porque rutinariamente él asaltaba las existencias. Y la señora H. también guardaba en la cocina varios floreros y cajas de tés elegantes.

¿Quién iba a comprar galletas cuando la señora H. se hubiera ido? Se dio la vuelta sintiéndose nostálgico cuando escuchó que Layla entraba en la cocina.

—La señora H. compra los refrigerios con el dinero que saca del bote de los improperios de mi oficina. Tiendo a ser un buen patrocinador del asunto. Supongo que te lo dijo.

—Un dólar por cada improperio, sistema de honor. Y a juzgar por el contenido del bote, supongo que eres malhablado, pero también que eres un hombre de honor. —«Está tan triste», pensó Layla, y le dieron ganas de mimarlo, de acariciarle esos desordenados cabellos ondulados—. Sé que vas a echarla de menos.

—Tal vez regrese. Pero lo haga o no, en todo caso la vida sigue. —Abrió la puerta que daba a las escaleras—. Creo que tengo que advertirte de que probablemente nos vamos a encontrar con un terrible desorden, debido a que la señora H. no se encarga de mi apartamento y de hecho rehúsa subir después de un infortunado incidente relacionado con dormir de más y ropa sucia.

—He visto apartamentos desordenados antes.

Pero cuando pasó de la perfectamente ordenada cocina de la oficina a la del apartamento de Fox, Layla entendió que había infravalorado la definición de «desorden».

Había platos sucios en el fregadero, sobre la encimera y sobre la pequeña mesa allí dispuesta, que estaba cubierta también por lo que parecían periódicos de varios días. Sobre la estrecha encimera junto a la nevera, empapelada con notas y fotografías, luchaban por mantener el equilibrio un par de cajas de cereales (¿de verdad los hombres adultos comían Cocoa Puffs?), bolsas de patatas fritas, una botella de vino tinto, algunos frascos de condimentos y una botella de Gatorade vacía.

Había tres pares de zapatos en el suelo, una chaqueta arrugada tirada sobre una de las dos sillas de la mesa de la cocina y una pila de revistas en la otra.

—Tal vez quieras ir a darte una vuelta una hora, o tal vez una semana, mientras me encargo de esto.

—No, no hace falta. ¿El resto está igual de mal?

—No lo recuerdo, pero puedo ir a echar un vistazo antes de que...

Pero Layla ya estaba caminando entre zapatos para llegar a la sala.

No estaba tan mal, pensó Fox. No tanto, en realidad. En todo caso decidió ser proactivo y pasando junto a ella, fue a recoger los escombros.

—Vivo como un cerdo, ya lo sé, ya lo sé. Ya lo he escuchado un millón de veces antes. —Y tras decir esto, metió la pila de ropa sucia que había recogido en el desordenado armario del pasillo.

Una perplejidad absoluta se dibujó en el rostro de Layla y le tiñó la voz:

—¿Por qué no contratas a alguien que venga una vez por semana y se encargue de organizarte el apartamento?

—Porque se van y no vuelven más. Te propongo que mejor vayamos a cenar fuera. —No era vergüenza, al fin y al cabo era su hogar, sino la pereza que le daba tener que oír un sermón y que le hizo levantar de una mesa una botella de cerveza vacía y un cuenco de palomitas de maíz a casi terminar—. Podemos encontrar un restaurante bonito e higiénico.

—Durante un semestre en la universidad, compartí habitación con dos chicas que eran un desastre. Para el final de la convivencia tuve que llamar al control de plagas. —Levantó un par de calcetines de un asiento antes de que Fox pudiera adelantársele, después se los ofreció—. Pero si tienes una copa limpia, me podría tomar un vino.

Puedo poner una en la autoclave.

Fox fue recogiendo cosas aquí y allá en su camino hacia la cocina. Cuando se quedó sola, Layla miró a su alrededor con curiosidad y trató de ver más allá del desorden. Las paredes estaban pintadas de un tono verde muy bonito, cuya calidez resaltaba los amplios marcos de roble de las ventanas. Una preciosa alfombra tejida, que tal vez había visto una aspiradora en algún momento de la última década, se extendía sobre un suelo de enormes tablones oscuros. Le encantaron los cuadros que colgaban de las paredes: había acuarelas, bocetos a lápiz y tinta, y algunas fotografías. La sala bien habría podido estar dominada por una descomunal televisión de pantalla plana y un montón de adornos, pero, por el contrario, sólo unas estéticas piezas de cerámica descansaban sobre las mesas.

Layla supuso que serían obra del hermano de Fox, o de su madre. Una vez, Fox le había mostrado el taller de cerámica de su hermano menor desde la carretera. Se dio la vuelta cuando sintió que el hombre entraba de nuevo a la sala.

—Me encantan los cuadros y la cerámica. Esta pieza. —Pasó un dedo a largo de la alta y estilizada botella de nebulosos tonos azules—. Parece tener movimiento.

—Es obra de mi madre. Mi hermano, Ridge, hizo ese frutero que está en la mesa debajo de la ventana.

Layla caminó hacia él.

—Es precioso. —Acarició con un dedo el suave contorno del borde—. Me encantan los colores y las formas. Es como una selva dentro de un gran cuenco. —Se dio la vuelta para tomar la copa de vino que le ofrecía Fox—. ¿Y los cuadros?

—De mi madre, mi hermano y mi cuñada. Y las fotografías son de Sparrow, mi hermana menor.

—Una familia con mucho talento.

—Y después estamos los abogados de la familia: mi hermana mayor y yo.

—¿Ejercer la abogacía no requiere de talento?

—Requiere algo, al menos.

—Tu padre es carpintero —le dijo Layla tras darle un sorbo a la copa—, ¿no?

—Carpintero, ebanista... Él hizo esa mesa sobre la que está el frutero de Ridge.

—Él hizo la mesa. —Layla se puso en cuclillas para poder verla más de cerca—. Increíble.

—No tiene clavos ni tornillos, sólo lengüetas y ranuras. Mi padre tiene unas manos mágicas.

Layla pasó un dedo sobre la superficie a través del polvo.

—El acabado es como de satén. Qué cosas más bonitas. —Levantando una ceja, se limpió el dedo en la manga de la camisa de Fox—. Me veo obligada a decirte que deberías cuidarlas con mayor esmero, al igual que el lugar que las alberga.

—No eres la primera. Más bien, ¿por qué no dejas que te distraiga con comida? —Y le enseñó un menú de papel—: La Cocina China de Han Lee.

—¿No te parece que es un poco temprano para cenar?

—Pensaba encargarla con anticipación pero pedirles que nos traigan la comida a las siete. Así podemos ponernos a trabajar un poco antes.

—Bien. Yo quiero cerdo agridulce —decidió ella después de echarle un vistazo al menú.

—¿Nada más? —le preguntó él cuando Layla le devolvió el menú—. Qué pena, pero será sólo cerdo agridulce. Yo me puedo encargar del resto. —Y tras decir esto, salió de la sala y fue a hacer el pedido por teléfono. Unos minutos después, Layla escuchó que de la cocina provenía el sonido del grifo del agua, de platos y de vasos golpeando unos contra otros. Entornó los ojos y se dirigió a la cocina, donde encontró a Fox empezando a lavar la vajilla.

—Muy bien —dijo Layla y se quitó la cazadora.

—No, faltaría más.

—Sí. —Se remangó las mangas de la blusa—. En serio. Una sola vez, ya que vas a invitarme a cenar.

—¿Tendría que disculparme de nuevo?

—No esta vez. —Levantó una ceja—. ¿No tienes lavavajillas?

—¿Ves? Ése es el problema. Me paso el tiempo pensando que debería quitar ese mueble de allá e instalar un lavavajillas en ese lugar. Pero entonces pienso que sólo soy yo y que con frecuencia uso platos de cartón.

—Pero no con la frecuencia suficiente. ¿En alguna parte tienes un trapo limpio para secar los platos?

—Caramba. —La miró con desconcierto y frunció el ceño—. Ya vuelvo.

Layla negó con la cabeza, al tiempo que iba a ocupar el espacio que Fox había dejado frente al fregadero y se disponía a reemplazarlo en la labor. La verdad era que no le importaba lavar platos. Era una tarea que no requería pensar, pero que le resultaba relajante y satisfactoria. Además, la vista desde la ventana sobre el fregadero era encantadora: se veían las montañas y los destellos del sol agonizante sobre las cimas de plata.

El viento todavía mecía los árboles y hacía ondear con fuerza las sábanas blancas que estaban colgadas de las cuerdas en el jardín de la casa vecina. Layla se imaginó que, al hacer las camas con esas sábanas, debían de quedar oliendo a viento y montañas.

Un niño pequeño y un enorme perro negro estaban jugando dentro del jardín cercado con tanta energía y felicidad en la carrera que Layla casi pudo sentir el viento en sus propias mejillas y acariciándole el pelo. Entonces, el chico, que llevaba puesto un abrigo azul intenso, se montó en el columpio de pie, se aferró con las manos a las cadenas y empezó a balancearse cada vez más alto, y Layla sintió en su propio estómago la emoción de la altura y la velocidad.

¿Estaba su madre en la cocina preparando la cena?, se preguntó Layla ensoñadoramente. O tal vez es el turno de cocinar del padre. O mejor, tal vez están cocinando juntos, revolviendo, picando, charlando sobre cómo les fue el día a cada uno mientras el chiquillo levantaba su cara al viento y volaba.

«¿Quién se habría imaginado que lavar platos podía resultar tan sensual?».

Layla se rió y miró sobre el hombro a Fox, que acababa de entrar en la cocina:

—No creas que eso va a convencerme de repetir el favor.

Fox se quedó quieto donde estaba, con un trapo que no podía haber estado más arrugado en la mano.

—¿Qué?

—Lavar platos sólo es sensual cuando uno no es el que está con las manos metidas en agua y jabón.

Fox caminó hasta su lado y le puso una mano sobre el brazo, sin quitarle los ojos de encima.

—No he dicho nada en voz alta.

—Te he oído.

—Eso parece, pero no hablaba, sólo pensaba. Estaba distraído —continuó Fox cuando Layla dio un paso que la alejó de él— pensando en cómo estabas, en la manera en que la luz se reflejaba en tus cabellos, la línea de tu espalda, la curva de tus brazos. Estaba distraído —repitió— y abierto. ¿En qué estabas tú, Layla? No pienses, no analices, sólo dime qué estabas sintiendo cuando me «escuchaste».

—Estaba relajada. Estaba mirando abajo, hacia el jardín de la casa vecina, donde un niño estaba columpiándose. Sí, estaba relajada.

—Y ahora ya no lo estás. —Fox tomó uno de los platos que Layla había lavado y empezó a secarlo—. Así que tendremos que esperar hasta que lo estés de nuevo.

—¿Y tú puedes hacer eso mismo conmigo? ¿Escuchar lo que estoy pensando?

—Las emociones se manifiestan más fácilmente que las palabras. Pero no lo haría, a menos que me lo permitieras.

—Puedes hacerlo con cualquier persona.

Fox la miró directamente a los ojos.

—Pero no lo haría.

—Porque eres la clase de hombre que pone un dólar en un frasco aunque no haya nadie a tu alrededor que te escuche maldecir.

—Si doy mi palabra, la cumplo.

Layla lavó otro plato. Se había esfumado el encanto de las sábanas ondeando al viento y del niño pequeño y su enorme perro.

—¿Siempre has sido capaz de controlarlo? ¿De resistir la tentación?

—No. Tenía diez años cuando empecé a tener que lidiar con esto. Fue de lo más aterrador durante el primer Siete y a duras penas fui capaz de manejarlo. Pero fue muy útil. Cuando todo acabó esa primera vez, supuse que también yo habría vuelto a la normalidad.

—Pero no fue así.

—No. Era fantástico tener diez años y ser capaz de intuir lo que la gente estaba pensando o sintiendo. Era fantástico, no sólo en el sentido de «¡Hurra! ¡Tengo superpoderes!», sino porque tal vez, si quería que me fuera bien en un examen de Historia y el mejor estudiante de la clase estaba sentado delante de mí, ¿por qué no echarle un vistazo a sus pensamientos y obtener las respuestas correctas? —Puesto que estaba secando los platos, Fox decidió dar un paso más lejos de Layla. Pensó que ella estaría más tranquila si continuaban con la labor, si todas las manos estaban ocupadas—. Después de unas pocas veces y algunas buenas notas, empecé a sentirme culpable. Y raro, porque a veces me enteraba de qué se le iba a ocurrir al echarle un vistazo a la cabeza de algún profesor. O me enteraba de cosas que no tenía por qué saber, como si había problemas en casa, por ejemplo. Me educaron para respetar la privacidad, pero me pasaba el tiempo invadiéndola a diestro y siniestro. Entonces dejé de hacerlo —sonrió ligeramente—. Casi siempre.

—Qué alivio es saber que no eres perfecto.

—Me llevó un tiempo descifrar cómo debía manejar el asunto. A veces, cuando no estaba prestando atención, se me escapaba de las manos. Aunque a veces también lo hacía a propósito. Recuerdo un par de incidentes con un imbécil que me chuleaba. Y... cuando fui un poco mayor, empezó el asunto de las chicas. Si me daba un paseo rápido por sus pensamientos, podía saber si tenía opciones de quitarles la camisa.

—¿Funcionaba?

Fox sólo sonrió y guardó un plato en el armario.

—Después, un par de semanas antes de que cumpliéramos diecisiete años, empezaron a suceder cosas de nuevo. Supe, los tres lo supimos, que al parecer el asunto no había terminado, después de todo. En ese momento me di cuenta de que el don que tenía no era para jugar. Así que dejé de usarlo con fines personales a partir de entonces.

—¿Casi siempre?

Casi completamente. Ahí está, Layla, es parte de nosotros. No puedo controlar el hecho de que soy capaz de percibir lo que le pasa a la gente. Lo que sí puedo controlar es cuánto me adentro en la persona o cuánta información le saco.

—Eso es lo que tengo que aprender.

—Y es posible que tengas que aprender a adentrarte más también. Si se trata de la privacidad de una persona o de su vida, o de la vida de otras personas, tienes que esforzarte por adentrarte.

—¿Pero cómo sabes cuándo... cuándo hacerlo y con quién?

—Ya trabajaremos en ello.

—La mayor parte del tiempo no puedo estar relajada cuando estoy cerca de ti.

—Sí, me he dado cuenta. ¿Por qué será?

Layla se dio la vuelta para coger más platos, después empezó a jabonar un cuenco. Al mirar por la ventana vio que el niño había entrado. Seguramente su madre lo había llamado a cenar. El perro estaba durmiendo una siesta hecho un ovillo en el porche, junto a la puerta que daba al jardín.

—Porque me doy cuenta de que puedes, o podrías, intuir lo que estoy pensando o sintiendo. O me preocupa que puedas, así que me pongo nerviosa. Pero tú no, porque te contienes, o porque me pongo lo suficientemente nerviosa como para no permitírtelo. Tal vez ambas cosas. No supiste lo que estaba pensando o sintiendo hoy por la mañana, cuando me besaste.

—Estaba teniendo un cortocircuito en ese momento.

—¿Sería una interpretación acertada decir que nos atraemos mutuamente?

—Es acertado en mi caso.

—Y eso me pone nerviosa. Y también me confunde, porque no sé cuánto estamos captando uno del otro o cuánto es simple química. —Layla enjuagó el cuenco y se lo pasó a Fox—. No sé si esto es algo con lo que deberíamos estar lidiando en este momento, teniendo en cuenta las circunstancias, todo por lo que tenemos que preocuparnos ahora.

—Déjame retroceder un momento. ¿Estás nerviosa porque me siento atraído hacia ti o porque nos sentimos atraídos mutuamente?

—Opción dos. Y no tengo que ver dentro de tu cabeza porque con la expresión de tu rostro me basta para saber que te gusta la idea.

—Es la mejor idea que he escuchado en semanas. Posiblemente años.

Layla le puso una mano jabonosa contra el pecho cuando Fox empezó a inclinarse hacia ella.

—No me voy a poder relajar si voy a estar pensando en acostarme contigo, Fox. Por lo general, la idea del sexo me pone nerviosa.

—Nos podemos relajar más tarde. De hecho, te puedo garantizar que vamos a estar mucho más relajados si terminamos primero lo que te pone nerviosa.

Layla sólo dejó la mano donde la tenía y lo empujó un paso atrás.

—No lo dudo, pero tengo que poner cada cosa en su compartimento. Así es como soy y como funciono. Esto entre tú y yo tengo que ponerlo en otro compartimento por un tiempo. Tengo que pensarlo, preocuparme por ello, preguntarme por ello. Si voy a aprender de ti, si voy a ayudar a ponerle fin a lo que quiere ponernos fin a nosotros, necesito que nos concentremos en eso.

La expresión de Fox se volvió seria y era obvio que le estaba prestando atención. Entonces asintió con la cabeza:

—A mí me gusta hacer malabares.

—Ya lo sé.

—Y me gusta negociar. Y —le secó la mano que lo estaba conteniendo y se la llevó a los labios— sé cuándo darle la oportunidad a la parte contraria para que considere todas las opciones. Te deseo. Desnuda, en mi cama, con la habitación envuelta en sombras y música suave. Quiero sentir tu corazón palpitando aceleradamente debajo de mi mano mientras te acaricio. Así que pon esa información en uno de tus compartimentos, Layla. —Hizo a un lado el trapo mientras ella sólo atinaba a mirarlo—. Voy a traer tu copa de vino, para que te ayude a relajarte antes de que empecemos a trabajar.

Layla todavía estaba sólo mirándolo fijamente cuando Fox salió de la cocina. Al cabo de un momento, finalmente pudo llevarse una mano al corazón y sí, estaba palpitando aceleradamente. Obviamente, le faltaba mucho por aprender si Fox había tenido esas ideas y ella no las había percibido.

Pensó que ahora iba a necesitar más que una copa de vino tinto para poder relajarse.

* * *

Layla bebió de su copa de vino mientras Fox despejaba la mesa de la cocina. Después, él le sirvió otra copa. Ella no dijo ni una palabra y él le dejó espacio para el silencio, espacio para que pensara, hasta que se sentó.

—Muy bien, empecemos. ¿Sabes meditar?

—Conozco el concepto. —Fox percibió un ligerísimo tono de irritación en la voz de ella, pero no le prestó atención.

—Tienes que sentarte para que podamos empezar, Layla. El problema con la meditación —continuó él cuando ella se sentó a su lado a la mesa— es que la mayoría de la gente no puede alcanzar ese punto en el que es posible apagar la cabeza, en el que no se piensa en el trabajo, en la cita con el dentista o el dolor que se está sintiendo en la parte de abajo de la espalda. O en cualquier otra cosa. Pero pueden llegar cerca, ya sea respirando como enseña el yoga, respirando de otras maneras, cerrando los ojos, imaginándose un cuadro en blanco...

—Y cantando «ommmm». ¿Cómo me va a ayudar eso a explotar esta cosa? No puedo caminar en estado meditativo.

—Te ayuda a vaciarte después, por decirlo de alguna manera. Te ayuda a (voy a sonar como mi madre) limpiar tu mente, tu aura, a equilibrar tu *chi*.

—Por favor.

—Es un proceso, Layla. Hasta ahora sólo has raspado la superficie del don que tienes, o sólo has sumergido el meñique del pie en él, para ser más gráfico. Cuanto más profundices en él, más requiere de ti.

—¿Más requiere de mí? ¿Como qué?

—¿Si profundizas mucho demasiado tiempo? Vas a tener dolor de cabeza, náuseas, te puede sangrar la nariz. Puede hacer daño, puede exprimirte.

Layla frunció el ceño mientras pasaba un dedo por el borde de su copa.

—Cuando estuvimos en el ático en la vieja biblioteca, Quinn tuvo una imagen del pasado de Ann Hawkins y, cuando volvió en sí, estaba bastante alterada. Tenía un fuerte dolor de cabeza, mareo y estaba asustada. —Infló las mejillas—. Está bien, lo confieso: se me da fatal la meditación. En las clases de yoga, cuando terminamos con la postura del cadáver, estoy relajada, pero estoy pensando qué voy a hacer a continuación o si debería o no comprarme esa fantástica chaqueta de cuero que vi en la tienda. Puedo practicar, en todo caso. Puedo practicar con Cybil.

«Porque ella es terreno más seguro que yo», pensó Fox, pero dejó que el pensamiento siguiera su camino.

—Muy bien. Por ahora, sólo rocemos la superficie. Relájate, saca todos los pensamientos de tu mente consciente. Como cuando estabas lavando los platos.

—Es más difícil cuando es deliberado. Como si los pensamientos quisieran aparecer.

—Es cierto. Así que compartimenta —le sugirió Fox con una sonrisa espontánea—. Pon cada pensamiento en su cajón correspondiente y ciérralo. Ahora mírame. —Y al decir esto, le puso la mano sobre una de las de ella—. Sólo mírame. Concéntrate en mí. Me conoces.

Layla se sintió un poquito extraña, como si el vino se le hubiera ido directamente a la cabeza.

—No te entiendo.

—Ya me entenderás. Mírame. Es como abrir una puerta. Gira el pomo, Layla. Pon tu mano sobre el pomo y hazlo girar, abre la puerta, sólo unos cuantos centímetros. Mírame. ¿En qué estoy pensando?

—Esperas que no me coma todas las empanadillas. —Layla pudo *sentir* el buen humor de Fox como una cálida luz azul—. Tú hiciste eso.

—Lo hicimos entre los dos. Quédate en la puerta, no pierdas la concentración. Ahora ábrela un poco más y dime qué estoy sintiendo.

—Yo... Calma. Estás tan calmado. No sé cómo lo logras. No creo que yo haya estado así de tranquila nunca en mi vida y ahora, con lo que ha sucedido, con lo que está sucediendo, no sé si podré volver a estar ni medianamente tranquila. Y... tienes hambre.

—Fingí comerme gran parte de una ensalada de berenjena a mediodía, razón por la cual he pedido...

—Res kung pao, guisantes, tallarines fríos, doce rollitos primavera y empanadillas. ¿*Doce* rollitos?

—Si sobra algo, me sirve para el desayuno.

—Es asqueroso. Y ahora estás pensando que yo sería un buen desayuno —terminó ella y sacó su mano de debajo de la de Fox.

—Lo siento, se me escapó. ¿Estás bien?

—Me siento un poco mareada y aturdida, pero en términos generales, bien. Es más fácil contigo, ¿no es cierto? Porque sabes cómo manejarlo, sabes cómo manejarme.

Fox tomó la cerveza que había dejado a un lado y se recostó en el respaldo de su asiento.

—Cuando una mujer entraba a la tienda que solías administrar en Nueva York y empezaba a mirar por ahí, ¿cómo sabías hacia dónde dirigirla? ¿Cómo la manejabas?

—¿Cómo la *satisfacía*? —lo corrigió Layla—. Yo no «manejaba» a mis clientas. Una parte dependía de la manera en que estaba vestida, qué zapatos llevaba puestos, qué bolso usaba, la imagen que proyectaba. También su edad. Ésas son cosas superficiales y pueden dar una impresión errónea, pero son un punto de inicio. Y yo crecí en el negocio, así que tengo una idea de los tipos de clientes.

—Pero apuesto a que nueve veces de diez sabías cuándo sacar del almacén el estrafalario bolso de cuero para mostrárselo a alguna clienta o por el contrario ofrecerle uno negro intemporal. O sabías que a la clienta en realidad se le antojaba un vestidito sexi y un par de zapatos de los que gritan «fóllame», aunque te dijera que estaba buscando un traje para la oficina.

—Tengo mucha experiencia interpretando... Está bien: sí. —Exhaló un suspiro, evidentemente molesta consigo misma—.

No sé por qué sigo resistiéndome. Sí, es cierto. Con frecuencia lograba sintonizar con lo que las clientas querían. La dueña de la tienda decía que yo tenía un toque mágico. Supongo que no estaba muy lejos de la realidad.

—¿Cómo lo hacías?

—Cuando estaba atendiendo a una clienta, estaba concentrada, podría decirse, en ella, en lo que quería, en lo que le gustaba. Y sí, también en lo que podía venderle. Tenía que escuchar lo que me estaba diciendo, prestarle atención a su lenguaje corporal y también dejar que mi propia intuición me dijera qué le iba a quedar mejor según su tipo. A veces, yo pensaba que era parte de mi intuición, incluso me formaba una imagen mental del vestido o los zapatos. Y otras veces podía escuchar una vocecita. Yo pensaba que era una especie de capacidad mía de leer entre líneas lo que me estaba diciendo mientras estábamos charlando, pero tal vez eran los pensamientos de la clienta. No estoy segura.

Fox pensó que por fin Layla estaba cediendo, por fin estaba permitiéndose aceptar lo que tenía dentro.

—Confiabas en lo que estabas haciendo, te sentías en terreno seguro, lo que es otro tipo de relajación. Y te importaba, es decir, realmente querías que tus clientas obtuvieran lo que querían o lo que les vendría mejor. Querías hacerlas felices. Además de hacer una venta, ¿verdad?

—Supongo.

—Mismo programa, diferente canal. —Metió la mano en uno de sus bolsillos y sacó unas monedas. Sin dejar que ella las viera, las contó—. ¿Cuánto dinero tengo aquí?

—Yo...

—Tengo la cantidad en la mente. Abre la puerta.

—Dios santo. Espera. —Layla le dio un sorbo a su copa primero. Se dio cuenta de que tenía demasiadas cosas dando vueltas en su propia cabeza. Tenía que guardar cada cosa en su cajón—. ¡No me ayudes! —le espetó cuando Fox trató de cogerle una mano—. Sólo... déjame.

«Guarda cada cosa en su cajón», se dijo a sí misma de nuevo. «Despeja la mente. Relájate. Concéntrate. ¿Por qué Fox piensa que soy capaz de hacer esto? ¿Por qué está tan seguro? ¿Por qué tantos hombres tienen unas pestañas tan maravillosas? ¡Caramba! Nada de desviarme del camino». Layla cerró los ojos, visualizó la puerta.

—Un dólar con treinta y ocho centavos. —Abrió los ojos de par en par—. ¡Por Dios!

—Buen trabajo. —Layla se sobresaltó cuando llamaron a la puerta—. Debe de ser el chico del reparto. Léelo.

—¿Qué?

—Mientras hablo con él y le pago, léelo.

—Pero eso es...

—Descortés y entrometido, es cierto, pero vamos a sacrificar la cortesía en aras del progreso. Léelo —le ordenó Fox mientras se ponía en pie y caminaba hacia la puerta para abrirla—. Hola, Kaz, ¿qué tal?

El chico tendría unos dieciséis años, calculó Layla. Llevaba puestos unos vaqueros, sudadera y botines deportivos Nike que parecían casi nuevos. Tenía pelo castaño despeinado y un pendiente de plata pequeño le colgaba del lóbulo de la oreja derecha. Tenía ojos marrones que la miraron de arriba abajo mientras bolsas y dinero cambiaban de manos.

Layla inspiró profundamente y trató de entreabrir la puerta.

Fox la escuchó rezongar detrás de él, un sonido entre un jadeo y un resoplido. Pero continuó la cháchara con el chico mientras le daba una propina y hacía algún comentario sobre baloncesto. Después de cerrar la puerta, puso las bolsas sobre la mesa.

—¿Y bien?

—Piensa que eres guay.

—Lo soy.

Y piensa que estoy buena.

—Lo estás.

—Se preguntó si conseguirías algo de eso esta noche y pensó que a él no le importaría si le tocara algo de eso también. Y no se refería a los rollitos primavera.

Fox abrió las bolsas.

—Kaz tiene diecisiete años. Los chicos de esa edad casi siempre están pensando en sexo. ¿Te dolió la cabeza?

—No. Fue fácil. Más fácil que contigo.

Fox le dirigió una amplia sonrisa.

—Los chicos de mi edad también piensan en conseguir algo de eso. Pero por lo general saben cuándo se trata solamente de rollitos primavera. Vamos a comer.

* * *

Fox no intentó besar de nuevo a Layla, ni siquiera cuando la llevó a su casa. Ella no pudo saber si él estaba pensando en ello o no, pero decidió que así era mejor. Sus propios pensamientos y sentimientos estaban hechos un ovillo de nudos raídos, lo que le hizo pensar que debía seguir el consejo de Fox y dedicarse a la meditación.

Cuando entró en su casa, se encontró con Cybil en el sofá de la sala, con un libro en una mano y una taza de té en la otra.

—¡Hola! ¿Cómo os ha ido?

—Bien. —Layla se dejó caer en una silla—. Sorprendentemente bien. De hecho, me siento ligeramente emocionada, como si me hubiera tomado un par de whiskys.

—¿Quieres una taza de té? Hay más en la tetera.

—Tal vez.

—Voy a traerte una taza —le dijo Cybil cuando vio que se disponía a ponerse en pie—. Pareces molida.

—Gracias. —Layla cerró los ojos y trató de respirar como en yoga, al tiempo que se imaginaba que una ola de relajación le subía desde los dedos de los pies. Iba por los tobillos cuando se dio por vencida—. Fox me dijo que debería meditar —le dijo a Cybil cuando ésta regresó a la sala con una elegante taza de té con su plato correspondiente—. Pero la meditación me aburre.

—Entonces no lo estás haciendo bien. Primero tómate el té —le dijo Cybil sirviéndole el té en la taza que había traído—. Y dime qué tienes en mente. Ésa es la mejor manera de sacarte los pensamientos antes de poder sentarte a meditar.

—Fox me besó.

—Estoy conmocionada y sorprendida. —Cybil le pasó a Layla la taza de té que le había servido, regresó al sofá donde su amiga la había encontrado y se sentó con las piernas recogidas. Se rió ligeramente cuando Layla la miró con el ceño fruncido—. Cariño, Fox no te quita de encima esos ojos zorrunos tan sexis que tiene ni un segundo. Te mira cuando entras en la habitación, te mira cuando sales de ella. Al pobre chico lo tienes pillado.

—Me dijo... ¿Dónde está Quinn?

—Con Cal. El señor inconformista encontró una partida de cartas, así que, para variar, la casa de Cal está vacía. Y Q y él están aprovechando la ocasión.

—Ah. Me alegro por ellos. Son una pareja fantástica, ¿verdad? Es maravillosa la manera en que encajan.

—No hay duda de que él es la persona para ella. Todos los demás tipos con los que Q trató antes eran como O'Doul.

—¿O'Doul?

—Casi amor. Cal es el amor verdadero. ¿Es más fácil hablar de ellos que de ti?

—Me confunde sentirme así —respondió Layla tras suspirar profundamente—. Y es incluso más confuso sentir lo que él siente pero tratando de no sentirlo. Y súmale a la ecuación que estamos trabajando juntos en varios niveles, lo que crea una especie de intimidad y hay que respetar esa intimidad, incluso protegerla, porque lo que está en juego es mucho. Si mezclas esa intimidad con la intimidad física o emocional de una relación personal y del sexo, ¿cómo mantienes el orden primario que se requiere para que hagamos lo que vinimos a hacer?

—Caramba. —Cybil bebió de su taza con una ligera sonrisa en los labios—. Eso es mucho en que pensar.

—Ya lo sé.

—Por qué no intentas algo directo y sencillo: ¿te excita Fox?

—Sí, Dios santo. Pero...

—No, nada de juicios de valor. No analices. La lujuria es algo elemental, poderoso, reparador. Disfrútala. Hagas algo al respecto o no, de todas maneras te pone la sangre en circulación. Al final pondrás las piezas en su lugar. Tienes que hacerlo. Eres humana y eres mujer. Tenemos que ir descubriendo los sentimientos, las preocupaciones y las consecuencias, pero también tienes que aprovechar la oportunidad de apreciar el ahora. —Los oscuros ojos de Cybil destellaron con humor—. Disfruta de la lujuria.

Layla reflexionó mientras bebía de su taza de té.

—Visto así, suena bastante bien.

—Cuando termines tu té, vamos a usar esa lujuria que sientes como tu punto de foco en un ejercicio de meditación. —Cybil sonrió por encima del borde de su taza—. No creo que te vayas a aburrir.

CAPÍTULO 5

Al principio, el ejercicio de meditación de Cybil que usaba la lujuria como trampolín le provocó la risa a Layla, pero después consideró que le había funcionado bastante bien. Mucho mejor, al menos, que su habitual método de fingimiento en la clase de yoga. Como Cybil le había dicho que hiciera, inspiró la lujuria —del ombligo a la columna—, espiró la tensión, el estrés. Se concentró en las «cosquillas en la barriga», como denominó Cybil a la sensación, y se adueñó de ella.

En algún punto entre las risas, la respiración y las cosquillas, Layla se había relajado tan completamente que incluso había podido escuchar los latidos de su propio corazón. Era la primera vez que era capaz de algo así.

Esa noche durmió profundamente y no tuvo ningún sueño; se despertó sintiéndose fresca. Y, tuvo que admitirlo, con más fuerzas. Al parecer, la meditación no tenía que matarla del aburrimiento.

Con Fox en los tribunales y Alice haciéndose cargo de todo, Layla pensó que no había razón para ir a la oficina hasta la tarde. Podía usar ese tiempo libre, pensó mientras se bañaba, para sumergirse con Cybil y Quinn en la investigación. Podía usar esa energía que sentía para tratar de encontrar más respuestas. Todavía no había agregado el incidente de los cuervos en la plaza a su cuadro y tampoco había clasificado el sueño que Fox y ella habían tenido.

Se puso vaqueros y un jersey para la mañana antes de escoger la ropa apropiada para su rol de la tarde de Layla, la secretaria. Y eso, tuvo que admitirlo, era divertido. Le gustaba tener que vestirse de forma diferente para ir a trabajar, tener que planear y considerar el atuendo y los accesorios. En las semanas que habían transcurrido desde que se había ido de Nueva York hasta que había empezado a trabajar en la oficina de Fox, había estado ocupada, es cierto. Había tenido que hacer enormes ajustes y enfrentarse a monumentales obstáculos, pero había echado de menos trabajar, había echado de menos saber que alguien esperaba que estuviera en un lugar determinado a una hora determinada para realizar unas labores específicas.

Y, superficial o no, había echado de menos tener una razón para ponerse un fantástico par de botas.

Al salir de su habitación, con la idea de ir a la cocina a prepararse un café, Layla escuchó el sonido de las teclas del ordenador que provenía de la oficina que habían organizado en la cuarta habitación.

Quinn estaba sentada con las piernas cruzadas frente al ordenador, tecleando con rapidez. Tenía su largo cabello rubio recogido en una reluciente cola de caballo que le oscilaba sobre la espalda mientras movía rítmicamente la cabeza, como al son de una música interna.

—No sabía que ya habías regresado.

—Sí. —Pulsó un par de teclas más antes de hacer una pausa para darse la vuelta—. Ya he ido al gimnasio, he quemado unos cuantos cientos de calorías y he echado a perder el esfuerzo comiéndome un enorme bollo de moras en la pastelería. Pero supongo que sigo llevando ventaja, teniendo en cuenta que anoche disfruté de una sesión de sexo estupendo y energético. Ya me he tomado mi taza de café, me he bañado y ahora estoy pasando las notas de Cybil sobre tu sueño. —Quinn estiró los brazos—. Y me sigo sintiendo como si pudiera correr la maratón de Boston.

—Sí que debió de ser una faena interesante la de anoche.

—Dios santo, si te contara. —Quinn meneó el trasero en su silla y soltó una de sus estrepitosas carcajadas—. Siempre había pensado que era una fantasía exagerada de las novelas románticas eso de que el sexo es mejor cuando una está enamorada. Pero yo soy una prueba viviente y muy satisfecha de que es cierto. Pero ya basta de mí. ¿Qué hay de ti?

Layla pensó que si no se hubiera levantado sintiéndose llena de energía, dos minutos con Quinn le habrían levantado los ánimos completamente.

—Pues, aunque no estoy extraordinariamente satisfecha, me siento genial, en todo caso. ¿Ya se ha levantado Cybil?

—Sí, está en la cocina preparándose café y leyendo el periódico. Nos vimos brevemente hace un rato y murmuró entre dientes algo así como que hiciste progresos con Fox ayer.

—¿Te llegó a mencionar que nuestros labios se encontraron de casualidad en el armario del material de oficina cuando su madre entró?

Quinn abrió sus brillantes ojos azules de par en par.

—No fue lo suficientemente concreta. Cuéntamelo tú.

—Acabo de contártelo.

—Necesito los detalles.

—Y yo necesito café. Ahora vuelvo.

Layla, mientras se dirigía a la cocina, se dio cuenta de que ésa era otra cosa que había estado echando de menos: divertirse y tener detalles personales para compartir con las amigas.

En la cocina, Cybil estaba mordisqueando medio *bagel* mientras leía el periódico, que tenía extendido sobre la mesa.

—En el periódico de hoy no mencionan ni media palabra del incidente de los cuervos —le dijo Cybil a Layla cuando ésta entró en la cocina—. Es realmente increíble. Ayer sólo un artículo minúsculo carente de detalles y hoy, ninguna continuación ni nada de nada.

—Es típico, ¿no? —Pensativa, Layla se sirvió un café—. Nadie le presta mucha atención a lo que sucede aquí. Y cuando aparecen noticias, o alguien cuestiona los sucesos o se genera algún tipo de interés, no se profundiza en el asunto o se desestima como superstición y habladurías.

—Incluso las personas que lo han vivido, que habitan en el pueblo, hacen caso omiso de lo que pasa. O sencillamente se les borra de la cabeza.

—Y las personas que lo recuerdan bien deciden irse. —Layla decidió comer yogur, así que sacó el cartón del refrigerador—. Como Alice Hawbaker.

—Es fascinante. En todo caso, no hay ninguna otra referencia a ataques de animales o sucesos inexplicables. Al menos no en el periódico de hoy. Bueno... —Cybil se estiró perezosamente y empezó a doblar el periódico—. Me voy a seguir dos hilos muy delgados que pueden llevarnos a descubrir dónde vivió Ann Hawkins durante nuestros dos años perdidos. Es de lo más irritante —añadió Cybil poniéndose en pie—. No había mucha gente por aquí en 1652. ¿Por qué diablos no puedo encontrar a las personas correctas?

* * *

Al mediodía, Layla había hecho todo lo que había podido con sus compañeras de casa y se había cambiado de ropa para su tarde en el trabajo: se había puesto unos pantalones grises y botas de tacón alto.

De camino a la oficina, notó que ya habían cambiado el escaparate de la tienda de regalos. No cabía duda de que el padre de Cal era un casero de lo más aplicado y era alguien, ella lo sabía, que se enorgullecía profundamente de su pueblo. Layla también vio el enorme letrero escrito a mano colgado de la vitrina que anunciaba que la tienda iba a cerrar definitivamente.

Sí que era una pena, pensó Layla mientras seguía su camino. La vida que las personas construían o trataban de construir se les derrumbaba alrededor sin que fuera su responsabilidad. Algunos seguían viviendo entre las ruinas, pues no encontraban ni la esperanza ni la voluntad para reconstruirlas, pero otros se remangaban la camisa y se ponían manos a la obra en la tarea de levantar los escombros y crear una vida nueva con ellos.

También habían cambiado las ventanas de varias casas y el escaparate del local de Ma y las de otras tiendas. Gente con chaquetas cerradas para protegerse del frío caminaba de aquí para allá, entrando y saliendo. La gente se quedaba. Vio a un hombre con una desteñida chaqueta de mezclilla y un cinturón de herramientas sujeto a la cadera cambiando la puerta de la librería. Ayer, pensó Layla, esa puerta había quedado astillada y se había roto el vidrio que tenía empotrado. Pero ahora había allí mismo una nueva en perfectas condiciones.

«La gente se queda», pensó de nuevo. «Y otros se ponen su cinturón de herramientas y se ayudan mutuamente a reconstruir».

Cuando el hombre se dio la vuelta, se miraron a través de la calle y él le sonrió. A Layla el corazón le dio un vuelco, un vuelco ligero, a la vez de placer y de sorpresa, porque era la sonrisa de Fox. Por un momento pensó que estaba alucinando, pero entonces recordó que su padre era carpintero. Era el padre de Fox quien estaba cambiando la puerta de la librería y quien ahora le sonreía desde el otro lado de Main Street.

Layla levantó la mano y la agitó en un saludo antes de continuar su camino. ¿No era interesante echarle un vistazo a la imagen que posiblemente Fox B. O'Dell tendría dentro de veinte años? Bastante buena, a decir verdad.

Layla todavía estaba riéndose para sí cuando llegó a la oficina y relevó a Alice para el resto del día.

Y puesto que tenía la oficina toda para ella sola, puso un disco compacto y se dispuso a trabajar. Así, Michelle Grant la acompañó a un volumen bajo, silenciado cada vez que sonaba el teléfono.

Al cabo de una hora, ya había organizado el escritorio y había actualizado la agenda de Fox. Pero, puesto que todavía consideraba que era dominio de Alice, logró resistirse a matar otra hora reorganizando el armario del material y los cajones del escritorio según sus preferencias personales. En cambio, sacó de su cartera un libro que contaba la versión local de la leyenda de la Piedra Pagana y se dispuso a leer.

Podía ver en su cabeza la Piedra, gobernando el claro en el bosque de Hawkins, alzándose del suelo calcinado como si fuera un altar, sombría y gris. «Sólida», pensó Layla ahora mientras hojeaba el libro. Maciza y milenaria. No sorprendía cómo había adquirido su nombre, decidió, puesto que la primera vez que la vio pensó que tenía que ser algo forjado por los dioses para adorar a quien —o lo que— fuera que adoraran. Un centro de poder, supuso, no en la cumbre vertiginosa de alguna montaña, sino en medio de un silencioso y soñoliento bosque.

No vio nada nuevo en el libro a medida que fue pasando las páginas: las acusaciones de brujería que convulsionaron el pequeño poblado puritano, un incendio trágico, una tormenta repentina. Deseó haber llevado mejor uno de los diarios de Ann Hawkins, pero no se sentía cómoda sacándolos de la casa.

Apartó el libro e intentó buscar en Internet, pero tampoco allí encontró nada más que las viejas noticias. Había leído y buscado y vuelto a leer y en este punto no había cuestión en la que Quinn y Cybil fueran mejores que ella. Su fortaleza era la organización y la unión de los puntos de una manera lógica. Pero en este momento, sencillamente, no había puntos nuevos que unir.

Sintiéndose ansiosa, se puso en pie y caminó hacia la ventana delantera. Necesitaba algo que hacer, una tarea definida, algo que le mantuviera las manos y la cabeza ocupadas. Necesitaba hacer algo. Ya.

Se dio la vuelta con la intención de llamar a Quinn para pedirle que le asignara una labor, sin importar lo nimia que pudiera ser. Entonces la vio.

La mujer estaba de pie frente al escritorio, con las manos entrelazadas sobre el vientre. Llevaba un vestido largo de color gris claro, de mangas largas y cuello alto. Tenía el pelo rubio como el sol, recogido en un moño sobre la nuca.

—Yo sé lo que es sentirse impaciente, ansiosa —dijo la mujer—. Nunca pude quedarme sentada mucho tiempo sin tener ninguna ocupación. Él solía decirme que el descanso tenía un propósito, pero a mí me resultaba muy difícil esperar.

Fantasmas, pensó Layla. ¿Por qué un fantasma le aceleraba el corazón cuando sólo unos momentos antes había estado pensando en dioses?

—¿Eres Ann?

—Tú lo sabes. Todavía estás aprendiendo a confiar en ti misma y en lo que te ha sido dado. Pero tú lo sabes.

—Dime qué hacer. *Dinos* qué tenemos que hacer para detenerlo, para destruirlo.

—No puedo, no tengo la potestad de hacerlo. Y tampoco él la tiene, mi amado. Es vuestra labor descubrirlo, de vosotros, que sois parte de él, vosotros que sois parte de mí y de los míos.

—¿Existe maldad en mí? —Ay, cómo la quemaba por dentro esa posibilidad—. ¿Puedes decírmelo?

—Depende de lo que hagas con ello. ¿Conoces la belleza del momento presente? ¿La belleza que radica en acogerlo? —El rostro de Ann reflejó tanto alegría como dolor, igual que el tono de su voz—. De un momento a otro se mueve, cambia. Eso mismo debes hacer tú. Si puedes ver dentro de los demás, dentro de su mente y su corazón, si puedes ver y saber lo que es verdadero y lo que es falso, ¿acaso no puedes ver dentro de ti misma para encontrar las respuestas?

—Esto es ahora, pero sólo me estás dando más preguntas. Dime adónde fuiste la noche del incendio en la Piedra Pagana.

—A vivir, como me lo pidió él. A dar a luz vidas que eran las más preciadas. Ellos eran mi fe, mi esperanza, mi verdad y fue el amor lo que los concibió. Ahora vosotros sois mi esperanza. No debéis perder la esperanza. Así como él nunca la ha perdido.

—¿Quién? ¿Giles Dent? Fox. —Layla se dio cuenta—. Es a Fox a quien te estás refiriendo.

—Él cree en la justicia de las cosas y en su derecho. —La mujer sonrió, colmada de amor—. Ésa es su mayor fortaleza, pero también es su punto vulnerable. Recuerda: él busca la debilidad.

—¿Qué puedo hacer...? ¡Maldición! —Ann se había ido y el teléfono empezó a sonar.

Ya lo escribiría todo, pensó Layla mientras corría hacia el escritorio para contestar el teléfono. Escribiría cada palabra y cada detalle. Ahora sí que tenía algo que hacer.

Extendió la mano hacia el teléfono, pero levantó una serpiente que siseaba.

Un alarido se abrió paso dentro de ella, al tiempo que arrojaba lejos de sí la masa negra que se retorcía. Se tambaleó hacia atrás sin poder evitar que más gritos aterrorizados emergieran de su garganta y vio a la serpiente enroscarse como una cobra mientras le clavaba sus enormes ojos rasgados. Después bajó la cabeza y empezó a reptar en dirección a ella. Oraciones y súplicas llenaron la cabeza de Layla mientras retrocedía hacia la puerta. Los ojos del animal lanzaron destellos granate y, en un movimiento tan rápido como un rayo, avanzó hasta quedar entre la puerta y Layla, y se enroscó allí de nuevo.

Layla podía escuchar su respiración acelerada, jadeos que le cerraban la garganta. Quería darse la vuelta y correr, pero temía darle la espalda a la bestia, y el miedo era avasallador. El animal empezó a desenroscarse, centímetro a centímetro sinuoso, y de nuevo empezó a dirigirse hacia ella.

¿Era más larga ahora? Ay, Dios, Dios santísimo. La piel le resplandecía como el petróleo y ondulaba a medida que se le acercaba. El siseo se intensificó cuando Layla golpeó la pared con la espalda, cuando ya no había otro lugar adonde huir.

—No eres real —le dijo Layla, pero la duda que le teñía la voz fue evidente incluso para ella misma. El animal no se detuvo en su marcha—. No eres real —repitió, luchando por normalizar su respiración. «¡Mírala!», se ordenó a sí misma. «Mírala y convéncete»—. No eres real. No todavía, maldito bastardo. —Apretando los dientes con fuerza, se separó de la pared y avanzó unos pasos—. Ven, repta, atácame. No eres *real.* —Y, tras terminar de pronunciar la última palabra, levantó una pierna y la dejó caer con fuerza, clavándole el tacón de la bota al cuerpo aceitoso de la serpiente. Por un momento, sintió materia, vio un hilo de sangre que manaba de la herida y se sintió tan horrorizada como asqueada. Y mientras pisaba con todas sus fuerzas, *sintió* la furia del demonio y, lo que fue más satisfactorio, su dolor—. Sí, así es. Te hicimos daño antes y te lo vamos a hacer de nuevo. Vete al infierno, maldito...

Le llegó. Por un instante, un momento cegador, sintió el intenso dolor como si fuera suyo. Hizo que se doblara, pero antes de que Layla pudiera enderezarse y disponerse a pelear, a defenderse, el animal había desaparecido.

Se levantó la pernera del pantalón frenéticamente, buscándose alguna herida. Tenía la piel sana, sin marcas. El dolor, pensó mientras trataba de encontrar su bolso, había sido una ilusión. Le hizo sentir dolor, tenía ese poder, pero no el suficiente como para hacerle daño real. Las manos le temblaban, pero logró sacar su teléfono móvil del bolso.

Recordó que Fox estaba en los tribunales. «No puede venir. No puede ayudarme». Marcó entonces el teléfono de Quinn.

—Ven —logró articular cuando su amiga contestó—. Tienes que venir. Deprisa.

* * *

—Estábamos saliendo hacia aquí cuando llamaste —le dijo Quinn a Layla—. No contestabas al teléfono, ni al móvil ni al de la oficina.

—Sonó el de la oficina. —Layla estaba sentada en el sofá de la recepción. Ya había recuperado el aliento y casi había dejado de temblar—. Sonó, pero cuando fui a contestar... —Tomó la botella de agua que Cybil le había traído de la cocina—. Lo tiré hacia allá.

Cybil se dirigió hacia el escritorio.

—Pero todavía está aquí. —Y tras decirlo, levantó el auricular.

—Porque nunca lo contesté —dijo Layla quedamente—. Nunca levanté nada. Sólo me hizo pensar que así había sido.

—Pero lo sentiste.

—No sé. Lo escuché, lo vi. Pensé que lo había sentido. —Bajó la mirada hacia su mano y no pudo evitar estremecerse.

—Ha llegado Cal —anunció Cybil tras echar un vistazo por la ventana.

—Lo llamamos —le dijo Quinn a Layla mientras le frotaba un brazo—. Aunque, la verdad, pensamos que deberíamos llamar a toda la caballería.

—Fox está en los tribunales.

—Muy bien. —Quinn, que había estado acuclillada a los pies de Layla, se puso en pie cuando Cal entró.

—¿Estáis bien todas? ¿No hay nadie herido?

—Nadie está herido. —Con los ojos fijos en Cal, Quinn puso una mano sobre el hombro de Layla—. Sólo muertas del susto.

—¿Qué ha pasado?

—Estábamos llegando a ese punto. Fox está en los tribunales.

—Intenté llamarlo, pero saltó el buzón de voz. No dejé ningún mensaje. Supuse que, si no estaba en la oficina, no querría saber que algo anda mal mientras conduce. Gage está en camino. —Cal caminó hacia las mujeres y le acarició un brazo a Quinn antes de sentarse junto a Layla.

—¿Qué ha pasado aquí? ¿Qué te ha pasado a ti?

—Recibí visitas de ambos equipos.

Layla empezó a contarles la aparición de Ann Hawkins. Hizo una pausa cuando Quinn sacó una grabadora y, después, otra cuando llegó Gage.

—¿Dices que la escuchaste hablar? —le preguntó Cal.

—Tuvimos una conversación justo aquí. Sólo yo y una mujer que ha estado muerta más de trescientos años.

—¿Pero habló realmente?

—Te acabo de decir... Ay, pero qué imbécil que soy. —Layla puso a un lado la botella de agua y se presionó las manos contra los ojos—. Se supone que debo estar en el momento presente, prestarle atención al ahora, pero no lo hice. No estaba prestando atención.

—Probablemente fue una gran sorpresa darte la vuelta y ver a una mujer muerta de pie junto a tu escritorio —apuntó Cybil.

—Estaba deseando tener algo que hacer, algo que me mantuviera ocupada y, al parecer, hay que tener cuidado con lo que se desea. Dejadme pensar... —Cerró los ojos y trató de recrear el episodio mentalmente—. La conversación fue mental —murmuró—. La escuché dentro de mi cabeza. Estoy casi segura. Así las cosas, todo parece indicar que tuve una conversación telepática con una mujer muerta. Esto se pone cada vez mejor.

—Más bien parecen palabras de aliento de su parte —comentó Gage—. No información útil, sino más bien unas hurras para que el equipo siga adelante.

—Tal vez es lo que yo necesitaba escuchar, porque te digo que las hurras pudieron haber cambiado el sentido de la marea cuando el otro visitante llegó. El teléfono sonó. Probablemente eras tú, Quinn. Y entonces... —Layla se interrumpió cuando la puerta se abrió.

Fox entró alegremente.

—¿Alguien está celebrando una fiesta y no me...? Layla. —Fox atravesó tan deprisa la recepción que Quinn tuvo que hacerse a un lado para que no la arrollara—. ¿Qué ha pasado?

—Tomó a Layla de las manos—. ¿Una serpiente? Mierda. No estás herida —y le levantó las perneras del pantalón antes de que ella pudiera contestar.

—Basta, Fox. No lo hagas. No, no estoy herida. Dame la oportunidad de decírtelo. No me leas de esa manera.

—Lo siento. No parecía un momento para andarse con protocolos. Estabas sola, podrías haber...

—Basta —le ordenó ella, y deliberadamente arrancó sus manos de entre las de él y trató de bloquearle el acceso a su mente—. Basta. No voy a poder confiar en ti si te metes en mi cabeza de esa manera. No voy a confiar en ti.

Fox se apartó de inmediato, en todos los niveles.

—Muy bien, muy bien. Escuchemos, entonces.

—Ann Hawkins vino primero —empezó Quinn—. Pero, si estás de acuerdo, volveremos sobre esa visita después, que Layla acaba de contarla.

—Entonces continúa.

—El teléfono sonó —empezó Layla de nuevo y continuó contándoles lo sucedido.

—Le hiciste daño —comentó Quinn—. Tú sola, sin ayuda de nadie. Ésas son buenas noticias. Y me gustan las botas.

—Pues repentinamente se han convertido en mi calzado favorito.

—Pero sentiste dolor. —Cal señaló hacia la pantorrilla de Layla—. Y eso no es bueno.

—Fue sólo un segundo, y sinceramente os digo que no sé si fue más pánico o que estaba esperando sentir dolor. Estaba tan asustada, por obvias razones, y a eso añadidle el asunto de la serpiente. Empecé a hiperventilar y no pude normalizar la respiración. Creo que me habría desmayado si no hubiera estado más asustada de que la serpiente me reptara por el cuerpo mientras estaba inconsciente. Tengo un problema.

Cybil ladeó la cabeza.

—¿Tienes un problema con las serpientes? ¿Sufres de ofidiofobia? Es decir, ¿temes a las serpientes? —explicó Cybil cuando Layla la miró con expresión de no saber de qué le estaba hablando.

—Cybil sabe un montón de cosas así —apuntó Quinn con orgullo.

—Pues no sé si es exactamente una fobia, es sólo que no me gustan... Está bien, lo acepto: tengo miedo a las serpientes. A todas las cosas que reptan.

Cybil miró a Quinn:

—Como la babosa gigante que Layla y tú visteis en el comedor del hotel el día en que ella llegó al pueblo.

—Está usando sus miedos. Muy bien visto, Cyb.

—Fueron arañas cuando vosotros cuatro estabais en la fiesta del día de San Valentín. —Cybil levantó una ceja—. Tú tienes un problema con las arañas, Q.

—Sí, pero es más asco que miedo.

—Y ésa es la razón por la cual dije que tenías un problema con las arañas y no que sufrías de aracnofobia.

—Fox ilustra ese caso.

—No. No me gustan las arañas, pero...

—¿Quién no quería ver la película *Aracnofobia*? ¿Quién lloró como una nena cuando una araña lobo se le subió al saco de dormir cuando fuimos...?

—Tenía doce años, por Dios santo. —Con expresión entre avergonzada e impaciente, Fox se metió las manos en los bolsillos—. No me gustan las arañas, lo que no significa necesariamente que tenga una fobia. Las arañas tienen demasiadas patas, en contraposición a las serpientes, que no tienen ninguna, característica que, la verdad, me encanta. Sólo me asustan las arañas que son más grandes que mi maldita mano.

—Y esas arañas sí que eran más grandes que tu mano —concedió Layla.

Fox exhaló un suspiro.

—Sí, supongo que lo eran.

—Ella dijo... Ann, quiero decir, dijo que el demonio buscaría nuestras debilidades.

—Arañas y serpientes —apuntó Cal.

—Se va a necesitar más que eso —concluyó Gage, lo que le valió una sonrisa lánguida de Cybil.

—¿Qué te asusta a ti? —le preguntó ella.

—La oficina de impuestos y las mujeres que son capaces de usar palabras como «ofidiofobia».

—Todo el mundo tiene miedos, puntos débiles. —Layla se frotó cansadamente la nuca—. Y él va a usar los nuestros en nuestra contra.

—Creo que deberíamos tomarnos un descanso e irnos a casa. —Fox examinó el rostro de Layla—. Te duele la cabeza, puedo verlo en tus ojos —añadió él fríamente cuando ella se puso rígida—. Voy a cerrar la oficina por hoy.

—Buena idea. —Quinn habló antes de que Layla pudiera objetar algo—. Vamos a nuestra casa. Layla puede tomarse un par de aspirinas y darse un baño. Y Cybil puede preparar la cena.

—¿En serio? —preguntó Cybil secamente, después entornó los ojos cuando Quinn le sonrió—. Está bien, está bien: yo preparo la cena.

Cuando las mujeres se hubieron ido, Fox se quedó de pie en medio de la recepción, mirando con detenimiento en todas las direcciones.

—Nada por aquí, hermano —le dijo Gage.

—Pero lo hubo. Todos lo sentimos. —Fox miró a Cal y éste asintió con la cabeza.

—Sí, pero en todo caso ninguno de nosotros pensó que Layla se imaginó lo que pasó.

—No, no se lo imaginó —coincidió Gage—. Y supo manejarlo. Ninguna de esas tres mujeres tiene ni un solo punto débil. Ésa es una ventaja.

—Estaba sola —comentó Fox dándose la vuelta—. Tuvo que *manejarlo* sola.

—Somos seis, Fox. —La voz de Cal sonó tranquila, en tono razonable—. No podemos andar todos juntos las veinticuatro horas del día. Cada uno tiene que trabajar en sus cosas, tiene que dormir, tener una vida. Así son las cosas. Así han sido siempre.

—Layla sabe cómo se marcan los goles. —Gage extendió las manos—. Igual que el resto de nosotros.

—Éste no es un maldito partido de hockey.

—Y ella no es Carly. —Los tres guardaron silencio, después de que Cal hiciera esa afirmación—. Ella no es Carly —repitió Cal quedamente—. Lo que sucedió hoy aquí no es culpa tuya, así como tampoco fue culpa tuya lo que sucedió hace siete años. Si sigues cargando con eso, no te estás haciendo ningún favor, Fox, ni se lo estás haciendo a Layla.

—Vosotros dos no habéis perdido a nadie a quien amarais en todo esto —respondió Fox a la defensiva—, así que no sabéis cómo es.

—Estuvimos allí —lo corrigió Gage—, así que lo sabemos bastante bien. Lo sabemos —se levantó la manga de la camisa y dejó al descubierto la delgada y pálida cicatriz que le cruzaba la muñeca—, porque siempre hemos estado allí.

Porque Fox sabía que ésa era la pura verdad, exhaló un suspiro y dejó pasar la ira.

—Necesitamos encontrar un sistema de contacto. Así, si alguno de nosotros se ve amenazado mientras está solo, todos los demás pueden saberlo por medio de alguna señal. Sí, necesitamos encontrar una manera —añadió—, pero por ahora lo que necesito es cerrar la oficina y quitarme esta corbata. Después, quiero una cerveza.

* * *

Para cuando los tres amigos llegaron a la casa de las mujeres, los preparativos de la cena ya estaban en marcha y a Quinn le había tocado hacer las veces de ayudante de cocina de Cybil.

—¿Qué hay de cenar? —preguntó Cal tras entrar en la cocina. Caminó hacia Quinn, le levantó la barbilla y se inclinó para darle un beso en los labios.

—Lo único que sé es que me han ordenado pelar estas zanahorias y patatas.

—Fue idea tuya preparar cena para seis —le recordó Cybil mientras sonreía a Cal—. La cena va a estar deliciosa y te va a encantar. Ahora vete.

—Él puede pelar zanahorias —objetó Quinn.

—Fox puede pelar zanahorias —respondió Cal—. Sabe cómo manipular las verduras porque eso es lo único que comían en su casa.

—Que es la razón por la cual tú deberías practicar —respondió Fox—. Quisiera hablar con Layla. ¿Dónde está?

—Arriba. Ella... hummm —se interrumpió Quinn cuando Fox se dio la vuelta y salió de la cocina—. Esto tiene que ser interesante. Qué pena que me lo vaya a perder.

Fox subió las escaleras y se dirigió directamente hacia la habitación de Layla. Conocía bien la casa puesto que le había tocado ayudar a llevar muebles y cosas cuando las mujeres se habían mudado. La puerta estaba abierta, así que entró sin llamar y entonces la vio: de pie en medio de la habitación llevando sólo el sujetador y una braga de cintura baja.

—Necesito hablar contigo.

—Vete, fuera. Jesús bendito. —Layla tomó una camisa que tenía sobre la cama y trató de cubrirse con ella.

—No me va a llevar mucho.

—No me importa lo que vayas a tardar. Todavía no estoy vestida.

—Por Dios santo, Layla, ya he visto antes mujeres en ropa interior. —Pero puesto que Layla sólo guardó silencio y mantuvo en alto el brazo señalando hacia la puerta, Fox transigió y se dio la vuelta—. Si eres tan pudorosa, deberías cerrar la puerta.

—En esta casa sólo vivimos mujeres, Fox, además... No importa.

Fox escuchó el sonido de cajones abriéndose y cerrándose, el murmullo de ropa.

—¿Cómo sigue el dolor de cabeza?

—Bien, ya no me duele. Es decir, estoy bien. Si eso es todo...

—Entonces desmonta.

—¿Perdón?

—De tu caballo. Y puedes irte olvidando de que me vaya a disculpar por leerte en la oficina. Desprendías miedo y me impactó. Lo que pasó después fue instintivo y esa reacción no me convierte en un fisgón psíquico.

—Puedes controlar tus instintos, me lo dijiste, y lo haces todo el tiempo.

—Es más difícil cuando se trata de alguien que me importa y que está en crisis, así que hazte a la idea. Mientras tanto, creo que deberías empezar a pensar en encontrar otro trabajo.

—¿Me estás *despidiendo*?

Fox supuso que Layla había tenido tiempo de vestirse ya, entonces se dio la vuelta. Todavía tenía en la mente una imagen clarísima de ella llevando solamente ropa interior, pero tuvo que admitir que la mujer estaba igual de despampanante en vaqueros y jersey, era indignante.

—Estoy sugiriendo que consideres encontrar un empleo en el que estés rodeada de gente, para que no estés sola. Yo me paso el tiempo entrando y saliendo de la oficina y después de que la señora H. se vaya...

—¿Estás sugiriendo que necesito una niñera?

—No. Y en este momento diría que tienes un botón de reacción exagerada y se te quedó pegado el dedo en él. Lo que estoy sugiriendo es que no tienes que sentirte obligada a volver a la oficina, si te hace sentir intranquila. Lo entiendo, si es así, y puedo hacer otros arreglos para conseguir a alguien más que me ayude.

—Estoy viviendo y trabajando en un pueblo en el que un demonio sale a jugar cada siete años. Otras muchas cosas pueden hacerme sentir intranquila aparte de organizar tu maldito archivo.

—En el pueblo hay otros empleos en los que no tendrías que organizar el maldito archivo de nadie estando a solas en una oficina todos los días. Sola en una oficina en la que te acorralaron y te atacaron.

—En una oficina en la que me defendí e hice daño.

—No estoy haciendo caso omiso de eso, Layla.

—Suenas como si así fuera.

—No quiero sentirme responsable si te pasa algo. —Fox levantó la mano antes de que ella pudiera responder—. No lo digas: es mi oficina, mi horario, mis sentimientos.

Layla ladeó la cabeza en un gesto que era tanto de reconocimiento como de desafío.

—Entonces vas a tener que despedirme o, para devolverte tu propio consejo, hacerte a la idea.

—Bien, entonces me haré a la idea. Vamos a tratar de encontrar algún tipo de alarma o señal que nos llegue a todos al mismo tiempo, para que no tengamos que depender del teléfono.

—¿Como una batiseñal?

Fox no pudo evitar sonreír.

—Eso sería lo mejor. Ya hablaremos sobre ello. —Cuando salieron juntos de la habitación, Fox le preguntó—: ¿Estamos bien?

—Lo suficientemente bien.

A pesar de la orden de Cybil, todos estaban reunidos en la cocina, y lo que fuera que estuviera dispuesto en el menú ya empezaba a perfumar el ambiente mientras *Lump,* el perro de Cal, roncaba cuan largo era debajo de la mesita del café.

—La sala de la casa está perfectamente bien —comentó Cybil—, muy bien preparada y amueblada para albergar hombres y perros.

—Cybil todavía no está de acuerdo del todo con el ambiente especial que le dio a la sala el mercadillo. —Quinn sonrió y le dio un mordisco a un tallo de apio—. ¿Te sientes mejor, Layla?

—Mucho mejor, gracias. Voy a servirme una copa de vino antes de subir a la oficina. Quiero poner en el tablón este último acontecimiento. A propósito, ¿para qué me llamaste, Quinn? Me dijiste que intentaste llamar tanto a la oficina como al móvil, ¿qué querías decirme?

—Ay, Dios, con todas las emociones de la tarde, nos olvidamos. —Quinn le lanzó una mirada a Cybil—. Nuestra fabulosa investigadora aquí presente ha encontrado otra pista que puede llevarnos a descubrir dónde vivió Ann Hawkins después de aquella noche en la Piedra Pagana.

—En 1652, una familia de apellido Ellsworth vivía a unos pocos kilómetros a las afueras del poblado de Hawkins Hollow.

Llegaron poco después que los Hawkins. Tres meses después, según lo que he podido establecer.

—¿Existe alguna conexión entre ambas familias? —preguntó Cal.

—Tanto Hawkins como Ellsworth vinieron de Inglaterra. Su nombre era Fletcher Ellsworth. Ann llamó a uno de sus hijos Fletcher, y la mujer de Ellsworth, Honor, era prima en tercer grado de la mujer de Hawkins.

—Yo creo que eso puede definirse como conexión —dijo Quinn.

—¿Pudiste encontrar el lugar donde vivían? —le preguntó Cal a Cybil.

—Sigo trabajando en ello —respondió ella—. Tengo toda esa información porque uno de los descendientes de Ellsworth estuvo en la batalla de Valley Forge con George Washington, y uno de sus descendientes escribió un libro sobre la familia. Lo llamé. Es un tipo de lo más conversador.

—Cyb siempre logra que hablen con ella —comentó Quinn y le dio otro mordisco al tallo de apio.

—Así es. En todo caso, ese tipo logró constatar que el Ellsworth que nos interesa tuvo una granja al oeste del pueblo, en un lugar que se llamaba Hollow Creek.

—Entonces ahora sólo tenemos que... —Quinn se interrumpió cuando vio la expresión de Cal—. ¿Qué? —Y puesto que Cal estaba mirando en dirección a Fox, Quinn se volvió hacia él y repitió—: ¿Qué?

—Por aquí algunos todavía llaman así al lugar —explicó Fox—. O al menos hasta que mis padres compraron la tierra hace treinta y tres años. Ésa es la granja de mi familia.

CAPÍTULO 6

Ya era noche cerrada cuando Fox aparcó detrás de la camioneta de su padre. Y justamente debido a lo tarde que era, los seis habían decidido que no era apropiado invadir la casa de los Barry-O'Dell en una especie de búsqueda fisgona.

Tendrían que afrontar una de todas maneras, pensó Fox. La casa siempre estaba abierta para cualquier persona, a cualquier hora. Familiares, viejos amigos, nuevos amigos, el viajero ocasional podía encontrar siempre cama, refugio y cena en el hogar de los O'Dell. El pago por la hospitalidad bien podía ser alimentar a las gallinas, ordeñar a las cabras, limpiar el jardín o cortar leña.

Durante toda su infancia la casa había estado llena de ruido, siempre había habido movimiento y todavía con frecuencia seguía siendo así. Ésta era una casa en la que se incitaba a sus habitantes a que buscaran y siguieran su propio camino, en la que las reglas eran laxas y personalizadas, y en la que se esperaba que todos colaboraran con todo.

Todavía era su hogar, pensó Fox, la laberíntica casa de piedra y madera con su enorme porche delantero y sus interesantes salientes y postigos pintados de rojo intenso. Supuso que incluso si alguna vez llegaba a tener la oportunidad de comprar o construir su propia granja, cuándo tuviera una familia, esa casa seguiría siendo siempre su hogar.

Se escuchaba música cuando entró a la enorme y excéntrica sala que combinaba colores, texturas y arte de manera vistosa. Todos los muebles estaban hechos a mano, la mayoría por su padre. Las lámparas, los cuadros, los floreros, los chales, los cojines, las velas, todos eran obras originales, de familiares o amigos.

¿Había apreciado aquello de niño?, se preguntó ahora. Probablemente no. Ése era sólo su hogar.

Un par de perros corrieron a saludarlo desde el otro lado de la casa con ladridos de bienvenida y movimientos de la cola. En su casa siempre había habido perros. Éstos, *Mick* y *Dylan*, eran de raza cruzada, como siempre lo eran en su casa, y sus padres los habían adoptado en la perrera. Fox se acuclilló para acariciarlos a ambos y entonces vio a su padre, que venía detrás de ellos.

—¡Hola! —Brian sonrió ampliamente al ver a su hijo, en un espontáneo gesto de placer—. ¿Cómo estás? ¿Ya has cenado?

—Sí.

—Ven a la cocina, que nosotros estamos terminando y hay rumores de que vamos a tener tartaleta de manzana de postre. —Brian le pasó un brazo sobre los hombros a su hijo mientras caminaban hacia la cocina—. Hoy estuve trabajando en el pueblo e iba a pasar por tu oficina —continuó Brian—, pero me lié. Mira a quién encontré —le dijo a Jo—. Seguro que ha oído lo de la tartaleta.

—No se habla de otra cosa en el pueblo. —Fox rodeó la pesada mesa de madera y fue a darle un beso a su madre. Toda la cocina olía a las hierbas y a las velas de Jo, y a la espesa sopa que estaba en la olla sobre el fogón—. Y antes de que me preguntes: sí, ya he cenado. —Se sentó en la silla que había ayudado a construir cuando tenía trece años—. He venido a hablar con vosotros sobre la casa, sobre la granja.

—¿Quieres mudarte aquí de nuevo? —le preguntó Brian y acto seguido tomó su cuchara y la hundió en lo que Fox reconoció como la sopa de lentejas y arroz integral de su madre.

—No. —Aunque, él lo sabía, esa puerta estaría siempre abierta para él—. La mayor parte de la casa fue construida antes de la Guerra Civil, ¿verdad?

—A mediados del siglo XIX —confirmó Jo—. Tú ya sabes eso.

—Sí, pero me estaba preguntando si sabéis si fue construida sobre alguna estructura anterior.

—Es posible —respondió Brian—. El cobertizo de piedra de atrás es más viejo. Es razonable pensar que hubo más construcciones aquí en algún momento.

—Sí. Recuerdo que investigaste la historia de este lugar.

—Así es. —Jo examinó el rostro de su hijo—. Hubo gente labrando la tierra aquí antes de que el hombre blanco llegara y la expulsara.

—No estoy hablando de los indígenas ni de los invasores que los explotaron. —No quería bajo ninguna circunstancia empezar esa discusión ahora—. Estoy más interesado en lo que sabéis sobre lo que pasó por la época en que llegaron los colonos.

—Cuando colonizaron el pueblo —dijo Jo—. Cuando llegó Lazarus Twisse.

—Así es.

—Sé que ya trabajaban la tierra en esa época y que esta zona era conocida como Hollow Creek. Tenemos algunos artículos al respecto. ¿Por qué te interesa, Fox? No estamos cerca de la Piedra Pagana y estamos en las afueras del pueblo.

—Pensamos que tal vez Ann Hawkins vivió aquí un tiempo y que dio a luz a sus hijos aquí.

—¿En esta granja? —reflexionó Brian—. ¿Cómo es posible?

—Ya os conté que ella escribió unos diarios y que tenemos tres, ¿os acordáis? Y hay un espacio de tiempo grande entre los dos primeros y el tercero. Así que no tenemos información sobre unos dos años de su vida, entre que se fue, o suponemos que se fue, del pueblo hasta que regresó con sus hijos ya más grandecitos. Si pudiéramos encontrar los diarios que hacen falta...

—Eso sucedió hace trescientos años —apuntó Jo.

—Ya lo sé, pero tenemos que intentarlo. Si pudiéramos venir mañana, por la mañana temprano, antes de que tengas que atender clientes...

—Sabes que no tienes que preguntar —le dijo Brian—. Aquí vamos a estar.

Jo no dijo nada por un momento.

—Voy a traer la famosa tartaleta. —Se puso en pie y le dio una palmadita en el hombro a su hijo de camino hacia la alacena.

* * *

Fox había querido mantener todo ese lío lejos de su familia, lejos de su hogar. Mientras conducía por esos caminos que conocía tan bien con las primeras luces de la mañana, se dijo que la búsqueda no involucraría a su familia más de lo que ya lo estaba. Aunque comprobaran que Ann Hawkins había vivido en esas tierras, aunque encontraran los diarios, eso no cambiaba el hecho de que la granja era una de las zonas seguras.

Ningún miembro de las tres familias se había visto afectado nunca, ninguno se había visto amenazado. Y eso no iba a cambiar. Sencillamente, Fox no iba a permitir que cambiara. Era un hecho que esta vez la amenaza estaba manifestándose antes de tiempo y con más violencia, pero su familia seguía estando a salvo.

Aparcó frente a la casa, justo delante de Cal y Gage.

—Tengo dos horas —les dijo a sus amigos tras apearse—. Si necesitamos más tiempo, puedo tratar de cambiar unas citas, pero si no, toca dejarlo para mañana. El sábado estoy libre.

—Ya veremos. —Cal se hizo a un lado para que *Lump* y los dos perros de casa pudieran olerse y reconocerse.

—Aquí viene el estrógeno. —Gage levantó la barbilla hacia el camino—. ¿Está tu chica lista para apostar, Hawkins?

—Dijo que estaba lista, así que lo está. —Pero Cal caminó hacia el coche de las mujeres y se llevó a Quinn aparte cuando las tres se hubieron apeado—. No estoy seguro de poder ayudarte con esto, Quinn.

—Cal...

—Ya sé que lo discutimos anoche, pero se me está permitido ser obsesivo en lo que se refiere a la mujer que amo.

—Absolutamente. —Quinn le pasó los brazos alrededor del cuello de tal manera que sus brillantes ojos azules le sonrieran a cortísima distancia de los suyos—. Obsesióname.

Cal aceptó la boca que Quinn le ofrecía y se permitió hundirse en ella.

—Sabes que voy a hacer todo lo que pueda, pero el hecho es que he estado viniendo a esta granja toda mi vida, he dormido, comido y jugado en esta casa, he corrido por estos campos, he ayudado con las labores; éste ha sido mi segundo hogar. Sin embargo, nunca, absolutamente nunca, he tenido una imagen del pasado aquí, ni de Ann, ni de nada.

—Giles Dent no estuvo aquí, como tampoco estuvieron aquí nunca los guardianes que vinieron antes que él. Al menos hasta donde sabemos. Si Ann vino a vivir aquí, lo hizo sin él y se quedó hasta después de que Dent se fuera. Así las cosas, ésta me toca a mí, Cal.

—Ya lo sé. —Tocó los labios de su mujer con los suyos—. Sólo que no te presiones tanto, rubita.

—Es una casa maravillosa —le dijo Layla a Fox—. Y es un lugar encantador, ¿no te parece, Cybil?

—Como un cuadro de Pissarro. ¿Qué clase de granja es ésta, Fox?

—Podría decirse que es una granja ecológica de familia. A esta hora, mis padres deben de estar detrás, alimentando a los animales.

—¿Tenéis vacas? —Layla caminó detrás de Fox.

—No. Cabras, para leche; gallinas, para huevos; abejas, para miel. Y tenemos, tienen sembradas verduras, flores, hierbas aromáticas. Usan todo y lo que sobra lo venden o lo truecan.

El olor a animales colmó el aire matutino, lo que para los sentidos urbanos de Layla resultó de lo más exótico. Vio más allá un neumático que colgaba de una retorcida y gruesa rama de lo que Layla pensó que debía de ser un sicomoro.

—Debió de ser genial crecer aquí.

—Lo fue. Probablemente no lo pensaba así cuando me tocaba recoger el excremento de las gallinas o ayudar a limpiar el jardín, pero sí, fue genial.

Escucharon las gallinas que cloqueaban con voz urgente y afanosa. Al rodear la casa, Fox vio a su madre disponiéndose a alimentarlas. Llevaba puestos vaqueros, unas botas de hule viejísimas y una camisa casi deshilachada encima de un jersey térmico. El largo pelo le colgaba a la espalda en una gruesa trenza.

Ahora fue el turno de Fox de tener una imagen del pasado: en la mente vio a su madre llevando a cabo la misma labor en una resplandeciente mañana de verano, pero esa vez llevaba puesto un vestido azul largo y su hermanita dormitaba en una tela portabebés que tenía amarrada al tronco.

Estaba cantando, recordó Fox. Con mucha frecuencia Jo cantaba mientras trabajaba. Y la escuchó ahora cantando una canción de Johnny Cash, como la había escuchado entonces. En el corral vecino, su padre estaba ordeñando una cabra y cantaba a la par que Jo.

El amor que Fox sentía por sus padres era casi imposible de contener. Jo lo vio, entonces le sonrió:

—Justo a tiempo para perderte la oportunidad de ayudar con las labores de la granja.

—Siempre he sido bueno en ello.

Jo esparció el resto de las semillas entre las gallinas antes de poner a un lado el balde y dirigirse hacia Fox. Lo besó en la frente, en una mejilla, después la otra y finalmente en los labios.

—Buenos días. —Después se giró hacia Cal e hizo exactamente lo mismo—. Caleb, escuché que tienes buenas nuevas.

—Así es. Aquí está ella. Quinn, ésta es Joanne Barry, mi amor de la infancia.

—Al parecer tengo un estándar difícil de igualar. Encantada de conocerte.

—Igualmente. —Jo le dio a Quinn una palmadita en el brazo y después se dirigió a Gage—. ¿Dónde has estado y por qué no has venido a verme antes?

Jo lo besó y después lo abrazó con fuerza. Cybil notó que Gage le devolvía el abrazo. Puso sus brazos alrededor de ella, cerró los ojos y la apretó.

—Te he echado de menos —murmuró Gage.

—Entonces no te vuelvas a ir tanto tiempo. —Se separó de él—. Hola, Layla. Qué bueno verte de nuevo. Y tú debes de ser Cybil.

—Así es. Tiene usted una granja absolutamente encantadora, señora Barry.

—Gracias. Y aquí viene mi hombre.

—¿Ésas son cabras La Mancha? —preguntó Cybil, lo que hizo que Jo le lanzara una mirada más larga e inquisidora.

—Así es. No pareces una criadora de cabras.

—Vi algunas de ellas hace un par de años en Oregón. Se distinguen por la manera en que se les levanta la punta de las orejas y su leche tiene un alto contenido en grasa, ¿no?

—Así es. ¿Quieres probarla?

—Ya la he probado, gracias. Está rica y es estupenda para pastelería.

—Absolutamente cierto. Brian, éstas son Cybil, Quinn y Layla.

—Mucho gusto... ¡Oye! A ti ya te conozco —le sonrió a Layla—. O casi. Te vi ayer caminando por Main Street.

—Usted estaba cambiando la puerta de la librería. Estaba pensando lo reconfortante que es que haya gente que sepa cómo arreglar lo que se ha echado a perder.

—Ésa es nuestra especialidad. Buen trabajo con la rubia, Cal —le dijo Brian a Cal y le dio un abrazo y le guiñó un ojo—. Y en cuanto a ti, ya era hora de que volvieras —le dijo a Gage y lo abrazó también—. ¿Ya habéis desayunado?

—No tenemos mucho tiempo —le dijo Fox—. Lo siento.

—No hay problema. Voy a llevar la leche adentro, Jo.

—Bien. Yo recojo los huevos. Y pon a hervir agua para el té, Bri, que la mañana está muy fría. —Se volvió hacia Fox—: Haznos saber si necesitáis cualquier cosa o si os podemos ayudar en algo.

—Gracias, mamá. —Fox llamó al grupo con un gesto hacia un lado mientras su madre empezaba a recoger los huevos y los iba poniendo en una cesta—. ¿Por dónde queréis empezar? ¿Dentro?

—Sabemos que la casa no estaba en esa época, ¿no? —Quinn miró a Fox esperando que se lo confirmara.

—Fue construida unos cien años más tarde, pero pudo haber sido levantada sobre unos cimientos más viejos, no estoy seguro. Ese cobertizo de allá, o lo que queda de él, es decir, esas ruinas cubiertas de enredadera sí estaban aquí en esa época.

—Es demasiado pequeño —Layla examinó lo que quedaba de las paredes—, incluso para una casa de esa época. Si estamos hablando de una familia pequeña acogiendo a una mujer y a sus tres hijos, este espacio no era suficiente.

—Pudo haber sido un humero —comentó Cybil—. O un cobertizo para los animales. Pero es interesante que la mayor parte de la construcción todavía siga en pie. Puede ser que haya una razón para ello.

—Dejadme probar la casa primero. —Quinn examinó el cobertizo, la tierra, la enorme casa de piedra—. Tal vez si camino por el exterior de la casa, pueda sentir algo. Si no, podemos caminar dentro, ya que los padres de Fox están de acuerdo. Si no pasa nada, entonces nos queda la tierra, ese bosquecillo y las ruinas del cobertizo. Cruzad los dedos, ¿vale? —Cruzó los dedos de la mano izquierda y extendió la derecha para tomar la de Cal—. El claro en el bosque es tierra sagrada, un lugar mágico. Y la Piedra causó las imágenes del pasado en el acto. En el ático de la biblioteca pasó algo parecido, no tuve que hacer nada. Ahora no sé muy bien qué debo hacer.

—Piensa en Ann —le dijo Cal—. La has visto y la has escuchado. Piensa en ella.

Quinn se imaginó a Ann Hawkins como la había visto la primera vez, con el pelo suelto, llevando agua en cubos desde el río, con el vientre enorme por el embarazo y el rostro colmado de amor por el hombre que la esperaba. Después se la imaginó como la había visto la segunda vez: delgada de nuevo, con un vestido recatado. Mayor, triste.

Caminó sobre el tosco prado de invierno, la gruesa grava, los pasos de piedra. El aire estaba frío y lo sentía brusco sobre sus mejillas, con ese olor a animales y tierra. Apretó con fuerza la mano de Cal sabiendo, sintiendo, que él le daba todo lo que podía para que sus dones se entrelazaran, así como sus manos lo estaban.

—No puedo llegar allá. Lo que estoy viendo son imágenes de ti —le dijo Quinn a Cal con risa—. Un hombrecito que todavía necesitaba gafas, absolutamente adorable. Os veo a vosotros tres corriendo por aquí y veo a otro chico, más pequeño, a una chica y a una niña que empieza a caminar. Es muy bonita.

—Tienes que profundizar. —Cal le apretó la mano—. Aquí estoy contigo.

—Tal vez ése sea el problema. Creo que lo que estoy viendo son tus recuerdos, tus imágenes. —Le devolvió el apretón de mano a Cal y se la soltó—. Creo que tengo que intentarlo sola. Dame un poco de espacio. ¿Todos? Por favor, vosotros también dadme un poco de espacio.

Quinn se dio la vuelta y caminó hasta la esquina de la casa, después continuó caminando siguiendo la línea de las paredes. Era muy robusta, pensó Quinn, y, como había comentado Cybil, encantadora. La piedra, la madera, el vidrio. Había parterres de flores esperando la primavera, dulces y esperanzadores retoños dormidos de lo que parecían ser narcisos, tulipanes, jacintos y lirios que florecerían pronto en una explosión de color.

Fuertes árboles viejos ofrecían sombra, por lo que Quinn se imaginó, o tal vez vio, las flores abiertas escondiéndose de los rayos del sol.

Olió a humo, entonces cayó en la cuenta de que probablemente dentro debía de haber chimeneas. Por supuesto que debía de ser así. ¿Qué maravillosa casa de granja no tenía chimeneas? Un lugar donde acurrucarse en una noche fría, donde la calidez fuera acogedora y se dibujaran sombras bailarinas sobre el recinto gracias a las llamas crepitantes.

La mujer estaba en una habitación iluminada por la luz de una chimenea y una única vela de sebo. No estaba llorando, a pesar de que su corazón estaba desbordado de lágrimas. Con una pluma y tinta, Ann estaba escribiendo en las páginas de su diario con su siempre cuidada letra.

Nuestros hijos ya han cumplido ocho meses. Son hermosos y están sanos. Te veo en ellos, mi amor, te veo en sus ojos y me hace sentir tan reconfortada como afligida. Yo estoy bien. La amabilidad de mi prima y su marido no tiene medida. Sin lugar a dudas somos una carga para ellos, pero nunca nos tratan como tal. En las semanas antes y algunas después del nacimiento de nuestros hijos fue muy poco lo que pude hacer para ayudarl a mi prima, sin embargo, nunca se ha quejado por ello. Incluso ahora, al tener que cuidar a los chicos, no puedo hacer todo lo que quisiera para pagarles tanta generosidad de parte de ella y del primo Fletcher.

Lo que sí hago es remendar. Y Honor y yo hacemos jabones y velas suficientes para que Fletcher pueda trocarlas.

De esto no quiero escribir, me parece tan difícil poner las palabras por escrito sobre este papel... Mi prima me ha contado que la joven Hester Deale se ahogó en la laguna que queda en el bosque de Hawkins y ha dejado huérfana a su pequeña hija. Ella te culpó esa noche, como habías anticipado. Y me culpó a mí. Sabemos que no lo hizo por voluntad propia. Así como tampoco por voluntad propia fue concebida la chiquilla que ahora no tiene madre.

La bestia está en ella, Giles. Me dijiste una y otra vez que lo que ibas a hacer alteraría el orden y limpiaría la sangre. Este sacrificio que hiciste, y tus hijos y yo contigo, era necesario. En noches como ésta, cuando estoy tan sola, cuando el corazón se me colma de pena por esa chica a la que conocía y que sé que está perdida, temo que lo que está hecho y lo que se habrá de hacer dentro de tanto tiempo a partir de esta noche no sea suficiente. Me duele pensar que te inmolaste para nada y que nuestros hijos nunca verán el rostro de su padre ni sentirán sus besos.

Voy a orar por la fortaleza y la valentía que creías que yacían dentro de mí. Voy a orar por poder encontrarlas de nuevo cuando el sol se levante mañana. Esta noche, con la oscuridad cerrada sobre mí, no puedo ser más que una mujer que añora a su amor.

La mujer cerró el libro cuando escuchó que uno de los bebés había empezado a llorar y después de él, sus hermanos se despertaron y se le unieron en el llanto. Se puso en pie y se dirigió hacia el catre junto al suyo para calmar a sus hijos, cantarles, ofrecerles el pecho.

—Vosotros sois mi esperanza —susurró ella al tiempo que le ofrecía a uno de los niños un chupete para reconfortarlo mientras amamantaba a sus dos hermanos.

* * *

Cuando los ojos de Quinn recuperaron el foco, Cal la levantó en brazos.

—Tenemos que llevarla adentro. —Y con pasos rápidos y largos subió las escaleras que llevaban hacia el porche lateral.

Fox corrió delante de él y abrió la puerta y los guió hasta la salita de música.

—Voy a por agua.

—Creo que va a necesitar algo más que agua —le dijo Cybil a Fox corriendo detrás de él—. ¿Dónde queda la cocina? —Fox señaló y tomó la dirección contraria.

Puesto que Quinn estaba temblando, Layla cogió un chal del respaldo de un pequeño sofá y se lo puso encima mientras Cal la depositaba sobre un asiento.

—Mi cabeza —logró balbucear Quinn—. Dios santo, mi cabeza. Creo que la escala de Richter no alcanza para medir las sacudidas que estoy experimentando. Es posible que necesite vomitar. Creo que... —Abrió las piernas y dejó caer la cabeza entre sus rodillas—. Muy bien —inspiró y espiró mientras Cal le masajeaba los hombros—. Muy bien.

—Mira, bebe un poco de agua que te ha traído Fox. —Layla cogió el vaso que había llevado Fox y se arrodilló junto a Quinn para ayudarla a beber.

—Con calma —le aconsejó Cal—. No te levantes hasta que te sientas lista. Trata de respirar lentamente.

—Creedme, no tengo prisa. —Vio el cubo de metal que Gage le puso junto a los pies, entonces se volvió para mirar hacia la chimenea y vio astillas de madera y trozos de carbón que Gage había esparcido allí tras vaciar el cubo—. Bien pensado, pero no creo que vaya a necesitarlo. —Se levantó lentamente hasta que pudo recostar la cabeza, que le palpitaba, sobre el hombro de Cal—. Intenso.

—Ya lo sé —le dijo Cal y le dio un ligero beso en la sien.

—¿Dije algo? Vi a Ann. Estaba escribiendo en su diario.

—Dijiste bastante —le respondió Cal.

—¿Por qué no pensé en encender la grabadora?

—Yo me encargué —le respondió Gage mostrándole su pequeña grabadora—. Te la saqué del bolso cuando el espectáculo empezó.

Quinn le dio un sorbo al vaso de agua y le echó una mirada a Fox con ojos borrosos en un rostro tan pálido como el papel.

—Supongo que tus padres no tendrán por casualidad morfina en casa.

—Lo siento.

—Ya pasará. —Cal le dio otro beso y le empezó a masajear suavemente la nuca—. Lo prometo.

—¿Cuánto tiempo me fui?

—Casi veinte minutos. —Cal se volvió para mirar hacia atrás cuando sintió que Cybil estaba de regreso con una taza alta de cerámica.

—Toma —le dijo Cybil acariciándole una mejilla a su amiga y ofreciéndole la taza—. Te hará sentir mejor.

—¿Qué es?

—Una infusión, eso es lo único que necesitas saber. Anda, bebe. Sé buena chica. —Y le ayudó a llevarse la taza a los labios—. Fox, tu madre tiene una colección impresionante de infusiones y tés caseros.

—Es posible, pero esto sabe a... —Quinn se interrumpió cuando Jo entró en la salita—. Señora Barry.

—Esa mezcla sabe bastante mal, pero te ayudará a sentirte mejor. Déjame sentarme junto a ella, Cal. —Cuando Cal se puso en pie, Jo ocupó su lugar y le presionó y frotó dos puntos en la base de la nuca a Quinn—. Trata de no tensionarte. Así está mejor. Respira, inspira el oxígeno, expulsa la tensión y la incomodidad. Así está muy bien. ¿Estás embarazada?

—¿Qué? Eh, no.

—Hay un punto aquí. —Jo tomó la mano izquierda de Quinn y presionó un punto entre el dedo índice y el pulgar—. Es eficaz, pero tradicionalmente prohibido para mujeres embarazadas.

—El punto Li4 —dijo Cybil.

—¿Sabes de acupresión?

—Ella sabe de todo —comentó Quinn y pudo respirar normalmente por primera vez—. Me siento mejor, mucho mejor. El dolor pasó de ser cegador a sólo molesto. Muchas gracias.

—Creo que deberías descansar un poco. Cal puede llevarte arriba, si quieres.

—Gracias, pero...

—Cal, creo que deberías llevar a Quinn a casa. —Layla caminó hacia Cal y le dio una palmadita en el brazo—. Yo puedo irme con Fox a la oficina y, Cybil, tú puedes llevar a Gage a casa de Cal, ¿verdad?

—Por supuesto.

—No hemos terminado —objetó Quinn—. Necesitamos pasar a la segunda parte para descubrir dónde puso Ann los diarios.

—Pero hoy no.

—Layla tiene razón, rubita. Se te acabaron las pilas. —Y para no discutir más, Cal levantó a Quinn en brazos.

—Bueno, al parecer no vale de nada discutir más. Supongo que me voy a casa. Gracias, señora Barry.

—Jo. Dejemos los formalismos.

—Gracias, Jo, por permitirnos echar a perder tu mañana.

—Cuando queráis. Fox, ayuda a Cal con la puerta. Gage, ¿por qué no llevas a Cybil atrás y le contáis a Brian lo sucedido y que todo está bien? Layla —Jo puso una mano sobre el brazo de Layla y la retuvo mientras todos los demás salían—, eso estuvo muy bien hecho.

—¿Perdón?

—Manejaste la situación para que Quinn y Cal pudieran estar solos, que es exactamente lo que ambos necesitan. Ahora voy a pedirte un favor.

—Por supuesto.

—Si hay algo que podamos o debamos hacer, ¿me lo vas a decir? Es posible que Fox no nos diga nada. Es de lo más protector con la gente a la que quiere. A veces lo es demasiado.

—Haré lo que pueda.

—Sólo te pido eso.

Fox esperó a Layla fuera.

—No tienes que ir a la oficina.

—Cal y Quinn necesitan estar a solas. Y yo necesito ocuparme en algo pronto.

—Pídele prestado el coche a Quinn, o a Cybil, y vete de compras. Haz algo normal.

—Trabajar es normal. ¿Estás tratando de deshacerte de mí?

—Estoy tratando de darte un descanso.

—No necesito descansar, es Quinn quien lo necesita. —Layla se dio la vuelta cuando escuchó que Cybil y Gage regresaban—. Cybil, voy a estar en la oficina todo el día, a menos que me necesitéis en casa.

—Tengo todo bajo control, no te preocupes —le respondió Cybil—. Salvo apuntar los juegos de esta mañana, no hay mucho que podamos hacer hasta que encontremos los diarios.

—Estamos atribuyéndole un gran poder a un diario —comentó Gage.

—Es el paso siguiente —respondió Cybil encogiéndose de hombros.

—Yo no puedo encontrarlo —dijo Fox extendiendo los brazos—. Tal vez Ann sí escribió más diarios y tal vez lo hizo aquí... Todo parece indicar que así fue, pero viví la mayor parte de mi vida en esta casa y nunca sentí nada. Anoche la recorrí toda, completamente abierto. Caminé por dentro, por fuera, por el antiguo cobertizo, por el bosque circundante y no sentí nada.

Tal vez me necesitas. —Fox la miró fijamente—. Tal vez es algo que debemos hacer juntos. Podemos ensayar. Todavía tenemos algo de tiempo. Podríamos...

—Ahora no. No mientras mis padres estén aquí, en caso de que... de cualquier cosa. Mañana por la mañana ninguno de los dos va a estar. Van a estar en el quiosco vendiendo unas piezas de cerámica. Entonces podemos volver. Mañana.

—A mí me parece perfecto. Bien, vaquero —le dijo Cybil a Gage señalando el coche de Quinn—, a montar. —Y no dijo nada más hasta que ella y Gage estuvieron dentro del coche, emprendiendo la marcha delante de la camioneta de Fox—. ¿Qué cree Fox que podría pasar que no quiere que presencien sus padres?

—Nunca ha sucedido nada aquí ni en la casa de los padres de Cal. Pero, hasta donde sabemos, nunca antes habían estado conectados. Así que ¿quién diablos puede saber lo que podría pasar?

Cybil reflexionó un momento mientras conducía.

—Son buenas personas.

—Las mejores.

—Pasaste mucho tiempo aquí cuando eras un niño.

—Sí.

—Dios, ¿acaso nunca te callas? —le preguntó Cybil en tono exigente al cabo de un rato—. Contigo siempre es chá-chara, cháchara, cháchara.

—Me encanta el sonido de mi propia voz.

Cybil le dio otros diez segundos de silencio.

—Probemos otra vía: ¿cómo te fue en la partida de pó-quer?

—Estuvo bien. ¿Tú juegas?

—Eso dicen.

—¿Eres buena?

—Tengo por lema ser buena o aprender a ser buena en todo lo que hago. De hecho... —En cuanto dio la curva, vio el enorme perro negro sentado sobre las patas traseras en mitad del camino unos cuantos metros más adelante. En cuanto lo miró a los ojos, Cybil reprimió el instinto de pisar el freno—. Mejor te agarras bien, Gage. —Y pisó a fondo el acelerador.

El animal saltó. Una masa negra. El brillo de colmillos y garras. El coche se estremeció por el impacto y Cybil luchó por controlarlo sintiendo que el corazón le palpitaba en la garganta. El parabrisas estalló en mil pedazos y el capó se prendió en llamas. De nuevo, Cybil reprimió el instinto de frenar e hizo girar el coche ciento ochenta grados. Se preparó para embestir de nuevo al perro, pero ya no estaba. El parabrisas estaba intacto y el capó, sin ningún daño.

—Hijo de la gran puta, hijo de la grandísima puta —exclamó Cybil varias veces.

—Endereza el coche y sigamos, Cybil. —Gage cerró la mano sobre la de Cybil que apretaba con fuerza el volante. Se dio cuenta de que estaba fría pero firme como una roca—. Endereza el coche y conduce.

—Sí, muy bien. —Se estremeció una vez con fuerza, después enderezó el coche y reanudó la marcha—. Entonces... ¿Qué te estaba diciendo antes de que nos interrumpieran?

Una admiración auténtica por el arrojo de la mujer invadió a Gage y le hizo reír.

—Qué cojones tienes, hermana. Tienes nervios de acero, joder.

—No sé. Quería matarlo, sólo quería matarlo. Y, bueno, no es mi coche, así que si lo destrozo por arrollar a un maldito perro demoniaco, pues es problema de Q., no mío. —Y en ese momento tenía el estómago hecho un manojo de nervios—. Probablemente fue estúpido. Por un momento no pude ver nada, cuando el parabrisas... Pude hacer que nos estrelláramos contra un árbol o nos habríamos podido salir de la carretera e ir a dar al río.

—Las personas que temen tratar de hacer algo estúpido nunca llegan a ninguna parte.

—Quería devolvérsela, vengarme, ¿sabes? Por lo que le hizo a Layla ayer. Y ése es el tipo de comportamiento que no va a llevarnos a ninguna parte.

—Pero no estuvo tan mal —comentó Gage después de un momento.

Cybil se rió ligeramente, le lanzó una mirada a su copiloto y se rió de nuevo.

—No. Ahora que lo mencionas, es cierto que no estuvo tan mal.

CAPÍTULO 7

Su agenda del viernes no le dio a Fox mucho tiempo para pensar o darle vueltas y más vueltas a lo que había sucedido. Pasó de una cita a otra y de una reunión a una conferencia telefónica y a otra. A media tarde vio que tenía una hora libre, entonces decidió darse un paseo por el pueblo para airearse y que se le despejara la cabeza.

Mejor aún, pensó, pasaría por Bowl-A-Rama para charlar con Cal unos minutos. Si hablaba con su amigo, se haría una idea más clara de cómo estaba Quinn. De cómo estaban todos.

Cuando salió a la recepción para decirle a Layla que iba a salir, la encontró hablando con Estelle Hawkins Abbott, la tía abuela de Cal.

—Pensaba que nos íbamos a ver en nuestro lugar clandestino de encuentro habitual. —Fox caminó hacia la anciana y le dio un beso en la suave mejilla de piel fina—. De lo contrario, ¿cómo vamos a seguir manteniendo en secreto nuestro romance?

—Pero si el chisme ya se ha regado por todo el pueblo, querido mío. —Los ojos de Essie resplandecieron a través de las gruesas lentes de sus gafas—. Además, deberíamos empezar a vivir en pecado abiertamente de una vez por todas.

—Ya mismo voy a casa a recoger mis cosas.

Essie se rió y le dio una palmadita en la mejilla.

—Antes de que lo hagas, tenía la esperanza de que tuvieras un momento para mí. Profesionalmente.

—Siempre tengo tiempo para ti, Essie. En todos los aspectos. Ven a la oficina conmigo. Layla puede recibir mis llamadas —le guiñó el ojo a la chica mientras tomaba del brazo a la anciana y la dirigía hacia su oficina—, en caso de que nos veamos arrastrados por nuestras pasiones.

—¿Les cierro la puerta? —preguntó Layla mientras Fox y Essie se alejaban.

—Es una proeza que seas capaz de mantener la cabeza concentrada en el trabajo —le dijo Essie a Fox tras entrar en su oficina—, teniendo fuera a esa chica tan bonita.

—Tengo una fuerza de voluntad hercúlea. ¿Quieres una Coca-Cola?

—¿Sabes? Creo que sí quiero.

—Dame dos segundos. —Fox sacó un vaso, le puso hielo y sirvió el refresco. Essie era una de sus personas favoritas. Se aseguró de que la mujer estuviera cómoda antes de sentarse junto a ella en la salita de su oficina—. ¿Dónde está Ginger? —le preguntó, refiriéndose a la prima de Cal que vivía con Essie.

—Fue al banco, antes de que cerraran. Después va a volver a recogerme. No te voy a quitar mucho tiempo.

—¿En qué te puedo ayudar? ¿Quieres demandar a alguien?

Essie le sonrió.

—No se me ocurre nada que quisiera hacer menos que demandar a alguien, Fox. Siempre me he preguntado por qué la gente se pasa el tiempo demandándose.

—Échales la culpa a los abogados, supongo. Sin embargo, creo que es una alternativa mejor que matarse a golpes. La mayoría de las veces.

—Mucha gente hace eso también, es cierto. Pero estoy aquí por otra razón: es sobre mi testamento.

Las palabras de la mujer le hicieron sentir una punzada. Tenía noventa y siete años y Fox ciertamente entendía y apreciaba el valor de tener los asuntos personales en orden desde mucho antes de llegar a la edad de Essie. Sin embargo, no podía evitar sentir una punzada de dolor al imaginarse su mundo sin ella.

—Actualicé tu testamento y tu fideicomiso hace unos pocos años. ¿Quieres hacer más cambios?

—Nada importante. Tengo un par de piezas de joyería que quiero dejarle a Quinn. Hasta ahora, mis perlas y mis pendientes de aguamarina estaban destinados para Frannie, pero ella comprende que quiera dejárselos a su futura nuera. Ya hablé con ella al respecto y sé que podría dejar las cosas así, porque confío en que se los daría a Quinn cuando me muera. Pero recuerdo que me dijiste una vez que es más fácil para los dolientes cuando el difunto ha dejado todo por escrito.

—Por lo general es así. No te preocupes, puedo hacerme cargo del cambio sin problema. —A pesar de que confiaba en su memoria cuando se trataba de los asuntos de Essie, Fox se puso en pie, tomó un bloc de notas y escribió lo que la mujer le había pedido—. No me llevará mucho tiempo hacer un borrador del cambio. Tal vez podría llevártelo a casa el lunes, para que lo leas y lo firmes, si te viene bien ese día.

—Es perfecto para mí, pero no me molesta venir hasta aquí.

Fox sabía que Essie seguía yendo a la biblioteca prácticamente todos los días, pero, si podía evitarle el viaje hasta su oficina, con gusto lo haría.

—Hagamos una cosa: cuando tenga el documento listo, te llamo y vemos de qué manera te conviene más. ¿Hay algo más que quieras cambiar, quitar o poner?

No, solamente esas dos joyas. Tienes todas mis cosas tan en orden que me siento de lo más tranquila, Fox.

—Y si alguno de mis nietos se convierte en abogado, también podrá seguir haciéndose cargo de tus asuntos.

Essie sonrió pero la expresión de sus ojos reflejó seriedad. Le dio una palmadita en la mano a Fox:

—Quiero vivir para ver a Cal casándose el próximo otoño. Quiero sobrevivir a este próximo Siete para poder bailar con mi niño el día de su boda.

—Señorita Essie...

—No me importaría bailar contigo en la tuya. Y puedo ser de lo más ambiciosa y decir que quisiera coger en brazos al primogénito de Cal. Pero sé que es posible que no suceda. Lo que se viene esta vez es peor que todo lo anterior.

—No vamos a permitir que nada te pase.

Essie dejó escapar un suspiro colmado de afecto.

—Vosotros habéis cuidado de este pueblo desde que teníais diez años. Cal, Gage y tú. Quisiera ver el día en que ya no tengáis que hacerlo más. Ésa es mi esperanza. —Le dio otra palmadita en la mano—. Supongo que Ginger debe de estar al llegar.

Fox se puso en pie y ayudó a Essie a hacer lo propio.

—Te acompaño afuera. Podemos esperarla juntos.

—No te preocupes, dedícate a tus cosas. Espero que tengas planeado algo divertido para el fin de semana.

—Lo planearía si vinieras conmigo.

Essie se rió y se apoyó en el brazo de Fox mientras salían fuera de la oficina.

—Hubo una época...

Fox se quedó en la ventana viendo a Ginger ayudar a Essie a sentarse en el coche.

—Essie es una mujer extraordinaria —comentó Layla.

—Sí, es muy especial. Necesito que por favor busques el archivo de su testamento. Quiere hacerle un par de cambios.

—Muy bien.

—¿Alguna vez piensas que vamos a perder esto? ¿Que vamos a perder el pueblo, a nosotros mismos, todo?

Layla vaciló.

—¿Tú no?

—No. —Se giró hacia ella—. Sé que vamos a ganar ésta, pero no todos vamos a sobrevivir. No todas las personas que están allá afuera haciendo sus cosas hoy van a vivir más allá del Siete.

En lugar de salir a caminar, como lo había planeado, Fox volvió a su oficina, se sentó en su escritorio y sacó de uno de los cajones una copia de su testamento y se dispuso a revisarlo.

* * *

Justo después de las cinco, Fox acompañó a su último cliente del día hasta la puerta y, tras haberlo despedido, se giró hacia Layla.

—Nos vamos de aquí. Toma tus cosas, que nos vamos a jugar a los bolos.

—La verdad, no creo, aunque sería una buena idea. Pero quiero ir a ver a Quinn.

—Nos encontraremos con Quinn en la bolera. Toda la pandilla se va a reunir en Bowl-A-Rama. Es noche de viernes, perfecta para pizza, cerveza y bolos.

Layla pensó en la tranquilidad de la sopa, la copa de vino y el libro que había estado planeando para esa noche.

—¿Te gusta jugar a los bolos?

—Los odio, lo que es problemático, teniendo en cuenta que uno de mis mejores amigos es dueño de una bolera. —Sacó el abrigo de Layla del armario mientras hablaba—. Pero la pizza es buena y en la bolera también hay una sala de videojuegos, lo que me encanta. En todo caso, el hecho es que nos merecemos un descanso. De todo.

—Supongo que tienes razón.

Fox le ofreció su abrigo.

—¿Una noche de viernes en Hawkins Hollow? Bowl-A-Rama es el mejor lugar para estar.

Layla sonrió.

—Entonces vamos. ¿Podemos ir caminando?

—Me has leído la mente. Metafóricamente hablando. He estado inquieto todo el día. —Fox hizo una pausa en cuanto salieron a la calle—. La jardinera del exterior de la floristería está llena de pensamientos y, ¿ves allá? Ése es Eric Moore, ya sin pelos en la cara. En marzo siempre se afeita la barba que le ha crecido durante el invierno. Se siente venir la primavera.

—La tomó de la mano al reanudar la marcha por la acera—. ¿Sabes qué me gusta tanto como la pizza y los videojuegos?

—¿Qué?

—Dar un paseo con una chica bonita.

Layla le lanzó una mirada de reojo.

—Ha mejorado rápidamente tu estado de ánimo.

—Saber que voy a comer pizza me mejora siempre el ánimo.

—No, en serio.

Fox saludó con la mano a alguien que pasaba al otro lado de la calle.

—Ya me sumí en la pena el tiempo necesario. De vez en cuando necesito regodearme en la pena para después quitármela de encima.

—¿Cómo?

—Recordándome que todos hacemos lo que hacemos. Recordándome que yo creo firmemente en que al final el bien siempre prevalece. A veces a la larga es demasiado tiempo, pero el bien siempre prevalece, tarde o temprano.

—Me estás alegrando.

—Muy bien, porque ése era el plan.

—Yo no estaba precisamente sumida en la pena. Creo que yo tiendo a estancarme en la preocupación. Es cierto que los pensamientos en la jardinera son una buena señal, aunque, para mí, esas buenas señales palidecen ante estas otras —dijo Layla señalando hacia la tienda de regalos—. También quiero pensar que el bien prevalece la mayoría de las veces, pero es difícil, sabiendo que hay que pagar un precio tan alto, que muchas personas tienen que perder.

—Tal vez no es una pérdida. Tal vez pueden irse a vivir a Iowa y allí ganan la lotería o su negocio puede duplicar las ganancias en otra parte. O tal vez viven más felices allá por cualquier razón que sea. El volante tiene que girar antes de que puedas llegar a alguna parte.

—Y esto dicho por el abogado que trabaja en el mismo pueblo en el que nació.

—Yo giré el volante —cruzaron la plaza— y me devolvió directamente hacia aquí. También te trajo a ti hasta aquí.

Al llegar a la bolera, Fox abrió la puerta y la dejó entrar antes que él en el bullicio de Bowl-A-Rama.

—¡Por la pizza y los videojuegos!

—¡Por los pensamientos y la primavera!

Y antes de que Layla pudiera anticiparlo o prepararse, Fox dejó que un arranque de espontaneidad se apoderara de él, le dio la vuelta a la chica y posó sus labios sobre los de ella.

—Podría ser también sexo y satisfacción.

—Creo que todavía no voy a jugar esa partida.

—Entonces nos quedamos con amistad y frivolidad. Y caramba, sí que estoy hasta la coronilla de esto. —Guió a Layla hasta la pista seis, donde Cal, Quinn y Cybil estaban sentados cambiándose los zapatos—. ¿Dónde está Turner?

—Nos abandonó por la sala de videojuegos —le dijo Cybil.

—Creo que nos espera un duelo a muerte. Nos vemos más tarde.

—No hay problema. Me quedo con las tres mujeres hermosas sólo para mí. —Cal le ofreció a Layla un par de zapatos—. ¿Número siete?

—Ésa soy yo. —Layla se sentó y se dispuso a cambiarse los zapatos mientras Fox le hacía señas a Cal unos cuantos pasos más allá.

—¿Cómo convenciste a Gage para que viniera?

—Es la noche libre de Bill. Así que sin su padre por aquí...

—Entendido. Voy a vencerlo en un pispás en Tomcat. Ya será él quien compre las cervezas.

—¿Tomcat? —Cybil frunció el ceño—. ¿No es ése un juego de guerra?

—Tal vez. —Fox la miró con los ojos entrecerrados—. ¿Quién eres tú? ¿Mi madre? Aunque te agradecería, en caso de que llegues a encontrarte con mi madre, que no le menciones que Gage y yo tuvimos un duelo a muerte en un juego de guerra.

Una hora de luces, campanas y el golpeteo de armas antiaéreas fue suficiente para terminar de apaciguar el ánimo sombrío de Fox. Tampoco le hacía daño observar desde la distancia al trío de mujeres hermosas inclinarse y estirarse mientras bebía una cerveza de la victoria. Gage *nunca* había logrado ganarle en Tomcat.

—La mejor vista del lugar —comentó Gage desde atrás examinando el culo de Quinn mientras se acercaba a la línea de tiro.

—Difícil de mejorar. Están llegando las ligas de viernes por la noche. —Fox se giró a mirar hacia los hombres y las mujeres con camisa distintiva que estaban pasando frente al mostrador principal—. Cal va a tener el lugar lleno esta noche.

—Allí está Napper. —Gage le dio un sorbo a su cerveza mientras observaba al hombre con la camisa roja y crema de su equipo—. Todavía...

—Sí. Tuvimos un enfrentamiento verbal hace un par de días. Sigue siendo el mismo imbécil de siempre, sólo que más viejo y con una placa.

—Cincuenta y ocho. —Layla se sentó para cambiarse los zapatos después de su último tiro—. Creo que no he descubierto mi nueva pasión.

—A mí me gusta —respondió Cybil sentándose junto a su amiga—. Votaría por calzado más atractivo, pero me gusta el juego. Me gusta eso de destruir y construir.

—¿Lo que significa...?

—Sueltas la bola, destruyes los bolos. Si sueltas bien la bola y el golpe es certero, puedes hacer que los bolos se destruyan unos a otros. Después, esperas un minuto y están todos de vuelta, como diez soldados. Bueno, y tras tantos juegos de guerra —dijo lanzándole a Fox una sonrisa traviesa—, me estoy muriendo del hambre. —Echó la cabeza hacia atrás para ver a Gage—. ¿Y cómo te fue en la batalla?

—Me va mejor con las cartas y las mujeres.

—Lo vencí humillantemente, como predije. Esta noche la cerveza va por cuenta de Gage.

Cuando se sentaron a la mesa alrededor de pizza y cerveza, no mencionaron lo que había sucedido por la mañana.

Tampoco discutieron los planes que tenían para el día siguiente. En ese momento sólo eran un grupo de amigos disfrutando de su compañía y aprovechando el entretenimiento que les ofrecía el pequeño pueblo.

—La próxima vez ha de ser mi juego —dijo Gage—. Una mano amistosa y divertida de póquer. —Gage miró despectivamente a Fox—. A ver a quién le toca invitar a cerveza entonces.

—Cuando quieras. —Fox sonrió y tomó otra porción de pizza—. He estado practicando.

—Apostar prendas no cuenta.

—Cuenta si ganas y a la otra persona le toca desnudarse —respondió Fox con la boca llena.

—¡Mirad quién ha regresado! —Shelley Kholer se contoneó hacia Gage. Llevaba puestos unos vaqueros diseñados para estrujar los órganos internos y una blusa de talla apropiada para una niña de doce años que no se ha desarrollado todavía. Tomó el rostro de Gage entre las manos y le dio un beso largo, ansioso y ligeramente ebrio.

—Hola, Shell —la saludó Gage cuando logró recuperar su lengua.

—Escuché que habías vuelto, pero no había logrado encontrarte por ninguna parte. ¿Verdad que estás tan guapo como siempre? ¿Por qué no vamos...?

—¿Y cómo estás? —la interrumpió y se dispuso a beber de su cerveza, para protegerse la boca de otro asalto.

—Me estoy divorciando.

—Siento mucho escuchar esa noticia, Shell.

—Yo no. Block no vale nada. Es un canalla por partida doble que tiene el pito del tamaño de un pepinillo. Uno de esos chiquititos, ¿sabes?

—No lo sabía.

—Debería haberme escapado contigo —comentó la mujer y les lanzó a todos los de la mesa una sonrisa sosa—. ¡Hola a todos! ¡Hola, Fox! Ya que te veo, quisiera hablarte sobre mi divorcio.

Shelley quería hablar sobre su divorcio veinte horas de las veinticuatro del día, pensó Fox. Las cuatro restantes estaban destinadas a hablar sobre su hermana, que se había puesto demasiado amistosa con su marido.

—¿Por qué no pasas por la oficina la semana que viene?

—Puedo hablar sin tapujos aquí mismo, sabes que no tengo secretos. No tengo secretos para nadie en este maldito pueblo. Todos los hijos de puta que viven aquí saben que pesqué a mi marido con las manos sobre las tetas de mi hermana. Fox, lo que quiero es agregar a la demanda de divorcio una queja por la pérdida del consorcio marital, en otras palabras, la pérdida del ligue.

—Ya hablaremos de ello, Shelley. Ven, déjame invitarte a un café en la barra para que podamos...

—No quiero café. Estoy ligeramente embriagada por celebrar mi próximo divorcio. Quiero otra cerveza y follarme a Gage, como en los viejos tiempos.

—¿Por qué no nos tomamos un café, de todas maneras?

—Podría follar contigo —le dijo a Fox cuando él se puso en pie para llevarla a la barra—. ¿Alguna vez hemos follado?

—Sólo quiero hacer constar en el registro que en los viejos tiempos yo tenía quince años —comentó Gage cuando Fox y Shelley se hubieron alejado de la mesa con dirección a la barra.

—Shelley está muy triste. Lo siento —murmuró Layla—. Es una de esas cosas que no puedo evitar dejar de percibir. Se siente desgraciada.

—Fox la va a ayudar a lo largo del proceso. Eso es lo que él sabe hacer. —Cal asintió en dirección hacia la barra. Shelley estaba sentada en una de las banquetas con la cabeza recostada sobre el hombro de Fox, escuchándolo —. Él es el tipo de abogado que se toma a pecho el término «consejero».

—Si mi hermana estuviera jugando a apretar los melones con mi marido, yo también querría despellejarlo en el divorcio —comentó Cybil partiendo una pequeñísima punta de una tortilla de maíz—. En el caso de que estuviera casada, claro. Y eso después de haberles dado una paliza a ambos hasta partirles los huesos. ¿En serio el marido se llama Block?

—Por desgracia —confirmó Cal.

En la barra, Shelley hacía caso omiso del café, pero escuchaba a Fox.

—Es mejor que no hables mal de Block en público, Shelley. Lo que quieras decir sobre él dímelo a mí, ¿vale? Pero no es bueno para ti que andes sacando los trapos sucios frente a todo el mundo, especialmente si se trata del tamaño de su polla.

—Block en realidad no tiene el pito del tamaño de un pepinillo —murmuró Shelley—. Pero debería. O mejor: no debería tener pito.

—Ya lo sé. ¿Estás sola?

—No —suspiró—. He venido con mis amigas. Están en la sala de videojuegos. Decidimos salir y tener una noche de «al diablo los hombres, pero follémonoslos».

—Muy bien. Pero no has traído tu coche, ¿verdad, Shelley?

—No. Caminamos desde la casa de Arlene. Y después vamos a volver allí. Arlene está enfadada con su novio.

—Hagamos lo siguiente, ¿vale, Shelley?: si estás lista para irte mientras yo todavía esté aquí y quieres que alguien te lleve a casa o te acompañe, ven a buscarme.

—Eres el hombre más dulce que existe en todo el universo.

—¿Quieres regresar a la sala de videojuegos?

—Sí, ya casi nos marchamos, en todo caso. Vamos a preparar martinis de manzana y a ver *Thelma y Louise*.

—Suena genial. —Fox la tomó del brazo y, evitando la mesa a la que estaban sentados Gage y sus amigos, llevó a Shelley hasta la sala de videojuegos.

Al regresar de los videojuegos, Fox decidió que se merecía otra cerveza, así que se dirigió a la barra, pidió una y la apuntó en la cuenta de Gage.

—Entonces, es cierto que te estás comiendo a Shelley, en más de un sentido.

Fox no se dio la vuelta al escuchar la voz de Napper.

—¿Noche lenta para el crimen, oficial Me-paso-el-tiempo-dormido?

—La gente que tiene un trabajo de verdad se toma noches libres. ¿Cuál es tu disculpa?

—Me gusta ver a los hombres que no tienen pelotas lanzándolas.

—Me pregunto qué les va a pasar a las tuyas cuando Block se entere de que te estás ligando a su mujer.

—Aquí tienes, Fox. —Detrás de la barra, Holly le pasó a Fox la cerveza que había pedido y lo miró con expresión comprensiva. Había trabajado detrás de esa barra los años suficientes como para saber cuándo se estaba cocinando un follón—. ¿Le sirvo algo, oficial?

—Una jarra de Budweiser. Apuesto a que Block te va patear tu culo marica de aquí a la semana que viene.

—Y tú vas a querer mantenerte al margen de esto, Napper. —Fox se dio la vuelta y se encaró con el hombre—. Block y Shelley tienen ya demasiados problemas sin que tú decidas entrometerte en sus asuntos.

—¿Tú vas a decirme qué hacer? —Napper le clavó el dedo índice en el pecho a Fox y enseñó los dientes en una sonrisa fiera que decía «atrévete».

—Te estoy diciendo que Shelley y Block están pasando por momentos difíciles y no necesitan que se los empeores porque quieres joderme a mí. —Fox levantó su cerveza—. Tienes que apartarte de mi camino.

—No tengo que hacer ninguna maldita cosa. Es mi noche libre.

—¿En serio? Y la mía. —Fox, que nunca había sido capaz de resistirse a un reto, le regó la cerveza sobre la camisa a Napper—. ¡Vaya!, se me resbaló de los dedos.

—¡Eres un cretino estúpido! —Y, tras decir esto, Napper se dispuso a darle un empujón a Fox con tal fuerza que lo habría hecho caer sobre el culo, si no lo hubiera anticipado.

Fox sólo se movió ligeramente hacia un lado, pero la fuerza del movimiento hacia adelante de Napper le hizo irse de frente contra uno de los taburetes de la barra. Cuando se enderezó y se dio la vuelta con toda la intención de castigar a Fox, se encontró con que el hombre no estaba solo, sino que lo flanqueaban Gage y Cal.

—Es una auténtica pena —comentó Gage—. Toda esa cerveza desperdiciada. Sin embargo, le queda bien a tu camisa, Napper.

—Hoy en día echamos del pueblo a los de tu calaña, Turner.

Gage abrió los brazos a modo de invitación.

—Échame.

—Ninguno de nosotros está buscando pleitos esta noche, Derrick. —Cal dio un paso adelante sin quitarle los ojos de encima a Napper—. Éste es un lugar familiar, como sabes, y hay un montón de niños presentes. Un montón de testigos.

Ven conmigo a la tienda de la bolera y puedes escoger una camisa nueva por cuenta de la casa.

—No quiero nada de ti, Hawkins. —Miró a Fox—. Tus amigos no van a estar siempre a tu lado para protegerte, O'Dell.

—¿Por qué te empeñas siempre en olvidar las reglas? —Ahora fue Gage quien dio un paso adelante para bloquearle el paso a su amigo antes de que éste pudiera picar el anzuelo—. Si te metes con alguno de nosotros, te metes con los tres. Pero ¿Cal y yo? Estaríamos más que encantados de sostenerle la chaqueta a Fox mientras te patea el culo. No sería la primera vez.

—Los tiempos cambian —le dijo Napper pasándoles bruscamente por el lado.

—No tanto —murmuró Gage—. Éste sigue siendo el mismo imbécil de siempre.

—¿No te lo dije? —Con calma aparente, Fox se acercó de nuevo a la barra—. Holly, voy a necesitar otra cerveza.

Cuando volvió a la mesa, Quinn le dedicó una sonrisa resplandeciente.

—Cena y espectáculo, ¿qué más se puede pedir? Definitivamente, este lugar lo tiene todo.

—Ese espectáculo lleva en cartelera unos veinticinco años ya.

—Ese hombre te odia —dijo Layla en voz baja—, y ni siquiera sabe por qué.

—Para algunas personas no se necesita una razón. —Fox descansó una mano sobre la de ella—. Olvídate de él. ¿Qué tal un juego en alguna de las maquinitas? Te doy una ventaja de mil puntos.

—Creo que ese ofrecimiento bien puede ser un insulto... Pero... ¡No! ¡Fox, no bebas eso! Ay, Dios, ¡mira!

El vaso de cerveza que Fox tenía en la mano empezó a espumar sangre. Fox lo puso lentamente sobre la mesa.

—Dos cervezas perdidas en una misma noche. Creo que se acabó la fiesta.

* * *

Cuando Quinn anunció que quería quedarse en la bolera con Cal y Gage hasta que cerraran, Fox decidió acompañar a Layla y a Cybil hasta la casa. Sólo era un paseo de un par de manzanas, y Fox sabía bien que estas dos mujeres no estaban indefensas en absoluto, pero no le gustaba la idea de que anduvieran solas de noche.

—¿Cuál es la historia del cretino que ahora lleva puesta tu cerveza en la camisa? —le preguntó Cybil.

—Es sólo un idiota que me ha estado chuleando desde que éramos unos críos. Ahora es subdirector matón de la policía.

—¿Sin alguna razón particular?

—Yo era más flaco y más pequeño que él, aunque también más inteligente que él, y provenía de una familia de ecologistas radicales.

—Parece razón más que suficiente. Aunque ahora —le dijo Cybil pinchándole un brazo con el dedo como para probar lo que decía— ya no eres un flacucho. Y sigues siendo más inteligente que él. —Le lanzó una sonrisita de aprobación—. Y más rápido también.

—Quiere hacerte daño. Está dentro de su lista de las diez cosas pendientes por hacer. —Layla examinó el perfil de Fox mientras cruzaban la calle—. Y no va a detenerse hasta que lo logre. Los de su tipo no se detienen ante nada.

—Lo que menos me preocupa en este momento es la lista de las diez cosas pendientes por hacer de Napper. Tengo muchas otras preocupaciones antes que ésa.

—Ah, hogar, dulce hogar. —Cybil subió el primer escalón, se dio la vuelta y miró a lado y lado de la calle solitaria—. Cenamos, jugamos a los bolos, tuvimos una pequeña reyerta y recibimos una nota del infierno. Nada mal, si consideramos que apenas son las once de la noche. La diversión nunca se acaba en Hawkins Hollow, ¿verdad? —Puso las manos sobre los hombros de Fox—. Gracias por acompañarnos hasta aquí, cariño, eres un sol. —Se inclinó y le dio un ligero beso—. Nos vemos mañana. Layla, ¿por qué no te pones de acuerdo en la logística, hora, transporte, etcétera, con Fox y me avisas? Voy a estar en mi habitación.

—Seguramente mis padres saldrán de la granja alrededor de las ocho —le dijo Fox a Layla cuando Cybil entró en la casa—. Puedo venir a recogeros, si queréis.

—No te preocupes; podemos ir en el coche de Quinn. Y ahora, ¿quién te va a acompañar a ti a casa?

—Recuerdo el camino.

—Sabes a lo que me refiero. Deberías entrar y quedarte aquí.

Fox sonrió y se le acercó un poco más.

—¿Dónde aquí?

—En el sofá, por ahora, al menos. —Y, poniéndole un dedo en el pecho, le hizo retroceder.

—Ese sofá vuestro está lleno de bultos y sólo tenéis televisión normal. Vas a tener que trabajarte tu estrategia, Layla. Si me hubieras pedido que me quedara porque te preocupa quedarte sola con Cybil en la casa, habría intentado dormir en tu sofá viendo un episodio repetido de *Ley y orden* mientras pensaba en ti, arriba, metida en la cama. Dame un beso de buenas noches, bonita.

—Tal vez me preocupa quedarme sola con Cybil en la casa.

—No, no es cierto. Dame un beso de buenas noches.

Layla suspiró. De veras iba a tener que trabajar en su estrategia. A propósito, levantó la cara y le dio el mismo beso ligero y amistoso que Cybil le había dado momentos antes.

Buenas noches. Ten cuidado.

—Tener cuidado no siempre hace que uno esté seguro, como por ejemplo...

Fox tomó el rostro de Layla entre sus manos y puso sus labios sobre los de ella. A pesar de que el beso fue suave, a pesar de que fue lento, Layla sintió el impacto desde la coronilla hasta las plantas de los pies. El deslizamiento de la lengua del hombre, la manera en que le acarició las sienes con los pulgares, la sólida línea de su cuerpo, todo contribuyó a que sintiera que los huesos se le estaban disolviendo.

Fox no le soltó el rostro ni siquiera cuando separó sus labios de los de ella y levantó la cara. Entonces la miró directamente a los ojos:

—Éste ha sido un beso de buenas noches.

—Sí que lo ha sido. No hay ninguna duda al respecto.

Fox la besó de nuevo con la misma confianza sedosa hasta que ella tuvo que aferrarse a los antebrazos del hombre para no perder el equilibrio.

—Ahora ninguno de los dos va a poder conciliar el sueño —le dijo Fox y dio un paso atrás—. Así que mi labor aquí ha concluido. Por desgracia. Hasta mañana.

—Muy bien. —Layla se las arregló para llegar hasta la puerta, entonces se dio la vuelta y lo miró desde la que consideró una distancia segura—. Tengo una naturaleza cautelosa, Fox, especialmente cuando se trata de algo importante. Para mí, el sexo es importante. O debería serlo.

—Está dentro de mi lista de diez prioridades personales.

Layla se rió y abrió la puerta.

—Buenas noches, Fox.

—Buenas noches, Layla.

Dentro, Layla subió directamente hacia su habitación. Por el camino se encontró con Cybil, que estaba saliendo de la oficina.

—¿Sola? —le preguntó levantando una ceja.

—Sí.

—¿Puedo preguntar por qué no estás a punto de darle una oportunidad al abogado adorable?

—Creo que es posible que sea demasiado importante.

—Ah. —Con un asentimiento de cabeza comprensivo, Cybil se recostó contra el marco de la puerta—. Eso siempre complica las cosas. ¿Quieres drenar algo de esa frustración sexual con investigación y registros?

—No estoy segura de que los cuadros y las tablas tengan ese poder, pero estoy dispuesta a probar —Se quitó la cazadora y entró en la oficina detrás de Cybil—. ¿Qué sueles hacer cuando te encuentras con un hombre que puede importar demasiado?

—Generalmente, salgo corriendo... Ya sea para zambullirme de cabeza en el asunto o para perderme en dirección contraria. He obtenido todo tipo de resultados. —Cybil caminó hasta el mapa del pueblo que Layla había hecho y pegado a la pared y lo examinó.

—Yo tiendo a darle vueltas y vueltas al asunto, sopesando y pensando y volviendo a pensar hasta la saciedad. Ahora me pregunto si sería porque sentía las señales de mi intuición —se dio unos golpecitos en la cabeza—, pero sin saber que me estaba «sintonizando» con el tipo en cuestión.

—Es posible. —Cybil tomó un alfiler de punta roja que representaba sangre y lo clavó en el punto que en el mapa correspondía a la bolera, para registrar así el incidente más reciente—. Pero, incluso en circunstancias normales, Fox sería un tipo que daría mucho en que pensar. Agrégale lo anormal y ya tienes un montón de cosas que considerar. Tómate tu tiempo, si es eso lo que necesitas.

—En circunstancias normales eso sería lo razonable. —En el escritorio, Layla cogió una ficha roja y escribió en ella: «cerveza sangrienta / Fox / Bowl-A-Rama» y la fecha y la hora de lo sucedido—. Pero el tiempo es uno de los problemas, ¿verdad? Por no mencionar que es posible que no sepamos cuánto nos queda en realidad.

—Ya suenas como Gage. Qué bien que no fue con él con quien te tocó emparejarte, porque de haber sido así no seríais capaces de mirar más allá del lado oscuro de todo.

—Es posible, pero... —Frunciendo el ceño, Layla miró con detenimiento el mapa—... Aquí hay otro alfiler que no había visto: este negro en la carretera entre la granja de la familia de Fox y la casa de Cal.

—Que representa al enorme y horroroso perro negro. ¿No te lo he mencionado? No, es cierto. Lo siento, se me olvidó. Porque saliste directamente de la oficina a la bolera, no te vi antes.

—Cuéntamelo ahora.

En cuanto Cybil le contó lo que había sucedido, Layla cogió una ficha azul oscura, que era el color que le había asignado a cualquier aparición demoniaca en forma de animal, y la rellenó con la información correspondiente.

—Odio decir esto, pero a pesar de que tengo la cabeza pensando en otra cosa y tengo las manos ocupadas, todavía me siento frustrada sexualmente.

—Paciencia, paciencia. —Cybil le dio unas palmaditas en el hombro—. Voy a preparar un té y podemos acompañarlo con chocolate. Eso siempre ayuda.

Layla dudó de que el chocolate pudiera satisfacer su apetito por el abogado adorable, pero decidió que tomaría lo que le ofrecieran.

CAPÍTULO 8

Helados hilos de lluvia humedecían pertinazmente la mañana. Fox sabía que era el tipo de llovizna que tendía a perdurar todo el día, como un dolor de cabeza de enfermedad, y lo único que se podía hacer era tolerarla.

Sacó una sudadera con capucha del cesto que contenía la ropa que había logrado lavar, pero que todavía no había doblado y guardado. Al menos estaba seguro al noventa por ciento de que la había lavado. Tal vez setenta por ciento. Entonces la olió y subió el porcentaje a ciento por ciento.

Encontró un par de vaqueros, ropa interior y calcetines, aunque tardó en ponérselos, porque esta vez quería que fueran iguales los dos. Mientras se vestía, Fox le echó un vistazo a su habitación, juró que encontraría el tiempo y la fuerza de voluntad para guardar la estúpida ropa en su lugar, a pesar de que finalmente tuviera que lavarla de nuevo y volverla a guardar. Haría la cama en algún momento de esa década y limpiaría el resto del desastre.

Si pudiera llegar a ese punto, tal vez podría encontrar a una mujer que le ayudara con la limpieza. O a un tío, consideró Fox mientras bebía su primera Coca-Cola del día. Un tío sería mejor opción, probablemente.

Ya pensaría en eso.

Se puso sus viejas botas de trabajo y, puesto que tenía en mente las labores domésticas, metió los zapatos del día anterior en el armario e, inspirado por dicha acción, metió también el cesto de la ropa.

Cogió las llaves, sacó otra Coca-Cola del refrigerador y un pastelito de la alacena, lo que haría de desayuno mientras conducía. Cuando iba a medio camino de las escaleras fuera de su casa, vio que Layla estaba de pie en la acera.

—¡Hola!

—Buenos días, Fox. Estaba a punto de subir. Pasábamos por aquí cuando vimos tu camioneta, así que le pedí a Quinn que me dejara aquí. Pensé que podría acompañarte en el viaje.

—Fantástico. —Levantó el pastelito que traía en la mano—. ¿Te apetece?

—No, gracias.

Fox abrió el paquete mientras terminaba de bajar las escaleras.

—Yo adoro estos pastelitos. Son una de mis máximas alegrías.

—Ése no es tu desayuno —le dijo Layla mientras Fox le daba el primer mordisco. Por toda respuesta, él le sonrió y siguió caminando.

—Mi estómago dejó de madurar a los doce años. —Abrió la puerta del copiloto de su camioneta para Layla—. ¿Cómo has dormido?

Layla lo miró por encima del hombro mientras se montaba en la camioneta.

—Lo suficientemente bien. —Esperó hasta que Fox rodeara el capó y se sentara detrás del volante—. Incluso después de que Cybil me contara que ella y Gage casi atropellaron al perro demoniaco a su regreso de la granja, cuando Cybil llevaba a Gage a casa de Cal.

—Sí, Gage me lo contó mientras lo estaba despellejando en la sala de videojuegos. —Puso su Coca-Cola en el portavasos y le dio otro mordisco a su pastelito. Después de un rápido vistazo a la calle, se puso en marcha.

—Quería acompañarte en el viaje para que pudiéramos comentar algunas ideas que tengo sobre cómo hacer las cosas hoy.

—Y yo que pensaba que era porque no resistes estar mucho tiempo lejos de mí...

—Estoy tratando de no reaccionar a mis hormonas.

—Qué pena más grande.

—Puede ser, pero... Bueno, lo que te quería decir es que ayer Quinn se vio tan afectada que tengo la esperanza de que tú y yo podamos mantenerla al margen. La clave de todo esto es encontrar los diarios, si están en la granja. Si es así, están en el presente. Si no es así, habrá que volver a Quinn, pero...

—Quieres ahorrarle el dolor de cabeza. Claro, podemos intentarlo. Supongo que no le has mencionado a Quinn nada de esto.

—Pensé que si estabas de acuerdo podríamos mencionarlo en el momento como algo que se nos ocurrió de camino a la granja —le sonrió—. ¿Ves? Estoy trabajando en mi estrategia. ¿Soñaste algo anoche?

—Sólo contigo. Estábamos en mi oficina y tú llevabas puesto un pequeñísimo vestido rojo y esos zapatos de tacón alto, ¿los de la correa en el tobillo? Ésos me matan. Estabas sentada sobre mi escritorio frente a mí. Yo estaba sentado en mi asiento y me dijiste, después de pasarte la lengua por los labios: «Estoy lista para escribir el dictado, señor O'Dell».

Layla lo escuchó, con la cabeza ladeada.

—Acabas de inventarte eso.

Fox le lanzó una rápida sonrisa encantadora.

—Es posible, pero puedo garantizarte que voy a tener ese sueño la próxima noche. Tal vez deberíamos salir esta noche. ¿Qué te parece? Hay un bar junto al río. Es muy bonito. Tienen música en directo los sábados por la noche y, por lo general, los músicos son bastante buenos.

—Suena tan normal... Estoy procurando aferrarme con una mano a la normalidad mientras con la otra estoy hurgando en lo imposible. Es...

—Una alucinación. Yo me olvido de todo, entre los Sietes, quiero decir. Puedo dejar de pensar en todo esto durante semanas enteras, a veces incluso meses. Pero entonces algo me lo recuerda. Es increíble. Voy con mis cosas, haciendo mi trabajo, divirtiéndome y ¡zas!, vuelvo a pensar en esto. Cuanto más se acerca un Siete, más presente lo tengo en la cabeza. —Sus dedos bailaron sobre el volante al ritmo de Snow Patrol—. Así que un bar agradable con buena música es una manera de que nos recordemos que todo esto ocupa mucho de nuestro tiempo y espacio, pero no lo es todo.

—Ésa es una manera inteligente de considerar todo esto. No estoy segura de ser capaz de llegar a ese punto, pero me gustaría escuchar buena música con vistas al río. ¿A qué hora?

—Ah... ¿Las nueve? ¿Te va bien?

—Muy bien. —Layla inspiró profundamente cuando Fox dio la curva para tomar el camino hacia la casa de la granja. Acababa de aceptar una invitación a salir por parte de un hombre con quien estaba a punto de hacer contacto psíquico. Alucinante no era un término exacto para todo lo que le estaba sucediendo.

Layla también descubrió que le parecía poco cortés entrar en la casa de los O'Dell sin que los hubieran invitado. Era la casa paterna de Fox, era cierto, pero él ya no vivía allí. Trató de imaginarse entrando al bloque de sus padres sin que ellos estuvieran allí, tras haber escogido a propósito una hora en que ellos no fueran a estar, y sencillamente no pudo.

—Esto no me parece bien —comentó Layla, de pie en la sala—. Me siento mal y como una fisgona. Entiendo por qué queremos hacer esto mientras tus padres no estén en casa —sin tener más argumentos que esgrimir, Layla optó por el último recurso—, pero resulta... descortés.

—A mis padres no les importa que la gente entre en su casa, de lo contrario dejarían las puertas cerradas con seguro.

—Sin embargo...

—Tenemos que priorizar, Layla. —Quinn abrió los brazos—. La razón por la cual estamos aquí es más importante que las pautas estándar de la buena educación y la cortesía. Ayer obtuve tanto desde afuera, que supongo que va a ser parecido desde adentro.

—A propósito de eso, tengo una idea, que comenté con Layla de camino aquí: si no te importa que interfiramos, Quinn, quisiera que Layla y yo probáramos algo antes, porque creo que es posible que podamos visualizar dónde están los diarios, si están aquí, en el ahora. O puede ser que al menos seamos capaces de sentirlos.

—Ésa es una buena idea. Y no lo digo solamente porque preferiría que no pasaras de nuevo por lo de ayer —agregó Cal cuando Quinn lo miró con los ojos entrecerrados—. Puede funcionar, e incluso tal vez mejor: como Layla y Fox lo van a hacer juntos, es probable que los efectos secundarios sean menores.

—Y si no funciona —añadió Fox—, la pelota vuelve a ti.

—Muy bien. Tiene sentido. Creedme, no es que tenga prisa por volver a sentir que me explota la cabeza.

—Bien, entonces todos de acuerdo. Ésta es la parte más antigua de la casa. De hecho, este recinto y las habitaciones justo encima *eran* la casa original, hasta donde todos sabemos. Por tanto, es lógico pensar que, si hubo una cabaña o casa aquí antes de que construyeran ésta, seguramente estaba ubicada en este mismo lugar. Se me ocurre pensar, especialmente debido al viaje de Quinn ayer, que es posible que construyeran esta casa con algunos de los mismos materiales.

—Como la chimenea. —Quinn caminó hacia ella y pasó sobre *Lump,* que ya se había extendido frente al hogar, para poder pasar la mano sobre las piedras del manto—. Soy una fanática de la idea de cosas escondidas detrás de piedras y ladrillos.

—Y si rompemos ese mortero y empezamos a sacar las piedras sin estar completamente seguros de que los diarios están ahí detrás, mi padre me mataría. ¿Estás lista? —le preguntó Fox a Layla.

—Al máximo que voy a estar nunca.

—Bien. Mírame. —Fox la tomó de las manos—. Sólo mírame. No pienses, sólo imagínatelo: un libro pequeño, las letras trazadas en las páginas, la tinta desvaneciéndose. Imagínate la letra de Ann. Ya la has visto en los otros diarios.

Los ojos de Fox eran muy bonitos. Ese color dorado tan fascinante... Sus manos no eran suaves como las de un abogado, no como las manos de un hombre que lleva un maletín, que trabaja en un despacho. En ellas se sentía el trabajo, la fuerza y la pericia. Fox olía a lluvia. Sólo un poco de lluvia.

Y sabría a torta.

Fox la deseaba. Podía imaginarse tocándola, deslizando sus manos sobre la piel desnuda de la mujer, deslizándolas sobre sus senos, su vientre. Se imaginaba posando sus labios allí, su lengua, saboreándola, probando su piel...

«En la cama, donde sólo seremos tú y yo».

Layla ahogó un grito, dio un salto hacia atrás. Había escuchado la voz de Fox claramente dentro de su cabeza.

—¿Qué has visto? —le preguntó Cal en tono urgente—. ¿Has visto los diarios?

Con los ojos fijos en los de Layla, Fox negó con la cabeza.

—Primero necesitábamos quitar algo de en medio. Una vez más —le dijo a Layla—. Usa tus compartimentos.

Layla sintió la piel caliente, por dentro y por fuera, pero asintió. Y se esforzó al máximo para apartar sus propios deseos. Y los de Fox.

Todo confluyó en un punto estrecho. En él, Layla podía escuchar los pensamientos indistintos de sus amigos, como la cháchara apagada de una fiesta en el piso de abajo. Identificó preocupación, duda, anticipación, una mezcla de sentimientos. También puso todo esto a un lado.

Tenía el libro en la cabeza. De cubierta de cuero marrón, seca por el paso del tiempo. Páginas amarillentas y tinta borrosa.

«Con la oscuridad cerrada sobre mí, no puedo ser más que una mujer que añora a su amor».

—No hay nada aquí —Fox habló primero, mientras permitía cautelosamente que la conexión entre él y Layla se fuera desvaneciendo—. No en esta habitación.

—No.

—Entonces necesito probar yo de nuevo. —Quinn enderezó los hombros—. Puedo intentar dirigirme a ella, ver cuándo guardó el o los diarios, tal vez para regresar a la casa de su padre en el pueblo. La antigua biblioteca.

—No, los diarios no están en la biblioteca —dijo Layla lentamente—. Tampoco en esta habitación.

—Pero están en la granja —finalizó Fox—. Fue demasiado claro. Tienen que estar aquí.

Gage dio unos cuantos golpecitos en el suelo con el pie.

—Podrían estar debajo. Es posible que Ann los haya escondido debajo de alguna de las losas del suelo, si había losas en la casa.

—O pudo haberlos enterrado —comentó Cybil.

—Si están enterrados debajo de la casa, se puede decir que estamos jodidos —dijo Gage—. Si Brian se molestaría con nosotros por sacar algunas de las piedras de la chimenea, se enfurecería completamente, si sugerimos levantar el suelo de la casa para buscar unos diarios que podrían estar enterrados allí.

—No les guardas suficiente respeto a los diarios —comentó Cybil—. Pero tienes razón en la primera parte.

—Necesitamos probar de nuevo. Podemos ir de habitación en habitación —sugirió Layla—. ¿Empezamos por el sótano? Mejor dicho, ¿hay un sótano? Si Ann realmente enterró los diarios, es probable que las señales sean más fuertes en el sótano. No puedo creer que no estén en un sitio de relativo fácil acceso. Giles le contó lo que iba a suceder, le habló de nosotros... de vosotros.

—Pudo haberlos escondido para evitar que se perdieran o que los destruyeran. —Cal caminó de un lado a otro mientras trataba de considerar el asunto—. Para evitar que los encontraran demasiado pronto o que los encontraran las personas equivocadas. Pero ella habría querido que nosotros los encontráramos, ella quería que los encontráramos, mejor dicho. Aunque sólo fuera por sentimentalismo.

—Yo estoy de acuerdo. Estoy segura de lo que percibí de ella. Ella amaba a Giles y a sus hijos. Y toda ella tenía esperanza en lo que habrían de hacer los que vendrían después. Nosotros somos su oportunidad de estar finalmente con Giles, sólo nosotros podemos liberarlo.

—Vamos afuera —sugirió Fox—. Sí, hay un sótano —le dijo a Layla—, pero creo que desde fuera podemos concentrarnos en toda la casa y en el cobertizo al mismo tiempo. Es muy, muy probable que ese cobertizo estuviera ya aquí cuando Ann vivió en esta casa. Así que pienso que deberíamos probar también en el cobertizo.

Como Fox había anticipado, seguía lloviznando, lentamente. Hizo entrar en la casa a los dos perros de sus padres y a *Lump*, para mantenerlos fuera del camino, cerró la puerta y salió con sus amigos al testarudo calabobos.

—Antes de hacer esto, tengo una idea, que se me acaba de ocurrir y quiero mencionarla: ¿recordáis la batiseñal? —dijo Fox.

—¿La qué? —lo interrumpió Quinn.

—El sistema de alarma del que habíamos hablado —explicó él—. Pues se me ocurrió que yo puedo captar señales de la misma manera en que hace un rato capté toda vuestra cháchara mental. En realidad es como sintonizar una radio. Si pensáis en mí, teóricamente podría «escucharos». Si es al contrario, vosotros tendríais que «escucharme» a mí. Tendríamos que probar y practicar algunas veces, pero creo que debe funcionar más rápidamente que el teléfono.

—Sistema de alarma psíquico grupal —comentó Cybil mientras se calaba mejor el gorro pescador negro que le cubría la cabeza—. Sin límite de minutos y pocas llamadas perdidas. Me gusta.

—¿Y si eres tú el que está en problemas? —Layla llevaba puesta una sudadera de capucha debajo de una chaqueta ligera que, ella suponía, podría decirse que era color orquídea. Se puso la capucha sobre la cabeza al tiempo que cruzaban el jardín.

—Si es así, puedo tratar de conectarme con Gage y Cal. Ya lo hemos hecho antes, durante los Sietes. O puedo tratar de comunicarme también contigo —agregó—, una vez que hayas aprendido a controlar mejor tu don. Solíamos jugar aquí, ¿os acordáis? —les preguntó Fox a Cal y a Gage—. Durante un tiempo lo usamos como un fuerte, sólo que no lo llamábamos así, porque sonaba demasiado a guerra a los Barry-O'Dell. Así que decíamos que íbamos al club.

—Aquí asesinamos a miles. —Gage se detuvo, llevaba las manos metidas en los bolsillos—. Y nos morimos un millón de muertes.

—Allí urdimos los planes para celebrar nuestro cumpleaños en la Piedra Pagana. —Cal se detuvo también—. ¿Os acordáis? Me había olvidado de ello. Se nos ocurrió la idea un par de semanas antes del cumpleaños.

—Fue idea de Gage.

—Sí, ahora échame la culpa.

—Estábamos... Diablos, a ver que piense... Ya estábamos de vacaciones. Justo se acababan de terminar las clases. Era nuestro primer día de libertad y mi madre me dio permiso para pasar el día aquí —empezó a recordar Cal.

—Yo no tuve que trabajar ese día en la granja —continuó Fox—, lo recuerdo ahora. Mis padres me dejaron pasar un día, todo un día libre de labores en la granja. El primer día de vacaciones. Nos pusimos a jugar allá.

—Jugamos a policías encubiertos y narcotraficantes —añadió Gage.

—¿Una variación de vaqueros e indios? —preguntó Cybil.

—El chico *hippie* no podía jugar a invasores codiciosos contra población indígena. Y si alguna vez hubierais escuchado uno de los sermones de Joanne Barry al respecto, vosotras tampoco. —El recuerdo le dibujó una vaga sonrisa en el rostro a Gage—. Estábamos tan emocionados... Septiembre parecía estar a una vida de distancia. El clima era cálido y todo estaba brillante, verde y azul. No quería que se acabara. Me acuerdo de eso también. Sí, fue idea mía: una aventura de marca mayor. Total libertad.

—Fox y yo nos apuntamos en el acto —le recordó Cal—. Y entre los tres planeamos toda la escapada, justo allí. —Cal señaló hacia las piedras cubiertas de hojas de madreselva y de correhuela—. Que me parta un rayo si es una coincidencia.

Los tres amigos se quedaron allí un momento, lado a lado. Recordando, supuso Layla. Tres hombres de la misma edad, que provenían del mismo lugar. Gage llevaba puesta una chaqueta de cuero negro; Cal, una camisa de franela sobre una camiseta y un gorro de lana; y Fox, su sudadera de capucha. Era extraño, pensó la mujer, cómo algo tan elemental como su elección a la hora de vestirse decía tanto de su individualidad mientras que su postura indicaba sin lugar a dudas que estaban completamente unidos.

—Layla —la llamó Fox. Ella tenía las manos húmedas y frías, y le brillaban gotas de lluvia en las pestañas. Incluso sin necesidad de la conexión psíquica que los unía, Fox pudo sentir la oleada de ansiedad y expectación que Layla estaba irradiando—. Simplemente, deja que aparezca —le dijo—. No presiones, no lo busques. Sólo relájate y mírame.

—Me cuesta mucho trabajo hacer esas dos cosas al mismo tiempo.

La sonrisa de Fox fue puro placer masculino.

—Más tarde veremos qué podemos hacer al respecto, pero por ahora, imagínate el libro de nuevo. Solamente el libro, ¿vale? Y aquí vamos otra vez.

Fox era tanto el puente como el ancla. Layla se daría cuenta de ello más adelante, se daría cuenta de que Fox tenía la habilidad y la comprensión y se las ofrecía ambas. Al empezar a cruzar el puente, lo encontró a su lado. Sintió la lluvia en la cara, el suelo debajo de sus pies. Podía oler la tierra húmeda, la hierba colmada de rocío, incluso la piedra mojada. Escuchó un zumbido, grave y constante. Layla notó con una punzada de perplejidad que el zumbido era el crecimiento. Hierba, hojas, flores, todo estaba creciendo, zumbando hacia la luz del sol y la primavera. Hacia el verde.

Escuchó el ligero rumor de aire que eran las alas de un pájaro que pasaba por ahí y los arañazos que eran una ardilla caminando sobre una rama.

Sorprendente, pensó Layla, darse cuenta de que ella misma era parte de todo y siempre lo había sido. Siempre lo sería. De lo que crecía, de lo que respiraba, de lo que dormía. De lo que vivía y moría.

Percibió el aroma de la tierra, del humo, de lo húmedo, de la piel. Escuchó el suspiro de la lluvia al abandonar la nube y el murmullo de las nubes al flotar a la deriva.

Entonces ella misma se dejó llevar a lo largo del puente.

La punzada de dolor fue repentina e impactante, como un desgarramiento despiadado y violento en su interior. Cabeza, vientre, corazón. Y mientras gritaba vio el libro, sólo un instante. En cuestión de segundos la imagen desapareció, así como el dolor, y la dejó débil y desorientada.

—Lo siento. Lo perdí.

Gage la sostuvo por debajo los brazos cuando empezó a desvanecerse.

—Tranquila, pequeña. Tranquila, despacio. Cybil.

—Sí, ya la tengo. Recuéstate contra mí un momento, Layla. Vaya viaje que has tenido.

—Podía escuchar las nubes moviéndose y el crecimiento del jardín. Todo zumbaba. Las flores en la tierra. Dios, me siento como...

—¿Drogada? —sugirió Quinn—. Parece que te hubieras fumado un porro.

—Exactamente. Caramba, Fox, ¿sentiste...? —Layla se interrumpió cuando logró enfocar y vio a Fox de rodillas sobre la gravilla húmeda. Cal y Gage estaban en cuclillas flanqueándolo. Y tenía la sudadera manchada de sangre.

—¡Dios mío! ¿Qué ha sucedido? —Instintivamente trató de alcanzar a Fox con la mente, pero se estrelló contra una pared. Se tambaleó hasta él y se le puso enfrente sobre rodillas y manos—. Estás herido, Fox. Te está sangrando la nariz.

—No sería la primera vez. Maldición. Acababa de lavar esta estúpida sudadera. Sólo dadme espacio, por favor. Dadme espacio. —Sacó un pañuelo del bolsillo y se lo presionó contra la nariz al tiempo que se sentaba sobre las pantorrillas.

—Llevémoslo adentro —empezó a decir Quinn, pero Fox negó con la cabeza, después se llevó la mano que tenía libre hasta la frente, como si el movimiento hubiera amenazado con arrancársela del cuello.

—Necesito un minuto.

—Cal, tráele un vaso con agua. Fox, intentemos el truco de tu madre. —Cybil se puso detrás—. Sólo respira. —Encontró los puntos, presionó—. ¿Debería preguntar si estás embarazado?

—No es un buen momento para hacerme reír, gracias. Me siento un poco mareado.

—¿Por qué ha sido peor para él que para Quinn? —quiso saber Layla en tono exigente—. Se suponía que el efecto iba a ser menor, porque estábamos entrelazados. Pero ha sido peor. Tú lo sabes. —Le lanzó una mirada fiera a Gage—. ¿Por qué?

—Siendo O'Dell, seguramente se puso frente a ti y recibió el impacto completo él solo. Ésa sería mi suposición. Y debido a la conexión entre vosotros, pues el impacto fue descomunal.

—¿Es eso cierto? —Furiosa, Layla se giró a mirar a Fox—. ¿Yo estaba escuchando a las nubes mientras a ti te pateaban la cara?

—Tu rostro es más bonito que el mío. Ligeramente. ¿Podéis guardar silencio un momento, por favor? Tened piedad del herido.

—No lo vuelvas a hacer. Mírame bien y escúchame lo que te digo: nunca vuelvas a hacerlo. Prométemelo o estoy fuera de esto.

—No me gustan los ultimatos. —A pesar de la expresión de dolor de sus ojos, echó chispas de furia—. De hecho, me enfurecen.

—¿Y sabes qué me enfurece a mí? Que no confiaras en que iba a ser capaz de cargar con mi parte.

—No tiene nada que ver con confianza o partes. Gracias, Cybil, estoy mejor. —Fox se puso en pie con cuidado, tomó el vaso de agua que le ofrecía Cal y se lo bebió de un solo trago—. Están envueltos en hule detrás de la pared sur. No sé a ciencia cierta cuántos son. Dos, tal vez tres. Sabes dónde están las herramientas, Cal. Voy a ayudaros en un momento.

Fox se las arregló para caminar hasta la casa y dirigirse directamente hacia el baño que quedaba fuera de la cocina antes de empezar a vomitar como un hombre que ha estado de juerga dos días. Se enjuagó la cara y la boca, sintiendo el estómago en carne viva y que la cabeza le iba a explotar. Después sólo se recostó contra el lavabo hasta que logró recuperar el aliento.

Cuando salió a la cocina, Layla lo estaba esperando allí.

—No hemos terminado.

—¿Quieres pelear? Podemos pelear más tarde, ahora tenemos un trabajo que hacer.

—No voy a hacer nada hasta que me des tu palabra de que no vas a protegerme de nuevo.

—No puedo. Sólo doy mi palabra cuando estoy seguro de que voy a poder cumplirla. —Se dio la vuelta y empezó a registrar cajones y armarios—. Sólo mierda holística en esta casa, ¿por qué no pueden tener unas putas aspirinas?

—No tenías derecho a...

—Demándame. Conozco a varios abogados muy buenos que te puedo recomendar. Cada uno hace lo que hace, Layla. Así son las cosas. Así soy yo. Recibí el impacto porque supe que iba a ser fuerte. Llegué allí por ti, por nosotros. No iba a permitir que te hicieran daño, si podía evitarlo. Y no voy a prometerte que no voy a hacer lo que pueda por evitar que te lastimen de aquí en adelante.

—Si piensas que soy débil porque soy mujer, o menos capaz o menos...

El rostro de Fox estaba tan pálido como el papel cuando le dio un rodeo a Layla. Ni la furia pudo devolverle el color a sus mejillas.

—Por Dios santo, Layla, no me vengas con panfletos feministas. ¿Acaso no has conocido a mi madre? Que seas mujer no tiene nada que ver con nada, aparte del hecho de que me gustas. Que no sería el caso si fueras un tío, dado que soy heterosexual. Sobreviví. Me duele la cabeza, me sangró la nariz y devolví el desayuno... y la cena y posiblemente un par de órganos internos. Pero además de desear de aquí a la luna ida y vuelta que en esta casa hubiera un frasco de aspirinas y una lata de Coca-Cola, estoy bien. Si quieres estar enfadada, vale, pero enfádate por las razones correctas.

Mientras Fox se clavaba los dedos en la frente, Layla abrió su bolso, que había dejado sobre la encimera de la cocina, y sacó un pequeño pastillero que tenía una luna creciente en la tapa.

—Ten. —Le ofreció dos pastillas—. Es Advil.

—Alabado sea el Señor. No seas tacaña, dame un par más.

—Todavía estoy enfadada, correcta o incorrectamente. —Le dio dos pastillas más y frunció el ceño cuando Fox se tomó las cuatro en seco—. Pero voy a ir a ayudar a hacer el trabajo porque soy parte de este equipo. Sólo déjame decirte esto, Fox: si te gusto tanto y te preocupas tanto por mí, considera cómo me sentí cuando te vi de rodillas en el suelo, sangrando y dolorido. Hay muchas maneras de que le hagan daño a uno. Piensa en eso.

Cuando Layla salió de la cocina, Fox se quedó donde estaba. Era posible que la mujer tuviera razón, pero estaba demasiado agotado como para pensar en ello en ese momento. Por el contrario, sacó del refrigerador la jarra de té helado de su madre y se bebió un vaso de una sentada para quitarse los restos de molestia y vómito de la garganta.

Puesto que todavía se sentía tembloroso, Fox dejó que Gage y Cal se encargaran de picar el mortero que unía las piedras. Al final tendría que decirles a sus padres, pensó, especialmente si no eran capaces de volver a poner la piedra de manera tal que no se notara que la habían sacado.

No, se corrigió mentalmente, de todas maneras tendría que decírselo. Si no lo hacía, se iba a sentir culpable.

En todo caso, Jo y Brian comprenderían, mucho mejor que cierta rubia, por qué había querido probar esto con ellos fuera de la casa. Era posible que no les gustara, pero no empezarían a darle la lata con esa mierda de no-confías-en-nosotros. No era su estilo.

—Intentad no desportillarla.

—Es una puta piedra, O'Dell —Gage dejó caer el martillo sobre el culo del cincel—, no un maldito diamante.

—Diles eso a mis padres —murmuró Fox, y después se metió las manos en los bolsillos.

—Espero que estés seguro de que ésta es la piedra —Cal golpeó al otro lado—, porque de lo contrario vamos a estar haciendo mucho más que sólo desportillar una piedra.

—Ésa es la piedra. La pared es profunda. Ésa es una de las razones por las cuales todavía se mantiene en pie. Probablemente, esa piedra estaba suelta o Ann la aflojó, no sé. El pasado es tu ambiente.

—Ambiente... Una mierda. —Mojado, con los nudillos raspados, Cal dio otro golpe. Y para el siguiente, los nudillos ya se le habían curado, pero seguía empapado hasta los huesos—. Está aflojando.

Cal y Gage terminaron de aflojar la piedra con las manos mientras Fox trataba de alejar de su mente la imagen de la pared viniéndose abajo como un juego de Jenga.

—Esta cosa pesa una tonelada —se quejó Gage—. Más como un maldito canto rodado. Cuidado con los dedos —maldijo cuando el movimiento le machacó los dedos entre las piedras, después dejó que el peso de la piedra la hiciera caer al suelo. Se sentó sobre las pantorrillas y se lamió la sangre que le salía de los dedos mientras Cal se inclinaba dentro de la abertura que se había hecho en la pared.

—Hijo de la gran puta, ¡tengo el paquete! —Cal sacó un envoltorio cubierto de hule—. ¡Un punto para O'Dell! —Con cuidado, se inclinó sobre el paquete para protegerlo de la lluvia y lo desenvolvió.

—No los abras —le advirtió Quinn desde atrás—. Está demasiado húmedo aquí afuera y la tinta puede correrse. Casi no puedo creerlo: encontramos los diarios de Ann Hawkins. Por fin los encontramos.

—Llevémoslos a mi casa. Allí podemos cambiarnos esta ropa húmeda y...

La explosión hizo estremecer la tierra y mandó volando a Fox, haciéndolo estrellarse de medio lado contra la pared de piedra. Con la cabeza zumbándole, se volvió para encontrarse con que un voraz incendio estaba consumiendo la casa. Las llamas sobresalían del techo y las ventanas rotas escupían fuego con un rugido de humo negro detrás. Fox corrió hacia su hogar, a través de un muro de calor abrasador.

Cuando Gage lo derribó, tratando de detenerlo, Fox cayó con fuerza al suelo, se dio la vuelta con una furia ciega y lanzó un puñetazo.

—¡Maldición, Gage! ¡Los perros están dentro!

—¡Recupera la compostura! —gritó Gage entre el bramido del fuego—. Tranquilízate, Fox. ¿Es real?

Fox podía sentir el calor. Habría podido jurar que lo sentía y el humo ardiéndole en los ojos, quemándole la garganta mientras luchaba por respirar aire puro. Tuvo que esforzarse por sacarse de la cabeza la imagen de su hogar ardiendo en llamas, de los tres perros impotentes atrapados dentro, aterrorizados.

Se aferró de los hombros de Gage como su polo a tierra y después al antebrazo de Cal mientras sus dos amigos lo ayudaban a ponerse en pie. Se quedaron unidos por un momento y un momento fue todo lo que necesitó.

—Es falso. Maldición, es sólo otra mentira. —Fox escuchó a Cal exhalar un suspiro aliviado—. *Lump* está bien. Los perros están bien. Es sólo más mierda del maldito bastardo.

El fuego se fue apaciguando, chisporroteó y se extinguió. La antigua casa de piedra se alzó donde siempre, incólume, bajo la pertinaz llovizna.

Fox también exhaló un suspiro.

—Siento lo del puñetazo, hermano —le dijo a Gage.

—Golpeas como una nena.

—Pero te está sangrando la boca.

Gage se limpió la sangre con el dorso de la mano y sonrió.

—No por mucho tiempo.

Cal caminó hacia la casa, abrió la puerta de un golpe para dejar salir a los perros y después sencillamente se sentó en el suelo del porche trasero y se abrazó a *Lump*.

—Se supone que no puede venir aquí. —Fox caminó hasta el porche también y descansó las manos sobre la baranda que había ayudado a construir—. Nunca antes había sido capaz de venir hasta aquí. Ni a la casa de ninguna de nuestras familias.

—Las cosas son diferentes ahora. —Cybil se agachó y acarició a los otros dos perros mientras le movían la cola—. Los perros no están asustados. Nada de esto sucedió para ellos, sólo para nosotros.

—¿Y si mis padres hubieran estado aquí?

—No habría sucedido tampoco para ellos. —Quinn se sentó en el suelo junto a Cal—. ¿Cuántas veces vosotros tres habéis visto cosas que nadie más ha visto?

—Algunas veces las cosas son reales —apuntó Fox.

—Pero esta vez no. Sólo quería sacudirnos, asustarnos. Quería... ay, Dios, los diarios.

—Yo los tengo. —Fox se dio la vuelta y vio a Layla de pie bajo la lluvia, abrazando contra el pecho el paquete envuelto en hule—. Quería hacerte daño, Fox. ¿No lo sentiste? Quería lastimarte porque has encontrado los diarios. ¿No sentiste el odio?

Fox se dio cuenta en ese momento de que no había sentido nada, aparte de pánico, y ése era un grave error.

—Así que él se anotó un punto también. —Caminó hasta Layla y le puso de nuevo sobre la cabeza la capucha, que se le había caído sobre la espalda—. Pero todavía vamos ganando.

CAPÍTULO 9

Hubo café para quien le apeteciera y un fuego ardiendo en la chimenea de la sala de Cal para calentar huesos helados. También hubo suficiente ropa seca para todos, aunque Layla no estaba segura de qué imagen proyectaba vistiendo unos pantalones cortos que Cal usaba para montar a caballo, que le quedaban grandes y le llegaban más abajo de la rodilla, y una camisa que era varias tallas más grande que la suya. Pero no había tenido opción: Cybil había cogido primero un par de vaqueros de repuesto que Quinn había dejado en casa de Cal y eso era todo lo que había.

Mientras la lavadora y la secadora daban vueltas, Layla terminó de tomarse su café. Sus pies resbalaban sobre el suelo de la cocina dentro de unos enormes calcetines de lana.

—Bonito atuendo —le dijo Fox desde la puerta.

—Podría empezar una nueva moda. —Layla se dio la vuelta para mirarlo de frente. La ropa de Cal le quedaba bastante mejor a él que a ella—. ¿Ya te sientes mejor?

—Sí. —Sacó una Coca-Cola del refrigerador—. Voy a pedirte que dejes a un lado por un tiempo cualquier rastro de furia que todavía te quede dentro. Después podemos hablar de ello, si es necesario.

—Ése es el problema, ¿no? Sentimientos, reacciones, relaciones personales, todo eso estorba, complica las cosas.

—Tal vez. No se puede hacer mucho al respecto, teniendo en cuenta que «persona» es la raíz de «personal». No podemos dejar de ser personas, o él gana.

—¿Qué habría sucedido si Gage no te hubiera detenido? ¿Qué habría sucedido si hubieras logrado entrar en la casa?

—No lo sé.

—Sí lo sabes. O, al menos, puedes especular. Esto es lo que yo puedo suponer: en ese momento, el fuego era real para ti, creías en él, así que era como si estuviera pasando en la realidad real. Sentiste el calor, el humo. Y si hubieras entrado, sin importar lo rápidamente que te curas, podrías haber muerto, porque estabas creyendo que era real.

—Permití que el hijo de puta me asustara. Ése fue mi error.

—Pero ésa no es la cuestión. Podría haberte matado, Fox. Nunca antes había considerado esa posibilidad. Podría usar tu mente para acabar con tu vida.

—Por tanto tenemos que ser más listos que él. —Fox se encogió de hombros, pero fue más un gesto molesto que le hizo saber a Layla que todavía estaba enfadado por dentro—. Me metió un gol hoy porque nunca antes había sucedido nada en la granja o en la casa de los padres de Cal. Estos dos lugares siempre han estado fuera de los límites, por decirlo de alguna manera. Han sido zonas seguras. Así que no pensé, sólo reaccioné. Y ésa nunca es una decisión inteligente.

—Si hubiera sido real, habrías entrado en la casa de todas maneras. Habrías arriesgado tu vida por salvar a tres perros. No sé qué pensar de ti, Fox. —Guardó silencio un momento—. No sé qué sentir. Así que supongo que tendré que hacer lo mismo que con mi furia y dejarlo a un lado para considerarlo después.

—Perdón por interrumpir —Quinn estaba de pie en el marco de la puerta que daba al comedor—, pero ya estamos todos listos.

Ya vamos. Layla salió de la cocina detrás de Quinn. Unos segundos después, las siguió Fox.

—Supongo que sencillamente tenemos que empezar de una vez. —Quinn se sentó a la mesa en la silla junto a Cal. Le lanzó una mirada a Cybil, que tenía dispuesto un bloc frente a ella y estaba presta a anotar ideas, pensamientos, impresiones—. Entonces, ¿quién quiere hacer los honores?

Las seis personas observaron el paquete sobre la mesa. Ninguna de las seis musitó ninguna palabra.

—Ay, diablos, esto es una tontería. —Quinn levantó el paquete y lo desenvolvió con sumo cuidado—. Incluso considerando que estuvieron bien protegidos, los diarios están en un increíble buen estado.

—En estas circunstancias, podemos suponer que Ann tenía algún tipo de poder o conocimiento de magia —apuntó Cybil—. Escoge alguno y lee en voz alta cualquier entrada.

—Muy bien. Allá voy. —Había tres diarios, Quinn tomó el de más arriba y lo abrió por la primera página. La tinta se estaba desvaneciendo, pero todavía era legible. La letra, que ya le era tan familiar, igual de cuidada y clara.

Creo que debe haber un registro de lo que fue, de lo que es, de lo que será. Yo soy Ann. Mi padre, Richard Hawkins, trajo a mi madre, a mi hermana, a mi hermano y a mí al lugar que llamamos Hollow. Es un mundo nuevo en el que cree que vamos a ser felices. Y lo hemos sido. Es un lugar muy verde, es salvaje, es tranquilo. Mi padre y mi tío han limpiado extensiones de tierra para construir cabañas y para poder sembrar. En primavera, el agua es fría y clara. Más personas vinieron y Hollow se convirtió en Hawkins Hollow. Mi padre ha construido una primorosa y pequeña casa de piedra, donde hemos estado viviendo cómodamente.

Hay trabajo disponible, como debe ser, para mantener la mente y las manos ocupadas, para proveer y para construir. Quienes se han establecido aquí han construido una capilla de piedra para la adoración. He asistido a la misa, como se espera de mí, pero no he logrado encontrar a Dios allí. Por el contrario, lo he encontrado en el bosque. Allí es donde me siento en paz. Y allí es donde vi a Giles por primera vez.

Es posible que el amor no suceda en un instante, sino que tome varias vidas en desarrollarse. ¿Fue así como en ese instante conocí tal amor? ¿Es así como sentí, incluso vi en mi mente, vida tras vida tras vida con este hombre que vivía solo en una cabaña de piedra en el espeso bosque reverdecido que alberga el altar de piedra?

Él me esperaba. Yo también lo sabía. Estuvo esperando a que yo fuera hasta él, a verlo, a conocerlo. Cuando nos vimos por vez primera hablamos de cosas sencillas, como es lo apropiado. Hablamos del sol y de las bayas silvestres que yo recolectaba, de mi padre, del cuero que Giles había curtido con tanino.

No hablamos sobre dioses y demonios, ni sobre magia y destino, no entonces. Eso vendría después.

Caminé por entre los árboles del bosque, y a cada oportunidad que tuve, sin querer pero al mismo tiempo queriendo, volví a la cabaña de piedra junto al altar. Él siempre estaba esperando por mí. Y así el amor de tantas vidas anteriores floreció de nuevo, en el bosque reverdecido, en secreto. Fui suya de nuevo, como siempre lo había sido, como siempre lo seguiría siendo.

Quinn hizo una pausa, suspiró.

—Ésa es la primera entrada. Es encantadora.

—Las palabras bonitas no son una buena arma —comentó Gage—. No nos brindan respuestas.

—No estoy de acuerdo —dijo Cybil—. Y creo que Ann se merece que leamos esas palabras como las escribió. Vidas anteriores —continuó mientras jugueteaba con el lápiz sobre sus notas— Que mencione las vidas anteriores indica que entendía que ella y Dent eran la reencarnación del guardián y su mujer. Vida tras vida. Y él esperó a que ella lo aceptara. No le soltó de entrada: «Oye, adivina qué. Nos vamos a poner cariñositos, te voy a embarazar de trillizos, vamos a joder a un gran demonio y dentro de unos pocos cientos de años nuestros descendientes van a dar guerra».

—Caramba, si un tipo me sale con una frase de ésas, me tiene desnuda en un santiamén. —Quinn pasó un dedo a lo largo de la página—. Estoy de acuerdo con Cyb en esto: cada una de las palabras es valiosa porque ella las escribió. Es difícil no impacientarse y querer que sólo hojeando por encima pudiéramos encontrar una fórmula mágica para destruir demonios.

Layla negó con la cabeza.

—En todo caso, no va a ser así.

—No, tampoco yo creo que vaya a ser así. ¿Sigo leyendo, en orden?

—Yo creo que deberíamos leer cómo se fueron desarrollando las cosas. Desde su perspectiva. —Fox le lanzó una mirada a Gage, otra a Cal—. Continúa, Quinn.

Quinn leyó sobre amor, el cambio de las estaciones, sobre labores y momentos tranquilos. Ann escribió sobre muerte, vida, nuevos rostros. Escribió sobre las personas que fueron a la cabaña de piedra buscando que las curaran. Escribió sobre el primer beso que se dieron junto a una quebrada cuyas aguas resplandecían al sol. Escribió cómo se sentaba junto a Giles en la cabaña de piedra, frente al fuego del hogar que lanzaba destellos rojos y dorados mientras él le contaba lo que había habido antes.

Él me dijo que el mundo era viejo, muy viejo, mucho más de lo que cualquier hombre puede saber. No es como nos han enseñado, ni como la fe de mis padres nos dice que debemos creer. O aquello no es todo lo que hay. Porque, me dijo Giles, en esa antiquísima época, antes de que el hombre existiera, hubo otros. Y entre esos otros había oscuros y había claros. Y ésa fue su elección, porque siempre existe la libertad para escoger. Aquellos que escogieron la luz fueron llamados dioses y aquellos que escogieron la oscuridad, demonios.

Hubo sangre y muerte, batallas y guerras. Muchos de ambos bandos fueron destruidos y entonces el hombre empezó a ser. Y sería el hombre el que se dispersaría por la Tierra, el que la regiría y sería regido por ella. Estaba llegando el tiempo del hombre, me dijo él, como era lo correcto. Los demonios odiaban al hombre incluso más de lo que odiaban a los dioses. Despreciaban y envidiaban su mente y su corazón, su cuerpo vulnerable, sus necesidades y sus debilidades. El hombre se volvió la presa favorita de los demonios que habían sobrevivido. Y así fue cómo los dioses que habían sobrevivido se convirtieron en guardianes. Se libró batalla tras batalla tras batalla, hasta que quedaron sólo dos, uno claro y uno oscuro. Sólo un dios y sólo un demonio. El claro persiguió al oscuro a lo largo y ancho del mundo, pero el demonio era inteligente y astuto. En esa última batalla, el demonio hirió al guardián de muerte y lo dejó a su suerte. Y entonces sucedió que pasaba por allí un chico muy joven, un chico inocente y puro de corazón, y se encontró con el dios agonizante. Antes de morir, el dios le pasó su poder y su carga al chico. Así, este muchacho, un mortal con el poder de un dios, se convirtió en un guardián. Y creció hasta convertirse en un hombre que perseguía al demonio. Creció hasta convertirse en un hombre que se enamoró de una mujer con el poder de la magia, y tuvieron un hijo. En el momento de su muerte, el guardián le pasó a su hijo su poder y su carga y así siguió siendo a lo largo de todos esos años. Vida tras vida hasta esta vida, hasta este tiempo y este lugar. Ahora, me dijo él, nos toca a nosotros.

Supe que me estaba diciendo la verdad porque lo vi en el fuego mientras él hablaba. Entonces entendí los sueños que había tenido toda mi vida y que no me había atrevido a contarle a ningún ser viviente. Allí, a la luz del hogar, me comprometí con él. Allí, al calor de las llamas, me entregué a él. No iba a volver a la casa de mi padre, sino que decidí quedarme a vivir con mi amado en el bosque, en la cabaña de piedra cerca al altar que Giles llamaba la Piedra Pagana.

Quinn se inclinó hacia delante.

—Lo siento. Estoy empezando a ver borroso.

—Es suficiente por ahora. —Cal le pasó el vaso con agua que se había servido—. Creo que es un montón por ahora.

—Coincide con algunas de las versiones de la leyenda que se han popularizado más. —Cybil se revolvió en la silla y examinó sus notas—. Las batallas, el paso del poder. Según como lo entiendo, sólo queda este demonio, pero eso como que no me lo creo. Soy un poquito demasiado supersticiosa como para ello. Pero esto podría ser interpretado como que éste es el único demonio conocido que deambula por el mundo libremente, al menos cada siete años. ¿Por qué no se apareó con alguien antes de Hester Deale? Es curioso, ¿no os parece?

—Tal vez no lograba que se le levantara —dijo Gage con una sonrisa fina.

—Puede ser que no estés lejos de la verdad. Creo que, aunque suene sarcástico, es una teoría posible. —Cybil levantó un dedo—. Tal vez los demonios no podían aparearse con humanos, o este demonio en particular no podía. Pero como Giles al parecer encontró una manera de encarcelarlo, al menos por un tiempo, entonces la cosa descubrió una manera de pro-

184

crearse. La evolución de cada lado, por decirlo de alguna manera. Todas las cosas vivientes evolucionan.

—Bien pensado —comentó Fox—. O puede ser que hasta llegar a Hester no hubiera tenido esperma fértil, o algo por el estilo. O que por una u otra razón las mujeres a las que violaba no llevaran a buen término el embarazo. Creo que necesitamos tomarnos un descanso. Quinn lleva leyendo ya más de un par de horas y no sé vosotros, pero a mí me está empezando a faltar el combustible.

—No me mires a mí —dijo Cybil con firmeza—, yo cociné la última vez.

—Yo puedo preparar la comida —dijo Layla poniéndose en pie—. ¿Puedo husmear por la cocina, Cal, a ver qué se me ocurre?

—Toda tuya.

Layla estaba inclinada hacia delante, con la cabeza metida en el refrigerador, cuando Fox entró en la cocina. Cuando un hombre pensaba que el culo de una mujer parecía apetitoso dentro de unos pantalones cortos anchos, ese hombre estaba perdido.

—Pensé que podría echarte una mano.

Layla se enderezó y se dio la vuelta con las manos llenas de cosas: un paquete de lonchas de queso para fundir, tocino y unos cuantos tomates.

—Se me ocurrió que podía preparar sándwiches calientes de queso, tocino y tomate. Y tal vez acompañarlos con una ensalada de pasta fría, si Cal tiene algunas verduras o ingredientes que podamos mezclar. No te preocupes, puedo encargarme sola.

—Porque no me quieres alrededor.

—No. —Layla soltó todas las cosas sobre la encimera—. No estoy enfadada. Es demasiado problemático seguir estándolo. Pero podrías comprobar si la ropa ya está seca, a ver si puedo quitarme estos pantalones cortos y ponerme mi propia ropa.

—Por supuesto. Pero estás guapa así.

—No. No estoy guapa.

—Pero si no te estás mirando a ti misma. —Fox dio un paso adelante, como midiendo el estado de ánimo de Layla—. Puedo cortar los tomates. De hecho, ésa es una de mis habilidades más sorprendentes. Además —continuó avanzando hasta que la arrinconó contra la encimera y entonces puso las manos sobre ésta, a ambos lados de ella—, yo sé dónde guarda Cal la pasta.

—¿Quieres hacerte imprescindible en la cocina?

—Espero que no. Layla —recorrió el rostro de la mujer con los ojos—, no voy a decirte lo que debes pensar o cómo debes sentirte o cuándo sacar esos sentimientos y pensamientos de las cajas donde los necesitas guardar. Pero tengo que decirte que pienso en ti, me gustas. A diferencia de cortar tomates, esconder sentimientos y pensamientos no es una de mis mejores habilidades.

—Te tengo miedo, Fox.

Una conmoción inmediata y absoluta se reflejó en el rostro de Fox.

—¿Qué? ¿Me tienes miedo? No puede ser, nadie me teme a mí.

—Pero por supuesto que eso no es cierto. Napper te teme; ésa es una de las razones por las cuales se empeña en molestarte. Pero ése es otro tipo de asunto, en todo caso. Te temo porque me haces sentir cosas para las que no estoy segura de estar preparada para sentir. Me haces querer cosas para las que no estoy segura de estar lista. Probablemente sería más fácil si me incitaras, si me presionaras para que perdiera la cabeza, porque entonces no tendría que sentirme responsable por mis propias elecciones.

—Podría intentar hacer eso.

—No —Layla negó con la cabeza—. No lo harías. No es ésa tu naturaleza. Una relación afectiva es una sociedad de dos, el sexo es una decisión y un acto de mutuo acuerdo. Así fue como te educaron desde que eras un crío, así es como eres. Y todo eso es parte de lo que me atrae de ti, pero a la vez es parte de lo que lo hace más difícil. —Layla puso una mano sobre el pecho de él y le empujó ligeramente. Cuando Fox retrocedió, ella sonrió al confirmar que esa acción y esa reacción demostraban su perspectiva—. Te tengo miedo —continuó—, porque entrarías corriendo en una casa en llamas para salvar a un perro. Porque aceptaste voluntariamente recibir mi parte de dolor y trauma. Tenías razón en lo que me dijiste en la cocina de tus padres: así es como eres, es tu naturaleza. No es sólo porque se trataba de mí. Habrías hecho lo mismo por Cal o Gage, o por Quinn o Cybil. O por un completo extraño. Le tengo miedo a lo que eres porque nunca antes había conocido a nadie como tú. Y temo arriesgarme, aferrarme a ti y después perderte, exactamente porque eres la persona que eres.

—Y en todo este tiempo no me había dado cuenta de que soy un tipo tan temible.

Layla se volvió, sacó un cuchillo del soporte de cuchillos y lo puso sobre la tabla de picar.

—Corta los tomates.

Layla abrió uno de los armarios y encontró allí la pasta. Mientras disponía un sartén y una cacerola, a Fox le sonó el móvil. Se giró a mirarlo y vio que estaba comprobando el identificador del aparato.

—Hola, mamá o papá. Sí. ¿En serio? —Fox puso el cuchillo sobre la tabla y se recostó contra la encimera—. ¿Cuándo? ¿De veras? Por supuesto, claro. —Tapó el micrófono del teléfono y le murmuró a Layla—: Mi hermana y su pareja van a venir. ¿Qué? —dijo de nuevo con el micrófono al descubierto—. No, no es problema. Hum, ya que hablamos, aprovecho y os comento... Hoy estuvimos en la granja, los otros y yo. Por la mañana temprano. La cuestión es que... —se interrumpió y se metió en el cuarto de la lavadora.

Layla sonrió al escuchar el murmullo de su voz. Sí, ésa era su naturaleza, pensó ella, mientras ponía a hervir agua para la pasta. Salvar perros, ser honesto. Y explicarle a madre o padre por qué había sacado una piedra de su antiquísimo cobertizo.

Realmente no era sorprendente que estuviera casi completamente enamorada de él.

La lluvia continuó cayendo en esa húmeda y sombría tarde de sábado. Comieron antes de acordar pasar a la sala de nuevo para que Quinn prosiguiera con la lectura del diario al calor de la chimenea.

Era casi de ensueño, pensó Layla, con el sonido de la lluvia cayendo fuera, el chisporroteo de las llamas y la leña en la chimenea, el sonido de la voz de Quinn leyendo las palabras que Ann había escrito. Se arrellanó en su asiento, cómoda de nuevo en la calidez de su propia ropa, tomando té y con Fox y *Lump* tendidos en el suelo a sus pies.

Si fuera a tomar una foto, parecería un grupo de amigos pasando el rato en una tarde lluviosa de esa época fría que se extiende entre el invierno y la primavera. Quinn con un libro, Cal junto a ella en el sofá, Cybil echa un ovillo como un gato perezoso en el otro extremo de ese mismo sofá y Gage desparramado en un asiento tomándose otra taza de café.

Pero sólo tenía que prestarles atención a las palabras para que la foto cambiara por completo. Sólo tenía que escuchar para ver a una joven mujer disponiendo otro fuego en un hogar, con sus cabellos resplandecientes ondeándole sobre la espalda.

Para sentir el dolor en ese corazón que había dejado de latir hacía tantísimo tiempo.

«Estoy embarazada. Una gran alegría me embarga, así como una profunda pena».

Alegría por las vidas que albergaba en su vientre, pensó Layla, pena porque esas vidas marcaban el principio del final del tiempo que le quedaba a Ann con Giles. Se imaginó a la joven mujer preparando las comidas, recogiendo agua de la quebrada, escribiendo en el primer diario cuya cubierta le había hecho Giles con el cuero que él mismo había curtido. Ann escribía sobre cosas sencillas, sobre días sencillos. Páginas y páginas sobre lo sencillo y lo humano.

—Estoy agotada —comentó Quinn después de leer bastante tiempo—. Alguien más podría tomar mi lugar, aunque la verdad es que mi cerebro va a sufrir un cortocircuito. No creo que sea capaz de asimilar nada más en este momento, aunque alguien más me relevara.

Cal la movió para masajearle los hombros, mientras ella se desperezaba con evidente alivio.

—Tal vez, si tratamos de leer demasiado de una sola sentada, es probable que nos perdamos detalles.

—Hay un montón de minucia cotidiana en esta sección. —Cybil giró la muñeca de la mano con la que había estado escribiendo—. Giles le está enseñando cosas a Ann, mostrándole cómo funciona la magia más sencilla, explicándole hierbas, velas... Sacándole lo que ella ya tenía dentro. Y ella está muy abierta a todo. Parece evidente que él no quería dejarla sin armas, herramientas, maneras de defenderse.

—La vida debía de ser muy dura en aquellos días de los pioneros —comentó Fox.

—Yo creo que la vida era parte de la cuestión —añadió Layla—. Lo corriente. Todos lo hemos sentido, mencionado en uno u otro punto a lo largo de todo esto. Lo cotidiano importa, es básicamente por ello por lo que estamos peleando. Yo creo que Ann escribía sobre lo cotidiano con frecuencia justamente porque entendía lo importante que era. O tal vez porque necesitaba recordárselo para poder afrontar lo que fuera que se le iba a venir encima.

—Hemos leído más de la mitad del primer diario. —Quinn marcó la página antes de cerrar el libro y ponerlo sobre la mesa—. Todavía no ha mencionado nada específico sobre lo que va a suceder. Es posible que Giles no le haya dicho nada concreto o que ella no haya querido escribirlo hasta el momento. —Bostezó ampliamente—. Voto por que salgamos un rato o por que nos echemos una siesta.

—Todos ellos pueden irse a dar un paseo —Cal inclinó la cabeza y le dio un beso en el cuello—, mientras tú y yo nos echamos una siesta.

—Ay, Cal, ése es un eufemismo de lo más elemental para sexo en un día lluvioso. Y vosotros ya habéis follado suficientes veces. —Cybil estiró la pierna y le dio una ligera patada a Cal—. Opción dos: otro tipo de entretenimiento... que no sea póquer —añadió antes de que Gage pudiera hablar.

—El sexo y el póquer son las dos máximas formas de entretenimiento —le respondió Gage.

—A pesar de que no me opongo a ninguna de las dos, tiene que haber algo más que un grupo de gente joven y atractiva pueda hacer por estos lados. Sin querer menospreciar Bowl-A-Rama, Cal, no puede ser que no haya un lugar aquí donde podamos conseguir bebidas para adultos, que haya ruido, música y comida poco nutritiva de bar.

—De hecho... ¡Ay! —Layla bajó la mirada hacia Fox cuando él le pellizcó el pie—. De hecho —empezó de nuevo—, Fox mencionó un lugar que parece cumplir con todas esas características. Un bar a la orilla del río que presenta música en directo los sábados por la noche.

—Pero por supuesto que vamos a ir. —Cybil se puso en pie—. ¿Quiénes harán de conductor elegido? Yo voto por Quinn del lado de las mujeres.

—De acuerdo —dijo Layla.

—Ay.

—Tú eres la que está teniendo relaciones sexuales sistemáticamente —le recordó Cybil—. No se aceptan quejas.

—Gage —dijo Fox y lo señaló con el índice y el pulgar, imitando una pistola.

—Como siempre —apuntó Gage.

Incluso a pesar de haberse puesto de acuerdo, les llevó media hora salir, debido a que había que atender cuestiones tan cruciales como retocar el maquillaje y arreglarse el pelo. Después se presentó la discusión sobre quién se iba en qué coche, agravada por la irrevocabilidad de la decisión de Cal de no dejar a *Lump* solo en casa.

—Esa cosa ya vino tras mi perro una vez, así que puede ser que quiera volver a hacerlo. A donde yo vaya, va *Lump*. Además, yo viajo con mi mujer.

Lo que dejó a Fox estrujado en la camioneta de Cal, con Gage detrás del volante y *Lump* al otro lado.

—¿Por qué no puede ir *Lump* en medio? —le dijo Fox a su amigo en tono exigente.

—Porque no quiero que me babee ni que me llene de pelos ni que me deje oliendo a perro.

—A mí me va a pasar todo eso.

—Es tu problema, hermano. —Gage le echó una mirada—. Y creo que bien puede ser un problema, porque es posible que a tu bonita rubia no le apetezca que la babees si estás despidiendo un fuerte olor a «agua de *Lump*».

—Hasta ahora no se ha quejado. —Fox se inclinó sobre *Lump* y le abrió la ventana unos cuantos centímetros, para que sacara la nariz.

—No puedo culparte por dirigirte en esa dirección. Ella tiene un aire de desamparada con clase e inteligente, además de valiente, por el que te inclinas.

—¿Me inclino por eso? —Divertido, Fox se recostó contra *Lump* para examinar el perfil de Gage.

—Es justo tu tipo, con la añadidura inesperada del lustre de la gran ciudad. Simplemente, no dejes que te eche a perder.

—¿Por qué habría de echarme a perder? —Cuando Gage no contestó, Fox se dio la vuelta—. Eso sucedió hace siete años y Carly no me echó a perder. Lo que sucedió me afectó profundamente por un tiempo, lo que es diferente. Layla es parte de esto, Carly no. O no debería haberlo sido.

—¿El hecho de que Layla sea parte de esto te preocupa? Vosotros dos tenéis una conexión, así como Cal y Quinn. Y ahora Cal está escogiendo diseños de vajilla.

—¿En serio?

—Metafóricamente hablando. Y ahora estás tú echándole los tejos a Layla y con esa expresión de cocker spaniel cada vez que ella se acerca a un kilómetro a la redonda.

—Si he de ser un perro, quiero ser un gran danés. Ése es un perro digno. Y no, no me preocupa. Siento lo que siento y punto. —Fox alcanzó a percibir un débil destello. No pudo evitarlo, sencillamente estaba allí. Entonces sonrió como sólo los hermanos se sonríen unos a otros—. Pero a ti sí que te preocupa. Cal y Quinn, Layla y yo, eso te deja a ti y a Cybil. ¿Temes que el destino te vaya a echar una mano? ¿El destino está a punto de patearte el culo, hermano? ¿Debería encargar ahora mismo las toallas con sus iniciales bordadas?

—No estoy preocupado. Yo determino las probabilidades en todas las manos que juego, yo escojo a los jugadores.

—La tercera jugadora es extremadamente atractiva.

—Las he tenido más atractivas que ella.

Fox rezongó, se volvió a mirar a *Lump*.

—Las ha tenido más atractivas.

—Además, Cybil no es mi tipo.

—No sabía que existiera alguna mujer que no fuera tu tipo.

—Las mujeres complejas no son mi tipo. Si te metes entre las sábanas con una mujer compleja, vas a tener que pagar un precio por ello por la mañana. Me gustan las mujeres sencillas —le sonrió a Fox—. Y me gusta tener muchas de ellas.

—Una mujer compleja sería un juego más interesante. Y a ti te gusta jugar.

—No ese tipo de juegos. Lo sencillo te hace pasar el rato, salir airoso al otro lado. Y mucha sencillez te da para pasar muchos ratos. Supongo que prefiero escoger cantidad, teniendo en cuenta que es posible que no sobrevivamos a nuestro próximo cumpleaños.

Fox se inclinó hacia Gage y le dio un golpe amistoso en el brazo.

—Siempre me levantas el ánimo, hermano, con esa naturaleza optimista y alegre que tienes.

—¿De qué te estás quejando? Vas a comer, a beber y posiblemente a follarte a Layla, mientras yo voy a tener que contentarme con una botella de agua carbonatada mientras oigo mala música en un bar atestado de gente en medio de la nada.

—Es posible que estés de suerte esta noche. Podría apostar a que al menos debe de haber una mujer sencilla en ese bar en medio de la nada.

Gage reflexionó mientras aparcaba frente a la acera del bar.

—Ése es un buen pensamiento.

* * *

Fox pensó que no era lo que había planeado. Había pensado sentarse con Layla en una de las mesas esquineras, bien atrás, donde la música no se escuchara tan fuerte como para ahogar la conversación. Había planeado tener un interludio común y corriente para-conocernos-un-poquito-mejor-tú-y-yo, seguido tal vez por unos besos de bajo perfil en el cuello. Lo que, si lo hacía bien, era posible que desembocara en jugueteos en su camioneta para terminar con ella finalmente en su cama.

Lo había considerado un plan bastante bueno, con espacio para múltiples opciones.

Pero había terminado embutido con cinco personas más en una mesa para cuatro, bebiendo cerveza y comiendo nachos mientras en la gramola sonaba música country a volumen alto. Y riéndose a carcajadas.

La música en directo no estuvo mal una vez que empezó. Los cinco tipos apretados en el pequeño escenario de la esquina se las arreglaron para tocar bastante bien. Fox los conocía y, en un arranque de generosidad, los invitó a una ronda de cerveza en el intermedio.

—¿De quién fue esta idea? —preguntó Quinn en tono exigente—. Fue una *magnífica* idea. Y ni siquiera estoy bebiendo.

—Mía, técnicamente. —Fox golpeó su vaso con el de Quinn, que contenía algún refresco light—. Por lo general tengo ideas magníficas.

—Fue tu concepto general —lo corrigió Layla—, pero fui yo quien lo ejecutó. Y sí, tienes razón: es un bar muy agradable.

—A mí lo que más me gusta es el reloj de pared de Betty Page —dijo Cybil y lo señaló.

—¿Sabes quién es Betty Page? —quiso saber Gage.

—Por supuesto que sé quién era. Una modelo de los cincuenta, toda una sensación que se convirtió en icono de culto, en parte por haber sido objeto de una investigación del senado por pornografía. Pura cacería de brujas, en mi opinión.

—Cybil la conoció. —Quinn levantó su vaso y bebió.

Gage observó a la mujer por encima de su vaso.

—Qué va.

—Ayudé en la documentación para el guión de la película que hicieron sobre su vida hace un par de años. Era una mujer encantadora, por dentro y por fuera. ¿Eres un admirador, señor Turner?

—Sí, de hecho lo soy. —Gage bebió su refresco carbonatado mientras examinaba a Cybil—. Tienes un montón de giros inusuales, mujer.

Cybil sonrió con su sonrisa lenta, felina.

—Me encanta viajar.

Cuando la banda volvió al escenario, dos de los miembros se detuvieron en la mesa de Fox.

—¿Quieres improvisar una, O'Dell?

—A vosotros os va bastante bien sin mí, gracias.

—¿Tocas algo? —le preguntó Cybil enterrándole un dedo en el hombro.

—Es un requisito en mi familia.

—Entonces anda a improvisar una, O'Dell. Insistimos. —Y, para enfatizar su opinión, ahora le dio un empujón.

—Me estoy tomando una cerveza.

—No nos obligues a hacer una escena. Somos perfectamente capaces. ¿Q.?

—Pero por supuesto, Fox —confirmó Quinn—. ¡Fox, Fox, Fox! —exclamó levantando la voz un poco más a cada repetición.

Muy bien, muy bien.

Cuando Fox se puso en pie, Quinn se metió los dedos en la boca y silbó.

—Controla a tu chica, hombre.

—No puedo. —Cal sólo sonrió—. Me gustan salvajes.

Negando con la cabeza, Fox levantó una guitarra de su soporte, sostuvo una breve charla con la banda y se pasó la correa de la guitarra sobre el hombro.

Cybil se inclinó hacia Layla.

—¿Por qué será que los guitarristas son tan sexis?

—Yo creo que se debe a las manos.

Ciertamente parecía que las manos de Fox sabían lo que estaban haciendo cuando el hombre se giró, marcó el ritmo y luego tomó el liderazgo con un complejo acorde.

—Fanfarrón —murmuró Gage e hizo reír a Cybil.

Fox tocó «Lay Down Sally», que evidentemente era una canción que complacía a la multitud. Layla tuvo que admitir que le hormigueó la piel por dentro cuando Fox se inclinó hacia el micrófono y empezó a cantar.

El papel le venía a la perfección, pensó Layla. Vaqueros desteñidos sobre cadera estrecha, pies enfundados en botas de trabajo, pelo ligeramente desgreñado alrededor de un rostro bien parecido. Y cuando esos ojos de tigre, absolutamente divertidos, se clavaron en los de ella, el hormigueo se acentuó hasta límites insospechados.

Cybil se acercó a Layla hasta que sus labios estuvieron casi pegados a la oreja de su amiga y susurró:

—Es realmente bueno.

—Sí, maldición. Creo que estoy en problemas.

—¿Justo en este momento? Desearía estarlo yo. —Con otra carcajada, Cybil volvió a su puesto mientras la canción llegaba a su fin, entonces el público estalló en aplausos. Fox negó con la cabeza y se quitó la correa de la guitarra.

—¡No puede ser, Fox! —gritó Cybil—. ¡Otra, otra!

Fox continuó negando con la cabeza mientras regresaba a la mesa.

—Si toco más de una canción, me tienen que arrancar la guitarra a la fuerza de mis ambiciosas manos.

—¿Por qué no eres una estrella de rock en lugar de un abogado? —le preguntó Layla.

—Implica demasiado trabajo. —La música empezó a sonar de nuevo, entonces Fox se inclinó hacia ella, mucho más cerca—. Me resistí a la tentación de escoger la canción más obvia de Clapton. ¿Cuántos hombres han tratado de conquistarte con *Layla* a lo largo de los años?

—Yo diría que prácticamente todos.

—Eso fue lo que pensé. Tengo esta tendencia a la individualidad: nunca me voy por lo obvio.

Ay, por supuesto que sí, pensó Layla cuando Fox le sonrió. Definitivamente, estaba en problemas.

CAPÍTULO 10

La lluvia continuaba cayendo pertinazmente y el viento azotaba las calles, lo que le daba a esa mañana un aire lúgubre que hacía que dieran más ganas de quedarse en la cama. O así debería ser, pensó Fox después de cerrar la puerta de su casa detrás de sí, si no se tuviera en la agenda apuntado que el domingo por la mañana era tiempo de dedicarse a la investigación demoniaca.

A pesar de que todo estaba mojado, decidió caminar las pocas manzanas que lo separaban de la casa de Layla y las mujeres. Como hacer malabares, caminar le daba la oportunidad de pensar. Mientras se ponía en marcha, pensó que los habitantes del pueblo no estaban de acuerdo con él o no tenían nada en que pensar. Un montón de coches aparcados uno detrás de otro, con los parabrisas y parachoques escurriendo ríos de agua, se alineaban frente a la acera del local de Ma y de Coffee Talk. Y dentro de los locales atestados, pensó Fox, seguramente la gente estaría pidiendo el desayuno especial y tomando café mientras se quejaba de la lluvia y el viento.

Desde el otro lado de la calle, Fox se fijó en la puerta nueva de la librería y pensó: «Buen trabajo, papá». Como Layla había hecho, también reparó en el letrero escrito a mano que colgaba del escaparate de la tienda de regalos que anunciaba que iban a cerrar definitivamente. Nada que hacer al respecto. Otro negocio abriría en su lugar. Sin lugar a dudas, Jim Hawkins encontraría a otro arrendatario que pintaría las paredes de otro color y llenaría los estantes de cualquier otra cosa. Otro letrero anunciando el nuevo negocio colgaría de la ventana y clientes nuevos entrarían a echar un vistazo. Y mientras tanto, las personas seguirían pidiendo su desayuno especial, quedándose metidos en la cama en una mañana lluviosa de domingo o dándoles la lata a sus hijos para que se vistieran de una buena vez para ir a la misa.

Pero las cosas cambiarían. Esta vez, cuando llegara el Siete, estarían más que preparados para enfrentarse al gran demonio. Harían más que sólo limpiar la sangre, apagar los incendios y encerrar a los que enloquecieran hasta que pasara el peligro.

Esta vez tenían que hacer más.

Mientras tanto, tenían que trabajar, buscar las respuestas. Se habían divertido la noche anterior, pensó, saliendo juntos y permitiendo que la música y la conversación aliviaran un día largo y difícil. Habían hecho progresos durante el día. Podía sentir que todos ellos juntos estaban dando un paso adelante hacia algo.

Así que si bien no planeaba embutirse en el local de Ma para desayunar, iba a pasar el día con sus amigos y la mujer que quería que fuera su amante trabajando para asegurarse de que los habitantes de Hawkins Hollow siguieran haciendo lo que solían hacer cotidianamente, incluso durante la semana del siete de julio, cada siete años.

Dobló la esquina de la plaza, con las manos metidas en el bolsillo delantero de su sudadera con capucha y gotas de lluvia escurriendo de la cabeza.

Fox se volvió para mirar distraídamente cuando escuchó unos frenos que chirriaban sobre el pavimento. Reconoció la camioneta de Block Kholer y pensó: «¡Mierda!», incluso antes de que Block se apeara y golpeara la puerta tras de sí.

—¡Hijo de la gran puta!

Ahora, mientras Block daba zancadas hacia él, golpeando el pavimento con sus botas Wolverine y los puños del tamaño de una pierna de cerdo, Fox pensó de nuevo: «¡Mierda!».

—Vas a tener que retroceder, Block, y tranquilizarte.

—Fox conocía a Block desde secundaria, entonces eran pocas sus esperanzas de que lo hiciera. Cuando los ánimos se iban acalorando, Block era relativamente tranquilo, pero una vez que estaba enfurecido, alguien iba a recibir un golpe. Y puesto que sinceramente Fox no quería ser él el escogido esta vez, se sintonizó con Block y se las arregló para esquivar el primer puñetazo—. Basta ya, Block. Es cierto que soy el abogado de Shelley, pero si no fuera yo, algún otro lo sería.

—He oído que no es eso lo único que os une —Le lanzó otro golpe, pero tampoco dio en el blanco cuando Fox se hizo a un lado—. ¿Cuánto tiempo hace que te estás follando a mi mujer, imbécil?

—Nunca he estado con Shelley en ese sentido. Maldición, Block, si ya me conoces. Si fue Napper quien te fue con ese cuento, ten en cuenta de quién estamos hablando.

—Me echaron de mi maldita casa. —Los ojos azules de Block echaban chispas de ira mientras su enorme cara se había ruborizado de lo furibundo que estaba—. Por culpa tuya tengo que ir a donde Ma para poder desayunar decentemente.

—Yo no fui el que metió la mano por debajo de la blusa de mi cuñada. —Hablar era su fuerte, se recordó Fox. Lo que tenía que hacer era convencerlo de tranquilizarse a fuerza de labia. Así que Fox mantuvo tranquilo su tono de voz a pesar de tener que bailar alrededor de Block para esquivar los puñetazos—. No me culpes por ésta, Block, y no hagas algo ahora que vayas a lamentar después.

—Tú eres el que va a pagar, cabrón.

Fox era rápido, pero Block no había perdido todas las habilidades que lo habían distinguido en el campo de fútbol americano cuando estaba en secundaria. Así, más que darle un golpe contundente, a Fox le llovió una catarata de puñetazos que lo tumbaron de espaldas sobre una cuesta rocosa cubierta de hiedra que estaba empapada para después rodar dolorosamente hasta la acera con el enfurecido antiguo defensa sobre él.

Block bien podía pesar unos veinticinco kilos más que Fox, y la mayoría de ese peso era músculo puro. Al quedar prensado entre la acera y el iracundo hombre, Fox no pudo esquivar los puñetazos cortos de nudillos desnudos que le lanzó Block contra el rostro ni los golpes despiadados que le dio en los riñones. A través del dolor insoportable y la visión borrosa, Fox pudo ver en el rostro de Block una cierta expresión de locura que le asustó bastante. Y los pensamientos que podía percibir denotaban tanto locura como sed de muerte.

Entonces Fox hizo lo único que le quedaba por hacer: pelear sucio. Le arañó esos ojos de locura. Cuando Block aulló, Fox le lanzó un puñetazo contra la garganta descubierta. Block tuvo arcadas y empezó a ahogarse, entonces Fox tuvo espacio para maniobrar y darle un rodillazo entre las piernas. Le lanzó un par de puñetazos más, dirigidos a la cara y la garganta.

«¡Corre!».

Ese único pensamiento se propagó por la cabeza de Fox como un río de sangre. Pero cuando trató de rodar, gatear y quitarse al hombre de encima para ponerse en pie, Block le estrelló la cabeza contra el pavimento. Fox sintió que algo se le rompía por dentro mientras Block no cesaba de patearle el costado. Entonces Fox tuvo que luchar por respirar cuando las enormes manos del otro hombre se cerraron sobre su garganta.

«Muere aquí».

Fox no supo si eran los pensamientos de Block o los suyos los que le daban vueltas dentro de la cabeza, que no podía parar de gritar. Pero sí supo que estaba yéndose. Los pulmones, que le ardían más allá de las palabras, no podían inspirar aire y estaba viendo borroso y doble. Hizo esfuerzos con lo que le quedaba por alcanzar la mente de este hombre al que conocía, este hombre que era fanático de los Redskins y de NASCAR, que siempre estaba dispuesto a contar una broma guarra y que era un genio de los motores. Un hombre que era lo suficientemente estúpido como para ponerle los cuernos a su mujer con su cuñada.

Pero por más esfuerzos que hizo, no logró encontrarlo. No pudo ni encontrarse a sí mismo ni encontrar al hombre que lo estaba matando en una acera a unos pocos pasos de la plaza principal del pueblo en una lluviosa mañana de domingo.

Entonces lo único que pudo ver fue una gran mancha roja, como un campo de sangre. Lo único que pudo ver fue su propia muerte.

De repente, la presión en su garganta cedió y ya no sintió más el terrible peso que había tenido oprimiéndole el pecho. Cuando se volvió de medio lado, entre arcadas, escuchó gritos. Pero los oídos le retumbaban como un concierto de bocinas y no podía sino escupir sangre.

—¡Fox, Fox! ¡O'Dell! —Una cara flotó frente a los ojos de Fox, que yacía a lo largo de la acera, sintiendo la fría lluvia como una bendición sobre su maltrecho rostro. Vio una borrosa imagen triple del jefe de la policía, Wayne Hawbaker—. Es mejor que no te muevas, Fox —le dijo Wayne—. Ya voy a llamar a una ambulancia.

«No estoy muerto», pensó Fox, aunque seguía viendo manchas rojas en los bordes de su campo de visión.

—No, espera. —La voz le salió como un graznido ronco y se esforzó por sentarse—. Nada de ambulancias.

—Estás en bastante mal estado, Fox.

Fox sabía que tenía un ojo cerrado debido a la hinchazón, pero logró enfocar el otro en Wayne.

—Voy a estar bien. ¿Dónde diablos está Block?

—Esposado en la parte trasera de mi coche. Por Dios santo, Fox, casi tuve que noquearlo para sacártelo de encima. ¿Qué diantres ha pasado?

Fox se limpió con el dorso de la mano la sangre que le estaba saliendo de la boca.

—Pregúntale a Napper.

—¿Qué tiene que ver Napper en todo esto?

—Él fue quien le metió ideas a Block en la cabeza y le hizo creer que me estoy acostando con Shelley. —Fox inspiró aire que sintió como cristales rotos bajándole por la garganta—. No te preocupes, Wayne, en todo caso no importa. No hay ninguna ley que prohíba decirle mentiras a un idiota, ¿verdad?

Wayne guardó silencio un momento.

—Voy a llamar a los bomberos, para que al menos manden a los paramédicos para que te echen un vistazo.

—No los necesito. —Fox apoyó una mano ensangrentada sobre el pavimento, sintiendo que lo embargaban una furia y un dolor impotentes—. No los quiero.

—Voy a encerrar a Block. Necesito que vayas a la comisaría en cuanto puedas para que presentes cargos en su contra por asalto.

Fox asintió. Intento de homicidio se acercaba más a la realidad de lo que había sucedido, pero asalto era suficiente, pensó.

—Déjame ayudarte a ir hasta el coche. Puedo llevarte a donde quieras ir.

—Sólo vete, Wayne. Puedo ir a donde quiera ir por mi propia cuenta.

Wayne se pasó una mano por su húmedo y ya casi canoso pelo.

—Por Dios santo, Fox. ¿Quieres que te deje solo y sangrando, aquí tirado en mitad de la acera?

Una vez más, Fox enfocó su ojo no tan maltrecho en el otro hombre.

—Ya me conoces, jefe. Sano rápido.

La comprensión y preocupación nublaron los ojos de Wayne.

—Déjame ver cómo te pones en pie. No me voy a ninguna parte hasta que no esté seguro de que puedes ponerte en pie y caminar.

Fox se las arregló para ponerse en pie, aunque cada centímetro de su cuerpo gritó de dolor en el proceso. Tenía tres costillas partidas, pensó Fox. Ya podía sentirlas intentando curarse, y el dolor era espantoso.

—Encierra a Block, entonces. Voy a la comisaría en cuanto pueda.

Empezó a caminar, cojeando, y no se detuvo hasta que escuchó el coche de Wayne ponerse en marcha y alejarse. Entonces se dio la vuelta y vio al chico sonriendo, de pie al otro lado de la calle.

—Yo voy a curarme, cabrón, y cuando llegue el momento, te voy a hacer cosas mucho peores.

El demonio con forma de niño se rió, después abrió la boca, tan profunda como una caverna, y se tragó a sí mismo.

Para cuando Fox llegó a la casa de las mujeres, una de sus costillas ya se había soldado y la segunda estaba en el proceso de hacerlo. Los dientes que se le habían aflojado estaban ya inmóviles y los cortes y arañazos menores ya se habían curado.

Se dio cuenta de que debía haber ido a casa a terminar el proceso de curación. Pero la paliza y la agonía del inicio de la curación lo habían dejado exhausto y no podía pensar con claridad. Las mujeres sencillamente tendrían que lidiar con esto, se dijo. Probablemente tendrían que lidiar con cosas mucho peores antes de que todo el asunto llegara a su fin.

—¡Estamos arriba! —gritó Quinn cuando escuchó el sonido de la puerta abriéndose y cerrándose después—. Bajamos en un segundo. Hay café en la cafetera y Coca-Cola en el refrigerador, dependiendo de quién seas.

Las heridas en la tráquea eran todavía demasiado graves, así que Fox no fue capaz de responder y sencillamente decidió continuar su penosa marcha hasta la cocina.

Estiró el brazo para abrir la puerta del refrigerador y no pudo menos que fruncir el ceño cuando se dio cuenta de que tenía partida la muñeca derecha.

—Venga, cabrón, termina de una buena vez. —Mientras sus pobres huesos proseguían el proceso de soldadura, usó la mano izquierda para sacar una Coca-Cola y después luchó agriamente por abrir la lata.

—Hoy empezamos algo tarde. Supongo que estábamos... ¡Ay, Dios mío! —Layla corrió hacia Fox—. ¡Fox! Por Dios santo. ¡Quinn, Cybil, Cal, bajad pronto, Fox está herido!

Layla trató de pasarle el brazo alrededor para soportar su peso y ayudarlo a sentarse.

—Sólo abre la maldita lata, que no he podido.

—Siéntate. Necesitas sentarte. Pero mira cómo ha quedado tu pobre cara. Ven, siéntate, Fox, por favor.

—Sólo ábreme la maldita lata, por Dios, Layla —le espetó, pero ella sólo le acercó una silla. El hecho de que Layla pudiera aliviarlo con tan poco esfuerzo le dijo a Fox que estaba todavía en muy mal estado.

Layla abrió la lata y empezó a ayudarle a poner los dedos alrededor. Habló con un hilo de voz, pero no le tembló:

—Tienes la muñeca partida.

—No por mucho tiempo.

Fox tomó su primer sorbo largo y desesperado al tiempo que Cal entraba en la cocina. Con sólo echarle un vistazo a su amigo fue suficiente para hacerle maldecir.

—Layla, trae agua y toallas para limpiar a Fox. —Cal se puso en cuclillas frente a Fox y descansó una mano sobre el muslo de su amigo—. ¿Cómo estás de mal?

—Bastante peor que en mucho tiempo.

—¿Napper?

—Indirectamente.

—Quinn —llamó Cal sin quitarle los ojos de encima a Fox—, llama a Gage. Si no viene de camino todavía, dile que se apresure en llegar.

—Estoy sacando el hielo —respondió ella sacando la hielera del congelador—. Cybil, por favor.

—Yo lo llamo. —Pero primero Cybil se inclinó sobre Fox y le dio un ligero beso en la mejilla ensangrentada—. Vamos a cuidar de ti, bonito.

Layla trajo una palangana con agua y toallas.

—Le está doliendo. ¿Podemos darle algo para el dolor?

—Cuando algo nos pasa, tenemos que pasar por todo el proceso, incluso usarlo. Ayuda si estamos los tres juntos. —Los ojos de Cal nunca se separaron del rostro de Fox—. Dime algo.

—Costillas. Lado izquierdo. Tres. Una ya se ha soldado, otra está en proceso.

—Bien.

—Ellas deberían irse —murmuró Fox cuando una nueva punzada de dolor lo atravesó—. Diles que se vayan.

—No vamos a ninguna parte. —Con suavidad, eficientemente, Layla empezó a limpiarle el rostro a Fox con una toallita húmeda.

—Aquí tienes, cariño —le dijo Quinn poniéndole la bolsa de hielo sobre el ojo hinchado.

—Ya he podido hablar con Gage, lo he encontrado en el móvil. —Cybil entró en la cocina deprisa nuevamente—. Ya está en el pueblo. Llegará en cualquier momento. —Se detuvo y, a pesar del horror que le producía el estado de Fox, se quedó mirando con fascinación cómo se iban borrando los intensos moretones en la garganta del hombre.

—Me hizo mucho daño por dentro —logró decir Fox—. No consigo concentrarme, no puedo ver dónde está la hemorragia, pero algo me está sangrando copiosamente por dentro. Tengo una contusión. No puedo pensar claramente a través de ella.

Cal mantuvo firme la mirada sobre el rostro de Fox.

—Concéntrate primero en eso, en la contusión. Tienes que dejar todo lo demás a un lado mientras tanto.

—Lo estoy intentando.

—Permíteme. —Layla le entregó a Cybil las toallas manchadas de sangre antes de arrodillarse a los pies de Fox—. Yo puedo ver, si me lo permites. Pero necesito que me dejes hacerlo. Permíteme ver el dolor, Fox, para que pueda ayudarte a concentrarte en él y a curarlo. Si estamos conectados, puedo ayudarte.

—No serás de utilidad si te entra el pánico. No te olvides de eso, Layla. —Fox cerró los ojos y se abrió a ella—. Sólo la cabeza. Puedo encargarme del resto una vez que se me aclare la cabeza.

Fox sintió la conmoción de Layla, el horror que la embargó, después la compasión que sintió por él, que lo llenó de una sensación cálida y suave. Lo guió por donde él necesitaba ir así como lo había guiado hacia la silla momentos antes.

Y allí, el dolor era pleno y feroz, un monstruo de colmillos afilados y garras punzantes. Mordían y hacían daño. Desgarraban. Y por un instante, Fox se asustó y empezó a luchar por retroceder, pero Layla lo empujó suavemente hacia delante.

Una mano se aferró a su puño sudoroso y Fox supo que era Gage. Se abrió a él también, y a Cal, y cabalgó sobre el dolor, sobre su lomo caliente que no cesaba de dar coces, como sabía que debía hacer. Cuando el dolor se hubo aplacado lo suficiente como para poder hablar, Fox estaba bañado en sudor.

—Retrocede —le dijo a Layla—. Retrocede. Demasiado de una sola vez, demasiado rápido.

Fox siguió cabalgando el dolor. Huesos, músculos, órganos. Y se aferró desvergonzadamente a la mano de Gage y a la de Cal. Cuando lo peor hubo pasado y pudo por fin inspirar normalmente por primera vez, se detuvo. Su propia naturaleza se encargaría del resto.

—Bien, bien.

—No tienes buen aspecto.

Fox miró a Cybil y vio las lágrimas que le resbalaban por las mejillas.

—El resto es sólo superficial. Mi propio cuerpo se hará cargo de sí mismo.

Cuando ella asintió con la cabeza y se dio la vuelta, Fox bajó la mirada hacia Layla, que seguía de rodillas a sus pies. Tenía los ojos encharcados pero, para alivio suyo, ninguna lágrima cayó de ellos.

—Gracias.

—¿Quién te hizo esto?

—Ésa es la primera pregunta —dijo Gage con voz áspera y se puso en pie para dirigirse a la cafetera—. La segunda sería cuándo vamos a ir a darle una paliza.

—Yo quisiera ayudar en esa parte. —Cybil sacó una taza y se la ofreció a Gage, después le puso la mano sobre una de las de él y apretó con fuerza.

—Fue Block —dijo Fox, mientras Quinn traía agua limpia para terminarle de lavar la cara, que ya estaba cicatrizando.

—¿Block Kholer? —Gage desvió la mirada de su mano, que todavía sentía caliente por el contacto con la de Cybil, a pesar de que ella estaba ya a dos metros de distancia—. ¿Pero por qué diablos?

—Napper lo convenció de que me estoy follando a su mujer.

Cal negó con la cabeza.

—¿Block puede ser tan estúpido como para creer a ese cretino? Eso sí que lo hace monumentalmente estúpido. Pero aunque lo fuera, puedo verlo amenazándote, dándote de empujones o incluso lanzándote un puñetazo. Pero, hermano, el tío casi te mata. Eso no es solamente...

Fox le dio un lento y cauteloso sorbo a su Coca-Cola, luego levantó los ojos y vio que Cal entendía.

—Estaba allí. El pequeño bastardo estaba al otro lado de la calle, lo vi después de que todo terminara. Cuando me encontré con Block, concentré toda mi atención en él, puesto que intuí que quería hacerme puré, así que pasé al bastardo por alto. Sin embargo, lo vi en los ojos de Block, en su rostro. La infección. Si Wayne Hawbaker no hubiera pasado por ahí en ese momento, Block no me habría casi matado, sino que estaría irremediablemente muerto.

—Está más fuerte. —Quinn apretó el hombro de Cal—. Se ha hecho más fuerte.

—Teníamos que haber sabido que sería así. Todo está acelerado esta vez. Dijiste que Wayne pasaba por ahí. ¿Qué hizo?

—Yo estaba casi inconsciente al principio. Cuando logré reaccionar, Wayne tenía ya esposado a Block en el coche. Me dijo que casi había tenido que noquearlo para quitármelo de encima y meterlo en el coche. Él estaba bien. Wayne, quiero decir, estaba normal. Era él mismo. Estaba preocupado, un poco enfadado, muy confundido. Pero a él no lo afectó.

—Tal vez no pudo. —Layla se puso en pie y fue a tirar el agua sanguinolenta porque si tenía las manos ocupadas en el fregadero, nadie notaría que le estaban temblando—. Creo que, si hubiera podido, lo habría hecho. Dijiste que Block tenía la intención de matarte. Pero el demonio no habría querido que la policía ni que nadie lo evitara.

—De uno en uno. —Tras haber recuperado la compostura, Cybil frunció los labios—. No todo buenas noticias pero al menos no todas malas tampoco. —Le pasó una mano por el pelo húmedo y enredado a Fox—. Ya se te está curando el ojo. Casi, casi regresas a tu atractivo normal.

—¿Qué vas a hacer con Block? —le preguntó Quinn a Fox.

—Quiero ir a la comisaría de policía para hablar con él y después con Wayne. Pero ahora mismo realmente lo que quisiera es darme un baño, si a las señoritas no les importa que use su ducha.

—Te acompaño arriba —le dijo Layla, y le ofreció la mano para ayudarlo a ponerse en pie.

—Necesitas dormir —le dijo Cal.

—Probablemente el baño será suficiente —respondió él.

—Ese tipo de curación te drena completamente, Fox. Ya lo sabes.

—Voy a empezar por el baño. —Salió de la cocina con Layla. Todavía sentía el dolor, pero sus colmillos estaban romos ahora y las garras no se hendían.

—Puedo lavarte la ropa mientras te bañas —le dijo Layla—. Hay algo de ropa de Cal aquí que te puedes poner mientras tanto. Esos vaqueros están destrozados, en todo caso.

Fox bajó la mirada hacia sus vaqueros Levi's desgarrados, rotos y ensangrentados.

—¿Destrozados? Pero si sólo están descosidos —respondió Fox a medida que iban subiendo las escaleras.

Layla trató de sonreír, pero sencillamente no lo logró.

—¿Todavía te duele?

—Más que nada estoy dolorido, pero ya es manejable.

—Entonces... —Al llegar al final de las escaleras, Layla se dio la vuelta y lo abrazó con fuerza.

—Ya todo está bien.

—Por supuesto que no todo está bien. Nada está bien. Así que sólo me voy a abrazar a ti hasta que sienta que puedo lidiar con la realidad de nuevo.

—Estuviste muy bien hace un rato. —Fox levantó una mano y le acarició el pelo—. Manejaste todo muy bien, todo lo que fue necesario.

Sabiendo que necesitaba estar tranquila para él, Layla lo soltó, dio un paso atrás y tomó el rostro del hombre entre sus manos con delicadeza. El ojo se le veía rojo y era evidente que debía de dolerle, pero la hinchazón había cedido casi por completo. Le dio un beso ligero sobre ese ojo, después le besó las mejillas, las sienes.

—Estaba muerta del susto.

—Ya lo sé, pero en eso consiste el heroísmo, ¿no? Hacer lo que hay que hacer a pesar de que estemos muertos del susto.

—Fox —Layla le dio otro ligero beso, esta vez sobre los labios—, quítate la ropa.

—Llevo semanas esperando escucharte decir justamente eso.

Ahora Layla sí pudo sonreír.

—Y métete en la ducha.

—Esto se pone cada vez mejor.

—Si necesitas a alguien que te frote la espalda... te mando a Cal.

—Y has roto mis sueños en mil pedazos. —Al final, Layla le desató los cordones mientras él esperaba sentado en el borde de la bañera y le ayudó a quitarse la sudadera, la camisa y los vaqueros con afecto deprimentemente fraternal. Y cuando Fox se quedó sólo en calzoncillos y ella exclamó «¡Ay, Fox», él supo por el tono de voz de la mujer que no se debía al placer de ver su físico masculino, sino a los moretones que le cubrían todo el cuerpo—. Cuando ha habido tanto traumatismo interno, el cuerpo externo tarda más tiempo en curarse.

Layla sólo asintió con la cabeza, recogió la ropa que le había ayudado a quitarse y lo dejó para que se bañara.

Fox sintió el rocío de agua caliente como la gloria. Era una sensación increíble estar vivo, pensó. Se quedó un largo rato debajo del agua con las manos contra la pared hasta que empezó a salir fría, hasta que su cuerpo drenó el dolor y éste se fue por el desagüe como el agua. Un par de vaqueros y una sudadera lo estaban esperando perfectamente doblados sobre el lavabo cuando salió de la ducha. Se las arregló para vestirse, aunque se vio obligado a detenerse varias veces para descansar o para esperar a que desagradables accesos de náusea pasaran. Después de haber limpiado el vapor del espejo que estaba sobre el lavabo y de examinar con detenimiento el rostro, los moretones que todavía estaban desvaneciéndose, la irritación del ojo, los cortes que todavía no habían cerrado del todo, tuvo que aceptar que Cal había tenido razón, como de costumbre.

Necesitaba dormir.

Así que caminó, aunque se sintió más como flotando, hasta la habitación de Layla, se echó sobre la cama y se quedó dormido envuelto en el reconfortante aroma de la mujer.

Cuando se despertó, tenía una manta encima, las persianas estaban bajadas y la puerta, cerrada. Se sentó despacio, para hacer nuevo inventario de su estado. No sentía dolor, al parecer en ninguna parte del cuerpo, ni siquiera en el ojo, advirtió cuando se tocó alrededor de la cuenca con los dedos. No sentía tampoco el peso del agotamiento. Y estaba muriéndose del hambre. Todas eran buenas señales, pensó.

Salió de la habitación de Layla y se la encontró en la oficina, con Quinn.

—Creo que caí inconsciente un rato.

—Cinco horas. —Layla se le acercó de inmediato, inspeccionándole el rostro—. Estás perfecto. Al parecer te sentó bien la siesta.

—¿*Cinco* horas?

—Y pico —añadió Quinn—. Qué bien tenerte de vuelta.

—Deberíais haberme sacado de la cama. Tenemos que leer por lo menos el resto del primer diario.

—Ya lo hemos leído. Estamos pasando las notas. —Layla señaló hacia el ordenador portátil de Quinn—. Dentro de un rato tendremos una versión en limpio para que te actualices. Por ahora es suficiente, Fox.

—Supongo que tiene que ser así.

—Date un respiro. ¿Acaso no es eso lo que sueles decirme? Cybil ha preparado una exquisita sopa de patatas y puerros.

—Por favor, dime que ha quedado algo para mí.

—Ha quedado más que suficiente, incluso para ti. Vamos a la cocina y te sirvo.

Abajo, Gage estaba mirando por la ventana de la sala. Se volvió para mirar por encima del hombro, cuando oyó que bajaban las escaleras.

—Ha dejado de llover finalmente. Veo que has regresado a tu feo ser de siempre.

—Y sin embargo más bonito que el tuyo. ¿Dónde está Cal?

—Hace unos minutos salió, iba a la bolera. Me pidió que le avisáramos cuando decidieras regresar al mundo de los vivos.

—Voy a por la sopa —dijo Layla y salió hacia la cocina.

Gage esperó a estar a solas con Fox, entonces le dijo:

—Llena el tanque y después llamamos a Cal. Quiere encontrarse con nosotros en la comisaría de policía. Quinn está pasando a limpio las notas de la sesión de lectura de hoy, para que las leas.

—¿Algo importante?

—A mí no me respondió ninguna pregunta, pero tienes que leerlo tú mismo, a ver qué te parece.

Fox devoró dos tazones de sopa y un gran trozo de pan de aceitunas. Para cuando hubo terminado, Quinn bajó de la oficina llevando una carpeta y el diario.

—Creo que lo esencial está en las notas, pero puesto que los demás hemos leído el diario, creo que tú deberías hacerlo también. Llévatelo esta noche, si quieres echarle un vistazo.

—Gracias por las notas, por la sopa y por cuidar de mí. —Fox tomó a Layla por la barbilla y presionó firmemente sus labios contra los de ella—. Gracias por la cama. Nos vemos mañana.

Cuando los hombres se fueron, Cybil ladeó la cabeza.

—Fox tiene unos labios de lo más bonitos.

—Así es —coincidió Layla.

—Y creo que lo que vi en la cocina cuando Fox estaba luchando por curarse, sufriendo por curarse... Creo que es lo más valiente que he presenciado en toda mi vida. Eres una mujer muy afortunada, Layla. Y —Cybil sacó un pedazo de papel del bolsillo—, además, eres la feliz ganadora del turno del día para ir a hacer las compras en el supermercado.

Layla cogió la lista y suspiró.

—¡Hurra por mí!

* * *

El jefe de la policía no pudo más que quedarse mirando el rostro sin ninguna cicatriz de Fox cuando los tres amigos entraron en la comisaría. Wayne había visto ese tipo de cosas antes, pensó Fox, pero supuso que no era algo a lo que la mayoría de la gente se acostumbraba. El hecho era que en el pueblo la mayoría de las personas sencillamente no se fijaban, o fingían no fijarse.

—Supongo que estás bien. Fui a buscarte a la casa que alquiló la señorita Black, puesto que te vi renqueando en esa dirección. La señorita Kinski abrió la puerta. Me dejó bien claro lo que pensaba de todo esto. Aunque también me dijo que te estaban cuidando.

—Así fue. ¿Cómo está Block?

—Hice que los paramédicos vinieran a verlo y lo limpiaran. —Wayne se rascó la barbilla—. A pesar de ello, tiene peor aspecto que tú. De hecho, si yo mismo no hubiera sido testigo de lo que sucedió esta mañana, diría que fuiste tú quien fue tras él en lugar de al contrario. Creo que Block debía de haberse golpeado la cabeza. —Hawbaker mantuvo la mirada fija y la voz lo suficientemente informal como para darles a entender que iba a permitir que Fox decidiera manejar las cosas de la mejor manera que le pareciera—. No recuerda muy claramente lo que pasó. Sí admite que fue a buscarte y que iba con toda la intención de pegarte fuerte y que eso hizo, pero está confundido en cuanto a las razones.

—Quisiera hablar con él.

—Por supuesto. ¿Debería hablar yo con Derrick?

—Él es tu subalterno, Wayne, pero te aconsejo que lo mantengas alejado de mí. Bien lejos de mí.

Wayne no dijo nada, sólo sacó las llaves y guió a Fox a través de las oficinas y hasta el área de detención.

—No ha pedido un abogado, ni hacer ninguna llamada. ¿Block? Fox quiere hablar contigo.

Block estaba sentado en una de las tres celdas, con la cabeza entre sus enormes manos, que tenían los nudillos pelados. Cuando se puso en pie de un salto y caminó hacia los barrotes, Fox pudo ver las heridas que le había causado. No le pareció mezquino sentir satisfacción por los dos ojos morados y el labio partido de Block.

—Por Dios, Fox. —Los ojos en negro y azul de Block se abrieron como platos al ver a Fox y su expresión fue tan lastimera como la de un mendigo—. ¡Santo Dios bendito!

—¿Podríamos hablar un momento a solas, jefe?

—¿Está de acuerdo, Block?

—Por supuesto, por supuesto. Por Dios santo, Fox. Pensé que te había dado una tremenda paliza, pero no estás herido en absoluto.

—Me hiciste mucho daño, Block. Casi me matas, para ser más exactos. Y ésas eran tus intenciones.

—Pero...

—¿Te acuerdas de cuando estábamos en secundaria y yo jugaba en la segunda base? ¿Te acuerdas de un partido un año antes de graduarnos cuando una bola hizo un mal giro y se me estrelló en plena cara? Estábamos en la tercera entrada, dos fueras, el corredor en primera. Pensaron que se me había partido el pómulo. ¿Te acuerdas de que estuve de vuelta en el partido en segunda en la cuarta entrada?

Tanto el miedo como la confusión se dibujaron en el rostro de Block, que se pasó la lengua sobre su hinchado labio.

—Más o menos. Estaba pensando que todo esto era una especie de sueño. Estaba sentado aquí, pensando en eso y que tal vez nada de esto había sucedido. Pero supongo que sí pasó. Te juro por Dios todopoderoso, Fox, que no sé qué me invadió. Nunca antes me había ido detrás de nadie de esta manera.

—¿Te dijo Napper que yo había estado con Shelley?

—Sí. —Con desagrado evidente, Block pateó ligeramente la parte inferior de los barrotes—. Imbécil. No le creí. Sé que él odia profundamente tus malditas agallas y siempre ha sido así. Además, yo sabía que Shelley no ha estado coqueteando por ahí. Pero...

—La idea empezó a roerte por dentro.

—Exactamente. Quiero decir, mierda, Fox, Shelley me echó de mi propia casa y me ha llenado de papeles y no quiere hablar conmigo. —Block se aferró con ambas manos a los barrotes y dejó caer la cabeza—. Empecé a pensar que tal vez se debía a que te tenía de su lado. Sólo tal vez.

—¿Y no porque te pescó masajeándole las tetas a Sami?

—Metí la pata. Metí mucho la pata. Shelley y yo habíamos estado peleándonos y Sami —se interrumpió, se encogió de hombros— había estado buscándome, y ese día me pidió que fuera atrás a ayudarle con algo. Y sin que me diera cuenta de pronto se estaba frotando contra mí, y ella tiene un frente amplio que frotar contra un hombre. De pronto tenía la blusa abierta. Mierda, Fox, sus tetas sencillamente estaban *ahí*. Sí, metí mucho la pata.

—Sí, es cierto.

—Yo no quiero divorciarme de Shelley, sólo quiero poder irme a casa, Fox. ¿Sabes? —Una profunda aflicción teñía las palabras del hombre—. Shelley ni siquiera quiere hablar conmigo, y yo sólo quiero disculparme, arreglar las cosas. Pero ella no hace más que gritar a los cuatro vientos que vas a ayudarla a despellejarme en los tribunales y mierdas por el estilo.

—Entonces te cabreaste —apuntó Fox. Block frunció el ceño y bajó la mirada hacia sus botas.

—Dios mío, Fox, pues claro que me enfadé, y después viene Napper con su veneno a empeorar las cosas. Sin embargo, nunca antes me había ido contra nadie de esa manera. —Block levantó la cabeza. El desconcierto se le dibujaba en el rostro de nuevo—. Fue como si estuviera loco o algo por el estilo. No podía detenerme. Por un momento pensé que sí, que tal vez te quería matar. No sé cómo habría podido vivir con eso.

—Qué suerte para los dos que no vayas a tener que hacerlo.

—Mierda, Fox. Quiero decir: *mierda*. Tú eres mi amigo. Volvamos atrás. No sé qué... Supongo que enloquecí, o algo.

Fox pensó en el chico riéndose, tragándose a sí mismo.

—No voy a presentar cargos, Block. Tú y yo no hemos tenido problemas nunca.

—Nos hemos llevado bien.

—Y en lo que a mí respecta, en este momento no tenemos ningún problema, tú y yo. En lo que respecta a Shelley, soy su abogado y eso es todo. No puedo decirte qué hacer sobre el estado en el que ha quedado tu matrimonio. Pero si me dijeras que estás dispuesto a consultar con un consejero matrimonial, yo podría comunicárselo a mi clienta. Es posible que pueda darle mi opinión, tanto como su amigo como su abogado, decirle que podría probar esa vía antes de seguir con los procedimientos de la demanda de divorcio.

—Haré todo lo que ella quiera. —La manzana de Adán de Block se tensionó cuando el hombre tragó saliva con fuerza—. Te debo una, Fox.

—No, no me debes nada. Soy el abogado de Shelley, no el tuyo. Quiero que me prometas que cuando el jefe Hawbaker te deje salir, te vas a ir directo a tu casa. Puedes ver algo de NASCAR. Seguro que habrá alguna carrera hoy.

—Me estoy quedando en casa de mi madre. Sí, me voy directo a casa. Te doy mi palabra.

Fox regresó a la oficina de Wayne.

—No voy a presentar cargos, Wayne. —Fox hizo caso omiso de la maldición que murmuró Gage—. Es evidente que no estoy herido. Tuvimos una pelea que pareció más grave de lo que realmente fue. Pero ya hemos resuelto nuestras diferencias de una manera satisfactoria para ambas partes.

—Si así es como lo quieres, Fox, está bien.

—Así es como son las cosas. Sin embargo, te agradezco mucho que pasaras por ahí justo en ese momento. —Fox le ofreció la mano.

Fuera, Gage maldijo de nuevo.

—Para ser un abogado, tienes un corazón demasiado tierno.

—Tú habrías hecho lo mismo, Gage. Exactamente lo mismo —repitió Fox antes de que Gage pudiera replicar—. Block no era responsable de sus actos.

—Nosotros habríamos hecho lo mismo —afirmó Cal—. Y lo hemos hecho. ¿Por qué no vamos a la bolera y vemos el partido allí?

—Oferta tentadora, pero creo que paso. Me espera una larga lectura por delante.

—Te llevo a casa, entonces —le ofreció Gage.

Pero por unos pocos momentos los tres amigos se quedaron en pie, sin decir nada, sólo allí, en el exterior de la comisaría de policía, mirando hacia el pueblo, que ya estaba quedando cobijado por una densa nube.

CAPÍTULO 11

F   ox pasó mucho tiempo leyendo, tomando sus propias
    notas y releyendo pasajes específicos que Quinn había
    señalado en el diario.

Hizo malabares, reflexionó y leyó más.

«Nunca ningún guardián ha tenido éxito en destruir al
Oscuro. Algunos han perdido la vida en el intento. Giles se
preparó para sacrificar la suya como ningún otro guardián lo
ha hecho antes».

No había precedentes al ritual demente que Dent había
llevado a cabo esa noche en el bosque, reflexionó Fox. Lo que
significaba que no podía haber estado seguro de que iba a funcionar. Pero estaba dispuesto a arriesgar su vida, su existencia.
Una apuesta de lo más arriesgada, incluso considerando que
había enviado antes a Ann, junto con las vidas que llevaba en
el vientre, a algún lugar seguro.

«Giles ha llegado más lejos de lo que nunca nadie ha llegado, de lo que nunca nadie ha considerado que podría llegar-
se. Se ha derramado sangre inocente y así sucederá de nuevo.
Oscuridad contra oscuridad, cree mi amor, y será él mismo
quien deba pagar por este pecado. Habrá sangre y fuego, y ha-

brá sacrificio y pérdida. Muerte sobre muerte antes de que haya vida, antes de que haya esperanza».

Un ritual de magia, decidió Fox, y aprovechó las tareas domésticas y el lavado de la ropa como oportunidades para pensar, como hacía con los malabares. Magia de sangre. Le echó un vistazo a la cicatriz que le atravesaba la muñeca. Entonces y trescientos años después, sangre y fuego en la Piedra Pagana. Sangre y fuego en la época de Dent y sangre y fuego en su ritual infantil. Una fogata, las palabras que Cal, Gage y él habían escrito para recitar juntos en el momento en que Cal hiciera los cortes.

Niños: la sangre inocente.

Fox coqueteó con varias ideas y estrategias mientras terminaba las labores para finalmente meterse tarde en la cama de sábanas perfectamente limpias y darse la oportunidad de consultarlas con la almohada.

Se le ocurrió por la mañana, mientras se afeitaba. Detestaba hacerlo y, como muchas otras mañanas antes, consideró dejarse crecer la barba. Pero cada vez que lo había intentado, le picaba y, además, le parecía que le quedaba mal. Hablando de rituales paganos, pensó mientras pasaba la cuchilla por la espuma y sobre la piel. Cada maldita mañana, salvo que un tipo quisiera tener una cara peluda, tenía que pasar un artículo cortante por su garganta hasta que... Mierda.

Se cortó, como casi siempre le pasaba. Se presionó la herida con un dedo, aunque sabía que se iba a cerrar antes incluso de que hubiera sangrado. El ardor pasó y se fue, pero Fox no pudo evitar mirarse el dedo manchado de sangre con el ceño fruncido debido al desagrado.

Entonces se quedó mirándose el dedo, reflexionando.

Vida y muerte, pensó. La sangre era vida, la sangre era muerte también.

Un horror sordo lo embargó, desde la cabeza hasta el corazón. «Tengo que estar equivocado», se dijo. Sin embargo, tenía todo el sentido del mundo. Era una estrategia fantástica, si se estaba dispuesto a derramar sangre inocente.

¿Qué significaba?, se preguntó. ¿En qué convertía a Dent, si ése había sido su sacrificio?

¿En qué los convertía a todos ellos?

Le dio vueltas y vueltas en la cabeza mientras terminaba de afeitarse, mientras se vestía y se preparaba para el día de trabajo. Tenía el desayuno de trabajo del Consejo Municipal, y puesto que era el abogado del pueblo, no podía dejar de asistir. Probablemente, era lo más conveniente, decidió mientras cogía su americana y su maletín y se disponía a salir. Probablemente, era mejor esperar, pensar, antes de soltarles la idea a los demás. Incluso a Cal y a Gage.

Se ordenó concentrarse en la reunión y, aunque pintar el ayuntamiento y plantar más flores en la plaza no eran puntos importantes en su lista de prioridades actuales, al final pensó que había hecho un buen trabajo.

Pero Cal lo abordó en cuanto salieron del local de Ma, donde se había llevado a cabo la reunión.

—¿Qué pasa?

—Creo que el ayuntamiento necesita una mano de pintura y al carajo los costes.

—No te hagas el tonto conmigo, Fox. Te has dejado la mitad del desayuno en el plato. Cuando no comes es que pasa alguna cosa.

—Estoy dándole vueltas a una idea que se me ha ocurrido, pero necesito pulirla antes de hablar sobre ella. Además, Sage está en el pueblo. Me voy a ver con ella y el resto de la familia a la hora del almuerzo en el restaurante de Sparrow, lo que quiere decir que mi apetito está muerto desde ya.

—Acompáñame a la bolera y me sueltas el cuento por el camino.

—Ahora no. Y además tengo cosas que hacer. Tengo que digerir todo el asunto, lo que es una proposición más fácil de digerir que las lentejas que probablemente mi hermana nos va a servir en el almuerzo. Podemos hablar de todo ello esta noche.

—Muy bien. De todas maneras, sabes dónde estoy, si quieres que lo comentemos antes.

Se separaron. Fox sacó su móvil y marcó el número de Shelley. Al menos ya había decidido cómo afrontar este caso. Mientras le pedía que fuera a la oficina a hablar con él y escuchaba la última idea de la mujer sobre cómo pedirle a Block que le compensara, Derrick Napper pasó a su lado en su camioneta. El oficial redujo la velocidad, sonrió a Fox y le hizo un gesto con el dedo medio. Fox pensó «imbécil» y siguió caminando. Cerró el móvil justo cuando estaba llegando a su oficina.

—Buenos días, señora H.

—Buenos días. ¿Cómo te fue en la reunión?

—Sugerí que usaran una foto de Jessica Simpson desnuda como nuevo símbolo del pueblo. Lo están considerando en este momento.

—Eso sí que llamaría la atención sobre Hawkins Hollow. Esta mañana sólo me voy a quedar una hora, Fox. He llamado a Layla y me ha dicho que le viene bien llegar más temprano.

—Vale.

—Tengo una cita con nuestro agente inmobiliario. Hemos vendido la casa.

—Vendido... ¿Cuándo?

—El sábado. Tenemos un montón de cosas que hacer —dijo la mujer con presteza—. Puedes encargarte del contrato, ¿verdad?

—Pero por supuesto. —Demasiado rápido, pensó Fox. Todo esto estaba sucediendo demasiado rápido.

—Fox, no voy a volver más después de hoy. Layla ya puede encargarse de todo sola.

—Pero... —¿Pero qué?, pensó. Ya sabía que esto era lo que pasaría.

—Decidimos que vamos a conducir hasta Minneapolis y lo vamos a hacer a nuestro ritmo, sin prisas. Tenemos casi todo recogido ya y listo para despachar. Mi hija ha encontrado un condominio que cree que nos va a gustar, y queda cerca de su casa. Redacté un poder para dejártelo, para que puedas encargarte de lo del contrato por nosotros, porque ya nos habremos ido para entonces.

—Lo puedo mirar en un momento. Tengo que subir a casa un segundo, enseguida vuelvo.

—Tienes tu primera cita dentro de quince minutos —le dijo mientras él se apresuraba a subir.

—Estaré de vuelta dentro de uno. —Fox cumplió su palabra y volvió directo al escritorio de la señora Hawbaker y le puso una cajita envuelta en papel de regalo enfrente—. No es un regalo de despedida. Estoy demasiado enfadado con usted por abandonarme como para regalarle nada. Esto es por todo lo demás.

—Muy bien. —Gimoteó un poquito al abrir el regalo e hizo sonreír a Fox cuando dobló cuidadosamente el papel y lo guardó antes de abrir la cajita.

Era un collar de perlas, tan digno y tradicional como ella misma, con un hermoso broche en forma de un ramo de rosas.

—Como sé que le gustan tanto las flores —empezó Fox cuando ella no dijo nada—, este collar me llamó la atención.

—Es absolutamente precioso. Absolutamente —se le quebró la voz—. Es demasiado caro, Fox.

—Todavía sigo siendo el jefe aquí, señora H. —Fox sacó el collar de la caja y se lo puso alrededor del cuello él mismo—. Y usted es parte de la razón por la cual puedo pagarlas. —Su tarjeta de crédito había dejado escapar un breve gemido cuando la pasó por el lector de banda magnética, pero la expresión en el rostro de la mujer hacía que hubiera valido la pena—. Le quedan muy bien, señora H.

La mujer se pasó los dedos sobre el collar.

—Estoy tan orgullosa de ti. —Se puso en pie y le dio un abrazo—. Eres tan buen chico. Voy a pensar en ti. Y voy a rezar por ti —exhaló un suspiro, dio un paso atrás—. Y te voy a echar de menos. Gracias, Fox.

—Adelante, señora H. Ambos sabemos que quiere hacerlo.

Ella soltó una risita lacrimógena y caminó hacia el espejo de decoración que colgaba de una de las paredes de la recepción.

—¡Dios mío! Me siento como una reina. —En el espejo, los ojos de ambos se encontraron—. Gracias, Fox. Gracias por todo.

Cuando la puerta se abrió, la mujer se apresuró al escritorio para recibir al primer cliente del día. Y para cuando Fox lo acompañó de salida, la señora Hawbaker ya se había marchado.

—Alice me dijo que vosotros dos ya os habíais despedido. —Una mirada de comprensión brilló en los ojos de Layla—. Y también alardeó de sus perlas. Fue un gesto muy bonito, Fox. No habrías podido darle nada mejor.

—Quédate unos cuantos años y es posible que te dé también a ti un collar de perlas. —Fox se encogió de hombros—. Sé que tengo que superar esto, lo sé. Layla, he citado a Shelley para hoy. Por favor, hazle hueco en la agenda.

—¿Le vas a contar lo que pasó con Block?

—¿Por qué habría de hacer eso?

—¿Por qué habrías de contárselo? —murmuró Layla—. Voy a buscar su archivo.

—No. Tengo la esperanza de que no vayamos a necesitarlo. Déjame hacerte una pregunta: si amaras a un tipo tanto como para casarte con él, y él metiera bien a fondo la pata, ¿terminarías las cosas de golpe? Digamos que sigues amándolo. Una de las razones por las cuales te enamoraste de él fue justamente porque, a pesar de no ser especialmente brillante, era bastante simpático y afable y también te amaba. ¿Terminarías la relación o le darías una oportunidad?

—¿Quieres que Shelley le dé otra oportunidad?

—Soy el abogado de Shelley, por tanto quiero lo que ella quiera, dentro de lo razonable. Y he pensando que tal vez lo que ella quiere es un consejero matrimonial.

—¿Le pediste que viniera para *sugerirle* que tal vez lo que quiere es consultar con un terapeuta de pareja? —Layla asintió lentamente, examinándolo—. ¿Después de que el tipo te dio una paliza que casi te mata?

—Ésas son circunstancias atenuantes. Shelley no quiere el divorcio, Layla. Lo único que quiere es que él se sienta tan desgraciado como se está sintiendo ella e incluso más. Yo sólo le voy a dar otra opción, el resto depende de ella. Entonces, ¿le darías otra oportunidad o no?

—Yo creo en las segundas oportunidades, pero dependería de cuánto lo amo y cuánto le quiera hacer pagar antes de darle esa segunda oportunidad. Ambos puntos tendrían que ser muchísimo.

—Eso es lo que suponía. Por favor, hazla pasar en cuanto llegue.

Layla se quedó sentada donde estaba. Pensó en los ojos húmedos de Alice y sus preciosas perlas. Pensó en Fox sangrando en la cocina y en el dolor que le drenó todo el color del rostro. Pensó en él tocando la guitarra en un bar bullicioso y corriendo hacia una casa en llamas para salvar tres perros.

Cuando Shelley llegó, con los ojos brillantes de ira y dolor, Layla la envió directamente a la oficina de Fox. Y siguió pensando y pensando, mientras contestaba el teléfono y terminaba el trabajo del lunes por la mañana que Alice había empezado.

Cuando Shelley salió, estaba lloriqueando un poco, pero sus ojos reflejaban algo que no estaba presente cuando había entrado, y era esperanza.

—Quiero hacerte una pregunta.

«Y aquí vamos otra vez», pensó Layla.

—¿Sí? Dime.

—¿Te parece que yo sería una completa imbécil si llamo a este número? —Le mostró una tarjeta de presentación—. ¿Si pidiera una cita con este consejero matrimonial que Fox dice que es bastante bueno? ¿Si le doy al cretino de Block una oportunidad para ver si entre los dos tal vez podemos arreglar las cosas?

—Creo que serías una completa imbécil si no haces todo lo que esté a tu alcance para lograr lo que más quieres.

—No sé por qué quiero a este hombre. —Shelley bajó la mirada hacia la tarjeta que tenía en la mano—. Pero supongo que tal vez este consejero puede ayudarme a descubrirlo. Gracias, Layla.

—Buena suerte, Shelley.

«¿Para qué sirve ser una completa imbécil?», se preguntó Layla. Y antes de ahogarse en múltiples «y si» y «tal vez», se puso en pie y caminó resueltamente hacia la oficina de Fox.

Fox estaba azotando las teclas del ordenador, con el ceño fruncido. A duras penas le dirigió un gruñido cuando ella se detuvo frente a su escritorio.

—Muy bien —le dijo Layla—. Voy a acostarme contigo.

Los dedos del hombre hicieron una pausa, ladeó la cabeza y clavó los ojos en ella.

—Qué noticias más maravillosas. —Fox giró la silla para mirarla de frente—. ¿Ahora mismo?

—Esto es tan fácil para ti, ¿no?

—De hecho...

—Sólo: «por supuesto, vamos».

—Siento que, dadas las circunstancias, no tendría que llamar la atención sobre el hecho de que sí, soy un hombre.

—No se trata sólo de eso. —Layla extendió los brazos antes de girarse y empezar a caminar impacientemente de un lado a otro—. Apuesto a que te educaron para que pensaras que el sexo es un acto natural, una forma básica de expresión humana, incluso una celebración física entre dos adultos que han dado su consentimiento mutuo.

Fox esperó un segundo antes de contestar:

—¿Y acaso no es así?

Layla se detuvo, lo miró de frente e hizo un gesto de impotencia con las manos.

—A mí me educaron para pensar que el sexo es un paso enorme y trascendental, que implica una gran responsabilidad y que tiene repercusiones. Y puesto que el sexo y la intimidad son sinónimos, uno no va saltando de cama en cama sencillamente porque quiere que le rasquen la espalda porque le pica.

—Pero en todo caso vas a acostarte conmigo.

—Ya te he dicho que sí, ¿no?

—¿Por qué?

—Porque Shelley va a llamar al consejero matrimonial. —Y Layla no pudo más que suspirar—. Porque tocas la maldita guitarra y porque sé, aunque no lo haya contado, que hay un dólar más en ese estúpido frasco porque dijiste «mierda», a pesar de que Alice ya no está aquí. Porque Cal le dijo a Quinn que no vas a presentar cargos contra Block.

—Todas ésas suenan como razones bastante buenas como para que seamos los mejores amigos —consideró Fox—. Pero no suenan como razones para hacer el amor conmigo.

—Puedo tener las razones que me vengan en gana para acostarme contigo —respondió ella tan remilgadamente que Fox tuvo que hacer un esfuerzo para no sonreír—. Incluyendo el hecho de que tienes un culo estupendo, que puedes mirarme y hacerme sentir como si ya me hubieras puesto las manos encima. Y sencillamente porque quiero. Así las cosas, me voy a acostar contigo.

—Así las cosas, como ya dije, me parecen noticias sensacionales. ¡Hola, Sage! ¿Cómo estás?

—Muy bien... Perdón por interrumpir.

Sintiendo que el estómago se le caía a las rodillas, Layla se dio la vuelta. La mujer que estaba de pie en la puerta exhibía una enorme sonrisa O'Dell en el rostro. Tenía el pelo como un corto brochazo de rojo feroz alrededor de una bonita cara que un par de ojos color marrón dorado hacía irresistible.

—Layla, esta chica es mi hermana Sage. Sage, Layla.

—Encantada de conocerte. —Sage llevaba puestos unos vaqueros ceñidos dentro de unas botas estilosas. Dio un paso adelante y le ofreció la mano a Layla.

—Sí, encantada. Bueno, me voy a la recepción a darme contra las paredes un rato. Permiso.

Sage la observó al salir y después se volvió hacia su hermano.

—Muy bonito envoltorio.

—No empieces. Es demasiado extraño que le eches el ojo a la misma mujer que yo. Además, estás casada.

—El matrimonio no le quita a una los ojos, Fox. ¡Hola! —le dijo, y extendió los brazos. Fox se puso en pie y caminó hacia ellos. Envolvió a su hermana entre los suyos, la levantó y le dio un rápido giro.

—Pensaba que te iba a ver en el restaurante de Sparrow.

—Así es, pero quería verte antes.

—¿Dónde está Paula?

—Está en la reunión que nos dio la excusa para venir hasta aquí. Está en Washington, D. C. Viene más tarde. Pero déjame verte bien, hermanito querido.

—Yo te devuelvo la mirada, hermanita querida.

—¿Disfrutando todavía del ejercicio en el pueblo pequeño?

—¿Todavía eres lesbiana?

Sage se rió.

—Muy bien, suficiente. Supongo que debería venir más tarde, cuando no estés a punto de acostarte con tu secretaria.

—Creo que ese asunto se ha visto pospuesto debido a un avergonzamiento extremo.

—Espero no habértelo echado a perder.

—Ya lo arreglaré. Mamá me dijo que no habías sido específica en cuanto a cuánto tiempo os vais a quedar.

—Sí, no sabemos exactamente, porque depende —Sage exhaló un suspiro—, básicamente depende de ti.

—¿Paula y tú necesitáis asociaros conmigo para algún caso particular por estos lados? —preguntó Fox sacando dos latas de Coca-Cola del refrigerador.

—No. La sociedad podría ser un factor, dependiendo de cómo definas la palabra.

Fox le dio una lata a su hermana.

—¿Qué pasa, Sage?

—Si estás ocupado, podemos hablar esta noche. Tal vez mientras nos tomamos algo.

Fox notó que Sage estaba nerviosa. Y Sage casi nunca se ponía nerviosa.

—Tengo tiempo ahora.

—Bueno. Entonces la cuestión es... —Golpeó con el dedo la lata mientras caminaba de lado a lado de la oficina—. La cuestión es que Paula y yo hemos decidido tener un bebé.

—¡Qué maravilla! ¡Son fabulosas noticias, Sage! ¿Y vosotras cómo hacéis para tener un bebé? ¿Llamáis a Penes de Alquiler o a Esperma a Domicilio?

—No seas estúpido.

—Lo siento. Esas bromas llevaban tiempo esperando por poder salir a la luz pública.

—Ja, ja. Hemos estado considerando el asunto por un largo tiempo. Lo hemos discutido a fondo también. De hecho, hemos pensado que queremos dos hijos. Y decidimos que para el primero sea Paula quien se quede embarazada. Yo cogeré el segundo turno.

—Paula y tú vais a ser unas madres estupendas. —Extendió la mano y le estiró un mechón de pelo a su hermana—. Los dos niños, o niñas, van a ser muy afortunados de teneros a las dos.

—Queremos ser unas madres estupendas. Y vamos a hacer todo lo que esté a nuestro alcance para que así sea. Ahora, para dar el primer paso, necesitamos un donante. —Sage se dio la vuelta, miró a Fox de frente—. Y queremos que el donante seas tú.

—Perdón, ¿qué? —La Coca-Cola, que afortunadamente seguía cerrada, se le resbaló de las manos a Fox.

—Sé que es algo importante. Y sé que es extraño. —Sage se agachó, recogió la lata y se la puso en las manos de nuevo a su hermano, que sólo atinaba a mirarla sin poder articular palabra—. Y no nos vamos a enfadar contigo si dices que no.

—¿Por qué? Quiero decir, dejando de lado las bromas, hay bancos para este tipo de cosas. Podríais recurrir a ellos.

—Sí, hay lugares muy buenos, donde escogen cuidadosamente a los donantes y uno puede elegir características particulares. Ésa es una opción, pero está lejos de ser la primera para nosotras. Tú y yo tenemos la misma sangre, Fox, la misma herencia genética. El bebé sería un poco más mío gracias a eso.

—Humm. ¿Y Ridge? Él ya se ha puesto a prueba en este aspecto.

—Lo que es una de las razones por las cuales no me siento bien pidiéndoselo a él. Además, a pesar de que le quiero con locura, Paula y yo estuvimos de acuerdo en que te preferimos a ti. Nuestro Ridge es un soñador, un artista, un alma bellísima. Tú, por otro lado, actúas. Tú siempre vas a tratar de hacer lo correcto, pero poniéndote manos a la obra. Además, tú y yo somos más parecidos en la manera de ser, por no mencionar que en la parte física también. Tenemos el mismo color de pelo. —Ahora, Sage se dio un tirón de pelo ella misma—. Ahora voy pelirroja, pero debajo del tinte, mis cabellos son del mismo color que los tuyos.

Fox se dio cuenta de que se había quedado atascado en la palabra «donante».

—Estoy ligeramente estupefacto, Sage.

—Apuesto a que sí. Te voy a pedir, entonces, que lo pienses. No me digas todavía que sí o que no, porque tienes que darle bastantes vueltas al asunto primero. Después de que te lo pienses bien, si nos dices que no, lo vamos a entender. No lo he hablado con nadie de la familia, para que no te sientas presionado por ese lado.

—Te lo agradezco. Mira, me siento extrañamente halagado de que Paula y tú me queráis para... eh... que haga de sustituto. Lo voy a pensar y ya te diré qué decido.

—Gracias. —Sage presionó su mejilla contra la de su hermano—. Nos vemos en el almuerzo.

Cuando Sage se fue, Fox se quedó mirando la lata de Coca-Cola que tenía en la mano, después atravesó la oficina y volvió a ponerla en el refrigerador. Pensó que no necesitaba más estimulación por el momento. «Las cosas, de una en una», se dijo, y salió a ver a Layla.

—Muy bien —le dijo a la mujer.

—Tu hermana es muy simpática, definitivamente alegre y vivaz. Se comportó como si no me hubiera oído anunciar que he decidido acostarme con su hermano.

—Probablemente es por aquello de que el sexo es un acto natural, la celebración física de una expresión humana. Además, tenía cosas en que pensar.

—Soy una mujer adulta. Soy una adulta soltera y saludable. —En un gesto que ligeramente denotaba desafío, Layla se echó el pelo hacia atrás—. Por tanto, me estoy repitiendo que no hay ningún motivo por el cual deba sentirme avergonzada, porque... ¿Algo anda mal?

—No. No sé. Sin exagerar, he de decir que ha sido una mañana de lo más extraña. Resulta que... —¿Cómo debía decirlo?—. Te dije que mi hermana es homosexual, ¿no?

—Lo mencionaste.

—Paula y ella llevan ya varios años juntas. Están bien, son una buena pareja. Muy buena, de hecho. Y... —Fox caminó hasta la ventana, regresó—. Ahora quieren tener un bebé.

—Qué bien.

—Y quieren que yo sea el proveedor del cromosoma Y.

—Ah... ¡*Ah!* —Layla frunció los labios—. Supongo que es cierto que has tenido una mañana extraña. ¿Qué le has dicho?

—No lo recuerdo exactamente, teniendo en cuenta que me quedé ciego y sordo. Se supone que tengo que pensarlo, lo que, por supuesto, me va a costar mucho trabajo no hacer.

—Ambas deben de tener muy buena opinión de ti, Fox. Y puesto que tú no dijiste que no de entrada, también debes de tener muy buena opinión de ellas.

—En este mismo momento, no puedo pensar nada en general. ¿Podríamos cerrar la oficina e irnos a follar?

—No.

—Me temía que dijeras eso.

—Tu última cita es a las cuatro y media. Podemos irnos a follar después de que despaches a ese cliente.

Fox miró a Layla fijamente.

—Sigue siendo un día de lo más extraño.

—Tu agenda para este extraño día dice que debo ponerte en teleconferencia para que comentes el caso Benedict. Aquí está el archivo.

—Muy bien, ponme, entonces. ¿Quieres ir conmigo al almuerzo familiar que vamos a tener en el restaurante de Sparrow?

—Ni por un millón de dólares.

Fox pensó que no podía culparla, teniendo en cuenta las circunstancias. En todo caso, fue una hora fácil para él, con Ridge, su esposa y su pequeño hijo, con sus hermanas y sus padres, todos llenando el minúsculo restaurante de su hermana menor.

Layla fue a almorzar cuando Fox regresó, y eso le dio tiempo para pensar. Trataba de no pasarse el tiempo mirando el reloj mientras trabajaba, pero nunca, en ningún momento de su vida, había deseado tanto que el tiempo volara.

Naturalmente, su último cliente del día estuvo charlatán y no parecía preocupado ni lo más mínimo por tener que pagar la consulta legal por horas ni porque fueran ya las cinco y diez de la tarde. Era el precio del ejercicio en un pueblo pequeño, pensó Fox mientras reprimía la urgencia de mirar el reloj otra vez. La gente quería charlar antes, durante y después de hacer negocios. En cualquier otra ocasión, Fox habría estado más que dispuesto a relajarse y charlar sobre la pretemporada de béisbol, sobre las posibilidades que tenían los Baltimore Orioles para ese año o sobre la proyección que había demostrado el jugador del cuadro novato en el último partido.

Pero tenía a una mujer esperando y su propio motor se estaba acelerando.

Fox no arrastró precisamente al cliente hasta la puerta ni le dio un puntapié en el trasero para sacarlo de la oficina y asegurarse de que se marchara, pero no tardó más de lo estrictamente necesario en la despedida.

—Pensaba que nunca se iba a callar —dijo Fox cerrando la puerta tras de sí—. Ya hemos cerrado. Apaga el ordenador, no contestes el teléfono y ven conmigo.

—De hecho, estaba pensando que deberíamos reconsiderarlo.

—No. Nada de darle más vueltas a esto, nada de reconsiderarlo. No te hagas de rogar, Layla. —Fox resolvió el asunto tomándola de la muñeca y tirando de ella hacia las escaleras—. Sólo para refrescarte la memoria: consejero matrimonial, edificios en llamas, culo estupendo... Sin un orden en particular.

—No me he olvidado, sólo... ¿Cuándo has limpiado? —preguntó Layla cuando él terminó de arrastrarla escaleras arriba hasta el apartamento.

—Ayer. Fue un caso complicado, pero completamente fortuito.

—En ese caso, tengo el nombre de una mujer que te podría ayudar con la limpieza: Marcia Biggons.

—Fui compañero de clase de su hermana, cuando estábamos en la escuela.

—Eso me dijeron. Llámala, está dispuesta a darte una oportunidad.

—Mañana a primera hora. Ahora —se inclinó y le dio un beso en los labios mientras sus manos descendían desde los hombros hasta la cintura de la mujer—, vamos a tomarnos una copita de vino.

Layla abrió los ojos rápidamente.

—¿Vino?

—Voy a poner música y vamos a tomarnos una copita. Nos vamos a sentar en mi sala bastante limpia y nos vamos a relajar.

Layla dejó escapar una carcajada ahogada.

—Acabas de añadirle un ítem más a la lista de razones por las cuales estoy aquí. Me encantaría una copa de vino, gracias. —Fox abrió una botella de shiraz que un cliente le había regalado en Navidad, puso a Clapton (parecía lo más apropiado) y sirvió dos copas—. Tus piezas de arte se aprecian mucho mejor sin la montaña de desorden. Mmmm, está delicioso —exclamó ella tras darle el primer sorbo al vino, después de que Fox se le uniera en el sofá—. No sabía qué me iba a tocar, considerando que eres un tipo al que le gusta más la cerveza.

—Tengo muchos golpes inesperados.

—Sí, así es. —Y encantadores y espesos cabellos castaños y maravillosos ojos de tigre—. No tuve la oportunidad antes de preguntarte si pudiste leer nuestras notas o lo que marcamos... —Layla se tragó el resto de las palabras cuando Fox se inclinó hacia ella y la besó de nuevo.

—Esto es de lo que no vamos a hablar ahora: ni del trabajo de la oficina, ni de las misiones de los dioses. Más bien, cuéntame qué hacías en Nueva York cuando querías divertirte.

Muy bien, pensó Layla, algo de cháchara trivial podría estar bien. Podía charlar informalmente con cualquier hombre.

—Me gusta ir a los clubes nocturnos, porque me gusta la música. Ir a las galerías de arte, porque me gusta el arte, pero me parecía que también mi trabajo era divertido. Supongo que el trabajo siempre es divertido cuando se es bueno en lo que se hace.

—Tus padres tenían una tienda de ropa.

—También me encantaba trabajar allí. Bueno, más bien jugar, cuando era una niña. Me encantaban todos esos colores y texturas. Me gustaba combinar cosas. Esta chaqueta con esa falda, este abrigo con ese bolso. Pensamos que un día yo me encargaría, pero resultó ser demasiado para ellos.

—Entonces te fuiste a Nueva York y dejaste atrás Pensilvania.

—Pensé que debía estar en la meca de la moda. A este lado del Atlántico, es decir. —El vino estaba divino, pensó, simplemente se le deslizaba por la lengua—. Pensé que debía pulirme un poco, adquirir experiencia en un medio más especializado, para después abrir mi propia tienda.

—¿En Nueva York?

—Coqueteé con la idea unos cinco minutos. Nunca iba a poder pagar el alquiler de un local en Manhattan. Pensé por un momento que podría ser en las afueras, tal vez algún día. Después, algún día se convirtió en el año que viene y en el siguiente y así. Además, me gustaba ser la administradora de la tienda donde trabajaba y no tenía que arriesgar nada. Dejé de correr riesgos.

—Hasta hace poco.

Layla miró a Fox directamente a los ojos.

—Eso parece.

Fox sirvió un poco más de vino en ambas copas.

—El pueblo no tiene una tienda de ropa así, o una boutique, o como sea que se llame a ese tipo de cosas.

—Por el momento, tengo un empleo satisfactorio y ya no pienso en abrir una tienda propia. He llenado mi cuota de riesgo por el tiempo presente, gracias.

—¿Qué tipo de música? Es decir, ¿qué tipo de música te gusta escuchar? —añadió Fox cuando ella le frunció el ceño.

—Ah, soy muy abierta en ese aspecto.

Fox se agachó, le quitó los zapatos, le levantó los pies y se los puso sobre el regazo.

—¿Y qué hay del arte?

—En ese aspecto también. Creo... —Todo su cuerpo suspiró cuando Fox empezó a masajearle los pies—. Creo que cualquier tipo de música o de arte que dé placer, o que haga pensar, o, mejor, que te haga preguntarte cosas, es... Es lo que nos hace humanos. La necesidad de crearlo, de tenerlo.

—Yo crecí rodeado de ese tipo de cosas, en varias formas. En mi casa no había nada que estuviera fuera de los límites. —Su dedo pulgar, apenas lo suficientemente áspero como para hacer estremecer, se deslizó a lo largo del empeine y de regreso—. ¿Hay algo que esté por fuera de los límites para ti?

Fox no estaba hablando de música ni de arte ahora. A Layla el estómago le dio un vuelco, de lujuria, miedo, anticipación.

—No lo sé.

—Puedes decírmelo, si llego a pasarme de los límites. —Fox subió las manos y empezó a masajearle las pantorrillas—. Dime qué te gusta. —Layla se puso nerviosa y no atinó sino a quedárselo mirando—. Está bien. Ya lo averiguaré. Me gusta tu forma. Tu empeine alto, los músculos de tus pantorrillas. Atraen mi atención, especialmente cuando te pones tacones.

—Ése es el objetivo de los tacones altos. —Layla tenía la garganta seca y se le estaba acelerando el pulso.

—Me gusta la línea de tu cuello y de tus hombros. Estoy planeando pasar algo de tiempo sobre ellos más tarde. Me gustan tus rodillas, tus muslos. —Fue subiendo la mano lentamente, apenas tocando, un poco más arriba, hasta que encontró la liga de encaje de una de las medias de Layla—. Me gusta esto —murmuró—, esta pequeña sorpresa debajo de una falda negra —metió un dedo debajo y la empezó a bajar.

—Ay, Dios.

—Planeo ir despacio. —La observó mientras deslizaba la media pierna abajo—. Pero si quieres que me detenga, sólo tienes que decírmelo. Aunque espero que no sea así.

Fox pasó los dedos ligeramente por la parte de atrás de la rodilla de Layla, por sobre su pantorrilla hasta llegar al tobillo, hasta que la pierna quedó desnuda y la piel le empezó a temblar.

—No quiero que te detengas.

—Bebe un poco más de vino —le sugirió Fox—. Esto va a llevarnos un rato.

CAPÍTULO 12

L ayla ya se sentía ebria. Y aunque se consideraba a sí misma bastante experimentada en estas lides, no pensaba que lo fuera lo suficiente como para dedicarse a beber despreocupadamente mientras Fox la desvestía. Para cuando Fox le hubo quitado la segunda media, fue un gran logro de Layla poder poner la copa sobre la mesa sin derramar el vino.

Fox sonrió y presionó los labios contra el empeine de uno de los pies de la mujer, que fue como una flecha de excitación disparada directamente hacia su bajo vientre, donde palpitó como un segundo corazón agitado. Fox se tomó su tiempo mientras excitaba y seducía, prendiendo pequeños fuegos debajo de la piel de Layla, explotando extraños y maravillosos puntos de placer. Cuando la tomó de los tobillos y tiró de ella hacia sí en un solo movimiento suave, Layla dejó escapar un quejido de sorpresa y gratitud.

Ahora ambos rostros estaban cerca, tan cerca que el intenso color dorado de los ojos de Fox la hipnotizó. Las manos de dedos callosos del hombre subieron piernas arriba, debajo de la falda arrugada. Lenta, muy lentamente. Y hacia abajo, de nuevo, mientras su boca jugueteaba con la de ella. Un roce, un tanteo, un mero susurro de contacto tortuoso, incluso cuando ella le echó los brazos al cuello, incluso cuando el cuerpo ansioso de ella se presionó contra el de él. Una vez más, un toque ligero, un beso lento la dejó agotada y deslumbrada.

Fox la tomó de las caderas y la levantó. La repentina sorpresa le hizo ahogar un grito y el instinto hizo que cruzara las piernas alrededor de la cintura de Fox cuando él se puso en pie con ella a horcajadas. Esta vez el beso fue profundo y ansioso, mientras se quedaba de pie con ella aferrada a él anhelantemente.

—Me está dando vueltas la cabeza —logró decir Layla cuando Fox empezó a caminar.

—Planeo mantenerla así un rato. —En la habitación, Fox se sentó en el borde de la cama con ella sentada sobre él—. Pensé encender velas para la primera vez, pero tendremos que dejarlo para alguna otra ocasión. —Pasó los dedos sobre los hombros de la mujer, sobre la suave lana del bonito jersey azul, a lo largo del camino de botones de perlas diminutas que lo cerraban al frente—. Siempre estás perfecta. —Le bajó el jersey de los hombros y hasta los codos y lo dejó allí—. Tienes un don para ello.

Dejándola con los brazos envueltos en cachemira, Fox presionó los labios, apenas un ligero roce de dientes, contra el costado del cuello de Layla y dibujó un camino sobre su piel hasta llegar al borde del top que llevaba puesto debajo.

A Fox le encantó el ligero estremecimiento que la recorría, el sonido de su respiración acelerándose, haciéndose pastosa. Y el rubor de sus mejillas, y su expresión ligeramente ansiosa. Le pasó las manos sobre los brazos hasta que tanto sus manos como la cachemira rodearon las muñecas de la mujer. Entonces la besó en los labios, como queriéndola devorar, sa-

242

turándose con el sabor de ella, tragándose los rápidos e impotentes gemidos que dejaba escapar ella mientras el pulso le galopaba bajo sus manos.

Fox se separó de ella apenas un susurro y sonrió a esos ojos aturdidos.

—Tendremos que dejar esto también para después —le dijo, y le soltó las manos. Le observó el rostro mientras le levantaba el top y se lo quitaba por los brazos, le observó el rostro mientras le pasaba los dedos sobre la cálida piel desnuda. Entonces decidió darse el gusto y bajó la mirada hacia esos senos cubiertos por un elegante sujetador de encaje azul—. Sí, siempre vas perfecta. —Entonces se inclinó hacia delante y por detrás le bajó el cierre de la falda.

Layla se sintió como si estuviera moviéndose entre agua, cálida, suavizada con perfume. El corazón le galopaba, sorda y fuertemente, mientras le desabotonaba la camisa para encontrarse con los duros músculos de sus hombros masculinos, de su pecho, de su espalda. Cuando él la besó de nuevo, ella fue agua. Tibia, suave, fluida. Las manos de él, los labios de él jugaron sobre ella, incansablemente, implacablemente y Layla no tuvo defensa contra ellos, contra su propia necesidad, pero no quería defenderse. Cuando Fox le liberó los senos, ella se arqueó hacia él. Y la emocionó el ansia constante de los labios y la lengua de él.

Fox fue descendiendo beso a beso, cubriéndola de placer hasta que se deshizo de las diminutas bragas de encaje azul y la dejó completamente al descubierto.

Entonces empezó la vorágine y Layla se vio atrapada en ella, un torbellino demente que la arrastró hasta el fondo, donde el agua giraba caliente y a toda velocidad. Gimió, conmocionada, con los puños cerrados sobre las sábanas mientras el orgasmo la estremecía por dentro. Pero ni siquiera cuando ella jadeó su nombre, Fox se detuvo. Y cuando Layla se corrió otra vez, fue como perder la razón.

Su cuerpo se estremeció y se retorció debajo de él, mientras Layla trataba de aferrarse al hilo de control que le quedaba. Yació desparramada sobre la cama deshecha en absoluta rendición mientras los tenues rayos de luz de la tarde moribunda se derramaban sobre ella y la hacían resplandecer en parches de oro. Una vez más, Fox la tomó de la cadera y la levantó. Una vez más, sus ojos se encontraron. La miró fijamente mientras la penetraba, mientras la llenaba, mientras se encerraba a sí mismo dentro de ella. Le sostuvo la mirada mientras la penetraba profundamente, mientras la poseía y mientras ella se envolvía alrededor del hombre para poseerlo a él.

Ambos se miraron hasta que se cerraron en el pico del placer de la mujer y hasta que las propias necesidades de Fox se lo tragaron entero.

* * *

Layla no estaba segura de poder moverse. No estaba segura de que los huesos de su cuerpo fueran a soldarse de nuevo para sostenerla derecha.

No estaba segura de que le importara.

Fox estaba desparramado encima de ella, peso inerte, pero eso parecía no importarle tampoco. Le gustaba sentir el peso del hombre encima de ella, la calidez de su cuerpo, le gustaba sentir los latidos acelerados de su corazón, porque le decían que ella no había sido la única en volar.

Layla ya había intuido que él sería cariñoso y que sería divertido. Lo que no había sabido era que él sería... asombroso.

—¿Quieres que me mueva? —La voz de Fox sonó ronca, sólo un poco soñolienta.

—No especialmente.

—Bien, porque me gusta estar aquí. Puedo traer el vino y tal vez encargar cena para los dos, en algún momento.

—No hay prisa.

—Tengo una pregunta. —Frotó los labios sobre la mejilla de Layla y levantó la cabeza—. ¿Siempre combinas tu ropa interior con la ropa que te pones?

—No siempre, pero con frecuencia. Soy un poco obsesiva.

—Me pareció de lo más sexi. —Juegueteó con la cadena brillante que llevaba ella al cuello—. Así como esto. O el hecho de que esto y los pendientes sea lo único que llevas puesto. —Bajó la cabeza de nuevo para besarla, y mientras disfrutaba de un beso lento, soltó la cadena y en cambio empezó a frotarle un pezón con el pulgar. Sonrió contra los labios de Layla cuando ella dejó escapar un gemido—. Tenía la esperanza de que dijeras eso —murmuró y, con un movimiento fácil, se introdujo dentro de ella de nuevo, tan duro como el acero.

Layla abrió los ojos de par en par.

—¿Cómo puedes...? ¿No tienes que...? Ay, Dios; ay, Dios.

—Ahora estás suave. Húmeda y suave e incluso más sensible que la primera vez. —Fox se movió dentro de ella, con embestidas largas y lentas que la dejaron temblando a cada fricción—. Te voy a llevar más profundamente esta vez, Layla. Cierra los ojos y permítete recibir todo lo que tengo para darte.

Layla no tuvo opción, estaba más allá de su voluntad. Su cuerpo estaba tan pesado y por dentro sentía cómo hacían erupción mil pequeños volcanes. Fox la tocó y con sus manos despertó necesidades que ella pensaba que se habían extinguido.

Entonces la mujer se internó más profundamente, dentro de un placer que fue tan intenso como extraño.

—No te detengas. No.

—No hasta que llegues a la cumbre.

Cuando Layla llegó a ese punto, fue como caer en picado desde el cielo, una caída libre brusca que le hizo perder el aliento.

* * *

Layla todavía no había recuperado las fuerzas cuando Fox le llevó una copa de vino.

—He pedido pizza, ¿te parece bien?

Ella apenas logró asentir con la cabeza.

—¿Cómo pudiste...? ¿Siempre te recuperas así de rápido?

—Ése es uno de los extras. —Fox se sentó con las piernas cruzadas sobre la cama, con su propia copa de vino en la mano, y ladeó la cabeza—. ¿Quinn no te lo ha mencionado? Vamos, yo sé que a las mujeres os gusta hablar de sexo.

—Lo mencionó... De hecho, dijo que era el mejor sexo de toda su vida, si es a eso a lo que te refieres. Y que Cal... —Layla se sentía un poco incómoda hablando de sus amigos de esa manera—. Bueno, que Cal tiene una increíble capacidad de aguante.

—¿Sabes? En este tema pasa algo parecido a cómo nos curamos rápidamente desde aquella noche.

—Ah —exhaló Layla, y calmó su sed con vino—. Ése es un extra fantástico.

—Es particularmente uno de mis favoritos. —Se puso en pie y empezó a encender las velas que estaban diseminadas por la habitación.

Sí, sí, pensó Layla. Fox definitivamente tenía un culo más que estupendo. El pelo desordenado le enmarcaba el rostro de rasgos angulosos. Y esos ojos casi dorados estaban satisfechos aunque un poco soñolientos.

Layla sintió que quería lamerlo como si fuera chocolate derretido.

—¿Cuál es tu récord?

Fox la miró sobre el hombro y sonrió.

—¿En cuánto tiempo? ¿En una tarde, en una noche, en un fin de semana perdido?

Sobre el borde de su copa, los ojos de Layla lo desafiaron.

—Podríamos empezar con la tarde, y apuesto a que podemos romper cualquiera que sea el récord que tengas.

Se comieron la pizza en la cama. La tarta estaba fría para cuando llegaron a ella, pero ambos estaban demasiado hambrientos como para que les importara. La música cambió a B. B. King y las velas empezaron a desprender una deliciosa fragancia y una acogedora luz dorada.

—Mi madre hace las velas —le dijo Fox cuando Layla hizo un comentario sobre ellas.

—Tu madre hace velas, velas bellísimas y deliciosamente aromáticas, trabaja la cerámica y pinta con acuarelas.

—Y teje. También hace otro tipo de costura, cuando está de ánimo. —Se lamió salsa del pulgar—. Y si cocinara comida de verdad, sería perfecta.

—¿Eres tú el único carnívoro de la familia?

—A mi padre le gusta comerse una Big Mac de vez en cuando. Y Sage también se cayó del vagón vegetariano. —Fox consideró si comerse otra porción de pizza o no—. He decidido hacerlo.

—¿Hacer qué?

—Eh... Darle a Sage... a Paula, es decir, el elixir mágico.

—¿El...? Ah. —Layla ladeó la cabeza—. ¿Qué te ha hecho decidirte?

—Pues me quedé pensando en que no estoy haciendo nada con él por el momento. Y ellas son parte de mi familia. Entonces, si las puedo ayudar a ser felices, si las puedo ayudar a que formen una familia propia, ¿por qué no habría de hacerlo?

—¿Por qué no habrías de hacerlo? —repitió Layla quedamente, después tomó el rostro de Fox entre sus manos y le dio un beso—. Eres uno en un millón.

—Esperemos que tenga uno o dos en un millón que sea capaz de lograr el objetivo de embarazar a Paula. Sé que es extraño traer a colación este tema, teniendo en cuentas las circunstancias actuales, pero pensé que deberías saberlo. Creo que para muchas mujeres sería muy raro, o incluso repugnante, pero no parece ser tu caso.

—Creo que es un acto de lo más amoroso y generoso. —Lo besó de nuevo, justo antes de que el teléfono sonara.

—No pierdas la idea —le dijo él, y se echó para atrás para contestar el teléfono que estaba al lado de la cama—. Hola. Ah, sí. —Bajó el auricular y se dirigió a Layla—. Es Cal. Podemos hablar de ello mañana. Sí, puede esperar hasta mañana. Porque estoy con Layla —concluyó, colgó el auricular y miró a la mujer—. Estoy con Layla.

* * *

Layla no había tenido la intención de pasar la noche en casa de Fox, así que se sorprendió ligeramente cuando los rayos del sol se colaron por la ventana.

—Ay, Dios. ¿Qué hora es?

Empezó a levantarse de la cama, pero entonces Fox tiró de nuevo de ella y se le echó encima.

—¿Qué prisa hay?

—Tengo que ir a casa a cambiarme... ¡Fox! —Una mezcla de diversión, excitación y pura perplejidad se apoderaron de ella cuando las manos de Fox se entretuvieron debajo de las mantas—. Para.

—Eso no fue lo que dijiste anoche. ¿Cuántas veces? —Se rió y le cubrió la boca con la suya—. Relájate. Sí, vas a llegar un poquito tarde, pero puedo garantizarte que a tu jefe no le va a importar.

Más tarde, mucho más tarde, mientras Layla buscaba la segunda media, Fox le ofreció una lata de Coca-Cola:

—Lo siento, pero es la única cafeína que tengo en casa.

Layla frunció el ceño hacia la lata, después se encogió de hombros.

—Pues tendrá que servirme. Menos mal que tu primera cita es a las diez y media, porque no voy a poder llegar a la oficina antes de las diez.

Fox la observó mientras Layla metía el pie en la media y se la subía.

—Tal vez debería ayudarte con eso.

—Mantente alejado de mí, Fox. —Layla se rió pero le levantó el dedo índice a modo de advertencia—. Hablo en serio. Ya casi es hora laboral. —Se terminó de subir la media, se puso los zapatos—. Llego a la oficina en cuanto pueda.

—Deja que te lleve a casa.

—Gracias, pero prefiero caminar. Creo que necesito algo de aire. —Layla se quedó frente a él, lo señaló con el dedo de nuevo—. Manos arriba. —Cuando él sonrió y levantó las manos, Layla se inclinó y le dio un beso.

Después salió corriendo antes de que pudiera cambiar de opinión.

Las esperanzas que tenía de poder subir a su habitación en cuanto llegara a la casa se vieron frustradas al encontrarse con Cybil en la base de las escaleras, recostada contra la barandilla.

—Ah, mirad a la oveja descarriada, ha vuelto al redil. ¡Oh, la hermanita pequeña ha regresado a casa!

—Tengo que cambiarme e irme a la oficina. Hablamos más tarde.

Layla esquivó a Cybil, pero ésta la siguió pisándole los talones.

—Pues por supuesto que no. Cuéntame mientras te cambias.

Y como Quinn salió deprisa de la oficina y se metió dentro de la habitación de Layla también, a la mujer no le quedó más remedio que rendirse.

—Obviamente pasé la noche con Fox.

—¿Jugando al ajedrez? —Quinn sonrió mientras Layla se iba quitando la ropa de camino al baño—. ¿No es ése su juego?

—Nunca llegamos a eso. Tal vez la próxima vez.

—A juzgar por la sonrisa que tienes dibujada en el rostro, es evidente que el tipo tiene otros pocos juegos —comentó Cybil.

—Me siento —Layla se metió en la ducha— usada y enérgica, sorprendida y estupefacta. —Abrió la cortina de la ducha un par de centímetros—. ¿Por qué no me dijiste nada sobre el extra, Quinn? —le preguntó Layla en tono exigente—. ¿Por qué no me dijiste que se recuperan sexualmente tan rápido como se curan?

—¿No lo mencioné?

—No —contestó Cybil al tiempo que le hincaba a Quinn un par de dedos en la barriga.

—Si hablamos de energía, el conejito de Duracell es un debilucho en comparación. —Quinn le dio a Cybil un abrazo compasivo—. No quería que te sintieras triste o en desventaja, Cyb.

Cybil sólo entrecerró los ojos.

—¿Cuántas veces lo habéis hecho? —le preguntó a Layla—. Y no me vayas a salir con el cuento de que no contaste —finalizó abriendo la cortina de la ducha.

Layla volvió a cerrarla y después sacó una mano, con los cinco dedos extendidos.

—¿Cinco?

Entonces Layla unió el meñique y el pulgar para añadir tres más.

—¿*Ocho*? Santa Madre de Dios.

Layla cerró el grifo del agua y tomó una toalla.

—Sin contar las dos veces de esta mañana. Tengo que admitir que estoy un poco cansada, y muerta de hambre. Y, además, *mataría* por un café.

—¿Sabes qué? —dijo Cybil después de un momento—. Voy a ir a la cocina y voy a prepararte un par de huevos revueltos y a servirte una enorme taza de café. Porque justo en este momento eres mi heroína.

Quinn se quedó detrás de Layla mientras la mujer, envuelta en la toalla, se echaba crema en brazos y piernas.

—Fox es un sol.

—Sí, ya sé que lo es.

—¿Vas a poder trabajar con él, dormir con él y luchar contra las fuerzas del mal con él?

—Tú lo estás haciendo con Cal.

—Y ésa es la razón por la cual te lo estoy preguntando, porque la combinación puede tener sus momentos complejos. Supongo que lo que quería decirte es que si te encuentras con alguno de esos momentos, puedes hablar conmigo.

—He podido hablar contigo desde la primera vez que nos vimos. Supongo que ése es uno de nuestros extras. —Y puesto que era la pura verdad, Layla reflexionó mientras se ponía su bata—. Lo que siento por él, lo que siento en general en este momento, no es más que un enredo confuso. Sin embargo, por primera vez en mi vida, la confusión no parece ser tan grave.

—Una respuesta suficientemente buena. Bueno, trata de no trabajar tanto hoy, porque esta noche vamos a tener una cumbre. Cal quiere saber qué se le ocurrió a Fox.

—¿Sobre qué?

—No lo sé. —Quinn frunció los labios—. ¿No te mencionó nada al respecto? ¿Una teoría?

—No, no me dijo nada.

—Tal vez todavía está afinándola. En todo caso, ya hablaremos esta noche de lo que sea.

Para cuando Layla logró llegar a la oficina, Fox ya estaba allí y hablando por teléfono. Como su siguiente cliente estaba a punto de llegar, Layla pensó que no era el momento de darle la lata a Fox por no haberle mencionado la teoría que tenía en ese otro aspecto en que colaboraban.

Revisó la agenda, tratando de encontrar un momento libre en que fuera razonable hablarle al respecto. Y después empezó a preocuparse por el hecho de que él no le hubiera dicho nada.

Cuando Sage llegó, justo en el momento en que Layla estaba a punto de aprovechar un rato libre de Fox, la mujer decidió que tres eran multitud.

—Fox me llamó y me pidió que viniera. ¿Está libre ahora?

—Como un pájaro.

—Entonces voy a seguir a la oficina.

Transcurrieron treinta minutos antes de que Sage volviera a salir. Era evidente que había estado llorando, a pesar de que le lanzó a Layla una sonrisa resplandeciente.

—Sólo por si no te hubieras dado cuenta todavía: estás trabajando para el hombre más asombroso, más hermoso y más

increíble de todo el universo. Sólo por si no lo supieras ya
—añadió y se apuró a salir.

Layla suspiró e intentó enterrar sus propias preguntas.
Y la molestia que había estado creciendo durante el día a través de ellas. Entonces decidió ir a ver cómo había capeado Fox
esa media hora que debía de haber sido tan cargada de emociones.

Fox estaba sentado a su escritorio. Tenía la expresión de
un hombre completamente desgastado y agotado.

—Sage se puso a llorar —dijo de inmediato en cuanto
Layla entró en la oficina—. Mi hermana no es del tipo llorón,
pero esta vez se le abrió el grifo. Entonces llamó a Paula y
también se puso a llorar. Me estoy sintiendo ligeramente abrumado. Así que si estás planeando ponerte a llorar, ¿podríamos
por favor aplazar todo el asunto para después? —Layla no dijo
nada, sino que fue al refrigerador, sacó una Coca-Cola y se la
llevó—. Gracias. Ahora tengo una cita para... Como me hicieron exámenes físicos hace unos pocos meses, van a mandar
copia de los resultados al lugar donde lo hacen. Sage tiene una
amiga en Hagerstown que es su doctora. Así que tengo... tenemos cita con ella pasado mañana, porque Paula va a estar...

—¿Ovulando?

Fox frunció el ceño.

—Incluso a pesar de la manera en que me educaron, no
me siento del todo cómodo con todo esto. Pasado mañana, a
las ocho. También tengo que ir al tribunal pasado mañana...
Voy después, supongo. —Se puso en pie y fue a meter un dólar
en el bote de los improperios—. Esto es jodidamente extraño.
Listo. Me siento mejor. ¿Qué sigue ahora, entonces?

—Yo. Quinn me dijo que se suponía que anoche te ibas
a reunir con Cal y Gage porque querías hablarles sobre una
teoría que se te ocurrió.

—Sí, pero después me hicieron una proposición mejor, así que... —se interrumpió. Conocía esa expresión de los ojos de Layla—. ¿Te molesta?

—No sé. Depende. Pero ciertamente me desconcierta que tuvieras una idea que te parecía que valía la pena discutir con tus amigos *hombres* y no la comentaras conmigo.

—La habría discutido contigo, pero anoche estaba disfrutando de los mutuos orgasmos múltiples que nos proporcionamos.

Era cierto, tuvo que admitir Layla, pero no era en absoluto la cuestión.

—Ayer estuve contigo todo el día en la oficina y toda la noche en la cama. Creo que habrías podido buscar un momento en todas esas horas que pasamos juntos para mencionar este asunto.

—Por supuesto, pero no quise mencionarlo.

—Porque querías hablar con Cal y Gage primero.

—En parte, porque siempre he hablado con Cal y Gage primero. Un hábito de treinta y un años no se modifica de un día para otro. —Layla sintió un ligero tono de enfado en la voz de Fox—. Y más que nada, porque no estaba pensando en nada más que en ti. No quise pensar en nada más que no fueras tú, y tengo todo el maldito derecho de tomarme tiempo para hacer justamente eso. No me pareció que la idea que tengo sobre Giles Dent fuera un tipo de juego sexual preliminar apropiado y por supuesto que no me pareció que hablar sobre sacrificios humanos fuera una conversación poscoital muy amena. Cuélgame por eso.

—Deberías... ¿Sacrificios humanos? ¿De qué estás hablando? ¿Qué quieres decir? —Sonó el teléfono. Maldiciendo, Layla se estiró hacia el otro lado del escritorio para contestar—. Buenas tardes, oficina de Fox B. O'Dell. Lo siento, el señor

O'Dell está con un cliente en este momento. ¿Puedo tomarle el mensaje? —Garabateó un nombre y un número en un bloc que Fox tenía sobre el escritorio—. Sí, por supuesto. Me aseguraré de que reciba el mensaje. Gracias. —Y colgó—. Puedes llamarlo cuando termines conmigo. Necesito saber de qué estás hablando.

—De una posibilidad. Ann escribió que Dent pretendía hacer algo que ningún otro guardián había intentado antes y que por lo que iba a hacer tendría que pagar un precio. Los guardianes son los tipos buenos, ¿no? Así es como siempre los hemos considerado, como hemos considerado a Giles Dent. Los sombreros blancos. Pero incluso los sombreros blancos pueden dar un paso hacia la zona gris. O pasar la zona gris. Yo veo ese tipo de cosas todo el tiempo en mi trabajo. Lo que la gente hace, si está desesperada, si se siente justificada, si deja de creer que tiene otra opción. Sacrificio de sangre. Es competencia del otro lado. Por lo general.

—El cervatillo que Quinn vio en el sueño que tuvo en invierno, que yacía atravesado en un sendero del bosque con la garganta abierta. Sangre inocente. Eso lo apuntamos en las notas. Supusimos que Dent lo hizo, que sacrificó el cervatillo. Pero acabas de hablar de sacrificio humano.

—¿Crees que sacrificar a Bambi le iba a dar a Dent el poder que necesitaba para mantener enterrado a Twisse durante trescientos años? ¿El poder para pasarnos lo que hizo a mí, a Cal y a Gage cuando el tiempo fuera propicio? Eso fue lo que me pregunté, Layla. Y realmente no creo que fuera suficiente. —Fox hizo una pausa, porque incluso ahora le producía malestar considerar la posibilidad—. Le dijo a Hester que corriera. La noche del 7 de julio de 1652, después de que ella dijera que era un brujo, él le dijo que corriera. Tú fuiste quien dijo eso.

—Sí, le dijo que corriera.

—Él sabía lo que estaba a punto de suceder. No sólo que iba a atrapar a Twisse en otra dimensión por unos cuantos siglos, sino que sabía lo que le iba a costar hacerlo.

Layla se llevó al corazón una mano cerrada y se lo frotó mientras miraba a Fox.

—Las personas que estaban esa noche en la Piedra Pagana.

—Hasta donde sabemos, debían de ser unos doce hombres y unas pocas mujeres. Eso es un montón de sangre. Ése es un sacrificio de marca mayor.

—Estás pensando que usó a estas personas. —Lenta y cautelosamente, Layla se sentó en una de las sillas—. Estás pensando que las mató. No Twisse, sino Dent.

—Estoy pensando que las dejó morir, lo que, dado que soy un abogado, puedo decir que, según la ley, no es lo mismo. Indiferencia depravada, podríamos llamarlo, a excepción del pequeño detalle de que fue a propósito. Dent usó estas muertes. —La voz de Fox sonó pesada a cada palabra—. Y creo que usó el fuego, las antorchas que traían estas personas y el fuego que él mismo construyó, para envolverlas, para calcinar la tierra, para que de ese acto, que ningún otro guardián había llevado a cabo, resultara el poder que necesitaba para hacer lo que había decidido que se necesitaba hacer.

El color se esfumó del rostro de Layla, lo que hizo que sus ojos se vieran de un verde inquietante.

—Si eso es cierto, ¿qué implica? ¿Qué nos hace a todos nosotros?

—No sé. Estamos condenados, tal vez, si crees en la idea de la condenación. Yo he creído en ella los últimos veintiún años.

—Pensamos, supusimos, que había sido Twisse quien causó la muerte de todas esas personas aquella noche.

—Tal vez sí fue responsable. En parte. Incluso si mi teoría es pura basura, él fue responsable. ¿Cuántas personas habrían ido a la Piedra Pagana con la intención de matar a Giles Dent y a Ann Hawkins esa noche, si no hubieran estado bajo el influjo de Twisse? Pero si dejamos eso a un lado y examinamos la zona gris, ¿no es posible que Dent usara a Twisse? Él sabía lo que se venía. Según los diarios, Dent sabía perfectamente bien lo que iba a suceder. Mandó lejos a Ann para protegerla, a ella y a sus hijos. Y después dio su vida: episodio del sombrero blanco. Pero si en realidad tomó a las demás personas, ese hecho tiñe de sangre el blanco del sombrero.

—Pero tiene sentido. Visto así, las cosas cobran un terrible sentido. Me parece escalofriante.

—Yo creo que tenemos que considerar la posibilidad de que fuera así. Tal vez al hacerlo podremos descifrar qué es lo que tenemos que hacer. —Fox observó el rostro de Layla, la conmoción que lo recubría—. Ve a casa y trata de digerirlo.

—Pero si apenas son las dos... Todavía tengo trabajo pendiente.

—Yo puedo arreglármelas solo con el teléfono y lo demás el próximo par de horas. Da un paseo, toma el aire. O échate una siesta, date un baño de burbujas, o lo que sea.

Layla se apoyó en el brazo de la silla y lentamente se puso en pie.

—¿Eso es lo que piensas de mí? ¿Que me desmorono a la primera bofetada de la realidad? ¿Que no voy a ser capaz de soportar lo que se avecine? Me llevó un tiempo poderme apoyar en mis propios pies cuando llegué al pueblo, *cuélgame* por ello, pero ahora estoy firmemente de pie sobre ellos. No necesito un maldito baño de burbujas para calmar mi sensibilidad.

—Me equivoqué. Lo siento.

—No me subestimes, Fox. Por más deshecha que esté, de todas maneras la sangre del bastardo corre por mis venas. Puede ser que a la larga yo sea más capaz de lidiar con el lado oscuro que tú.

—Puede ser. Pero no esperes que quiera eso para ti, Layla, o me estás sobreestimando. Ahora puedes entender mejor por qué no quise mencionar esto ayer o sencillamente puedes seguir enfadada conmigo por no haberlo hecho.

Layla cerró los ojos y trató de recuperar la compostura.

—No, no quiero seguir enfadada por eso y sí, entiendo mejor tus razones. —También entendía mucho mejor lo que había querido decir Quinn con la advertencia que le había hecho esa mañana. Trabajar, dormir y luchar hombro con hombro con alguien le ponía una gran presión a la relación—. Es difícil separar las diferentes cosas que somos uno para el otro —le dijo ella con cautela—. Y cuando los límites se vuelven borrosos, es incluso más difícil. Cuando entré en la oficina hace un rato me dijiste que te sentías abrumado, pues bien: tú me abrumas a mí, Fox, en muchos aspectos. Entonces sigo perdiendo el equilibrio.

—Yo perdí el mío desde que te conocí. Puedo intentar sostenerte cuando te tambalees, si tú haces lo mismo por mí.

¿Y acaso eso no lo decía todo? Layla miró su reloj.

—Vaya, mira. Casi pierdo mi descanso de la tarde: sólo me quedan un par de minutos. Así que más me vale darles buen uso —rodeó el escritorio y se inclinó hacia Fox—. A propósito: tú estás descansando también, lo que quiere decir que la oficina está cerrada durante los próximos treinta segundos. —Posó los labios sobre los de él, le pasó los dedos por la cara y después por el pelo.

Y allí, por más extraño que pareciera, sintió que había encontrado de nuevo su equilibrio.

Se enderezó y tomó las manos de Fox entre las suyas por unos segundos más. Después las soltó y dio un paso atrás.

—La señora Mullendore quiere hablar contigo. Su número está anotado ahí.

—Layla —la llamó Fox cuando la mujer ya estaba saliendo—, voy a tener que darte descansos más largos.

Layla le sonrió por encima del hombro y continuó su marcha fuera de la oficina. A solas, Fox se quedó sentado a su escritorio en silencio un momento más, preguntándose qué haría un buen hombre, incluso el mejor de los hombres, si todo lo que amaba estuviera amenazado.

* * *

Cuando los seis amigos se reunieron esa noche en la sala escasamente amueblada de la casa de las mujeres, Fox les leyó los pasajes del diario de Ann que le habían encendido la bombilla. Y les explicó a los demás la teoría que se le había ocurrido de la misma manera en que se la había explicado a Layla esa tarde.

—Por Dios, Fox. Dent era un guardián. —La resistencia de Cal a la teoría de Fox era evidente—. La misión de los guardianes es proteger. Dent dedicó su vida a ese propósito, al igual que todas las vidas anteriores que recordaba antes de la última. He sentido algo de lo que él sintió, he visto algo de lo que él vio.

—Pero no todo. —Gage caminó hacia la ventana, como hacía con frecuencia durante las discusiones—. Has visto retazos, fragmentos, Cal, y eso es todo. Si el asunto tiró por ese lado, yo diría que Dent habría hecho lo que estuviera a su alcance para mantener escondidos estos retazos y fragmentos en particular el mayor tiempo que fuera posible.

—Pero entonces, ¿por qué dejar escapar a Hester? ¿Acaso no era ella por igual la más inocente y la más peligrosa para él? —preguntó Cal en tono exigente.

—Porque nosotras teníamos que existir. —Cybil miró a Quinn, después a Layla—. Nosotras tres teníamos que existir, así que la hija de Hester tenía que sobrevivir para que eso sucediera. Es una cuestión de poder. El guardián, vida tras vida, jugó según las reglas establecidas, hasta donde sabemos, al menos, y nunca pudo ganar. Nunca pudo detener completamente a su enemigo.

—Y se fue volviendo más humano —comentó Layla—. Pensé todo el día en ello. ¿No se habría vuelto más humano, con todas las debilidades que implica ser humano, con cada nueva generación? Pero Twisse seguía siendo el mismo de siempre. ¿Cuánto tiempo más habría podido luchar Dent? ¿Cuántas vidas más le quedaban?

—Entonces hizo una elección. —Fox asintió—: Decidió usar las mismas armas que Twisse siempre había usado.

—¿Y mató a gente inocente para poder comprar más tiempo? ¿Para poder esperarnos a nosotros?

—Es horrible. —Quinn tomó la mano de Cal—. Es horrible pensarlo, considerar que Dent pudiera hacer eso. Pero supongo que tenemos que hacerlo.

—Si las cosas son así, vosotras sois descendientes de un demonio y nosotros, de un genocida. —Cal negó con la cabeza—. Vaya combinación que hacemos.

—Somos lo que hacemos de nosotros mismos. —Las palabras de Cybil sonaron ligeramente airadas—. Usamos lo que tenemos y nosotros mismos somos quienes decidimos qué somos. ¿Fue correcto lo que hizo Dent, tiene justificación? No sé y no voy a juzgarlo.

Gage se volvió desde la ventana.

—¿Y qué tenemos?

—Tenemos palabras en una página, una piedra partida en tres partes iguales, un punto de poder en medio del bosque. Tenemos cerebro y agallas —continuó Cybil—. Y un montón de trabajo por hacer, diría yo, antes de descifrar lo que haya que descifrar y podamos matar al maldito.

CAPÍTULO 13

Según la manera de pensar de Fox, había ocasiones en que los hombres necesitaban estar rodeados de hombres. Las cosas habían estado tranquilas desde que Block lo había tumbado a la acera y le había dado tiempo de pensar. Por supuesto, una de las cosas que se le habían ocurrido era que Giles Dent había matado a la gente que iba con Twisse esa noche en la Piedra Pagana en un incendio feroz. Y esa idea no le había caído bien a ninguno del grupo.

Ahora, estaban en el proceso de leer el segundo diario. A pesar de que hasta entonces no habían encontrado revelaciones sorprendentes, Fox llevaba un registro con sus propias notas. Él sabía que no siempre lo importante era lo que una persona decía o escribía, sino lo que estaba pensando cuando lo decía o lo escribía.

A Fox le parecía que era muy significativo que durante semanas después de los sucesos, Ann Hawkins no mencionara para nada a Giles Dent ni lo que había sucedido esa noche en la Piedra Pagana. En cambio, se limitaba a escribir sobre la generosidad de su primo, cómo se movían sus hijos en el útero materno, el clima y las labores cotidianas. Entonces empezó a dedicar tiempo a darle vueltas en la cabeza a lo que ella no había escrito.

Estaba sentado en el sofá de Cal con los pies sobre la mesa del centro, una Coca-Cola en una mano y un tazón de patatas fritas al alcance de la otra. En la tele retransmitían un partido de baloncesto, pero no podía concentrarse en él. El día siguiente iba a ser un gran día, pensó, y tenía demasiadas cosas en la cabeza. El viaje al consultorio de la doctora sería rápido, todo incluido. En realidad no era mucho lo que tenía que hacer. Y no era nada que no hubiera hecho antes. Un hombre de treinta años sabía cómo encargarse de ese trabajito.

Estaba preparado para el tribunal. El sumario les había dado dos días, pero estaba casi seguro de que iban a despachar el caso en uno. Después, los seis se iban a reunir, leerían, discutirían. Y esperarían.

Lo que debía hacer era irse a casa, sacar las notas de Cybil, las suyas, las transcripciones de Quinn. Tendría que examinar más de cerca los cuadros y las tablas de Layla. En alguna parte se encontraba otro fragmento del todo. Había que sacudir y examinar de cerca todo lo que se tenía.

Pero, en cambio, se quedó sentado donde estaba, le dio otro sorbo a su Coca-Cola y dijo lo que tenía en mente.

—Mañana voy a ir a la consulta de una doctora con Sage y Paula. Les voy a donar semen para que puedan tener un bebé.

Se hizo un largo silencio, tras el cual Cal sólo dijo:

—Ah.

—Sage me lo pidió, lo pensé y decidí que por supuesto, ¿por qué no? Sage y Paula son una buena pareja. Es sólo que es extraño pensar que mañana voy a tratar de embarazar a alguien a larga distancia.

—Le estás dando a tu hermana la posibilidad de tener una familia —comentó Cal—. No me parece tan extraño.

Ese sencillo comentario hizo que Fox se sintiera bastante mejor.

—Voy a dormir aquí esta noche. Si me voy a casa, voy a tener la tentación de ir a ver a Layla. Y si veo a Layla, voy a querer desnudarla.

—Y mañana quieres ir completamente cargado —concluyó Gage.

—Sí. Es probable que sea estúpido o supersticioso, pero sí.

—Te puedes quedar en el sofá —le dijo Cal—. Especialmente ahora que sé que no te vas a hacer una paja en él.

Sí, pensó Fox. Decididamente, había ocasiones en que un hombre necesitaba estar rodeado de hombres.

* * *

La tormenta de nieve tardía de marzo era un fastidio. Aunque lo habría sido menos si Fox se hubiera molestado en revisar el pronóstico del tiempo antes de salir de casa esa mañana. Así, al menos, habría llevado su abrigo, ya que el invierno había decidido volver a asomar las narices. Una delgada capa blanca y gélida cubría la temprana mancha amarilla que era la forsitia. Pero la nevada no le haría daño, pensó Fox mientras conducía de regreso al pueblo. Esas flores que anunciaban la primavera eran resistentes y estaban acostumbradas a los caprichos, incluso a la indecencia redomada, de la naturaleza.

Estaba hasta la coronilla del invierno. A pesar de que la primavera era el portal del verano y éste era del Siete, Fox quería que la puerta le golpeara el trasero al invierno en su camino de salida. El problema era que había habido un par de días bonitos antes de que se desatara esa tormenta a destiempo. La naturaleza guardaba esos días cálidos y soleados como una zanahoria reluciente colgada de un palo congelado, a modo de señuelo.

Fox se recordó que la nieve se derretiría. Era mejor pensar que había tenido un día muy bueno. Había cumplido su deber tanto con su hermana como con su cliente. Ahora se iría a casa, se quitaría el traje y se tomaría una deliciosa cerveza helada. Después iría a ver a Layla, y tras la sesión de esa noche, haría todo lo posible por convencerla para que lo recibiera en su cama. O para que se fuera a casa con él.

Cuando dobló en Main Street, Fox vio a Jim Hawkins en el exterior de la tienda de regalos. Estaba de pie, con las manos a ambos lado de la cadera, examinando la edificación. Fox aparcó en el borde de la acera y bajó la ventanilla de la camioneta.

—¡Hola, Jim!

Jim se dio la vuelta. Era un hombre alto de ojos considerados y mano firme. Caminó hacia la camioneta de Fox y se inclinó hacia la ventanilla abierta.

—¿Cómo estás, Fox?

—Muy bien. Está haciendo frío ahí afuera, ¿quieres que te lleve a alguna parte?

—No, gracias. Sólo estaba dando un paseo. —Se volvió para contemplar la tienda—. Siento mucho que Lorrie y John hayan decidido cerrar y marcharse del pueblo. —Cuando volvió a mirar a Fox, la expresión de sus ojos era sombría y la preocupación tiñó su voz—. Siento mucho que el pueblo tenga que perder a su gente.

—Sí, lo sé. Les ha tocado un golpe duro.

—He oído que a ti también. Cal me contó lo que pasó con Block.

—Ya estoy bien.

—En tiempos como éstos, cuando empiezo a ver las señales, todas las señales, Fox, desearía poder hacer algo más que llamar a tu padre para que cambie los vidrios rotos.

—Esta vez vamos a hacer más que sólo sobrellevar el Siete, Jim. Esta vez va a ser la última vez.

—Cal también cree eso, así que yo también voy a tratar de hacerlo. Bien. —Dejó escapar un suspiro—. Dentro de poco voy a llamar a tu padre, para pedirle que venga a echarle un vistazo al local. Siempre necesita unos arreglos aquí y allá, para dejarlo a punto antes de buscar a otro arrendatario. Alguien que quiera empezar un negocio en Main Street.

Fox frunció el ceño hacia el local.

—Puede ser que tenga una idea al respecto.

—¿En serio?

—Tengo que pensarlo bien, ver si... Ver. ¿Podrías por favor avisarme antes de empezar a ofrecer el local? ¿O antes de que te decidas por un nuevo arrendatario?

—Con mucho gusto. El pueblo necesita ideas nuevas, necesita negocios en Main Street.

—Y gente que se preocupe lo suficiente como para arreglar lo que se ha roto —apuntó Fox, pensando en lo que le había dicho Layla una vez—. Ya te buscaré cuando le dé forma a la idea.

Fox reanudó la marcha. Ahora tenía una cosa nueva a la que darle vueltas en la cabeza. Algo muy interesante. Y algo que para él simbolizaba esperanza.

Aparcó frente a su oficina y se apeó sobre la fría y húmeda nieve. Las luces de su oficina brillaban detrás de las ventanas. Cuando entró, se encontró con Layla sentada frente a su ordenador escribiendo en el teclado.

—Te dije que no tenías que venir hoy, Layla.

—Tenía cosas pendientes que hacer. —Dejó de escribir y se volvió para mirarlo—. He reorganizado el armario del material de una manera que se ajusta mejor a mí. También ordené la cocina y algunos de los archivos. Después... ¿Todavía está nevando?

—Sí. —Fox se quitó la chaqueta ligera que llevaba puesta—. Ya son más de las cinco, Layla. —Y no le gustaba la idea de que ella se quedara sola en la oficina demasiado tiempo.

—Me dejé llevar. Hemos estado tan concentrados en las entradas del diario que hemos descuidado otras áreas. Cybil ha estado buscando en todos los artículos de los periódicos cualquier cosa que se haya escrito relacionada con el Siete, ya sean pruebas anecdóticas o cosas más específicas que hayamos deducido de lo que os hemos escuchado a vosotros tres, y coordinando pasajes de algunos de los libros que se han escrito sobre Hawkins Hollow. Yo, por mi parte, he estado organizando esa información en diferentes archivos. Cronológicamente, geográficamente, tipo de incidente y así.

—Veinte años de eso os va a llevar bastante tiempo.

—Me va mejor cuando tengo un sistema, cuando logro poner un orden. Además, todos sabemos que los artículos son escasos, a pesar de la cantidad de tiempo y de la cantidad de daños que se han presentado. —Se echó para atrás el pelo y ladeó la cabeza—. ¿Cómo te fue en el tribunal?

—Bien.

—¿Puedo preguntar cómo te fue antes del tribunal?

—Hice mi parte. Me dijeron que podía... eh... pasarle... la segunda ronda a Sage para que la lleve por la mañana. Después, supongo, lo que nos queda es esperar a ver si alguno de los soldados logra aterrizar.

—En estos tiempos no hay que esperar mucho para saber.

Fox se encogió de hombros y se metió las manos en los bolsillos.

—No pensé en ti.

—¿Perdón?

—Quiero decir, cuando... hice mi donación. No pensé en ti porque me pareció descortés hacerlo.

Layla sonrió.

—Ya veo. ¿En quién pensaste, entonces?

—Te dan estimulación visual en forma de revistas con mujeres desnudas. En realidad no tuve oportunidad de ver el nombre de la chica en cuestión.

—Hombres.

—Pero estoy pensando en ti ahora.

Layla levantó las cejas cuando Fox se volvió y cerró la puerta con seguro.

—¿En serio?

—Y estoy pensando que necesito que vengas a mi oficina —caminó hacia ella, la tomó de la mano— y trabajes unas cuantas horas extras.

—¿Por qué, señor O'Dell? Si sólo me recogiera el pelo en un moño y me pusiera gafas...

Fox se giró para mirarla mientras la llevaba cogida de la mano a lo largo del pasillo hacia su oficina.

—Si sólo. Pero... —La soltó y empezó a desabotonarle la limpia y almidonada camisa blanca que Layla llevaba puesta—. Veamos qué hay aquí debajo hoy.

—Pensaba que querías dictarme una carta.

—A quien corresponda, sujetador blanco con volantes y, ay, sí: de hoy en adelante, el cierre delantero es la regla en esta oficina.

—No creo que esto te quede bien —le dijo ella y lo sorprendió al cogerlo por la corbata—. Veamos qué hay aquí debajo. He pensado en usted, señor O'Dell. —Le quitó la corbata, la tiró a un lado—. He pensado en sus manos, en su boca, en todas las maneras en que las usó sobre mi piel. —Le desabotonó el cinturón mientras lo iba empujando hacia atrás dentro de la oficina—. En todas las maneras en que podría usarlas de nuevo en mí. —Como la corbata, le quitó el cinturón y lo dejó caer a un lado. Después le deslizó la americana por los hombros y la dejó caer—. Empieza ya.

—Eres de lo más mandona para ser una secretaria.

—Soy la administradora de la oficina.

—Sea lo que sea —le mordió el labio inferior—, me gusta.

—Entonces te va a encantar esto. —Lo empujó contra el asiento de su escritorio y lo hizo sentar, apuntándolo con el dedo para que se quedara quieto. Después, con los ojos fijos en los de él, se levantó la falda ligeramente y se quitó las bragas.

—Caramba.

Después de dejarlas caer a un lado, Layla se sentó a horcajadas sobre Fox. Él había pensado que tal vez podían usar el sofá o hacer el amor en el suelo, pero en aquel momento, con la boca de ella enfebrecida sobre la suya, el asiento le pareció perfecto. Fox tiró de la camisa de la mujer y cerró los labios sobre uno de los senos cubiertos de encaje. Ésta no era una mujer buscando una seducción lenta, sino fuego y frenesí, así que el hombre usó sus manos y su boca y dejó que ella marcara el ritmo.

—Desde que entraste en la oficina hace un rato quise hacer esto. —Layla metió las manos entre ambos y le bajó el cierre del pantalón—. Desde el mismo momento en que entraste, Fox.

Layla se cerró alrededor de él en cuanto él estuvo dentro de ella. Y apretó, dejando caer la cabeza hacia atrás, jadeando. Después, sus labios recorrieron el cuello de él, su rostro para estrellarse finalmente contra los del hombre desesperados mientras sus caderas subían y bajaban.

Layla lo tomó con urgencia, con ansias repentinas y feroces. Fox se dejó tomar, se dejó gobernar. Sin poder resistirse, se dejó llenar y se dejó vaciar. Cuando se corrió, cuando todavía sentía la mente turbada por la carrera de su cuerpo, ella tomó su rostro entre las manos y lo cabalgó inmisericordemente hasta su propio final.

Fox se quedó sentado un rato más, desconcertado, después de que ambos recuperaran el aliento, incluso después de que ella se levantara de encima y se dispusiera a ponerse las bragas de nuevo.

—Espera. Creo que ésas son mías ahora.

Cuando Layla se rió, Fox resolvió el asunto al ponerse en pie y quitárselas de las manos.

—Devuélveme esas bragas, Fox. No puedo andar por ahí sin...

—Tú y yo vamos a ser los únicos que lo sabremos, Layla. Me está volviendo loco. Tengo que subir y quitarme este traje. Sube conmigo y después te llevo a casa.

—Prefiero esperar aquí, porque si subo, seguro que voy a terminar en tu cama. Fox, necesito esas bragas. Hacen juego con el sujetador.

Fox sólo sonrió en su camino. Tenía la intención de quitarle el sujetador más tarde. Además, estaba considerando envolver ambas prendas, y el asiento de su escritorio, en plástico termosellado para su conservación.

* * *

«Todas las cosas buenas tienen un final», pensó Fox tras haber dedicado las siguientes horas a leer el segundo diario junto con sus amigos, mirando las palabras comunes y corrientes de Ann desde todos los ángulos posibles, buscando significados ocultos. Una vez más, la exigencia de Gage de saltarse la pesadilla por venir perdió en la votación.

—Todavía son válidas las mismas razones para estar en contra —apuntó Cybil, aprovechando el descanso para aliviarse la tensión de los hombros y del cuello—. Tenemos que considerar el hecho de que Ann acaba de perder al hombre que ama, lo que es un suceso traumático, y de que, además, está a punto de dar a luz trillizos. Y si eso no es un suceso traumático, no sé qué lo será entonces. Ésta es su tregua. Necesita calmarse y recargar baterías al mismo tiempo. Creo que tenemos que respetárselo.

—Yo creo que es más de lo que dices, Cybil. —Layla extendió la mano y pasó los dedos sobre el diario, que Quinn había dejado sobre la mesa—. Creo que Ann está escribiendo sobre tejer, cocinar y el calor que está haciendo porque necesita tomar distancia. No escribe sobre Giles, ni sobre las muertes ni sobre lo que se hizo. No escribe sobre lo que piensa ni sobre lo que teme que va a suceder a continuación. Lo importante es el momento. —Se giró a mirar a Fox, él asintió con la cabeza—. Me he estado inclinando por esta idea desde hace un tiempo. Lo importante es sobre lo que no está escribiendo. Cada día que logra superar es un gran esfuerzo. Llena cada día con rutinas, pero no puedo creer que no esté pensando en el antes y en el después, que no esté sintiendo todo eso. No es tanto una tregua como... Ella quería que encontráramos los diarios, incluso éste, que parece estar lleno de restos cotidianos. Para mí, el diario está diciendo, Ann está diciendo que, después de una gran pérdida, de un sacrificio personal, después del horror o como quiera que se le llame, después de todo eso, antes y después de un nuevo comienzo, que es el nacimiento de sus hijos, sigue habiendo vida. Que sigue siendo importante vivir, hacer las cosas que uno hace. ¿Acaso no es eso lo que hacemos nosotros, cada siete años? Vivimos, y eso es importante.

271

—¿Y qué demonios nos dice eso? —preguntó Gage en tono exigente.

—Que parte del proceso justamente consiste en vivir. Vivir es hacerle a Twisse un corte de mangas cada día. ¿Acaso lo sabe? ¿Puede saberlo desde el hueco del infierno donde Dent lo confinó? Yo creo que sí lo sabe. Y creo que le mata de la ira que nos levantemos cada mañana y hagamos nuestras cosas.

—Me gusta esa teoría —comentó Quinn al tiempo que se daba golpecitos con el dedo sobre los labios—. Tal vez incluso puede ser que así se debilita su poder. Twisse se fortalece a causa de los sentimientos y los actos violentos. Cuando es posible, se alimenta de ellos, los crea y se alimenta de ellos. ¿No sería viable lo contrario, entonces? ¿Que los sentimientos y los actos comunes y corrientes, o los amorosos lo hacen debilitarse?

—El baile el día de san Valentín, por ejemplo. —Layla se enderezó en su silla—. Diversión alegre y común y corriente. Entonces hizo su aparición y la echó a perder.

—Y antes del baile, en el comedor del hotel. Seguramente quería asustarnos —le dijo Quinn a Layla—, pero la elección del lugar y el momento pudo haber sido un factor. Esa noche había allí una pareja, celebrando, coqueteando a la luz de las velas mientras disfrutaba de unos tragos.

—¿Qué haces cuando una abeja te pica? —preguntó Cybil—. La aplastas. Tal vez le estamos dando a Twisse unos picotazos. Tenemos que reexaminar los sucesos y apariciones que ya conocemos desde esta nueva óptica, que además encaja con una idea a la que le he estado dando vueltas. Escribir las cosas le da poder, especialmente si son nombres. Es posible que Ann quisiera esperar, o necesitara esperar, a que pasara algo de tiempo, hasta que se sintiera más segura.

—Escribimos las palabras —murmuró Cal—. Escribimos las palabras que dijimos esa noche en la Piedra Pagana, en el ritual que nos hizo hermanos de sangre.

—Lo que os dio más poder —comentó Quinn—. Es posible que la escritura sea otra respuesta. Nosotros estamos escribiendo todo. Y mientras que es posible que le estemos dando más poder por hacerlo, pues lo estamos haciendo aparecer antes de tiempo, también puede ser que le estemos dando más picotazos.

—Cuando sepamos lo que tenemos que hacer, cuando creamos que sabemos lo que va a necesitarse —continuó Fox—, tenemos que ponerlo por escrito. Como hizo Ann, como hicimos nosotros esa noche.

—Y lo firmamos con sangre en una noche sin luna.

Divertida, Cybil se giró para mirar a Gage.

—Yo no descartaría esa idea.

Gage se puso en pie y se dirigió a la cocina. Quería tomarse otro café. Aunque más que café, lo que quería era tener unos minutos de silencio. En este punto, y hasta donde podía anticipar los próximos puntos, todo iba a continuar siendo cháchara y nada de acción. Él era un hombre paciente, tenía que serlo, pero estaba empezando a tener ganas de ponerse manos a la obra.

Cuando Cybil entró en la cocina, Gage hizo caso omiso de ella, lo que le costó cierto esfuerzo, porque ella no era una mujer acostumbrada a que pasaran de ella. Pero Gage ya llevaba tiempo trabajando en el asunto.

—Ser irritable y negativo no ayuda nada.

Gage se recostó contra la encimera, con la taza de café en la mano.

—Por eso me fui.

Después de considerarlo un momento, Cybil prefirió tomarse una copa de vino en lugar de una taza de té.

—También estás un poco aburrido. Pero la manera en que se han hecho las cosas hasta ahora no ha culminado el trabajo. Los nuevos tiempos requieren nuevas maneras. —Cybil imitó la postura de Gage y se recostó contra la otra encimera con la copa de vino en la mano—. Es más difícil para la gente como tú y como yo.

—¿Como tú y como yo?

—Nos acosan las imágenes de lo que puede suceder y que, de hecho, a veces sucede. ¿Cómo podemos saber lo que hay que hacer, o si debemos hacer algo, ya sea para detenerlo o cambiarlo? Y si hacemos algo, ¿va a ser peor?

—Todo es un riesgo. Eso no me preocupa.

—Pero te molesta. —La mujer le dio un sorbo a su copa—. Ahora mismo estás molesto por la forma que están tomando las cosas.

—¿Y qué forma están tomando las cosas?

—Nuestro pequeño grupo se está emparejando. Q. y Cal, Layla y Fox. Lo que nos deja a ti y a mí, grandullón. Así que estás molesto, y la verdad es que no puedo culparte. Pero, sólo para tu información, la idea de que la mano del destino esté planeando ponernos uno junto al otro, como si fuéramos fichas de ajedrez, no me hace más feliz que a ti.

—El ajedrez es el juego de Fox, no el mío.

Cybil dejó escapar un suspiro.

—Que esté planeando repartirnos en la misma mano, entonces.

Gage levantó una ceja, entendiendo a qué se refería ella.

—Ésa es la razón por la cual hay una pila de cartas descartadas. Sin ofender.

—En absoluto.

—Sencillamente, no eres mi tipo.

Cuando Cybil sonreía, de esa manera que tenía ella de sonreír, un hombre escuchaba música.

—Créeme cuando te digo que si fueras objeto de mi interés, no tendrías ningún otro tipo que no fuera el mío. Pero no era eso de lo que quería hablarte. Vine porque quería proponerte una especie de alianza, un negocio, digamos. Cualquiera que sea el término que te venga mejor.

—¿Qué negocio?

—Que tú y yo trabajemos juntos, peleemos juntos, si quieres. Podemos combinar nuestros talentos particulares cuando sea necesario, porque seguramente así habrá de ser. Y ni yo te voy a seducir ni voy a fingir que te permito seducirme.

—No tendrías que fingir.

—Ahí está, cada uno ha hecho su disparo y estamos en paz. Estás aquí porque quieres a tus amigos. Sin importar cómo te sientes con respecto al pueblo y a algunas de las personas que viven en él, quieres a tus amigos y les eres completamente fiel. Respeto eso, Gage, y lo entiendo. Yo también quiero a mis amigas, y les soy fiel. Por eso estoy aquí. —Echó un vistazo hacia la puerta dándole un sorbo lento a su copa de vino—. Éste no es mi pueblo, pero esas personas que están en la sala sí son mías, y estoy dispuesta a hacer cualquier cosa que sea necesaria por ellas. Igual que tú. Entonces, ¿tenemos un trato?

Gage se despegó de la encimera y caminó hacia Cybil. Se detuvo muy cerca de ella, sin separar ni un instante los ojos de los de la mujer. Pensó que Cybil olía a misterios que eran exclusivamente femeninos.

—Dime una cosa: ¿realmente crees que vamos a salir de ésta? ¿Que vamos a cruzar el túnel y vamos a salir airosos, para echar confeti y brindar con champán, al otro lado?

—Ellos lo creen, y para mí eso es suficiente. Todo lo demás son posibilidades.

—A mi me gustan mas las posibilidades, pero —extendió la mano y apretó la de Cybil, cuando ella se la ofreció—... tenemos un trato.

—Muy bien. Entonces... —Cybil se dispuso a volver a la sala, pero Gage no le soltó la mano y la mantuvo firme entre las suyas.

—¿Y si hubiera dicho que no?

—Entonces supongo que habría tenido que obligarme a seducirte y hacerte mi cachorrito de amor para tenerte en mi bando.

Gage sonrió ampliamente, una sonrisa colmada de aprecio.

—Cachorrito de amor... una mierda.

—Te sorprenderías. Es decir, si no tuviéramos un trato. —Cybil puso la copa sobre la encimera y le dio unas palmaditas al dorso de la mano de Gage antes de soltarse de su sujeción. Levantó la copa de nuevo y caminó hacia la puerta, pero al cabo de unos cuantos pasos se detuvo, se dio la vuelta y lo miró seria—. Él está enamorado de ella.

Fox, entendió Gage. Cal ya estaba entregado.

—Sí, lo sé.

—No estoy segura de que él lo sepa. Ciertamente, Layla no lo sabe. Todavía. Eso los hace más fuertes, pero al mismo tiempo les hace todo mucho más difícil.

—A Fox, especialmente. Ésa es su historia —dijo Gage de modo terminante, cuando los ojos de Cybil preguntaron por qué.

—Muy bien. Pronto van a necesitar más de nosotros, mucho más. No vas a poder seguir disfrutando mucho más tiempo del privilegio de estar aburrido.

—¿Has visto algo?

—Soñé que todos ellos estaban muertos. Sus cuerpos formaban una pila, como si fueran una ofrenda, sobre la

Piedra Pagana. Y yo tenía las manos manchadas con su sangre. Una llamarada empezó a crepitar piedra arriba para después envolverla y consumirlos hasta las cenizas, mientras yo miraba... sin hacer nada. Y cuando Twisse salió de la oscuridad, me sonrió. Me llamó «hija» y me envolvió entre sus brazos. Después, tú saltaste de entre las sombras y nos mataste a los dos.

—Ésa es una pesadilla, no una visión.

—Espero por Dios santísimo que tengas razón. Sea lo que sea, me hizo darme cuenta de que tú y yo tenemos que empezar a trabajar juntos pronto. No me voy a manchar las manos con la sangre de mis amigos. —Sus dedos se tensaron sobre el pie de la copa—. No importa lo que sea que haya que hacer, no pienso mancharme las manos con su sangre.

Cuando Cybil salió de la cocina, Gage se quedó un rato más, allí, de pie, preguntándose hasta dónde estaba dispuesta a llegar ella para salvar a las personas a las que ambos querían tanto.

* * *

No había ningún rastro de nieve cuando Fox salió de su oficina esa mañana. El sol resplandecía en un espléndido cielo azul que parecía reírse ante la mera idea del invierno. En los árboles, las hojas del verano estaban encapsuladas todavía en apiñados brotes de anticipación. Y los pensamientos eran una explosión de color en la jardinera frente a la floristería.

Se quitó el abrigo —en realidad tenía que empezar a escuchar el pronóstico del tiempo— y caminó, como los demás transeúntes, a lo largo de la amplia acera de ladrillo. Olió la primavera, la frescura que traía consigo, la sintió en el bálsamo que era la brisa sobre su rostro. Era un día demasiado esplendoroso como para quedarse metido en la oficina. Era un día para ir al parque o sentarse en el porche de casa.

Decidió que llevaría a Layla al parque. La tomaría de la mano y caminarían sobre el puente y después la convencería para que le permitiera montarla en alguno de los columpios para después empujarla bien alto y escucharla reírse.

Después le compraría flores. Algo sencillo y a tono con la primavera. La idea le hizo volver sobre sus pasos y, tras comprobar el tráfico, cruzar la calle en dirección a la floristería. Narcisos, pensó mientras abría la puerta de la tienda.

—Hola, Fox. —Amy lo saludó alegremente mientras salía del fondo del local. Amy llevaba administrando Flower Pot muchos años y, según pensaba Fox, nunca se cansaba de las flores—. Qué día tan bonito, ¿no?

—Desde luego. Eso es lo que estaba buscando —le dijo a Amy señalando los narcisos que estaban dentro de la vidriera refrigerada y que resplandecían como mantequilla.

—Son tan bonitos como una fotografía. —Amy se dio la vuelta hacia el escaparate y, en el vidrio, el difuso reflejo de la mujer le sonrió a Fox con colmillos afilados en un rostro que escurría sangre. Cuando Fox dio un paso atrás, Amy se volvió de nuevo hacia él y le sonrió con su bonita sonrisa de siempre—. ¿A quién no le encantan los narcisos? —comentó la mujer alegremente mientras envolvía las flores—. ¿Son para tu chica?

—Sí. —Fox se dio cuenta de que estaba nervioso. Pero eso era todo: estaba un poco nervioso. Tenía demasiadas cosas en la cabeza. Cuando sacó la cartera para pagar, olió algo debajo del dulce olor de las flores. Era un aroma cenagoso, como si uno de los narcisos se hubiera podrido en el agua.

—¡Aquí tienes! Estoy segura de que le van a encantar.

—Gracias, Amy. —Pagó y tomó las flores.

—Hasta luego. Dale a Carly saludos de mi parte.

Fox se detuvo en seco, se dio la vuelta.

—¿Qué? ¿Qué has dicho?

—Te he dicho que le dieras saludos a Layla de mi parte.
—Los ojos de Amy brillaron con preocupación y desconcierto—. ¿Estás bien, Fox?

—Sí, sí, estoy bien. —Y salió por la puerta, agradecido
de poder estar de nuevo a la intemperie.

Puesto que no pasaban coches en ese momento, Fox cruzó la calle por la mitad de la manzana. La luz se ensombreció
cuando una nube pasó por delante del sol, entonces sintió el
escozor del frío sobre la piel, como una exhalación del invierno expulsada por el cielo de primavera. Apretó la mano alrededor del ramo de flores y se dio la vuelta, esperando verlo en
cualquiera de las formas que adoptaba. Pero a sus espaldas no
había nada, ni un niño, ni un perro, ni un hombre, ni una sombra oscura. Nada.

Entonces la escuchó llamándolo por su nombre. Esta vez
el frío lo envolvió completamente, se le metió en el cuerpo y
le recorrió los huesos, al escuchar el miedo en la voz de la mujer. Lo llamó de nuevo mientras Fox empezaba a correr, a seguir
el terror que emanaba de ella desde la antigua biblioteca. Fox
atravesó la puerta abierta a toda prisa, y ésta se cerró detrás de
él como un golpe de la muerte.

Donde debía no haber nada más que espacio vacío y unas
pocas mesas y sillas plegables, que pertenecían a lo que ahora
era el centro comunitario, vio el recinto como había sido años
atrás: pilas de libros, el olor de los libros que inundaba el aire,
escritorios, carretillas.

Se ordenó a sí mismo tranquilizarse. No era real. Le estaba haciendo ver cosas que no existían en realidad. Pero entonces ella gritó de nuevo y Fox corrió hacia las escaleras y las
subió dando zancadas de dos en dos y de tres en tres escalones.

Al correr le temblaban las piernas y sólo pudo recordar cuándo había subido estas mismas escaleras antes. Terminó de subir todos los escalones, dejó el ático atrás y llegó hasta la puerta que conducía al tejado. Cuando logró abrir la puerta y salió a toda velocidad, el día de principios de la primavera se había convertido en una calurosa noche de verano.

El sudor le rodaba por la piel como agua y el miedo le retorcía y desgarraba las entrañas.

La mujer estaba de pie sobre la cornisa de la torrecilla, sobre la cabeza de Fox. A pesar de que estaba oscuro, Fox pudo ver la sangre en las manos de ella, en las piedras que se las habían desgarrado cuando ella las había escalado.

«Carly». El nombre le palpitó en la cabeza a Fox. «Carly, no. No te muevas. Ya subo a por ti».

Pero ahora era Layla quien lo miraba hacia abajo. Y eran las lágrimas de Layla las que rodaban sobre mejillas pálidas. Fue Layla quien pronunció su nombre una vez, con desesperación. Layla fue quien lo miró a los ojos y le dijo: «Ayúdame. Por favor, ayúdame, Fox».

Y fue Layla quien se desplomó de la cornisa para morir sobre la acera abajo.

CAPÍTULO 14

Fox se despertó sudando frío mientras Layla repetía su nombre una y otra vez. La urgencia en la voz de la mujer y la firmeza de sus manos sobre sus hombros lo sacaron finalmente del sueño y de regreso al ahora.

Pero el miedo volvió con él, cabalgando sobre el dolor palpitante y desgarrador. Fox se abrazó con fuerza a Layla. La forma de su cuerpo, su olor, las palpitaciones desbocadas de su corazón. Viva, estaba viva. No había llegado demasiado tarde, no para ella. Layla estaba viva. Y a su lado.

—Dame un momento. —Un estremecimiento le recorrió el cuerpo, el eco del miedo pasmoso que se había apoderado de él—. Sólo abrázame, Layla, abrázame.

—Aquí estoy, aquí estoy. Has tenido una pesadilla. —Mientras le murmuraba palabras de consuelo, le acarició los tensos músculos de la espalda, tratando de calmarlo—. Ya estás despierto, Fox. Todo está bien. —¿Todo estaba bien?, se preguntó Fox. ¿Alguna vez estaría todo bien?—. Estás tan frío..., tan horriblemente frío... Déjame ponerte la manta encima. Aquí estoy, no me voy a ninguna parte. Sólo quiero cobijarte, Fox, que estás temblando. —Layla se separó de él un momento y estiró la manta para cubrirlo, después se acomodó junto a él y empezó a frotarle los brazos, para ayudarle a entrar en calor. En la tenue luz, Layla no separó los ojos del rostro de Fox—. ¿Estás mejor? ¿Te sientes mejor así? ¿Quieres que te traiga un vaso de agua?

—Sí, bien, sí. Gracias.

Layla se levantó de la cama y salió de la habitación, mientras Fox se sentaba y apoyaba la cabeza sobre las manos. Necesitaba un momento para recuperar la compostura, para sacarse todo lo demás de encima. El sueño lo había retorcido, le había hecho mezclar recuerdos y juntar miedos. Le había hecho recordar lo que había perdido.

En esa tenebrosa noche de verano, había llegado demasiado tarde por estar ocupado haciendo de héroe. Había metido la pata y Carly había muerto. Tendría que haberla mantenido a salvo, habría tenido que asegurarse de que la mujer estuviera fuera de peligro. Tendría que haberla protegido, por encima de todas las cosas. Ella había sido suya, pero él no la había ayudado.

Layla regresó deprisa, se arrodilló sobre la cama y le puso el vaso entre las manos a Fox.

—¿Ya has recuperado el calor del cuerpo? ¿Quieres que te ponga otra manta encima?

—No, no, ya estoy bien. Siento mucho todo esto.

—Te pusiste como el hielo y empezaste a gritar. —Con delicadeza, Layla le apartó el pelo de la cara—. No te podía despertar, al principio, es decir, no te despertabas. ¿Qué pasó, Fox? ¿Qué soñaste?

—No me... —Fox quería mentirle y decirle que no recordaba el sueño, pero la mentira se le atascó amargamente en la garganta. Le había mentido a Carly aquella vez, y ahora estaba muerta—. No puedo hablar sobre ello —eso tampoco era completamente verdad—, no ahora. No quiero hablar de eso ahora.

Fox sintió la vacilación de Layla, su *necesidad* de presionarlo, pero hizo caso omiso de ello.

Sin decir nada, Layla tomó el vaso vacío y lo puso sobre la mesilla de noche. Entonces se recostó contra el respaldo de la cama, atrajo al hombre hacia sí y le recostó la cabeza sobre sus senos.

—Ya todo está bien. —Empezó a murmurar ella, y sus palabras fueron tan suaves como la mano que le acariciaba los cabellos a Fox—. Todo está bien. Duérmete un rato más.

Y las palabras de consuelo de Layla hicieron desaparecer los demonios que acosaban a Fox al momento, entonces pudo volver a conciliar el sueño.

* * *

Por la mañana, Layla se escabulló de la cama como un ladrón saliendo por la ventana de un segundo piso. Fox parecía extenuado, pensó ella, y todavía estaba pálido. Sólo tuvo la esperanza de que parte de la pena que lo había atormentado la noche anterior se hubiera disipado con el sueño. Ahora podía encontrar su fuente, pensó Layla, él no podía evitarlo, no podía bloquearla. Si lograba descubrir la raíz de la agitación de Fox, podría ayudarlo a sacar a la superficie lo que fuera que le estuviera sucediendo y a curar cualquier dolor que albergara en su corazón.

Y aunque todo aquello era verdad, era sólo una parte de lo que la tentaba. Lo demás era egoísta, incluso mezquino. En medio de la pesadilla, Fox había gritado su nombre, con desesperación y terror. Pero no sólo había gritado su nombre, recordó Layla. También había gritado el nombre de otra mujer: Carly.

No, decidió. Ver dentro de la mente y del corazón de Fox mientras dormía, aunque la motivación fuera egoísta o abnegada, era una violación. De la peor especie. Una violación de la confianza y de la intimidad.

Mejor lo dejaría dormir. Y si tenía que husmear en alguna parte, husmearía en la cocina, para ver si lograba encontrar algo medianamente saludable para preparar de desayuno.

Se puso la camisa que Fox se había quitado la noche anterior y salió de la habitación.

En cuanto entró en la cocina, se sobresaltó. No a causa de las pilas de platos sucios y diarios desparramados por ahí. La cocina estaba, lo que ella consideraba, «masculinamente limpia», es decir, había unos cuantos platos sucios en el fregadero, alguna correspondencia sin abrir sobre la mesa y parecía que habían limpiado las encimeras deprisa, sin levantar los electrodomésticos que había allí. Pero lo que la hizo sobresaltarse fue encontrarse con una reluciente cafetera nueva que ahora formaba parte del mobiliario de la cocina.

Layla se ablandó por dentro completamente, casi hasta el reblandecimiento. Fox nunca tomaba café, sin embargo, había ido a comprar una cafetera para ella, una cafetera de lo más sofisticada, que tenía su propio molinillo de granos de café. Y cuando abrió la alacena, se encontró con una bolsa de café en grano.

¿Acaso Fox podía ser *más* encantador?

Layla estaba con la bolsa de café en la mano, sonriéndole a la cafetera, cuando Fox entró en la cocina.

—Has comprado una cafetera.

—Sí. Pensé que sería bueno que pudieras prepararte aquí el desayuno como te gusta.

Cuando Layla se dio la vuelta, Fox ya tenía la cabeza metida en el refrigerador.

—Gracias. Y sólo por eso, te voy a preparar el desayuno. Seguro que tendrás algo aquí que yo pueda convertir en comida de verdad. —Se dirigió al refrigerador y se agachó también para ver dentro. Cuando Fox se enderezó y dio un paso atrás, Layla pudo verle el rostro—. Ay, Fox. —Instintivamente, levantó una mano y le acarició la mejilla—. No estás nada bien. Deberías volver a la cama. En todo caso, tienes una agenda poco apretada hoy. Podría cancelar un par de cosas y...

—Estoy bien. No nos enfermamos, ¿recuerdas?

Layla pensó que el cuerpo no, pero la cabeza y el corazón eran cosas diferentes.

—Pero sí te cansas, y ahora estás cansado. Por tanto, necesitas tener el día libre.

—Lo que necesito es darme una ducha. Mira, te agradezco la oferta de hacerme el desayuno, pero la verdad es que no tengo mucha hambre en este momento. Pero adelante, prepárate tu café, si logras descifrar cómo funciona esa cosa.

¿De quién era esa voz?, se preguntó Layla mientras Fox salía de la cocina. ¿De dónde había salido esa voz fría y distante? Con movimientos lentos, Layla devolvió la bolsa de café a la alacena y cerró silenciosamente la puerta. Volvió a la habitación y empezó a vestirse mientras el sonido del agua golpeando las baldosas del baño le martillaba los oídos.

Una mujer sabía cuándo un hombre la quería fuera de su casa. Y una mujer con algo de orgullo sencillamente le daba el gusto. Se daría una ducha en su casa, se vestiría para el día de trabajo en su casa y se tomaría su café en su casa. Si el hombre quería espacio, pues el hombre tendría su maldito espacio.

Cuando el teléfono sonó, Layla hizo caso omiso de él. Pero al cabo de un par de timbrazos, maldijo y se rindió: tuvo que contestar, podría ser importante, pensó, una emergencia. Pero cuando escuchó la voz de la madre de Fox, que la saludó por el nombre y le dio los buenos días alegremente, no pudo por menos que fruncir el ceño.

En la ducha, Fox dejó que el agua caliente le cubriera el cuerpo mientras bebía su lata de Coca-Cola fría. La combinación adormeció ligeramente el malestar que lo embargaba, pero éste era demasiado abrumador como para que pudiera drenarlo completamente en ese momento. Sentía resaca, le dolía la cabeza y tenía mareo. Ya se le pasaría. Siempre se le pasaba. Pero una pesadilla bien podía darle una mañana más difícil que si se hubiera embarcado en una borrachera de tres días.

Probablemente había espantado a Layla, después de haberle hablado de esa manera. Aunque, tuvo que admitirlo, ése había sido su propósito. No quería tenerla dando vueltas a su alrededor, calmándolo, acariciándolo y mirándolo con esos ojos de preocupación. Quería estar solo, quería poder regodearse en su pena y rumiar lo que le daba vueltas en la cabeza. Quería que lo dejaran en paz.

Era su maldito derecho.

Cerró el grifo del agua y se ató una toalla a la cintura. Cuando entró en la habitación, dejando un camino de gotas de agua a su paso, se encontró allí con Layla.

—Ya me estaba yendo. —El tono gélido de Layla le dijo a Fox que había cumplido su propósito—. Ha llamado tu madre.

—Ah, bueno. La llamo más tarde.

—De hecho, se supone que tengo que decirte que, puesto que Sage y Paula tienen que estar en Washington el lunes, y es posible que tengan que volver a casa desde ahí, quiere invitar a todos a cenar mañana en su casa.

Fox se apretó los dedos contra los ojos. Probablemente no había manera de librarse de ésa.

—Muy bien.

—Jo espera que yo vaya también. Yo y todos los demás. Tengo que ayudarte a avisarles. Probablemente ya sabes que es imposible decirle que no a tu madre, pero ya podrás inventarte alguna excusa para disculparme de no ir mañana.

—¿Por qué habría que disculparte? ¿Por qué no quieres ir? ¿Por qué vas a querer librarte de comer alcachofas rellenas? —Puesto que Layla no sonrió, Fox se pasó las manos por el pelo húmedo—. Mira, me siento un poco arisco esta mañana. Tal vez podrías darme un respiro.

—Créeme cuando te digo que te doy todos los respiros. Estoy tratando de convencerme de que has amanecido temperamental y reservado porque eres un imbécil y no porque no confías en mí. Pero es complicado, porque si bien es posible que seas un imbécil, no eres un imbécil tan redomado como para guardarte los detalles de un suceso traumático de marca mayor como el de anoche sólo porque sí. Así que eso me devuelve al asunto de la confianza. Te permití que entraras dentro de mí anoche. Te acogí dentro de mí en esa cama, pero tú no me permites entrar en tu interior. No quieres decirme qué te dolió o qué te asustó.

—Vas a tener que retroceder, Layla. Éste sencillamente no es el momento.

—Ah, ¿entonces tienes que escoger el momento? Muy bien, entonces. Déjame saber cuándo te viene bien, para apuntar una cita en tu agenda.

Layla se dispuso a salir, y Fox no hizo nada para detenerla. En medio de su marcha, se detuvo, se dio la vuelta y lo miró fijamente a los ojos:

—¿Quién es Carly?

Cuando Fox no musitó palabra, cuando sus ojos perdieron toda expresión, Layla reanudó la marcha y lo dejó solo.

* * *

Fox no esperaba que Layla fuera a la oficina ese día, de hecho, tenía la esperanza de que así fuera. Pero mientras estaba en la biblioteca de su oficina, tratando de concentrarse en la investigación que tenía a mano, la escuchó entrar. No había manera de confundirla con nadie más. Fox conocía ya la manera en que Layla se movía, incluso conocía su rutina matinal.

Abrir la puerta del armario, colgar el abrigo, cerrar la puerta. Cruzar hasta el escritorio, abrir el cajón inferior derecho, meter el bolso allí. Encender el ordenador.

Fox escuchó todos los sonidos apagados. Sonidos que le hicieron sentir culpable, y la culpa lo irritaba. Ambos harían caso omiso uno del otro, decidió Fox. Hasta que ella se tranquilizara y él recuperara la compostura. Después, sencillamente, dejarían todo esto en el pasado.

Evitarse y hacer caso omiso uno del otro funcionó suficientemente bien la mayor parte de la mañana. Cada vez que el teléfono sonaba, Fox se preparaba para escuchar la voz de Layla por el intercomunicador, pero ella nunca lo llamó.

Fox se dijo que no se había escabullido de la biblioteca para ir a su oficina, sencillamente había caminado muy lenta y calladamente.

Cuando escuchó que Layla salía a almorzar, fue hasta la recepción y le echó un vistazo desinteresado al escritorio de la mujer. En él vio una cantidad de notas en las que Layla le había tomado los recados. Así que no le estaba pasando las llamadas, pensó. No había problema, funcionaba bien. Más tarde podía devolver la llamada, decidió. Porque si tomaba las notas ahora y se las llevaba a su oficina, sería evidente para Layla que había estado husmeando en su escritorio.

Ahora se sintió estúpido. Estúpido, cansado, abrumado y ligeramente enfadado. Se metió las manos en los bolsillos y se dio la vuelta con la intención de regresar a su oficina. Cuando iba a medio camino, se sobresaltó cuando se abrió la puerta de entrada de la oficina. Al volverse, se sintió aliviado al ver que era Shelley quien había llegado y no Layla.

—¡Hola! Tenía la esperanza de poder hablar contigo aunque fuera un minuto. Acabo de encontrarme con Layla fuera. Me dijo que estabas aquí y que probablemente no debías de estar demasiado ocupado.

—Sí, ahora tengo tiempo. ¿Vamos a la oficina?

—No. —Shelley caminó hacia él y lo envolvió en un fuerte abrazo—. Gracias. Sólo quería decirte que gracias.

—De nada... ¿Gracias por qué?

—Anoche, Block y yo tuvimos nuestra primera sesión de terapia. —Suspiró y dio un paso atrás—. Fue bastante intenso y se puso de lo más sentimental, supongo. No sé cómo va a terminar todo esto, pero creo que nos ayudó. Creo que es mejor intentarlo y hablar, aunque nos comuniquemos a gritos, en lugar de decirle sencillamente: «Vete a la mierda, cabrón» y eso es todo. Si al final termino diciéndole justamente eso, por lo menos sabré que le di una gran oportunidad primero. No estoy segura de que se la hubiera dado, si no me lo hubieras sugerido, si no hubieras estado siempre a mi lado, velando por mis intereses.

—Quiero que obtengas lo que quieres, sin importar lo que sea. Y que estés contenta cuando lo obtengas.

Shelley asintió y se secó los ojos con un pañuelo de papel.

—Supe que Block fue a darte una paliza, pero no presentaste cargos en su contra. Se está sintiendo, creo que la palabra sería *amonestado.* Quiero agradecerte eso también, el hecho de que no presentaras cargos.

—No fue del todo culpa suya.

—Ah, pero claro que sí lo fue. —Pero Shelley se rió—. Va a tener que compensar un poco, pero él lo sabe. Ahora tiene un ojo morado, y me importa una mierda que sea mezquino de mi parte, pero te agradezco mucho eso también.

—No hay de qué.

Shelley volvió a reírse.

—En todo caso, vamos a seguir adelante y a ver qué pasa. Tengo que ir sola la próxima vez y me encanta la idea de poder ir y descargar todo lo que tengo por dentro. Sólo de pensarlo me siento bien. —Ahora sonrió—. Bueno, tengo que volver al trabajo.

Después de despedirse, Fox volvió a su oficina, trabajó y rumió sus pensamientos. Oyó a Layla cuando volvió de almorzar. Armario, abrigo, escritorio, bolso. Entonces decidió salir y lo hizo por la puerta de la cocina, haciendo suficiente ruido como para que Layla supiera que se había marchado.

El sol brillaba resplandeciente en un intenso cielo azul. Y a pesar de que el aire estaba lo suficientemente cálido como para que se sintiera cómodo dentro de su chaqueta liviana, un estremecimiento gélido le subió por la columna.

La tarde era exactamente igual que la de su sueño.

Se obligó a doblar el edificio para desembocar en Main Street. Los pensamientos hacían su explosión de color en la jardinera frente a la floristería. La gente caminaba de aquí para allá, algunos en mangas de camisa, aprovechando este tibio día de primavera después del último capricho invernal. Cerró los puños y recorrió sus pasos.

Esperó a que dejaran de pasar coches y cruzó la calle.

Amy salió de atrás de la floristería y lo saludó:

—Hola, Fox, ¿cómo estás? Qué día más fabuloso, ¿no? Ya era hora, además.

Suficientemente parecido, pensó Fox, sin quitarle los ojos del rostro a la mujer.

—Sí. ¿Cómo estás tú?

—No puedo quejarme. ¿Estás buscando algo para la oficina? Por lo general, la señora Hawbaker venía a por un arreglo floral los lunes. No quieres comprar flores para la oficina un viernes, Fox.

—No. —A pesar de que algunos de los nudos que tenía en la tripa empezaron a aflojarse, se tensaron de nuevo cuando se volvió a mirar hacia el escaparate y vio los narcisos—. Es personal. Esos narcisos es lo que estoy buscando.

—¿No son una preciosidad? Tan alegres y esperanzadores. —Amy se giró y Fox miró atentamente el difuso reflejo del rostro de la mujer sobre el vidrio. Ella sonrió, pero Fox sólo vio el reflejo de la bonita sonrisa, tan alegre como los narcisos. Amy siguió charlando mientras preparaba y envolvía las flores, pero Fox no estaba prestándole especial atención, porque estaba empeñado en descubrir el olor a podrido, pero no logró percibir nada más que el perfume floral fresco—. ¿Son para tu chica?

Fox le dirigió una rápida y penetrante mirada.

—Sí, sí, son para mi chica.

La sonrisa de Amy se hizo más amplia cuando intercambiaron dinero por flores.

—Le van a encantar. Si quieres algo para la oficina, te puedo tener un bonito arreglo para el lunes.

—Muy bien, gracias. —Y se dio la vuelta para marcharse.

—Saluda a Layla de mi parte.

Fox cerró los ojos. Una mezcla de culpa, alivio y gratitud le recorrieron el cuerpo como una corriente.

—Así lo haré. Hasta luego, Amy.

Tal vez se estaba sintiendo un poco mareado cuando salió de la floristería, con las rodillas ligeramente temblorosas, pero cuando se obligó a mirar hacia la antigua biblioteca, ésta estaba cerrada. Subió la mirada, pero nadie a quien amara estaba suspendido esperando la muerte sobre la angosta cornisa de la torrecilla.

Fox cruzó la calle de nuevo y se dirigió a la oficina. Cuando entró por la puerta principal, Layla estaba sentada a su escritorio. Le dirigió una rápida mirada y después la desvió deliberadamente.

—Sobre tu escritorio te he dejado los mensajes pendientes. Ha llamado el cliente con quien tenías cita a las dos de la tarde y me ha pedido que la pasara a la semana que viene.

Fox caminó hacia ella y le ofreció las flores.

—Lo siento.

—Son muy bonitas. Voy a ponerlas en agua.

—Lo siento —repitió Fox, cuando ella se puso en pie, tomó las flores y siguió de largo.

Layla se detuvo, sólo dos segundos.

—Muy bien. —Y continuó la marcha hacia la cocina.

Fox quería dejar las cosas así. ¿Para qué desenterrar el pasado? ¿De qué iba a servir? No era cuestión de confianza, era cuestión de dolor. ¿Acaso no tenía derecho a guardarse su propio dolor? Acongojado, se dirigió hacia la cocina, donde Layla estaba llenando un florero con agua.

—Me pregunto si se supone que debemos volvernos del revés y mostrarnos las entrañas. ¿Se supone que eso es lo que debemos hacer?

—No.

—No creo que necesitemos saber cada maldito detalle del otro.

—No, no lo necesitamos. —Layla empezó a poner las flores dentro del florero, una a una.

—Tuve una pesadilla. He tenido pesadillas casi que desde que tengo memoria. Todos las hemos tenido.

—Ya lo sé.

—¿Ésa es tu manera de sacarme las cosas? ¿Estar de acuerdo con todo lo que te digo?

—Es mi manera de controlarme para no patearte el culo y pasar sobre él en mi camino de salida.

—No quiero pelearme contigo, Layla.

—Por supuesto que quieres pelearte conmigo. Eso es exactamente lo que quieres, pero no estoy dispuesta a darte lo que quieres. No te lo mereces.

—Por Dios santo. —Fox empezó a caminar de un lado a otro de la pequeña cocina con pasos enfurecidos y, en un desacostumbrado despliegue de violencia, le dio un puntapié al armario—. Ella está muerta. Carly está muerta. No la salvé, y ella murió.

Layla le dio la espalda al florero azul intenso que contenía las flores amarillas y miró de frente a Fox.

—Lo siento mucho, Fox.

—No lo sientas. —Se presionó los dedos contra los ojos—. Por favor no lo sientas.

—¿Quieres que no lamente que hayas perdido a alguien que al parecer significaba mucho para ti? ¿Quieres que no lamente que estés sufriendo? ¿Qué es lo que esperas de mí, Fox?

—En este momento, no tengo ni la más mínima idea. —Dejó caer las manos—. Nos conocimos la primavera anterior a que cumpliera veintitrés años, cuando estaba estudiando Derecho en Nueva York. Ella estaba estudiando Medicina, quería especializarse en Medicina de Urgencias. Nos conocimos en una fiesta, empezamos a salir. Al principio fue algo informal y siguió así por un tiempo. Ambos estábamos estudiando y teníamos horarios de locura. Durante las vacaciones de verano, ella se quedó en Nueva York y yo vine a casa. Pero volví un par de veces, porque las cosas se estaban poniendo más serias.

—Cuando Fox se sentó en una de las sillas de la mesa, Layla abrió el refrigerador, pero en lugar de sacar la habitual lata de Coca-Cola, sacó una botella de agua para Fox y otra para ella, después se sentó a su lado—. Nos fuimos a vivir juntos ese otoño. El apartamento se estaba cayendo a pedazos, pero era exactamente lo que pueden pagar dos estudiantes en Nueva York. A nosotros nos encantaba. A ella le encantaba —corrigió Fox—. Yo siempre estaba un poco fuera de lugar en Nueva York, un poco como si estuviera en el límite, más bien. Pero a ella le encantaba, así que a mí también me encantaba, porque la amaba. Yo la amaba, Layla.

—Lo sé. Puedo sentirlo en tu voz.

—Hicimos planes. Planes alegres a largo plazo, como hace uno cuando está enamorado. Nunca le conté nada del pueblo, no lo que subyace. Me decía que lo habíamos derrotado en el último Siete. Lo habíamos derrotado, así que no había necesidad de contarle nada a Carly. En el fondo sabía que era mentira. Y supe a ciencia cierta que era mentira cuando empecé a tener sueños otra vez. Cal me llamó, pero yo todavía tenía algunas semanas más de clases antes de terminar el semestre y además estaba trabajando como asistente de un juez. Y tenía a Carly. Sin embargo, tenía que regresar. Entonces le mentí, me inventé excusas que eran todas mentira, que tenía una emergencia familiar, que una cosa y la otra. —Lo que no era del todo una mentira, se dijo Fox ahora como se lo había dicho entonces. Hawkins Hollow era su familia—. Durante esas semanas me pasé el tiempo yendo y viniendo entre el pueblo y Nueva York. Y acumulé una mentira sobre otra. Y usé mi *don* para leer a Carly, para saber qué mentira iba a funcionar mejor que otra.

—¿Por qué no se lo contaste, Fox?

—Nunca me habría creído. Carly no era una soñadora, para ella todo tenía una base científica. Tal vez eso era parte de lo que me atraía de ella. Me dije a mí mismo que nada de lo que pasa aquí podría haber sido o habría sido real para ella. Aunque ésa es sólo una parte de la razón, tal vez era solamente otra mentira. —Hizo una pausa y se presionó el tabique de la nariz, para tratar de aliviarse la tensión—. Quería algo que no formara parte de esto. Quería la realidad de ella, de lo que teníamos lejos de aquí. Entonces, cuando llegó el verano y supe que tenía que venir al pueblo, me inventé más excusas, le dije más mentiras. Me peleé con ella. Era preferible que estuviera enfadada conmigo a que le tocara tener algo que ver con lo que pasaba aquí. Le dije que necesitábamos darnos espacio y que me iba a ir a casa unas pocas semanas, que necesitaba que me dejara respirar. Le hice daño, y lo justifiqué diciéndome que la estaba protegiendo. —Le dio un largo y lento trago a su botella de agua—. Las cosas se pusieron muy feas antes del séptimo día del séptimo mes. Peleas e incendios, vandalismo. Estuvimos muy ocupados, Cal, Gage y yo. Un día la llamé. No debí haberlo hecho, pero lo hice. Quería decirle que la echaba de menos, que estaría de vuelta en un par de semanas. Si no hubiera querido tanto escuchar su voz...

—Entonces Carly vino —dijo Layla—. Vino a Hawkins Hollow.

—El día antes de mi cumpleaños. Condujo desde Nueva York hasta aquí. Logró que le dieran instrucciones para llegar a la granja y se presentó en la puerta. Yo no estaba. Cal vivía en un apartamento en el pueblo en esa época, y los tres nos quedábamos juntos allí. Carly me llamó desde la cocina de la granja. Cómo se me iba a ocurrir que se iba a perder mi cumpleaños, me dijo. Yo me sentí aterrorizado. Ella no pertenecía a este pueblo, se suponía que no debía estar aquí. Cuando llegué a la granja, nada de lo que le dije la hizo cambiar de idea. Íbamos a resolver esto, me dijo. Íbamos a solucionar cualquier problema que tuviéramos. No hubo manera de convencerla de que se marchara. ¿Qué más podía decirle?

—¿Qué más le dijiste?

—Demasiado, no lo suficiente. No me creyó. ¿Por qué habría de haberme creído, en todo caso? Pensó que yo estaba demasiado estresado, quería que regresara a Nueva York cuanto antes para que me hicieran unas pruebas. Yo caminé hasta la estufa, estábamos en la cocina de la granja, encendí un fogón y metí la mano. —Se puso en pie y fue a la estufa de la pequeña cocina, prendió el fogón y se dispuso a repetir la acción, pero se detuvo a medio camino. ¿Qué sentido tendría hacerlo ahora?—. Carly reaccionó de la manera esperada, médica y humanamente —añadió, apagando el fogón—. Entonces vio cómo se me curaba la mano. Por supuesto, se llenó de preguntas y me insistió con más vehemencia en que regresara a Nueva York para que me hicieran pruebas. Accedí a todo, a cualquier cosa, con la única condición de que se volviera a casa de inmediato. Pero me dijo que no, que no pensaba irse sin mí, entonces llegamos a un acuerdo: me prometió que se iba a quedar en la granja, día y noche, hasta que me pudiera ir con ella. Cumplió su promesa esa noche y el día y la noche siguientes, pero a la siguiente noche... —Fox caminó hasta el fregadero, y se inclinó sobre él mientras observaba por la ventana las casas vecinas—. Las cosas se pusieron dementes en el pueblo y cuando estábamos en medio de alguna cosa, llamó mi madre. La había despertado el ruido de un coche poniéndose en marcha fuera de la casa. Salió corriendo, pero Carly ya se había ido en el coche que un amigo le había prestado para ir a buscarme. Me puse frenético, sobre todo cuando mi madre me dijo que Carly se había marchado hacía unos veinte minutos o más. No le había sido posible localizarme antes, porque le comunicaba cuando lo intentaba. —Volvió a la mesa y se sentó de nuevo junto Layla. Ella sólo extendió la mano y tomó una de las de él—. Sobre Mill había una casa en llamas. Cal se quemó bastante cuando sacó a los niños en medio del fuego. Eran tres chicos. Entretanto, Jack Proctor, que era el administrador de la ferretería, había conseguido una escopeta y estaba caminando tranquilamente disparándole a todo lo que se moviera. Un cañón, el otro, volver a cargar. Un par de adolescentes estaban violando a una mujer en medio de Main Street, justo frente a la iglesia metodista. Y estaban pasando más cosas. No tiene sentido hacerte una relación de todo lo que sucedió, realmente. La cuestión es que empecé a buscar a Carly por todas partes, pero no lograba encontrarla. Traté de ubicar sus pensamientos, pero había demasiadas interferencias. Como en la línea telefónica. Entonces, finalmente la escuché llamándome a gritos. —Fox ya no estaba viendo casas y jardines, sino fuego y sangre—. Corrí, me encontré con Napper, que estaba bloqueando la acera, tenía su coche aparcado a lo ancho, y traía un bate de béisbol. Entonces caminó hacia mí, oscilándolo. No habría podido esquivarlo, si no hubiera sido por Gage, que lo tumbó. Cal venía detrás de mí también, con las quemaduras todavía curándose. Pasé sobre el coche de Napper y continué corriendo, porque no cesaba de escuchar los gritos de Carly llamándome. La puerta de la biblioteca, de la biblioteca antigua, estaba abierta. Ahora podía sentirla, lo asustada que estaba. Subí las escaleras, llamándola a todo pulmón, para que supiera que estaba en camino hacia ella. Las carretillas de los libros me arrollaron, los libros volaron hacia mí. —Y puesto que era tan real ahora como había sido entonces, Fox apretó los ojos y se frotó la cara con las manos—. Me caí un par de veces, tal vez más, no me acuerdo bien, todo el recuerdo es un poco difuso. Salí al tejado. Fuera, era como estar en medio de un huracán. Carly estaba de pie sobre la angosta cornisa de piedra de la torrecilla, más arriba de donde yo estaba. Le sangraban las manos y la piedra estaba manchada con su sangre. Le dije que no se moviera. «No te muevas, por Dios santo, no te muevas. Ya voy a por ti». Carly me miró y ella estaba ahí. Por un instante, el bastardo la dejó venir desde un principio con el único propósito de que me mirara con esos ojos aterrorizados. Me dijo: «Ayúdame, Fox. Por Dios, por favor, ayúdame», y entonces saltó.

Layla acercó la silla a la de Fox e hizo lo mismo que la noche anterior: recostó la cabeza del hombre contra su pecho y lo abrazó.

—No llegué a tiempo.

—No fue culpa tuya.

—Cada decisión que tomé con respecto a Carly fue equivocada. Y todas esas elecciones equivocadas la mataron.

—No. Twisse la mató.

—Carly no era parte de todo esto. Nunca habría sido parte de esto de no haber sido por mí. —Fox levantó la cabeza y se alejó un poco, para poder terminar—. Anoche soñé que... —y le contó.

—No sé qué decirte —le dijo Layla—. No sé qué debería decirte, pero... —La mujer tomó una de las manos del hombre y se la presionó entre los senos—. Me duele el corazón. No puedo imaginarme qué sientes, si me duele el corazón. Supongo que los que saben qué sucedió, los que te conocen, debieron de decirte que no fue culpa tuya. Puede ser que lo creas o no, pero si Carly te amaba, estoy segura de que querría que te lo creyeras. No sé si estuvo bien o no que le mintieras. Yo, por lo menos, no estoy segura de haber creído que es cierto todo lo que ahora sé de no haber sido porque lo he visto y experimentado por mí misma. Querías mantenerla alejada de todo esto, mantener lo que teníais, lo que erais vosotros juntos, lo que era ella al margen de lo que tienes en este pueblo y la persona que eres aquí. Sé lo que se siente al querer que todo esté en el lugar que le corresponde. El problema fue que ambos mundos chocaron, Fox, y eso estaba fuera de tu control.

—Si sólo hubiera tomado decisiones diferentes.

—Es posible que las cosas hubieran sido diferentes —concedió Layla—, pero también es posible que las cosas hubieran tomado otro camino para desembocar finalmente en el mismo resultado. ¿Cómo puedes saberlo? Yo no soy Carly, Fox. Y nos guste o no, compartimos lo que sucede en el pueblo. En este caso no se trata solamente de tus decisiones, sino que son nuestras.

—He presenciado demasiada muerte, Layla, demasiada sangre y demasiado dolor. Y sé que mucho más ha de venir. Sé también que nosotros seis vamos a hacer todo lo que esté a nuestro alcance, todo lo que tengamos que hacer. Pero lo que no sé es si voy a ser capaz de sobrevivir si te pierdo.

Ahora fue la tristeza de Fox lo que le pesó en el corazón a Layla, ese peso casi insoportable de su terrible pena.

—Vamos a encontrar una manera, Fox. Siempre lo has creído firmemente. Vamos. Quiero llevarte arriba para que te acuestes. Y no quiero discusiones.

Arriba, Layla trató de convencerlo para que se acostara con zalamerías, amenazas y finalmente dándole la lata. Para cuando al fin logró que accediera, Fox estaba demasiado cansado como para seguir negándose o como para hacerle bromas sugerentes cuando ella lo desvistió y lo metió en la cama. Layla esperó a estar segura de que él se había quedado dormido para bajar y cerrar la oficina. Después, subió de nuevo y llamó a Cal para pedirle que fuera a verla.

Layla se llevó un dedo a los labios cuando Cal llegó por la puerta trasera.

—Fox está dormido. Tuvo una noche difícil y después un día difícil. Tuvo una pesadilla —añadió ella, haciendo un gesto hacia la cocina para que Cal se dirigiera allá— en la que Carly y yo nos volvimos una misma persona.

—Ay, mierda.

Layla sirvió café sin preguntarle si le apetecía.

—Me contó lo de ella. No sin considerable resistencia, he de decir, y considerable dolor también. Se quedó agotado.

—Sin embargo, me parece mejor que te lo haya contado. A Fox no le sienta bien guardarse cosas dentro. —Cal le dio un sorbo al café y después, frunciéndole el ceño a la taza, la puso sobre la mesa—. ¿Cómo ha llegado café hasta aquí?

—Fox me ha comprado una cafetera.

Cal dejó escapar una risa a medias.

—Estará bien, Layla. A veces lo golpea de nuevo. No pasa con frecuencia, pero cuando sucede, le da fuerte.

—Se culpa a sí mismo por lo que pasó, pero es estúpido hacerlo —apuntó ella con tal vigor que Cal levantó una ceja—. Pero como amaba a Carly, pues no hay otra cosa que pueda hacer. Me dijo que en cuanto supo que ella se había marchado de la granja había tratado de encontrarla. Tú estabas lleno de quemaduras por haber sacado gente, niños, de una casa en llamas, un tipo estaba disparando a diestro y siniestro, el hijo de puta de Napper lo atacó con un bate, y ahora está enfermo porque no pudo evitar que ella saltara al vacío.

—Esto es lo que probablemente no te contó. Dime, si estoy equivocado. Él también estaba lleno de quemaduras. No tan graves como las mías en ese momento, pero tenía suficiente mal aspecto. Cuando recibió la llamada, se nos adelantó a Gage y a mí. De camino, golpeó a Proctor, es decir, el tipo de la escopeta, en las pelotas, le lanzó la escopeta a Gage y prosiguió la carrera. Tumbó a uno de los dos chicos que estaban violando a una mujer en la calle, yo me encargué del otro, pero entonces tardé en seguirle el paso. Después se encontró con Napper, que le dio un fuerte golpe con el bate. Tan fuerte, que le partió un brazo.

—Dios mío.

—Gage embistió a Napper y Fox reemprendió la carrera de nuevo. Nos costó un gran esfuerzo a Gage y a mí noquear a Napper. Cuando llegamos a la biblioteca, Fox ya iba subiendo las escaleras. Esa biblioteca era el infierno. Nosotros también llegamos demasiado tarde. Carly estaba a punto de saltar de la cornisa, diablos, cuando llegamos corriendo al tejado y en un segundo sencillamente se clavó en el vacío. Por un momento pensé que Fox se iba a tirar detrás de ella. Estaba ensangrentado por las peleas, por los libros que volaban por la biblioteca como misiles y sólo Dios sabe qué más. No hubo nada que hubiera podido hacer para evitar que Carly saltara. Él lo sabe bien, pero de vez en cuando todo este asunto se apodera de él de nuevo y le da una fuerte sacudida.

—Si Carly le hubiera creído, si hubiera creído en él, si hubiera hecho lo que él le pidió y hubiera mantenido su promesa de quedarse en la granja, probablemente estaría viva.

Cal mantuvo sus sosegados ojos grises a la altura de los de Layla, le sostuvo la mirada fijamente.

—Eso es cierto. Completamente.

—Pero Fox no la culpa a ella.

—Es más difícil culpar a los muertos.

—No para mí. No en este momento. Si ella lo hubiera amado lo suficiente, si hubiera creído en él lo suficiente como para cumplir su promesa... sólo eso: cumplir su promesa, Fox no habría tenido que arriesgar su vida para tratar de salvar la de ella. No le dije a Fox esto que te estoy diciendo a ti, y voy a esforzarme por no decírselo después, pero me siento mejor ahora que he podido expresarlo en voz alta.

—Yo lo he expresado en voz alta y se lo he dicho en su propia cara a Fox. Yo también me sentí mejor después de hacerlo, pero al parecer no ha tenido el mismo efecto en él.

Layla asintió.

—Algo más: ¿por qué Carly? Ella no era parte del pueblo, pero parece que se vio afectada en cuestión de minutos. Tanto, que se suicidó.

—Ha sucedido antes. Más que nada se ven afectados los habitantes del pueblo, pero a veces los forasteros también se ven atrapados en la locura.

—Apuesto a que la mayoría se ven atrapados como víctimas de alguien que está infectado. Pero, en este caso, he aquí esta mujer, una a la que uno de vosotros ama, y ella se ve afectada casi de inmediato. Me pregunto por qué, Cal. Y me pregunto cómo es posible que Fox hubiera escuchado sus gritos, y que ella hubiera sido capaz de gritar para quedarse esperando después a que él llegara finalmente al techo y la pudiera ver saltar.

—¿Adónde quieres llegar con todo esto?

—No estoy segura, pero creo que valdría la pena pedirle a Cybil que investigara el árbol genealógico de Carly. ¿Y si está conectada de alguna manera? ¿Y si Carly pertenece a alguno de nuestros retorcidos árboles genealógicos?

—¿Y es una coincidencia que Fox se enamorara de ella?

—Ésa es la cuestión, Cal: no creo que nada de esto sea una coincidencia. ¿Alguna vez has estado enamorado, realmente enamorado, de alguien antes de Quinn?

—No —respondió Cal sin vacilación, después le dio otro sorbo reflexivo a su café—. Puedo decirte que Gage tampoco.

—Twisse usa los sentimientos —apuntó Layla—. ¿Qué mejor manera de causar dolor que usar el amor en contra de uno de vosotros? ¿Que retorcerlo como un cuchillo en el corazón? No creo que Carly sencillamente se viera afectada, Cal. Creo que la escogieron.

CAPÍTULO 15

E sa noche, los seis amigos se dedicaron a leer y, por primera vez en muchas páginas, por primera vez en los muchos meses que habían transcurrido para Ann, finalmente la mujer empezó a escribir sobre Giles y Twisse.

Es un año nuevo. Lo que fue ha pasado a ser lo que es y lo que puede ser. Giles me pidió que esperara al nuevo antes de empezar a registrar lo que ha sucedido en el viejo. ¿Acaso esos cambios de tiempo realmente forman escudos para bloquear el lado oscuro?

Giles me envió lejos incluso antes de que empezara a tener contracciones. No podía hacer lo que estaba determinado a hacer si yo permanecía a su lado. Me apena haber llorado, haber suplicado, me apena pensar que pude herirlo con mis lágrimas y mis ruegos. No logré convencerlo, pero Giles tampoco me iba a alejar de él si estaba llorando. Me secó las lágrimas con sus dedos y me prometió que si los dioses estaban dispuestos, nos encontraríamos de nuevo.

En ese momento, ¿qué podían importarme los dioses, con sus exigencias, su naturaleza veleidosa y su corazón de hielo? Sin embargo, mi amado estaba comprometido con ellos, incluso desde mucho antes que conmigo, y así yo no estaba a la par con ellos. Giles tenía un trabajo que hacer, una guerra que pelear, me dijo. Y yo... yo, me dijo poniéndome las manos sobre el vientre, que albergaba las vidas que habíamos concebido, tenía también una misión que cumplir. Sin mí, su trabajo no serviría para nada y la guerra que tenía que pelear estaría irremediablemente perdida.

No lloré en el momento de la partida, sino que me despedí de él con un beso mientras nuestros hijos se movían entre nosotros. Me fui con el marido de mi prima, me fui lejos de mi amor, de la cabaña, de la piedra. Me fui en una tibia noche de junio y, mientras me alejaba, Giles me gritó estas palabras: «No es la muerte».

En la casa de mi prima encontré cariño, tal como lo he escrito en otras páginas atrás. Mi prima y su marido me acogieron en su hogar y guardaron el secreto de mi presencia incluso cuando él vino. La «bestia», el Oscuro, Twisse. Yo estaba acostada arriba en un pequeño catre, en el desván de la pequeña casa de mi prima y su marido, mientras el miedo y el dolor se apoderaban de mí. Vino en la forma de un hombre mientras mis hijos empezaban su lucha por salir a la vida.

Sentí su peso en mi corazón. Sentí sus dedos escabulléndose en el aire, buscándome, igual que un halcón busca un conejo. Pero no me encontró. Y cuando el marido de mi prima no quiso ir con él, cuando no quiso unirse a la turba que llena de odio y antorchas en la mano se dirigía hacia la cabaña de mi amor, el bosque, la piedra, sentí su ira. Creo que también sentí su confusión. Aquí no tenía poder.

Y entonces a Fletcher, al querido Fletcher, se le perdonó vivir lo que habría de suceder en la Piedra Pagana.

Sería esa noche. Lo supe a la primera contracción. Un final que no era final y este principio. Ambos unidos, como lo había deseado Giles, como lo había escogido. Dejó creer al demonio que había sido obra suya, su decisión, pero en realidad había sido Giles quien le

305

había dado el giro a la llave. Y Giles era quien iba a pagar por abrir la cerradura.

Mi dulce prima me lavó el rostro. No pudimos llamar a la comadrona ni a mi madre, a quien yo anhelaba profundamente. Y no era mi amor quien caminaba ansioso en el piso de abajo, sino Fletcher, tan ecuánime, tan leal. Y cuando el dolor se intensificó tanto que ya no pude contener más los gritos, vi a mi amado de pie junto a la piedra. Vi las antorchas iluminando la oscuridad. Y vi todo lo que sucedió allí.

¿Era acaso el delirio del parto o mi pequeño poder? Yo creo que fueron ambas cosas: una fortaleciendo a la otra. Él sabía que yo estaba allí. Ruego a Dios que no haya sido meramente el deseo de un corazón dolorido, sino la verdad. Giles sabía que yo estaba con él, porque escuché sus pensamientos buscando los míos, para encontrarse por un bendito momento.

«Amor, quédate a salvo, sé fuerte».

Giles llevaba puesto el amuleto de sanguinaria y esas gotas rojas resplandecían en su fuego y en las antorchas que se acercaban hacia él.

Recordé las palabras que me dijo Giles cuando encantó el amuleto: «Nuestra sangre, su sangre, la sangre de ellos: uno en tres y tres en uno».

Entonces empecé a empujar, y empujé en medio del dolor, en medio de la sangre, luchando por la vida. Vi los rostros de aquellos que habían ido a por él y me dolió lo que les pasaría. Escuché a la joven Hester Deale condenar a Giles, condenarme a mí. Y seguí empujando y empujando. Sudor y sangre y casi locura por todo lo que estaba sucediendo. La vi correr en cuanto Giles la liberó.

Vi el demonio en los ojos de un hombre y el odio en los hombres y las mujeres que llevaban la maldición del demonio como una plaga.

El poder de mi amado se manifestó como fuego. Su sacrificio se consumió en fuego y en luz y en la sangre que hirvió alrededor de la piedra. El primero de nuestros hijos nació al mismo tiempo que esa luz me cegó, mientras mis gritos se intensificaban y se aunaban a los de los condenados.

Mientras el fuego se dispersaba, mientras abrasaba la tierra, mi hijo dejó escapar su primer grito. En él y en los gritos de sus hermanos al abandonar el útero materno, escuché esperanza. Y escuché amor.

—Esto confirma un montón de las cosas que hemos supuesto —dijo Cal cuando Quinn cerró el libro—. Añade más preguntas, también. No creo que sea coincidencia que Ann diera a luz mientras Dent se enfrentaba a Twisse.

—El poder de la vida. Vida inocente. —Cybil contó puntos con los dedos—. Vida mística. Dolor y sangre, de Ann, de Dent, del demonio. Las personas que Twisse se llevó con él. Es interesante también que Twisse hubiera ido a la casa donde Ann se estaba escondiendo y no hubiera logrado nada allí. Ya en esa época no podía afectar a la gente que vivía en esa casa o en esa tierra.

—Dent debió de haberse asegurado de que así sería, ¿no te parece? —apuntó Layla—. No habría mandado a Ann a cualquier lugar sin estar seguro de que ella estaría a salvo allí. Tanto ella como sus hijos —le echó un vistazo a Fox—. Y aquellos que vendríais después de ellos.

—Ann sabía lo que iba a suceder. —Puesto que no le apetecía ni vino ni cerveza, ni siquiera Coca-Cola, Fox bebió agua—. Ella supo que todos los allí reunidos estarían muertos después de que Dent hiciera su jugada. Sacrificados.

—¿A quién habría que culpar? —preguntó Gage en tono exigente—. Esa gente no habría estado allí, si Twisse no la hubiera conducido hasta el bosque. Y si Dent no hubiera hecho su jugada, lo habrían quemado de todas maneras.

—En todo caso esas personas seguían siendo humanas, humanas e inocentes. Sin embargo —Cybil continuó antes de que Gage pudiera discutir—, estoy de acuerdo contigo en la mayor parte de tu argumento. Podemos añadir que si Giles no hubiera hecho nada, o si cualquier cosa que hubiera planeado hacer no hubiera funcionado, la infección sólo se habría intensificado hasta que terminar matándose unos a otros y alimentando a la bestia. Ann lo aceptó. Y, al parecer, yo también.

—Ann mencionó la sanguinaria. —Quinn levantó la copa de vino que había dejado sobre la mesa—. Tres en uno, uno en tres, eso es suficientemente fácil de entender. Tres fragmentos de la gema, uno para cada uno de vosotros. El truco está en volver a convertir esos tres fragmentos en una sola gema.

—Sangre. —Cybil observó el rostro de los tres hombres—. Giles le dijo a Ann que era cuestión de sangre. ¿Habéis intentado usar vuestra sangre? ¿La sangre de los tres mezclada?

—No somos imbéciles. —Gage se desplomó en su silla—. Lo hemos intentado más de una vez.

—Pero nosotras no. —Layla se encogió de hombros—. Giles dijo que «la sangre del demonio, la nuestra, la de ellos». Nosotras, Quinn, Cybil y yo, llevamos en las venas la sangre del demonio. Vosotros, Cal, Fox y Gage, sois la parte que corresponde a «nuestra sangre». Yo diría que si mezclamos las seis sangres, obtendremos «la sangre de ellos».

—Inteligente, lógico y ligeramente asqueroso —decidió Quinn—. Probémoslo.

—No esta noche. —Cybil mandó sentar a Quinn de nuevo, que se había puesto en pie, con un gesto de la mano—. Uno sencillamente no se lanza a hacer un sacrificio de sangre. Incluso a los diez años, estos tres sabían que tales cosas requieren de un ritual. Primero quiero investigar un poco al respecto.

Si voy a sangrar, no quiero desperdiciar mi sangre o, lo que sería peor, llamar al lado equivocado.

—Tienes razón —dijo Quinn, sentándose de nuevo—. Bastante razón, de hecho. Pero, por Dios, es difícil simplemente no *hacer* algo. Han pasado cinco días desde que el maldito bastardo salió a jugar la última vez.

—No es tanto tiempo —apuntó Gage secamente—, cuando te ha tocado esperar siete años un par de veces.

—Ha usado una enorme cantidad de combustible, diría yo, después de simular el incendio en la granja y afectar a Block. —Cal lanzó una mirada hacia la ventana del frente y la oscuridad más allá—. Así que seguramente está recargando baterías. Cuanto más tiempo se tome, más fuerte será la siguiente embestida.

—Con ese pensamiento tan alegre creo que me despido. —Gage se puso en pie—. Que alguien me avise cuando tenga que volver a abrirme la muñeca.

—Te mandaré un aviso —le respondió Cybil, poniéndose en pie también—. Hora de retomar la investigación. Os veo mañana en casa de los O'Dell, entonces, hombres bien parecidos. Tengo muchas ganas de esa cena —concluyó ella y le frotó ligeramente el hombro a Fox en su camino de salida.

—Cal, necesito que revises la tostadora.

Cal unió las cejas, perplejo, al mirar a Quinn:

—¿La tostadora? ¿Por qué?

—Es que le pasa algo. —Quinn se preguntó cómo un hombre inteligente como Cal podía ser a veces tan burro. ¿Acaso no se daba cuenta de que era hora de marcharse para dejar a Layla y a Fox a solas un momento? Lo tomó de la mano y lo arrastró fuera de la sala, entornando los ojos—. Ven a echarle un vistazo a la maldita tostadora.

—Supongo que también es hora de que yo me vaya —dijo Fox cuando estuvieron solos.

—¿Por qué no te quedas? No tenemos que... Podemos sólo dormir.

—¿Tan mal aspecto tengo?

—Todavía se te ve un poco cansado.

—Dormir demasiado también tiene ese efecto.

También parecía triste, pensó Layla. Incluso cuando sonrió, Layla pudo ver la sombra bajo los hermosos ojos del hombre.

—Podríamos salir un rato. Mira, conozco un bonito bar frente al río.

Fox tomó el rostro de Layla entre sus manos y apenas le dio un ligero beso en los labios.

—No soy buena compañía esta noche, Layla, ni siquiera para mí mismo. Quiero irme a casa y ponerme a investigar un poco. Del tipo de investigación que paga las cuentas. Pero te agradezco el ofrecimiento. Mañana paso a recogerte.

—Si cambias de opinión, no tienes más que llamarme.

Pero Fox no llamó y Layla pasó una noche intranquila, sólo preocupándose por él, anticipándose. ¿Y si Fox tenía otra pesadilla y ella no estaba a su lado para ayudarlo?

De alguna manera él había logrado superar pesadillas mucho peores que la de la noche anterior sin ella durante los últimos veinte años.

Pero Fox no era el de siempre. Layla dio vueltas en la cama y se quedó mirando el techo. No era el Fox que conocía. La pesadilla, los recuerdos, haberle contado lo de Carly, todo eso sólo había logrado extinguirle la luz interior. Pero haber tratado de reconfortarlo, la ira, la comprensión, el descanso, tampoco nada de esto había funcionado a la hora de volver a encender esa luz. Pero cuando se volviera a encender, porque

Layla necesitaba creer que se volvería a encender, ¿se la apagaría de nuevo si le decía a Fox lo de la conexión que pensaba que había tenido Carly con todo este asunto? Si sus sospechas se confirmaban, ¿sería peor para él?

Dado que no lograba que los pensamientos y las preocupaciones dejaran de darle vueltas en la cabeza, Layla decidió levantarse. Fue a la cocina, se preparó un té de los que tomaba Cybil y después se dirigió a la oficina. Mientras la casa dormía, Layla seleccionó una ficha del color designado y anotó en ella las palabras y frases clave que recordaba de la lectura. Observó las tablas, los cuadros, el mapa, esperando a que algo nuevo e iluminador se le ocurriera.

Frunció el ceño al tratar de descifrar las notas que Cybil había tomado en un bloc. Incluso después de tantas semanas trabajando juntas, todavía no podía entender la extraña taquigrafía de su amiga, que con frecuencia Quinn llamaba «Cybilarrápida». A pesar de que ya les había contado a las otras dos mujeres los detalles, se sentó y escribió en el ordenador un informe del sueño de Fox y otro más largo sobre la muerte de Carly.

Por un rato, Layla sólo se quedó mirando por la ventana, pero la noche estaba vacía. Y cuando regresó a su cama y finalmente pudo dormirse de nuevo, así también fueron sus sueños.

* * *

Fox sabía muy bien cómo sentir una cosa y proyectar otra. Su profesión, después de todo, no era muy diferente de la de Gage. El derecho y el juego tenían muchas características en común. Muchas veces, Fox tenía que mostrarle cierta cara a un juez, a un jurado, o a un cliente y defender posiciones que no necesariamente reflejaban lo que realmente albergaba en el corazón, en la cabeza y en las entrañas.

Cuando llegó a la granja con Layla, su hermano Ridge y su familia ya estaban allí, así como Sparrow y su pareja. Con tanta gente en la casa iba a ser fácil desviar la atención de sí mismo, pensó.

Entonces, Fox presentó a Layla a su familia y le hizo cosquillas a su sobrino. Le tomó el pelo a Sparrow y se abrazó con su pareja, que era vegetariano, tocaba la concertina y era un aficionado furibundo del béisbol.

Dado que Layla parecía haberse ocupado, y podía *sentir* que estaba tratando de levantarle el ánimo, Fox decidió escabullirse a la cocina.

—Mmm, ese tofu huele delicioso. —Se acercó a su madre, que estaba frente a los fogones, por la espalda, y le dio un abrazo—. ¿Qué más hay en el menú?

—Todos tus platos favoritos.

—No seas marisabidilla.

—Si no lo fuera, ¿cómo habrías heredado esa cualidad de mí? —Jo se dio la vuelta y se dispuso a darle sus acostumbrados cuatro besos, pero al verlo, frunció el ceño mirándolo a los ojos—. ¿Qué va mal?

—Nada. Trabajé hasta tarde, eso es todo. —Alguien había convencido a Sparrow de que tocara el violín que estaba en la salita de música, entonces Fox usó la música como una disculpa para bailar con su madre alrededor de la cocina. Sabía que no iba a poder engañarla, pero al menos lo iba a dejar en paz—. ¿Dónde está papá?

—En la cava del vino. —Era el nombre rimbombante con el que se referían a la parte del sótano donde guardaban el vino casero que preparaban—. He hecho huevos endiablados.

—No todo está perdido —le dijo a su madre, y la tumbó de espaldas sobre su brazo en el momento en que Layla entraba en la cocina.

—¿Hay algo en lo que necesites ayuda, Jo? —preguntó Layla.

—Por supuesto —le contestó Jo enderezándose, le dio una palmadita a Fox en la mejilla—. ¿Qué sabes de alcachofas?

—Que son una verdura.

Jo sonrió maliciosamente y la llamó con el dedo.

—Ven, entra en mis dominios, Layla.

A Layla le iba mejor cuando la ponían a trabajar y se sintió completamente en casa cuando Brian le pasó una copa de vino de manzana y le dio un beso en la mejilla.

La gente entraba y salía de la cocina. Cybil llegó con una diminuta planta de trébol y Cal, con un paquete de seis botellas de la cerveza favorita de Brian. Se escuchaba parloteo por toda la cocina, mucha música fuera de ella. Layla vio a Sparrow, que tenía aire de gorrión, salir de la casa con su sobrino para que pudiera perseguir a las gallinas. Y allí estaba Ridge, con sus ojos soñadores y sus grandes manos, que empezó a hacer volar a su hijo en el aire.

Era una casa feliz, pensó Layla mientras escuchaba las risas y los gritos que provenían de fuera de la ventana. Incluso Ann había encontrado alguna felicidad allí.

—¿Sabes qué le pasa a Fox? —Jo mantuvo la voz baja, mientras Layla y ella trabajaban hombro con hombro.

—Sí.

—¿Me lo puedes contar?

Layla miró a su alrededor. Fox había salido de la cocina de nuevo. «No se ha podido tranquilizar», pensó Layla. «Todavía no ha logrado hacerlo».

—Me contó lo de Carly. Sucedió algo que le recordó lo que pasó y lo indispuso mucho, por eso me lo contó.

Jo no dijo nada, sólo asintió con la cabeza y continuó preparando sus verduras. Al cabo de un momento, comentó:

—Fox la quiso muchísimo.

—Sí, ya lo sé.

—Es bueno que lo sepas, que lo sepas y que lo entiendas. Me parece muy bien que Fox te haya hablado de Carly, que haya podido hacerlo. Ella lo hizo feliz, después le partió el corazón. Si hubiera seguido con vida, le habría partido el corazón de una manera diferente.

—No entiendo qué quieres decir.

Jo la miró con seriedad.

—Carly nunca, nunca lo habría visto. No como un todo, no todo lo que Fox es. Nunca habría podido aceptarlo íntegramente. ¿Puedes hacerlo tú?

Antes de que Layla pudiera responder, Fox entró en la cocina con su sobrino colgando de la espalda como un mono.

—¡Que alguien me quite esto de encima!

Más gente en la cocina, más vinos servidos. Las manos tomaban los aperitivos que estaban dispuestos en bandejas sobre la robusta mesa de madera de la cocina. Sage llegó en medio del ruido, llevando de la mano a una guapa rubia de claros ojos color avellana que sólo podía ser Paula.

—Yo quiero un poco de eso —dijo Sage tomando una botella de vino para servirse una copa grande—. Paula no —Sage dejó escapar una risa ahogada y aturdida—, porque está embarazada. Vamos a tener un bebé. —Sage todavía estaba riéndose cuando se giró hacia Paula y la chica le acarició la mejilla. Se besaron en la cocina de la antiquísima granja mientras los gritos de felicitación llovían a su alrededor—. Vamos a tener un bebé —repitió Sage y se giró hacia Fox—. Buen trabajo, hermano. —Y se lanzó a sus brazos—. Mamá —dijo Sage, y fue a abrazarse a su madre, a su padre, a sus hermanos, mientras Fox sólo atinó a quedarse quieto allí donde estaba, con expresión perpleja.

Layla vio a Paula apartarse del barullo y acercarse a Fox y hacer exactamente lo mismo que con Sage: le acarició la mejilla.

—Gracias —le dijo y presionó su mejilla contra la del hombre—. Gracias, Fox.

Layla vio que la luz volvía a aparecer en los ojos de Fox. Vio desaparecer la tristeza y una inmensa alegría llegó a ocupar su lugar. Se le humedecieron los ojos al ver a Fox darle un beso a Paula y pasarle los brazos alrededor a su hermana, de tal manera que los tres se volvieron uno por un momento.

Después Jo se le puso enfrente, bloqueándole la vista. Le dio a Layla un beso en la frente, en una mejilla, en la otra y finalmente uno ligero sobre los labios.

—Acabas de responder a mi pregunta.

* * *

El fin de semana dio paso a una nueva semana, y todavía el pueblo seguía tranquilo. La lluvia continuaba cayendo pertinazmente, lo que hacía que la temperatura se mantuviera más baja de lo que la gente esperaba para abril. Pero los campesinos cultivaban la tierra y las plantas florecían. Flores rosadas cubrían la magnolia que crecía detrás de la oficina de Fox y lanzas que pronto serían brillantes tulipanes amarillos y escarlatas ondeaban con la suave brisa. A lo largo de High Street, los perales en flor estaban cargados de capullos y flores resplandecientes. Las ventanas resplandecían también, dado que los dueños de los negocios y de las casas se estaban dedicando a limpiar los restos del invierno. Cuando la lluvia pasó, el pueblo que Fox amaba tanto brilló como una piedra preciosa bajo las montañas.

Fox había querido un día soleado para el pueblo, así que cuando llegó decidió aprovecharlo: tiró de Layla fuera del escritorio.

—Vamos a salir.

—Estaba...

—Puedes seguir con lo que estabas cuando volvamos. Ya he mirado la agenda y no tenemos nada de nada. ¿Ves eso allá afuera? ¿Esa luz extraña y poco familiar? Se llama sol. Así que vamos a recibir un poco, que falta nos hace.

Fox resolvió el asunto al tirar de ella hasta la puerta y no darle opción. Salió detrás de ella y cerró la puerta tras de sí.

—¿Qué te ha pasado?

—Sexo y béisbol. Las fantasías primaverales de un hombre joven.

Las puntas del pelo de Layla bailaron al viento mientras la mujer lo miraba con el ceño fruncido.

—No vamos a hacer el amor ni tampoco a jugar béisbol un miércoles por la tarde.

—Entonces creo que me voy a tener que conformar con un paseo. En un par de semanas por fin vamos a poder jugar al jardinero.

—¿Sabes de jardinería?

—Nunca se puede eliminar del todo al chico campesino de la granja, Layla. Siempre siembro las jardineras que están frente a la oficina. Yo siembro y la señora H. se encarga de podar y regar.

—Estoy segura de que yo puedo hacer eso.

—Cuento con ello. Y entre Quinn, Cybil y tú podríais sembrar en una parte del jardín trasero de la casa unas cuantas verduras y hierbas aromáticas. Y algunos parterres de flores en la parte delantera.

—¿En serio podríamos?

Fox la tomó de la mano y osciló ligeramente las manos entrelazadas mientras caminaban.

—¿No te gusta ensuciarte las manos?

—Creo que podría ensuciármelas, pero no tengo nada de experiencia en jardinería. Mi madre arreglaba un poco el jardín y yo tenía un par de plantas en mi apartamento, pero eso es todo.

—Serías buena en ello, estoy seguro: colores, formas, texturas, matices. Y a ti te gusta hacer cosas para las que eres buena. —Fox giró y guió a Layla en dirección hacia la casa que había albergado la tienda de regalos. El escaparate estaba vacío ahora. Muy tristemente vacío.

—Se ve tan desolada... —comentó Layla.

—Sí, así es. Pero no tiene que continuar siendo así.

Layla abrió los ojos de par en par cuando Fox sacó una llave del bolsillo y abrió la puerta.

—¿Qué estás haciendo?

—Mostrándote algunas posibilidades —le contestó él al tiempo que entraba en el local y encendía las luces.

Como muchos otros locales de Main Street, éste había sido antes una vivienda. La entrada era amplia y el suelo era de viejos tablones de madera, limpios y sin enmoquetar. A un lado, una escalera se curvaba hacia arriba, con su robusta barandilla suavizada por tantos años de manos acariciándola. Justo detrás, una puerta daba paso a tres habitaciones más, dispuestas una junto a la otra. La del medio tenía una puerta trasera que desembocaba en un pequeño y bien cuidado porche cubierto que se abría a un estrecho jardín donde había un lilo plantado que estaba esperando a florecer.

—Uno no adivinaría qué había aquí antes... La tienda de regalos, quiero decir —comentó Layla pasando los dedos sobre el pasamanos—. No queda nada de ella, salvo estos pocos estantes y esas marcas en las paredes donde había cosas colgadas.

—A mí me gustan los espacios vacíos, por las posibilidades que tienen. Y yo creo que este local tiene muchas posibilidades. Tiene cimientos fuertes y buenas tuberías. Tanto las tuberías como las conexiones eléctricas están al día. La ubicación no podría ser mejor, tiene buena luz y el casero es de lo más considerado. Además, es espacioso. La tienda de regalos usaba el segundo piso como almacén y como oficina. Probablemente, tiene sentido. Si tienes clientes subiendo y bajando, puede suceder que alguno se tropiece, se caiga y después te demande.

—Te salió el abogado, Fox.

—Hay que rellenar los agujeros de los clavos y pintar. Pero la obra en madera es muy bonita —dijo él pasando la mano sobre alguna talla—. Original. Alguien hizo esto hace un par de cientos de años. Le da carácter, respeta la historia. ¿Qué te parece?

—¿Las tallas de madera? Son preciosas.

—Todo el lugar.

—Pues... —Layla caminó de un lado a otro, lentamente, como hace la gente en un espacio vacío—. Es claro, amplio, está bien mantenido. Y tiene los suficientes crujidos de madera como para darle ese carácter del que estabas hablando.

—Podrías hacer mucho con este lugar.

Layla se dio la vuelta y miró de frente a Fox.

—¿Podría?

—El alquiler es razonable y la ubicación es de primera. Además de que tendrías un montón de espacio, el suficiente para poner un par de probadores con cortina en la parte trasera. Necesitarías estanterías, vitrinas y percheros, supongo, para colgar la ropa. —Fox se metió los pulgares en los bolsillos de sus vaqueros mientras miraba alrededor—. Fíjate que conozco un par de tíos que son de lo más hábiles con las herramientas.

—¿Estás sugiriendo que abra una tienda aquí?

—Estoy sugiriendo que hagas algo para lo que eres buena. No hay ninguna tienda parecida en el pueblo ni en muchos kilómetros a la redonda. Podrías crear algo aquí, Layla.

—Fox, eso está... fuera de toda discusión.

—¿Por qué?

—Porque yo... «Déjame enumerar las razones», pensó ella—. Primero, no tengo dinero para hacerlo, ni siquiera...

—Ésa es la razón por la cual los bancos ofrecen préstamos para empezar un negocio.

—No he pensado seriamente en abrir mi propio negocio en... en muchos años, de hecho. No sé por dónde habría de empezar, de todas maneras, aunque supiera a ciencia cierta que quiero abrir mi propia tienda. Por Dios santo, Fox, si ni siquiera sabemos qué va a suceder mañana, mucho menos lo que va a suceder dentro de un mes, dentro de seis meses.

—¿Pero qué es lo que quieres hoy? —Fox caminó hacia ella—. Yo sé lo que quiero: te quiero a ti, Layla. Quiero que seas feliz. Quiero que seas feliz aquí, conmigo. Jim Hawkins te alquilaría el local y estoy seguro de que no tendrías ningún problema para que te aprobaran un préstamo para echar a andar el negocio. Hablé con Joe, que trabaja en el banco...

—¿Fuiste a hablar al banco sobre esto? ¿Sobre mí?

—No específicamente, sólo pregunté la información general, para poder calcular las cifras aproximadas de lo que necesitarías para empezar y saber qué te piden para solicitar un préstamo y cuánto cuesta sacar la licencia. Tengo una carpeta con toda la información que me dieron. A ti te gustan los expedientes, así que te preparé uno con todo lo que necesitas saber.

—Sin consultarme.

—Hice el expediente para poder consultarte y que tuvieras información fehaciente para considerar cuando pensaras en la posibilidad de abrir la tienda.

Layla se alejó de Fox.

—No debiste haber hecho nada de eso.

—Ése es el tipo de cosas que yo hago. Esto —dijo levantando los brazos en el aire— es lo que tú haces. No me vas a salir con el cuento de que vas a estar feliz trabajando de oficinista el resto de tu vida.

—No, no te voy a decir algo así. —Le dio la espalda—. Pero tampoco te voy a decir que me voy a lanzar de cabeza en la idea de empezar un negocio que ni siquiera estoy segura de querer, en un pueblo que corre el riesgo de desaparecer en unos pocos meses. Si quisiera mi propia tienda, no habría pensado tenerla aquí. Si quisiera mi propio negocio, ¿cómo podría pensar en los detalles que implicaría con toda la locura que nos rodea?

Fox guardó silencio un momento, y estuvo tan silencioso, que Layla habría podido jurar que había escuchado respirar a la antigua casa.

—A mí me parece que es más importante ser capaz de tratar de conseguir lo que se quiere cuando hay locura alrededor. Te estoy pidiendo que lo pienses. Más que eso, supongo que te estoy pidiendo que pienses en algo que no has pensado todavía: en quedarte. Ya sea que abras la tienda, que sigas administrándome la oficina, que decidas fundar una colonia nudista, o que te dediques a hacer macramé, no me importa lo que hagas, siempre y cuando te haga feliz. Pero quiero que consideres la posibilidad de quedarte, Layla. No sólo para destruir un maldito demonio de cientos de años de antigüedad, sino para vivir. Para compartir una vida conmigo. —Layla sólo se lo quedó mirando. Fox caminó hacia ella—. Pon esto en alguno de tus compartimentos: estoy enamorado de ti. Completa y absolutamente enamorado de ti. No hay vuelta atrás. Podríamos construir algo bueno, sólido y verdadero. Algo que haría que todos los días importaran. Eso es lo que yo quiero. Así que piénsalo y cuando sepas qué es lo que quieres tú, házmelo saber.

Fox caminó hacia la puerta, abrió y la esperó.

—Fox...

—No quiero escuchar que no lo sabes, eso ya lo he entendido. Así que avísame cuando lo sepas. Estás consternada y un poco enfadada, también me doy cuenta de eso —le dijo mientras cerraba la puerta—. Tómate el resto del día libre.

Layla se disponía a empezar a objetar, Fox pudo verlo en su rostro, pero al cabo de un momento cambió de opinión.

—Muy bien. De hecho, hay algunas cosas que tengo que hacer.

—Nos vemos después, entonces —le dijo él, emprendiendo la marcha, pero se detuvo un momento, la miró—. Este local no es lo único que tiene posibilidades —añadió antes de darse la vuelta y alejarse a pasos rápidos por la acera de ladrillo bajo el sol de abril.

CAPÍTULO **16**

F ox consideró la posibilidad de emborracharse. Podría llamar a Gage, que se sentaría con él en algún bar a beber café solo o algún refresco y se dedicaría a rezongar sólo por costumbre, mientras él perdía el sentido con alguna bebida alcohólica. Cal también se uniría al grupo, sólo tenía que pedirles que lo acompañaran. «Para eso son los amigos», pensó, «para ser la compañía que la desgracia adora». O sencillamente podía comprar cerveza, incluso tal vez una botella de Jack Daniel's, como para un cambio de ritmo, e irse a casa de Cal y emborracharse allá.

Pero sabía que no iba a hacer ni una cosa ni la otra. Planear una borrachera le quitaba toda la diversión a la borrachera. Fox pensó que prefería que fuera un feliz accidente. Decidió, entonces, que el trabajo era una mejor opción que embriagarse a propósito.

Tenía suficientes cosas para mantenerse ocupado el resto del día, particularmente con el ritmo tranquilo con que le gustaba trabajar. Tener que encargarse solo de la oficina el resto de la tarde le daba la ventaja de contar con tiempo y espacio para poder rumiar los pensamientos. Fox consideraba que rumiar lo que se tenía en la cabeza era un derecho humano ina-lienable, a menos que llevara más de tres horas, momento en el cual rumiar se convertía en complacencia infantil.

¿Realmente Layla pensaba que él se había pasado de al-guna raya y había actuado a sus espaldas? ¿Que estaba tratan-do de manipularla, acosarla o presionarla? Tuvo que admitir que no se trataba de que no pudiera manipular, pero ése no era el caso esta vez. Conociéndola, había pensado que ella aprecia-ría tener más información, cifras aproximadas, pasos y etapas, todo reunido ordenadamente. Le había parecido que darle a la mujer esa carpeta con toda la información podía equipararse a darle un ramo de narcisos. Solamente algo que se le había ocu-rrido porque estaba pensando en ella.

Fox se quedó de pie en medio de la oficina mientras hacía malabares con las tres pelotas mientras repasaba todo el asun-to de nuevo en la cabeza. Había querido mostrarle el local, el espacio, las posibilidades. Y sí, había querido verle los ojos resplandecer al considerarlas, al abrirse a ellas. Ésa podía con-siderarse una estrategia, no manipulación. Por Dios santo, no es que hubiera firmado el contrato de alquiler por ella, o que hubiera solicitado el préstamo o la licencia de apertura. Sólo se había tomado el tiempo de investigar qué tendría que hacer ella si quisiera hacerlo.

Pero hubo un aspecto que Fox no había considerado den-tro de su estrategia: nunca se le ocurrió pensar que Layla no estuviera considerando la posibilidad de quedarse en el pueblo. De quedarse con él.

Se le cayó una de las pelotas, pero logró atraparla cuando rebotó. Se puso en posición de nuevo y reanudó el ejercicio.

Si había cometido algún error, éste había sido suponer que Layla estaba enamorada de él y que tenía la intención de quedarse. Nunca se había cuestionado, no seriamente, que ella estuviera tan convencida como él de que había algo que valía tanto la pena como para quedarse en el pueblo, algo sobre lo que construir una vida juntos después de que hubiera pasado la semana del siete de julio. Fox creía haber percibido esas vibraciones emanando de ella, pero ahora tenía que aceptar que esos sentimientos y necesidades probablemente no habían sido más que una proyección de lo que él sentía.

Esa realidad no era solamente un trago amargo, sino que era del tipo de realidad que le partía el corazón. Pero le gustara o no, tenía que aceptar que así eran las cosas.

Sabía que no era obligación de Layla sentir lo mismo que él o querer lo mismo que él quería. Dios sabía que lo habían educado para respetar, e incluso exigir, individualidad. Sin lugar a dudas, era mejor saber si ella no compartía sus sentimientos y sus deseos, era mejor afrontar la realidad que vivir en una fantasía. Pero éste era otro trago amargo, porque Fox había montado una bella fantasía en la cual había estado viviendo.

Se había imaginado la elegante tienda de ropa de Layla a sólo un par de manzanas de su oficina, pensó Fox dejando caer las pelotas de vuelta en el cajón. Tal vez almorzando juntos un par de veces a la semana. O buscando una casa en el pueblo, como aquella antigua casona que estaba en la esquina de Main y Redbud. O un lugar un poco más alejado, si era eso lo que ella prefería. Pero una casa antigua en la que ambos pudieran poner su marca personal, que tuviera un jardín amplio para que los niños y los perros jugaran y donde se pudieran sembrar flores y plantas. Un hogar en un pueblo pleno y seguro, sobre el cual no pendía ninguna amenaza. Un hogar donde pudiera tener un balancín en el porche, sólo porque le encantaban.

Y precisamente ése era el problema, ¿no era así?, admitió Fox caminando hacia la ventana para observar el contorno de las montañas a los lejos. Todo lo que él quería, todo lo que

esperaba poder tener. Todo lo que no podía ser si no armoni-
zaba con los deseos, esperanzas y expectativas de Layla.

Tendría que tragarse también eso. Ambos tendrían que
sobrellevar el día de hoy, así como los días venideros hasta
que Hawkins Hollow estuviera limpio. Los futuros eran sólo
eso: el mañana. Tal vez los cimientos para ellos no podían —y
no debían— ser construidos sobre este terreno que todavía no
estaba bien asentado.

«Prioridades, O'Dell», se dijo Fox mientras se sentaba en
el asiento de su escritorio. Sacó sus propios archivos sobre los
diarios y empezó a hojear sus notas.

Entonces la primera araña salió de dentro del teclado.

Le mordió el dorso de la mano y el ataque fue tan rápido,
que Fox no tuvo tiempo de retirar la mano. El dolor fue inmediato y casi insoportable, un despiadado pinchazo agudo y frío
que se le dispersó debajo de la piel como una llamarada. Y mientras Fox retrocedía, de en medio de las teclas y de dentro de
los cajones empezó a emanar un río de arañas que se dispersó
como aguas negras por todo el escritorio.

Y continuó creciendo.

* * *

Para cuando Layla entró en casa, todavía le daba vueltas todo
el sistema. Se había escapado, eso era lo que había hecho. En
cuanto Fox le había dado la oportunidad, ella, ni corta ni pe-
rezosa, había huido, se había escabullido para no tener que
lidiar con la realidad en ese momento.

Fox estaba enamorado de ella. ¿Acaso lo había sabido
antes de que se lo dijera? ¿Acaso había metido esa información
en una reluciente carpeta para examinarla más adelante, cuando fuera más conveniente o más razonable hacerlo?

Fox la amaba, quería que se quedara en Hawkins Hollow. Y más que eso, quería que se comprometiera con él, con el pueblo. Y con ella misma, tuvo que admitir. En su manera de ser tan Fox, él le había presentado todas las cosas de una manera que pensaba que ella apreciaría. Pero lo que había hecho, pensó Layla, había sido matarla del susto.

¿Su propia tienda? Ése había sido sólo uno de los sueños ligeros con los que le gustaba jugar hacía tantos años. Un sueño que había dejado de considerar... casi completamente. ¿En cuanto a Hawkins Hollow? Su compromiso con él era ayudar a salvarlo y, aunque sonara pretencioso, cumplir su destino. Cualquier cosa más allá de eso era muy difícil de ver.

¿Y en cuanto a Fox?

Fox era el hombre más hermoso que ella hubiera conocido jamás.

Realmente, no era sorprendente que todo el sistema le estuviera dando vueltas.

Entró en la oficina, donde Cybil y Quinn estaban batiéndose en un duelo de teclados.

—Fox está enamorado de mí.

Con los dedos todavía en el aire, Quinn ni se tomó el trabajo de levantar la mirada del ordenador.

—¡Periódico de ayer!

—Si tú ya lo sabías, ¿por qué yo no? —preguntó Layla con tono exigente.

—Porque has estado demasiado ocupada preocupándote de si estás enamorada de él. —Los dedos de Cybil hicieron una pausa antes de hacer otro clic con el ratón—. Pero el resto de nosotros nos hemos pasado el tiempo observando los corazoncitos que os giraban sobre la cabeza a ambos durante semanas. ¿No es pronto para que estés de vuelta en casa?

—Sí. Creo que tuvimos una pelea. —Layla se recostó contra el marco de la puerta y se frotó el hombro como si le doliera. Algo le dolía, se dio cuenta. Pero estaba demasiado profundo como para alcanzarlo—. No pareció una pelea, salvo porque yo estaba molesta, entre otras cosas. Fox me llevó a la casa donde solía estar la tienda de regalos, que ahora está desocupada. Y una vez allí, empezó a hablarme sobre las posibilidades del local y me dijo que yo debería abrir una tienda de ropa allí y...

—Qué maravillosa idea. —Quinn se detuvo y derramó una sonrisa entusiasta sobre Layla como si fueran rayos de sol sobre una pradera—. Hablando como alguien que va a vivir aquí, puedo decirte que yo sería tu mejor clienta. Moda urbana en un pequeño pueblo de Estados Unidos. Me encanta la idea.

—No puedo abrir una tienda aquí.

—¿Por qué no?

—Porque... ¿Tienes aunque sea una remota idea de todo lo que implica empezar un negocio? ¿Abrir una tienda de ropa, aunque sea pequeña?

—No —respondió Quinn—. Tú sí y supongo que Fox también, desde el punto de vista legal. Yo podría ayudarte; me encantan los proyectos. ¿Habría que viajar a comprar la mercancía? ¿Podrías conseguirme descuentos de mayorista?

—Respira, Q. —le aconsejó Cybil a su amiga—. El obstáculo mayor no es la logística, ¿no es cierto, Layla?

—Es un obstáculo, y uno grande, pero... Dios, ¿podemos ser realistas, sólo nosotras tres, aquí, en este momento? Es posible que ni siquiera haya un pueblo después de julio. O es posible que haya un pueblo que, después de vivir una semana de violencia y destrucción y muerte, se asiente durante los siguientes siete años antes de que todo vuelva a empezar. Si pudiera aunque fuera empezar a pensar en abrir mi propio negocio, teniendo en cuenta todo lo demás en lo que tenemos que pensar ahora, tendría que estar completamente chalada si considerara abrirlo aquí, en la Estación Demoniaca Central.

—Cal tiene un negocio aquí, y él no está chalado.

—Lo siento, Quinn, no quise decir...

—No, está bien. Lo menciono porque hay mucha gente que tiene negocios aquí, Layla, y tiene su hogar también aquí. De no ser así, no tendría mucho sentido nada de lo que estamos haciendo. Pero si no es lo correcto para ti, pues no lo es.

Layla levantó los brazos en el aire.

—¿Cómo puedo saberlo? Ay, pero Fox al parecer piensa que él sí lo sabe. Ya habló con Jim Hawkins sobre alquilar el local y también fue a preguntar en el banco lo que se necesita para pedir un préstamo.

—Caramba —murmuró Cybil.

—Hizo un expediente para mí con toda la información. Y muy bien, muy bien, para ser justos con él, he de decir que no me mencionó específicamente ni cuando habló con el padre de Cal ni con el tipo del banco. Sólo obtuvo la información general y las cifras aproximadas. Proyecciones.

—Retiro el caramba. Lo siento, cariño, pero eso suena sólo como un hombre que quería darte las respuestas a las preguntas que tendrías si esta idea te parecía atractiva. —Reflexionando, Cybil recogió las piernas y se sentó en la posición de loto—. Estaría feliz de volver a exclamar «caramba» o incluso «al diablo con él», si me dices que Fox trató de presionarte y meterte la idea hasta por los ojos y después se enfadó porque no fuiste receptiva.

—No. —Sintiéndose atrapada en la lógica, Layla dejó escapar un largo suspiro—. Supongo que fui yo la que se enfadó, pero es que me cogió completamente descolocada. Me dijo que estaba enamorado de mí y que quería que yo fuera feliz y que obtuviera lo que quiero. Y pensó que lo que quiero es tener mi propia tienda. Y que le quiero a él y construir una vida con él.

—Si no es así, si no le quieres y no quieres tener una vida con él, tienes que decírselo claramente y pronto. —Después de una larga pausa, Quinn añadió—: Si no lo haces, creo que me voy a ver obligada a decir que la que se va a tener que ir al diablo eres tú. Fox no se merece que lo dejes en la incertidumbre.

—¿Cómo puedo decirle lo que no sé? —Layla salió de la oficina y se dirigió a su habitación. Después de entrar, cerró la puerta tras de sí.

—Está siendo más difícil para ella que lo que fue para ti —comentó Cybil—. Tu corazón siempre se decide rápido, Q. O tu cabeza. Algunas veces ambas están de acuerdo, si no, lo debates. Ésa es tu manera de ser. Tú y Cal hicisteis clic y todo pareció encajar a la perfección. La idea de casarte con él, de quedarte aquí, al parecer todo fue fácil de decidir para ti.

—Amo a este tío. El lugar en el que vayamos a vivir no es tan importante como el hecho de vivir juntos.

—Y tu ordenador portátil cabe en cualquier parte. Además, si necesitas viajar a alguna parte para escribir alguna historia, probablemente a Cal le va a parecer bien. El gran cambio de todo esto para ti, Quinn, es estar enamorada y echar raíces. Pero ésos no serían los únicos cambios grandes para Layla.

—Sí, es cierto, es cierto. Me gustaría, y no sólo porque estoy viendo corazones, que las cosas entre ella y Fox funcionaran. Me motivan razones puramente egoístas, porque me encantaría que Layla se quedara en el pueblo. Pero si decide que no es lo apropiado para ella, entonces no lo es. Creo que debería ir a comprar helado.

—Por supuesto que deberías.

—No, en serio. Layla está descorazonada, así que necesita a sus amigas y comer helado. En cuanto termine esto, voy al supermercado y compro un litro de helado. No, mejor voy ahora mismo y doy unas cuantas vueltas a la manzana primero, para que me pueda comer mi parte sin remordimientos.

—Trae de pistacho —le dijo Cybil mientras Quinn salía de la oficina.

Quinn se detuvo frente a la puerta de la habitación de Layla y golpeó antes de entreabrirla.

—Lo siento si fui muy dura contigo.

—No, no fuiste dura. Sólo me diste más en que pensar.

—Mientras piensas, voy a salir a hacer un poco de ejercicio. He pensado que de regreso podría comprar helado. Cybil quiere de pistacho, ¿cuál es tu sabor favorito?

—Galleta.

—Vale.

Cuando Quinn cerró la puerta, Layla se apartó el pelo de la cara. Calorías era exactamente lo que necesitaba. Helado y amigas. Y, pensó, para completar la dicha, se daría un baño caliente y se pondría ropa cómoda.

Se quitó la ropa y del armario escogió unos pantalones de algodón y la más mullida de sus sudaderas. Se puso el albornoz y decidió que, qué diablos, se iba a poner una mascarilla facial antes de darse el baño.

¿Cuántas mujeres del pueblo comprarían en una tienda como la que ella querría tener? Mientras se limpiaba y se exfoliaba la cara, se preguntó cuántas serían capaces de mantener ese tipo de negocio, en lugar de irse derechas al centro comercial. Incluso teniendo en cuenta que Hawkins Hollow era un pueblo pequeño normal, ¿cómo podía darse el lujo de invertir tanto dinero, tiempo, sentimientos y esperanza en algo que la lógica le decía que probablemente iba a fracasar en cuestión de dos años a lo sumo?

Poniéndose la mascarilla, Layla jugueteó con la idea de los colores, los diseños. ¿Probadores con cortina? Rotundamente no. Era tan masculino eso de pensar que una mujer se iba a sentir cómoda desnudándose detrás de una sábana de tela en un espacio público... Paredes y puertas. Tenían que ser seguros, privados y que las clientas pudieran cerrar por dentro.

Y maldito Fox por hacerle pensar en probadores.

«Estoy completa y absolutamente enamorado de ti».

Layla cerró los ojos. Incluso ahora, al escucharle diciéndole esas palabras, el corazón le daba un lento y largo vuelco.

Pero no había tenido la oportunidad de replicarle a esas palabras, no había podido responder. Porque no habían estado en una antigua casa llena de carácter en un pueblo normal. Habían estado en una casa que se había visto maltratada por causas sobrenaturales en un pueblo que estaba maldito. ¿Acaso no era ése el adjetivo que lo describía? Y en cualquier momento, ese pueblo podía estallar en llamas.

Era mejor dar un paso cauteloso cada vez. Era mejor decirle a Fox que lo más conveniente para los dos, para los seis, era continuar como estaban. Era cuestión, esencialmente, de llegar al otro lado, de sobrevivir a julio.

Dentro de la ducha, Layla permitió que el agua la relajara. Ya compensaría a Fox. Tal vez no estaba segura de lo que quería, o de lo que se atrevería a desear, pero estaba segura de que estaba enamorada de él. Tal vez eso sería suficiente de momento.

Cuando levantó la cara hacia el grifo del agua, una serpiente empezó a reptar lenta y silenciosamente por el desagüe.

* * *

331

Quinn empezó con un paseo enérgico porque la hacía sentir honrada. En realidad no era un esfuerzo demasiado fuerte hacer una dosis adicional de ejercicio, teniendo en cuenta que el helado la esperaba en la meta y que la primavera parecía agitarse a su alrededor. Pensó en los narcisos y los jacintos, mientras balanceaba los brazos para acelerar su ritmo cardíaco, qué colores, qué frondosos se habían puesto los árboles y qué verde intenso se había empezado a poner el césped.

Era un pueblo muy bonito, no había duda, y Cybil tenía razón: había sido fácil para ella tomar la decisión de quedarse a vivir allí. Le gustaban las casonas antiguas, los porches techados, los prados que oscilaban sobre las colinas. Y, siendo una persona sociable, le encantaba haber llegado a conocer a tantas personas y poder saludarlas por el nombre.

Dobló en una esquina, continuó con el mismo paso parejo. Pistacho y galleta, pensó. Ella probablemente escogería vainilla con vetas de mantequilla, y al diablo la idea de una cena equilibrada y saludable. Su amiga necesitaba helado y empatía femenina. ¿Quién era ella para contar las calorías?

Hizo una pausa y frunció el ceño con la vista fija en las casas de la esquina. ¿Acaso no las había pasado hacía ya un momento? Habría podido jurar... Sacudiendo la cabeza, reanudó la marcha, dobló la esquina y unos instantes después se encontró en el mismo punto exacto.

Un estremecimiento de temor le bajó por la columna. Deliberadamente, dobló por la esquina contraria y empezó a trotar, pero sólo para encontrarse con la misma esquina y las mismas casas. Corrió acera abajo, en línea recta, pero una vez más fue a dar a la misma esquina y las mismas casas, como si la calle estuviera cambiando de posición para burlarse de ella. Incluso cuando trató de correr hacia una de las casas y gritó pidiendo ayuda, de alguna manera sus pies estuvieron de vuelta en la acera de la misma esquina.

Cuando la oscuridad se cerró sobre ella, corrió a toda velocidad, como si su propio miedo la estuviera persiguiendo.

* * *

En la bolera, Cal estaba de pie junto a su padre con las manos en las caderas, mientras observaban cómo instalaban los nuevos sistemas de anotación automática (reacondicionados).

—Va a ser genial, papá.

—Espero que tengas razón —Jim infló las mejillas—, porque con lo que han costado...

—Hay que invertir dinero para ganar dinero.

Habían tenido que cerrar las pistas ese día, pero la sala de videojuegos y la cocina estaban abiertas al público como normalmente. La idea de Cal era que todos los que fueran ese día a la bolera tuvieran la oportunidad de echarle un vistazo al proceso, al progreso.

—Los ordenadores manejan todo. Y sé cómo sueno —dijo Jim entre dientes antes de que Cal pudiera hablar—. Sueno como las quejas de mi padre cuando finalmente lo convencí de que pusiéramos un sistema automático para poner los bolos, en lugar de que un par de tíos estuvieran allá atrás haciéndolo manualmente.

—Tenías razón.

—Sí, tenía razón. No tenía más opción que tener razón. —Jim se metió las manos en sus tradicionales pantalones caqui—. Supongo que ahora te estás sintiendo de la misma manera con esto.

—Es una mejora que va a hacer más eficiente el negocio, papá, y va a aumentar las ganancias. A largo plazo, es una inversión que se va a pagar a sí misma.

—Bueno, pues ya metidos en el asunto, sólo nos queda esperar a ver cómo nos va. Y, maldición, he vuelto a sonar como mi padre.

Cal se rió y le dio una palmadita en la espalda a Jim.

—Tengo que sacar a *Lump* para que dé su paseo vespertino, abuelo. ¿Quieres acompañarnos?

—No, prefiero quedarme aquí y fruncir el ceño mientras refunfuño por los avances de la tecnología.

—No tardo.

Divertido, Cal subió para buscar a *Lump*. Al perro le gustaba salir a pasear cuando iba al pueblo, pero se llenaba de pena con sólo ver la correa. Se le notó en la mirada cuando Cal se le acercó y se la enganchó al collar.

—No seas tan bebé. Es la ley, amigo. Yo sé, al igual que tú, que no vas a hacer nada estúpido, pero la ley es la ley. ¿O prefieres que tenga que ir a pagar una fianza para sacarte de la perrera?

Lump caminó con la cabeza gacha, como un prisionero de guerra, por las escaleras traseras hasta salir a la calle. Puesto que ya llevaban un tiempo repitiendo la misma rutina, Cal sabía que *Lump* se iba a animar, tanto como se podía animar el perro, después de unos minutos de paseo.

Cal mantuvo los ojos fijos en su mascota, esperando ese momento de aceptación, mientras empezaban a rodear el edificio que albergaba la bolera. A menos que se dirigieran a casa de Quinn, *Lump* prefería estirar las patas por Main Street, donde Larry, de la barbería, siempre salía a saludarlos cuando los veía pasar y le daba al perro una galleta y una caricia.

Cal esperó pacientemente mientras *Lump* levantaba la pata y orinaba generosamente en el tronco del viejo roble que estaba entre dos edificios y después dejó que el perro lo guiara hacia la acera de Main Street.

Al llegar a la calle, a Cal el corazón se le atravesó en la garganta.

El asfalto de la calle estaba roto y levantado y parecía lleno de cicatrices, mientras unos ladrillos chamuscados sobresalían de las aceras. El resto del pueblo había desaparecido, todo había quedado reducido a escombros. Escombros que todavía echaban humo. Árboles ahumados y astillados descansaban sobre el suelo como soldados mutilados sobre afiladas esquirlas de vidrio y piedra manchadas de sangre. Las plantas primaverales y el césped de la plaza estaban completamente quemados ahora y todavía humeaban. Cuerpos u horripilantes fragmentos humanos yacían dispersos por el suelo o colgaban obscenamente de los árboles cercenados.

A su lado, *Lump* empezó a estremecerse, al cabo de un momento se sentó sobre las patas traseras, levantó la cabeza y empezó a aullar. Sin soltar la correa de su perro, Cal empezó a correr en dirección a la entrada de la bolera y se abalanzó sobre la puerta, tratando de entrar, pero la puerta lo repelió. No había ningún sonido, ni dentro ni fuera, aparte del que producían sus puños incesantes sobre la puerta y sus gritos frenéticos.

Cuando las manos le empezaron a sangrar de tanto golpear la puerta, emprendió la carrera con *Lump* galopando a su lado. Tenía que llegar donde Quinn.

* * *

Gage no estaba seguro de por qué había decidido pasar por ahí. Se había estado sintiendo intranquilo en su hogar, es decir, en la casa de Cal. Para él, hogar era cualquier lugar en el que pasaba el suficiente tiempo como para molestarse en deshacer la maleta. Iba a llamar a la puerta, pero, encogiéndose de hombros, sencillamente abrió la puerta de la casa de las mujeres, que no estaba cerrada con seguro. La concesión que les hizo a las habitantes de la casa fue llamar en voz alta.

—¿Hay alguien en casa?

Escuchó los pasos, supo que eran de Cybil antes de que la mujer apareciera en lo alto de las escaleras.

—Yo soy alguien —dijo ella mientras bajaba los escalones—. ¿Qué te trae por aquí antes de la hora feliz?

Cybil tenía el pelo recogido sobre la nuca, todos esos gruesos cabellos negros y ensortijados, como solía hacer cuando trabajaba. Llevaba los pies descalzos e incluso con vaqueros desteñidos y un jersey, parecía un estiloso miembro de la realeza. Era una obra de arte, en opinión de Gage.

—Tuve una conversación con el profesor Linz, el experto en demonología de la Europa del Este. Le conté que pensábamos hacer un rito de sangre. Me dijo que no le parecía buena idea.

—Suena como un hombre razonable. —Cybil ladeó la cabeza—. Ven a la cocina conmigo. Puedes tomarte la que debe de ser tu décima taza de café del día y yo me tomo una taza de té mientras me explicas cuáles son los muy razonables argumentos del profesor.

—El primero y tal vez el más enfático se hace eco de algo que mencionaste una vez. —Gage siguió a Cybil hacia la cocina—: Puede ser posible que liberemos algo para lo cual no estemos preparados. Algo peor o más fuerte, sencillamente a causa del rito.

—Estoy de acuerdo. —La mujer puso a calentar la tetera y mientras el agua hervía, midió el café y lo puso en la cafetera—. Razón por la cual no es bueno lanzarnos de cabeza a tomar la decisión. Primero hay que reunir toda la información posible y después proceder con gran cautela.

—¿Puedo suponer que eso significa que votas por que hagamos la ceremonia?

—Así es. O me inclino hacia esa opción, en todo caso, una vez que estemos tan protegidos como sea posible. ¿Qué opinas tú?

—Estoy suponiendo que las probabilidades son mitad y mitad, lo que me parece suficientemente bueno.

—Tal vez. Aunque yo esperaría que la balanza se inclinara un poco más a nuestro favor antes de hacer cualquier cosa. —Cybil levantó una mano y se la presionó contra un ojo—. He estado...

—¿Qué te pasa?

—Tal vez he estado frente al ordenador demasiado tiempo hoy. Tengo los ojos cansados. —Estiró los brazos para abrir la puerta del aparador, pero falló por milímetros—. Tengo los ojos... ¡Ay, Dios! No puedo ver, Gage. No puedo ver nada.

—Espera, ahí voy. Déjame ver qué pasa. —Cuando Gage la tomó de los hombros para darle la vuelta, Cybil le apretó el brazo.

—No puedo ver nada, Gage, nada. Todo está gris... Veo todo gris.

Gage le dio la vuelta, un poco falto de aliento él mismo. Los ojos de la mujer, esos exóticos ojos de gitana, estaban recubiertos por una película blanca.

—Vamos a sentarnos. Es un truco, Cybil. Sólo un truco. No es real, mujer.

Pero mientras ella se aferraba a él, temblando, Gage se sintió desfallecer. De pronto se vio a sí mismo de pie en el deslucido y sombrío apartamento sobre la bolera que hacía tanto tiempo había compartido con su padre. El olor lo impactó como un recuerdo violento. Whisky, tabaco, sudor, sábanas sin lavar y platos sucios.

Vio el viejo sofá con los brazos desgastados y la silla plegable que tenía una X con cinta de embalar sobre la tela desgarrada del asiento. La lámpara estaba en su lugar, la lámpara de pie que siempre había estado junto al sofá, hasta que se había roto, pensó Gage. Años atrás se había roto cuando se había enfrentado a su padre. Cuando finalmente había sido lo suficientemente grande y lo suficientemente fuerte como para usar los puños y defenderse de su padre.

«No», pensó Gage. «No voy a estar aquí otra vez». Caminó hacia la puerta, tomó el pomo y lo giró, pero no pasó nada, no cedió. No importaba cuánto la moviera, cuánto tirara de ella, no podía abrir la puerta. Entonces bajó la mirada hacia el pomo y se conmocionó al ver la mano que estaba tratando de abrirla: era la mano de un niño.

Por la ventana, entonces, se dijo mientras un hilo de sudor le bajaba por la espalda. No era la primera vez que se escapaba de esa manera. Conteniendo la urgencia de correr, se dirigió a su antigua habitación, donde la cama estaba deshecha y había libros de texto regados por el suelo. Una sola cómoda, una sola lámpara. Nada a la vista, ni cómics, ni juguetes, ni dulces, todos sus tesoros estaban siempre bien escondidos, para que nadie los encontrara.

La ventana se negó a dejarse abrir. Y cuando se sintió tan desesperado como para tratar de romper el vidrio, éste no cedió lo más mínimo. Se dio la vuelta, pensando en otras vías de escape, entonces se vio a sí mismo en el espejo que estaba sobre la cómoda: pequeño, oscuro, delgado como un alambre. Y aterrorizado.

Era una mentira, sólo otra mentira. Ya no era ese chico, se dijo. Ya no era ese chico impotente de siete u ocho años. Ahora era un hombre, un hombre completamente desarrollado.

Pero cuando escuchó que la puerta se abría de un golpe, cuando escuchó los pasos tambaleantes de borracho de su padre, fue el niño el que empezó a temblar.

* * *

Fox golpeó y pateó las arañas, que ahora cubrían todo el escritorio y se derramaban como una catarata desde el borde hasta el suelo. Le saltaban encima, tratando de morderlo con voracidad. Y donde lograban morderlo, el veneno le ardía en la piel y la carne se le hinchaba y se le abría como fruta podrida.

No podía calmar la cabeza, no podía tranquilizarse, no con docenas de arañas subiéndole por las piernas, bajándole por la camisa. Trató de quitárselas de encima dando pisotones, sacudiendo los brazos, mientras jadeaba entre dientes. Las puertas correderas de la oficina, que Fox había dejado abiertas, se cerraron de golpe y, mientras él les daba la espalda, una cortina negra de arañas cubrió completamente las ventanas.

Se sacudió frenéticamente, pero cerró los ojos y se dio la orden de controlar su propia respiración, de sosegarse. Y mientras las arañas lo iban cubriendo inexorablemente, picándolo y mordiéndolo, lo único que Fox quería hacer era rendirse y gritar.

«He visto cosas peores que ésta», se dijo a sí mismo, escuchando los acelerados latidos de su corazón, como un martillo contra un yunque, mientras luchaba por conseguir aunque fuera una pizca de calma. «Por supuesto que he visto cosas peores. He pasado cosas mucho peores, hijo de la gran puta. ¿Sólo unas cuantas arañas? ¿Eso es lo único que tienes para ofrecer? Mañana llamo a los fumigadores. Aunque, las arañas *no son reales*, imbécil. Puedo esperarte, puedo esperar hasta que se te acabe el combustible».

La ira pura que lo invadió por dentro cubrió el miedo y el desagrado que lo habían estado embargando hasta que finalmente pudo normalizar el ritmo de los latidos de su corazón.

—Juega todo lo que te apetezca, bastardo, que nosotros no tenemos la intención de jugar cuando vayamos a buscarte. Esta vez, vamos a *acabar* contigo.

Fox sintió una ráfaga gélida que lo quemó tanto como las mordeduras de las arañas.

«Vas a morir gritando».

«No cuentes con ello», pensó Fox, recuperando la compostura. «No cuentes con ello, maldito». Cogió una de las arañas que tenía sobre el brazo y la espachurró en el puño, dejando que la sangre y el pus del animal le corrieran como fuego entre los dedos.

Las arañas empezaron a caérsele del cuerpo, una a una, y ahora fueron ellas quienes gritaron mientras morían. Fox abrió las puertas correderas con sus manos hinchadas y empezó a correr. No por él mismo, sino en busca de Layla, porque uno de los gritos que había escuchado dentro de su cabeza había sido de ella.

Mientras corría, sangraba. Y al tiempo que sangraba, curaba.

Pasó corriendo frente a edificios, saltó cercas, atravesó jardines. Entonces vio a Quinn, de pie en la mitad de la calle, temblando.

—Estoy perdida, no sé dónde estoy, no sé qué hacer. No puedo llegar a casa, estoy perdida. —Fox la tomó de la mano y la arrastró detrás de él—. Es la misma calle, es el mismo lugar, siempre el mismo. No puedo...

—¡No pienses más en ello! —le espetó Fox—. Ciérrate a todo.

—No sé cuánto tiempo... No sé ni siquiera cuánto tiempo he estado... ¡Cal!

Quinn se soltó de Fox y, haciendo acopio de lo que le quedaba y lo que había perdido, corrió hacia Cal y *Lump*, que no cesaba de aullar.

—Ha desaparecido, todo ha desaparecido. —Cal recibió a Quinn entre sus brazos y hundió la cara en el cuello de la mujer—. Pensé que te había perdido, Quinn. No podía encontrarte por ninguna parte.

—Todo es una mentira —le gritó Fox a Cal—. Nada es real, Cal. Por Dios, ¿acaso no escucháis sus gritos?

Fox atravesó la calle a toda velocidad y corrió a lo largo de ella hasta que entró de golpe en la casa de las mujeres. Subió las escaleras de tres en tres escalones por zancada sintiendo el miedo que emanaba de Layla y que lo desgarraba por dentro tanto como las arañas le habían desgarrado la piel. Los gritos de la mujer cesaron, pero el eco guió a Fox hacia donde se encontraba. Abrió la puerta del baño de un golpe y la encontró desnuda e inconsciente sobre el suelo.

En la cocina, Cybil gritó cuando escuchó que la puerta delantera se abría de un portazo. Levantó los brazos en el aire y dio un paso a ciegas hacia el frente. La mancha gris que le cubría la visión se hizo tenue hasta que desapareció. Cybil sollozó cuando recuperó la vista. Y entonces vio a Gage, sólo a Gage, que estaba pálido como un papel y sólo atinaba a devolverle la mirada. Cuando ella se lanzó a sus brazos, él la recibió y la abrazó con fuerza, tanto por ella como por él mismo.

CAPÍTULO 17

Layla estaba húmeda y fría, así que Fox la llevó hasta la cama y la envolvió en una manta. Tenía un golpe en la sien que sin lugar a dudas le iba a doler cuando recuperara la conciencia. Después de examinarla rápidamente con la mirada, Fox concluyó que no estaba herida y que tampoco tenía ningún hueso roto. Hacerla entrar en calor y secarla eran las prioridades, pensó él. Después se aseguraría de que estaba bien, después podría examinarla más detenidamente, podría buscar más profundamente. A duras penas tuvo tiempo de comprobarle el pulso antes de que Quinn y Cal entraran deprisa en la habitación.

—¿Está Layla...? Ay, Dios.

—Sólo está desmayada, creo. Al parecer sólo perdió el sentido —dijo Fox cuando Quinn cayó de rodillas a su lado—. Tal vez se golpeó la cabeza. Algo pasó cuando se estaba bañando. No creo que haya nada ahora, pero, Cal...

—Ya lo compruebo.

—Dijiste... Lo siento —Quinn se secó las lágrimas de las mejillas—, ha sido en realidad un día muy malo. Dijiste que la escuchaste gritando.

—Sí, la escuché. —El terror que la había embargado había sido tan intenso, pensó él mientras le retiraba el pelo húmedo de la cara, que lo había hecho casi perder el aliento y le había llenado la cabeza con sus gritos—. Os escuché a todos vosotros, de hecho.

—¿Qué?

—Supongo que nuestra batiseñal funcionó. Era un embrollo, pero os escuché a todos. Layla necesita una toalla, tiene todo el pelo mojado.

—Toma —le dijo Cal pasándole una toalla—. No hay nada en el baño.

—¿Cybil y Gage?

Cal apretó la mano que Quinn le ofreció.

—Voy a buscarlos. Quédate aquí con Fox.

—¿Qué te pasó a ti?

Fox negó con la cabeza.

—Después hablamos de eso. —Le levantó la cabeza a Layla y le puso la toalla debajo del pelo—. Parece que se está despertando. Layla. —Una oleada de alivio le recorrió el cuerpo cuando la mujer abrió los párpados—. Despierta. Ya ha pasado todo, todo está bien.

Layla recuperó el sentido con un grito ahogado y dando salvajes manotazos en el aire mientras los ojos parecían desorbitados de terror.

—Basta, detente. —Fox hizo todo lo que se le ocurrió hacer: la abrazó con fuerza y trató de calmarla en la mente—. Ya pasó, ya pasó. Ya te tengo.

—En la ducha.

—Ya se fueron, no hay nada en la ducha. —Fox pudo ver en la mente de la mujer cómo las serpientes habían salido del desagüe y se habían deslizado por las baldosas.

—No podía salir, la puerta no se abría y las serpientes no cesaban de salir y estaban en todas partes. Sobre mí. —Temblando, estremeciéndose, Layla se acurrucó contra Fox—. ¿Ya se han ido? ¿Estás seguro?

—Estoy seguro. ¿Estás herida? Déjame echarte un vistazo.

—No, no creo... Pero tengo la cabeza como... Y... —Finalmente Layla pudo enfocar los ojos en el rostro de Fox—. ¡Dios santo! ¿Qué te ha pasado en la cara? ¿Y en la mano? Estás muy hinchado, Fox.

—Ya se está curando, estoy bien. —Y el dolor de la curación no era nada en comparación con el enorme alivio que lo embargó—. Parece que Twisse la tomó con cada uno de nosotros por separado pero a la vez.

Quinn asintió con la cabeza.

—A Cal y a mí nos golpeó. Un bofetón que nos estremeció.

—Yo diría más bien que nos arrasó —dijo Cybil desde el marco de la puerta—. También nos cogió a Gage y a mí. Seis de seis. Fox, ¿por qué no bajas a la cocina? Tus amigos están todavía un poco temblorosos. Quinn y yo podemos ayudar a Layla a vestirse y en un momento bajamos.

Fox notó que Cybil estaba pálida como el hielo. En todos los meses que llevaba tratándola, era la primera vez que la veía descentrada. En cuanto la vio, Quinn se puso en pie y fue hasta ella. Y puesto que la habitación se volvió esencial y completamente femenina de nuevo, Fox decidió que tal vez era mejor que cada género se replegara en diferentes esquinas, para poder respirar profundamente antes de mezclarse otra vez.

—Muy bien. —Pero antes de irse, le acarició una mejilla a Layla y la besó suavemente en los labios—. Estaré abajo.

* * *

Momentos como éstos, pensó Fox, merecían un whisky. Entre las botellas de vino, encontró una única botella de Jameson sin abrir y supuso que había sido la contribución de Cal al bar de la casa. Sacó tres vasos y hielo y sirvió dos dedos generosos en cada uno.

—Bien pensado —le dijo Cal antes de beberse la mitad del contenido de su vaso de un solo trago. Sin embargo, la expresión de sus ojos seguía siendo de angustia—. Ya te has curado. Tenías bastante mal aspecto cuando nos encontramos allá afuera.

—Me atacó un ejército de arañas. Millones, enormes y asquerosas.

—¿Dónde?

—En mi oficina.

—Para mí, el pueblo había desaparecido. —Cal examinó el whisky, le dio vueltas en el vaso—. Salí de la bolera con *Lump* y no había nada, como si hubiera caído una bomba. Los edificios estaban reducidos a cenizas y había algunos incendios y humo. Cuerpos desmembrados... Dios mío... Por todas partes yacían cuerpos mutilados. —Le dio otro trago lento a su vaso—. Creo que vamos a tener que poner por escrito todo esto, todo lo que le ha pasado a cada uno de nosotros.

—Sí claro. Como si fuera a servir de alguna ayuda. —Gage se bebió el contenido de su vaso casi de un solo trago amargo—. Nos golpeó y fuerte. Y ahora nosotros vamos a levantar un acta de la reunión.

—¿Tienes una idea mejor, hermano? —le espetó Cal—. ¿Has descubierto cuál es la solución definitiva? Porque de ser así, por favor no nos dejes en ascuas, todos queremos escucharla.

—Lo que sé es que no vamos a hablar de esto hasta la saciedad. Sentarnos a tomar notas sirve para una mierda, a menos que lo que uno quiera sea escribir un libro. Y ésa es la labor de tu chica, no la mía.

—¿Entonces qué vas a hacer? ¿Darte un paseo? Tú eres bueno en eso. ¿Acaso piensas tomar un avión con cualquier puto destino y volver sólo cuando sea el momento de la gran final? ¿O prefieres pasar de esa parte este año?

—Vuelvo a este rincón del infierno cada vez porque juré que así lo haría. —La ira empezó a circularle por el cuerpo a Gage como si fuera una ráfaga de viento, entonces caminó hasta donde estaba Cal y se enfrentó a él—. Si no hubiera hecho un juramento, este pueblo podría irse a la mierda, en lo que a mí concierne. Para mí no significa absolutamente nada.

—Muy poco significa algo para ti.

—Basta —Fox los espetó al tiempo de que se interponía entre ellos—. No nos sirve de nada empezar a atacarnos uno al otro.

—Tal vez deberíamos hacer símbolos de la paz y dedicarnos a tejer guirnaldas de flores.

—Mira, Gage, si lo que quieres es irte, ahí está la maldita puerta. Y si lo único que puedes hacer es patearlo mientras está caído —añadió dándose la vuelta hacia Cal—, no dejes que la misma maldita puerta te golpee el culo en tu camino de salida.

—No estoy pateando a nadie. Además, ¿quién diablos te ha preguntado a ti?

Las voces airadas hicieron que Cybil apretara el paso. Echó un vistazo dentro de la cocina, registró lo que estaba pasando y entró deprisa, antes de que alguien lanzara un puñetazo.

—Vaya, vaya, ¿está siendo productiva la sesión? —La mujer se metió entre los tres hombres enfurecidos, le quitó el vaso de la mano a Gage, bebió lo que quedaba en él y cuando habló, su voz sonó con un ligero tono de aburrimiento—. Por lo menos alguien tuvo el buen juicio de sacar el whisky antes de que la testosterona empezara a romper en ebullición. Chicos, si lo que queréis es pelear, haced el favor de salir al jardín y daos puñetazos allá. Los tres os curáis lo suficientemente rápido, pero el mobiliario de la casa no.

Fox fue el primero en apaciguarse. Dejó a un lado el vaso de whisky, que ya no le apetecía, y se encogió de hombros como un niño al que han regañado:

—Ellos empezaron.

Examinándolo, Cybil ladeó la cabeza.

—¿Y tú haces todo lo que ellos hacen? ¿Saltar de un puente, jugar con cerillas? Es mejor que probemos alguna cosa. Voy a preparar algo de comer y voy a servir algo de beber, para satisfacer estas dos necesidades humanas básicas. Así, es probable que nos sintamos tan reconfortados como para podernos contar lo que nos ha pasado a cada uno.

—Gage no quiere hablar —respondió Cal.

—Yo tampoco —añadió ella, sin quitarle los ojos de encima a Gage mientras hablaba—. Pero voy a hacerlo. Ésa es otra necesidad humana básica, que además nos demuestra que estamos por encima del maldito bastardo —se echó el pelo hacia atrás y sonrió con labios color rosa intenso desafiante, que se había pintado antes de bajar—. ¿Por qué no pide alguien una pizza?

* * *

No era muy eficiente, pero parecía ser más reconfortante reunirse en la sala en lugar de alrededor de la mesa del comedor, como adultos sensatos. Cybil preparó una bandeja de antipasto y la dispuso en la mesa del centro, mientras esperaban a que la pizza llegara.

Fox se sentó en el suelo, a los pies de Layla.

—Las mujeres primero —sugirió él—. ¿Quinn?

—Salí a comprar helado y, puesto que estaba planeando comérmelo, empecé dando un paseo enérgico primero —mientras hablaba, enredaba nerviosamente los dedos en la cadena de plata que llevaba puesta al cuello—, pero en determinado momento seguí terminando siempre en la misma esquina. Sin importar la dirección que tomara, no pude encontrar el camino de regreso a casa. —Apretó la mano de Cal y presionó la frente contra el hombro de él—. No podía salir de esa misma calle y esa misma esquina. Entonces, de repente todo se puso muy, muy oscuro. Me encontré completamente sola, sin nadie a mi alrededor, y no podía regresar.

—Para mí, todo había desaparecido. —Cal le pasó el brazo sobre los hombros a Quinn y la atrajo hacia sí—. El pueblo estaba destruido y todos estaban muertos, reducidos a cenizas. Corrí hasta aquí, pero no había nada. Sólo un enorme hoyo humeante en el suelo. No supe adónde estaba yendo, pero empecé a buscar a Quinn. No podía creer... No quería creer que... Entonces te vi con Fox.

—Yo te vi a ti primero —le dijo Quinn a Fox—. Fue como si hubieras llegado a mí después de haber atravesado una pared de agua. Al principio te vi borroso y escuché tus pasos lejanos... Estabas corriendo, pero el sonido me llegó como ahogado. Al cabo de un momento, todo se aclaró. Cuando me tomaste de la mano, todo se aclaró. Eso tiene que significar algo, ¿no os parece? —preguntó ella mirando alrededor a sus amigos—. Yo estaba a punto de ponerme histérica, de perder el control completamente. Creo que en ese punto ya me había puesto como loca y me había tranquilizado al menos una vez. Entonces vi a Fox y cuando él me tomó de la mano, todo volvió a como se supone que debe estar. Después llegó Cal.

—Un momento, vosotros no estabais allí, ninguno de los dos. Y no había nada más que escombros a todo mi alrededor. —Cal sacudió la cabeza—. Fue como cambiar de canal, como un clic. Entonces os vi, y tú estabas sangrando —le dijo a Fox.

—Arañas —empezó Fox, y les contó lo que le había sucedido—. No noté nada extraño cuando salí a la calle. Entonces vi a Quinn en la esquina. Parecías estar perdida, supongo. Te escuché... Te sentí, más bien, y a todos vosotros, como una conexión de mala calidad, como si hubiera interferencias y estuviera débil la señal. Pero pude escuchar claramente a Layla gritando. La escuché fuerte y claro.

—Estabas a dos manzanas de distancia —apuntó Quinn.

—Sí, pero escuché los gritos —repitió Fox—. Los escuché hasta que llegué aquí, entonces se silenciaron. Seguramente fue cuando te desmayaste, Layla.

—Después de que Quinn saliera... Quinn fue a comprar helado porque yo estaba molesta. —Pasó la mirada deprisa sobre Fox y de vuelta a sus dedos, que estaban entrelazados sobre su regazo—. Mientras volvía, decidí tomar un baño. Cuando estaba en la ducha, primero lo sentí... Era alguna cosa que se deslizaba por mis pies. Entonces vi que un montón de serpientes empezaban a salir por el desagüe... Montones. Empecé a gritar como una loca; tanto, que me sorprende que no me hayan escuchado en Canadá.

—Pues yo no te escuché —comentó Cybil—. Estaba en la cocina, justo debajo del baño, pero no escuché absolutamente nada.

—Las serpientes seguían saliendo. —Cuando Layla sintió que iba a perder el aliento, se esforzó por respirar lenta y normalmente—. Salí de la ducha, pero eran tantas que cubrían todo el suelo del baño y también empezaron a salir por los grifos del lavabo. Traté de repetirme una y mil veces que no eran reales, pero no pude lograr que se me fijara la idea, sencillamente perdí la cabeza. Cuando no pude abrir la puerta, enloquecí y empecé a golpearlas con la toalla y con mis propias manos. No pude abrir la ventana tampoco, pero de todas maneras es demasiado pequeña como para salir por ahí. En ese momento debí de perder el sentido, porque no recuerdo nada más hasta que me desperté en mi cama y Fox y Quinn estaban ahí a mi lado.

—Yo creo que todo terminó en el momento en que te desmayaste —especuló Cybil—. No tiene mucho sentido mantener una ilusión si la persona a quien se quiere asustar está inconsciente.

—¿Qué te pasó a ti? —le preguntó Layla.

—Perdí la visión. Gage y yo estábamos en la cocina, entonces empecé a sentir que los ojos me ardían, después empecé a ver borroso. Y al cabo de un minuto, todo se puso gris y me quedé completamente ciega.

—Ay, Cyb.

Cybil sonrió a Quinn.

—Quinn sabe que ése es uno de mis peores miedos, uno privado. Mi padre se quedó ciego en un accidente y nunca pudo superarlo o acostumbrarse a vivir así, aceptarlo. Dos años después se suicidó. Así que la ceguera encierra un particular motivo de terror para mí. En un momento estabas allí —le dijo a Gage—, y de repente ya no más. No sólo no podía verte, sino que también dejé de escucharte. Te pedí que me ayudaras, pero no lo hiciste. Supongo que no podías. —Cybil hizo una pausa, pero Gage no musitó palabra—. Entonces escuché que la puerta principal se abría de un golpe, escuché a Fox y al cabo de unos momentos, se me empezaron a aclarar los ojos. Y estuviste allí conmigo de nuevo. —Él la había abrazado, pensó la mujer. Se habían abrazado el uno al otro—. ¿Adónde fuiste, Gage? Necesitamos saber lo que nos pasó a todos.

—No me fui muy lejos —empezó Gage con renuencia—. Regresé al apartamento donde solía vivir, en el piso de arriba de la bolera.

Cuando llamaron a la puerta, Cal se puso en pie, pero no le quitó los ojos de encima a Gage.

—Yo abro.

—Algo físico te pasó, Cybil —continuó Gage—, a tus ojos. Algo te cubrió los iris y las pupilas; los ojos se te pusieron completamente blancos. Y no, no pude ayudarte. Di un paso hacia ti pero de inmediato me encontré de vuelta en el apartamento.

Cal entró en la sala de nuevo y puso las cajas con las pizzas sobre la mesa de centro.

—¿Estabas solo?

—Al principio. No pude abrir la puerta, tampoco la ventana. Ése parece ser un tema recurrente.

—Atrapados —murmuró Layla—. Todos tememos quedar atrapados, que nos encierren.

—Lo escuché acercarse. Conocía... Conozco el sonido de sus pasos en las escaleras: cuando está ebrio, cuando no lo está. Esta vez lo estaba y venía subiendo. Al cabo de unos segundos estuve de regreso en la cocina.

—Hay más. ¿Por qué estás escondiendo detalles? —le preguntó Cybil en tono exigente—. Todos pasamos por algo traumático.

—Cuando extendí el brazo para tratar de abrir la puerta, no fue mi mano la que vi en el pomo. Es decir, no esta mano —añadió Gage levantando la mano; le dio la vuelta, la examinó—. Me vi en el espejo. Tenía unos siete años, tal vez ocho. Antes de esa noche en la Piedra Pagana; me vi menor de diez años, en todo caso. Antes de que todo cambiara. Antes de que nosotros cambiáramos. Y él estaba ebrio y se estaba acercando. ¿Suficientemente claro?

En medio del silencio que se hizo, Quinn tomó la grabadora que había encendido cuando había empezado a hablar, le quitó la cinta y puso una nueva.

—Algo así no había sucedido antes, ¿estoy en lo cierto? Que los tres os vierais afectados al mismo tiempo, o que tantos se vieran afectados, quiero decir.

—Hemos tenido sueños al mismo tiempo —dijo Cal—. Los tres hemos tenido sueños, por lo general en la misma noche, pero no siempre sobre lo mismo. Puede suceder semanas o incluso meses antes de que empiece el Siete. Pero algo como esta vez, no. No al margen de esos siete días.

—Se buscó bastantes problemas para llegarnos a los seis —comentó Fox—, para identificar específicamente cuáles son nuestros miedos particulares y explotarlos.

—¿Por qué sólo tú resultaste herido? —le preguntó Layla en tono exigente—. Yo sentí que las serpientes me mordían, pero al despertarme no tenía ninguna mordedura o marca. Pero tú sí. Ya se te han curado, pero tenías bastantes.

—Tal vez le permití adentrarse en mí demasiado tiempo y mi don trabajó en mi contra, volvió mi miedo más real, más tangible. No lo sé a ciencia cierta.

—Es posible —dijo Quinn, reflexionando—. ¿Será que todo empezó contigo? Según los tiempos que hemos mencionado, es factible que tú fueras el primero. Tal vez te utilizó más y se alimentó de eso para podernos atacar después. Se alimentó no sólo de tu miedo, sino también de tu dolor. Y usó la conexión que hay entre nosotros. De ti a Cal o a mí, uno de nosotros fue el siguiente, probablemente. Luego Layla, Cybil y para cerrar el ciclo, Gage.

—Como una corriente. La energía —comentó Layla y asintió— moviéndose de uno a otro. Fox debilitó la corriente cuando se liberó y se salió de la alineación. Si realmente fue así como sucedieron las cosas, podría ser una especie de defensa para nosotros, ¿no es cierto? Algo que podemos usar.

—Nuestra energía contra su energía. —Quinn no pudo resistirse más y abrió una de las cajas de pizza—. Positivo contra negativo.

—Creo que necesitamos algo más que pensar en gotas de rocío sobre pétalos de rosas —Cybil también sacó una porción de pizza de la caja— y bigotes de gatitos.

—Si bien no creo que vayamos a escuchar a estos tipos cantando «do, re, mi» a coro ni aunque su vida dependa de ello, rosas y gatitos son un punto de inicio. —Considerando que había vivido un trauma de marca mayor, Quinn decidió darse el gusto de comerse una porción de pizza completa—. Si todos tenemos miedos personales, también tenemos motivos de alegría personales, ¿no es cierto? Sí, cursi, es cierto, pero no tan grave. Ay, Dios, esto está demasiado bueno. ¿Veis? Alegría personal: pizza de *pepperoni*.

—No fue así como Fox se liberó —apuntó Layla—. Yo no lo escuché mencionar que se concentrara en pizzas o gotas de rocío.

—No es enteramente cierto. —Puesto que los ojos de *Lump* se llenaron repentinamente de un inmenso amor, Fox cogió una rodaja de *pepperoni* de su rebanada de pizza y se la dio—. Pensé que lo que estaba pasando no era más que pura mierda. Lo que no fue fácil, teniendo en cuenta que un ejército de arañas mutantes hambrientas me estaba caminando por todo el cuerpo.

—Estamos comiendo —le recordó Cal.

—Pero en lo que más pensé fue en cómo vamos a patearle el culo al maldito, en cómo vamos a acabar con él de una buena vez. No hice más que pensar en eso, como si se lo estuviera diciendo a él mismo. Puras obscenidades, usé un lenguaje de lo más soez. Para mí, ése es un placer personal, muy, muy real. Y cuando las arañas empezaron a caerse de mí, a racimos, para terminar estrellándose contra el suelo, empecé a sentirme bastante animado. No como para correr por las praderas o dar vueltas como un trompo, pero no tan mal, teniendo en cuenta las circunstancias.

—Para ti siempre ha funcionado así, una vez que has descifrado el asunto —comentó Cal—, y ha funcionado para mí y para Gage. Siempre hemos logrado desvanecer las ilusiones... cuando son ilusiones. Sin embargo, esta vez lo intenté, pero no pude.

—Así que te tragaste el cuento.

—Yo...

—Te lo tragaste, o al menos al principio por unos pocos minutos. Porque era demasiado, Cal. Todo lo que te importa había desaparecido: Quinn, tu familia, nosotros, el pueblo. Y tú eras el único sobreviviente. No lo evitaste y como consecuencia, todo había desaparecido de la faz de la Tierra, todos estábamos muertos, todo había quedado reducido a cenizas. A excepción de ti. Sí, fue demasiado, no hay duda —repitió Fox—. Las arañas no eran reales, no completamente reales, pero al verme las manos después de que me mordieran, estaban tan hinchadas que parecían tener casi el tamaño de un melón y me sangraban. Las heridas eran reales, por lo que creo que Twisse le puso muchas ganas a esto.

—Casi ha pasado ya una semana desde el último incidente, que también empezó contigo, Fox. —Cybil puso una porción de pizza sobre un plato, se puso en pie y se la llevó a Gage—. Usó los celos de Block, su ira, tal vez hasta el sentimiento de culpa que lo embargaba, y se alimentó de todo eso y lo afectó lo suficiente como para lograr que te atacara.

—¿Entonces de dónde sacó el combustible para el despliegue de poder que ha demostrado hoy? —Gage se encogió de hombros—. Si ésa es la cuestión, hay montones de sentimientos negativos rondando por el pueblo, como en todas partes del mundo.

—Es específico —apuntó Cal, en desacuerdo con Gage—. Para Block fue específico y esta vez fue específico para nosotros.

Cybil le lanzó una mirada a Layla, pero no dijo nada y sencillamente volvió a sentarse en silencio.

—Yo estaba contrariada y enfadada. Igual que tú —le dijo Layla a Fox—. Tuvimos una... desavenencia.

—Si Twisse puede montar algo como lo de hoy cada vez que uno de nosotros se enfada, estamos fritos —decidió Gage.

—Ambos estabais enfadados. —Quinn reflexionó sobre cuál sería la mejor manera de expresarlo—. Estabais enfadados el uno con el otro. Ése pudo haber sido un factor. Y es posible que cuando los sentimientos son particularmente intensos y cuando la sexualidad está involucrada, todo el efecto sea más poderoso.

Gage levantó su cerveza a modo de brindis.

—Lo dicho: fritos.

—Resulta que yo opino que los sentimientos humanos intensos, los sentimientos que provienen de una fuente de afecto —añadió Cybil—, y el sexo satisfactorio y sano son herramientas muchísimo más poderosas que lo que el maldito hijo de puta pueda hacernos pasar. Lo que no significa dar vueltas ingenuas sobre el mismo punto. He llegado a esta conclusión después de estudiar las relaciones humanas, su poder y específicamente esta situación particular... Además de cómo nos ha traído a ella. ¿Cuántas veces habéis vivido vosotros tres una escena semejante a la que acabáis de tener en la cocina?

—¿Qué escena? —preguntó Quinn con curiosidad.

—No fue nada —murmuró Cal.

—Se estaban gritando uno al otro airadamente, diciéndose groserías y casi a punto de llegar a las manos. Fue... —Cybil

355

sonrió maliciosamente, casi felinamente—. Estimulante. Yo diría que incontables veces. Puedo apostar a ello... ¿Quieres aceptar la apuesta? —le preguntó a Gage—. Incluso puedo apostar doble a que incontables veces habéis llegado efectivamente a los puños. Sin embargo, aquí estáis los tres. Y seguís estando juntos porque lo que subyace en el fondo de todo esto es que los tres os queréis. El amor que os tenéis el uno por el otro hace los cimientos y nada cambia eso. Twisse puede remover los cimientos, puede lanzar los puños, si es que tiene puños, contra ellos, pero no puede sobrepasar la barrera. Vamos a necesitar esos cimientos y vamos a necesitar todos esos sentimientos humanos intensos, especialmente si vamos a hacer la gran estupidez de intentar llevar a cabo el rito de sangre.

—Has encontrado algo —dijo Quinn.

—Creo que así es. Quiero esperar a que me respondan un par de personas más a las que consulté. Pero sí, creo que he encontrado algo.

—¡Escúpelo, entonces!

—Para empezar, tenemos que ser los seis. Y tenemos que regresar a la fuente primigenia.

—La Piedra Pagana —dijo Fox.

—¿Dónde si no?

* * *

Más tarde, Cal procuró tener un momento a solas con Quinn. La llevó a su habitación y con los brazos alrededor de la mujer, sencillamente se dejó llevar.

—Fue peor —le dijo él quedamente—. Mucho peor de lo que nunca antes había sido, porque por un momento pensé que te había perdido.

—Para mí fue peor porque no te podía encontrar. —Quinn echó la cabeza hacia atrás y posó los labios sobre los del hombre—. Es más difícil cuando amas a alguien; es mejor, pero más difícil. Es prácticamente todo.

—Quiero pedirte un favor: quiero que te vayas, aunque sea solamente por unos días —continuó Cal, hablando deprisa—. Una semana, o tal vez dos. Como estás tratando de sacar tiempo para esos otros proyectos de artículos que tienes, podrías tomarte un descanso de todo aquí e irte a casa, a escribir allá...

—Ésta es mi casa ahora.

—Sabes a lo que me refiero, Quinn.

—Por supuesto. Y no hay problema. —La sonrisa que le dirigió fue tan resplandeciente como un sol de verano—. Con tal de que vengas conmigo. Podríamos darnos unas vacaciones cortas, ¿qué te parece?

—Estoy hablando en serio.

—Yo también. Me voy, si vienes conmigo. De lo contrario, creo que vas a tener que dejar las cosas así. Y ni se te ocurra plantearte tratar de discutir conmigo para que me marche —le advirtió—. Casi puedo verte maquinando todo el asunto en la cabeza, reflexionando, pensando que si me haces enfadar lo suficiente, me voy a ir del pueblo. Pero ni lo intentes. No me voy a ninguna parte. —Para enfatizar sus palabras, Quinn le puso las manos sobre las mejillas a Cal y las apretó—. Estás asustado por mí. Igual que yo, tanto por mí como por ti. Pero eso es parte del paquete, y así es.

—Podrías ir a comprar el vestido de novia.

—Eso es lo que yo llamo jugar sucio, Cal. —Pero se rió y le dio un beso con fuerza—. Ya tengo algunas ideas al respecto, muchas gracias. Tu madre y la mía están tan unidas como si les hubiéramos echado Superglue, y más con respecto a los

357

planes de la boda, así que no te preocupes, que todo está bajo control. Tuvimos un mal día, Cal, eso es todo, pero ya salimos al otro lado.

Cal se abrazó a ella con fuerza y respiró su olor una vez más.

—Tengo que dar un paseo por el pueblo. Necesito... Necesito verlo.

—Muy bien.

—Necesito hacerlo con Fox y Gage.

—Lo entiendo. Anda, pero vuelve a mí.

—Todos los días —respondió él.

* * *

Cuando Cal salió de la casa con Fox y Gage, caminaron por el barrio primero. La suave luz se reflejaba tenuemente sobre todas las cosas. Las casas que conocía se levantaban en su lugar como de costumbre, al igual que los jardines y las aceras. Pasaron por la casa de la tía abuela de Cal. El coche de su prima descansaba en el camino de entrada y había flores de colores adornando el jardín delantero.

Después, Cal se fijó en la casa donde solía vivir la chica de la cual había estado locamente enamorado cuando tenía dieciséis años. ¿Dónde estaba ahora? ¿En Columbus, en Cleveland? No pudo recordar exactamente adónde se había marchado ella, sólo recordaba que se había mudado con su familia en el otoño del año en que cumplió diecisiete años.

Se habían marchado después de ese Siete, después de que durante esa semana el padre de la chica hubiera tratado de colgarse del oscuro nogal que estaba plantado en el jardín trasero de la casa. Cal recordó haberlo bajado del árbol él mismo, y al no tener tiempo de nada más, sencillamente lo había de-

358

jado atado al árbol con la misma cuerda que el hombre había usado para tratar de ahorcarse, en espera de que el ataque de ira pasara.

—Nunca marcaste un gol con Melissa Eggart, ¿no es cierto, hermano?

Era tan del estilo de Gage darle la vuelta a los recuerdos y convertirlos en algo normal...

—Dos veces. Estaba en camino del tercer gol cuando las cosas se pusieron frenéticas.

—Es cierto —contestó Gage, y se metió las manos en los bolsillos—. Las cosas se pusieron frenéticas.

—Siento mucho lo que te dije hace un rato. Y tú tenías razón, Fox —añadió Cal dirigiéndose a su otro amigo—: Es una estupidez pelear entre nosotros.

—Ni lo vuelvas a mencionar —le respondió Gage—. He pensado muchísimas veces en no volver.

—Hay una enorme distancia entre pensarlo y hacerlo. —Doblaron la esquina y continuaron la marcha hacia Main—. Quería golpear algo y tú estabas a mano.

—O'Dell siempre está más a mano, además, está acostumbrado a que lo golpeen. —Cuando Fox no respondió con algún sarcasmo, Gage se volvió para mirarlo. Consideró todas las maneras en que podía lidiar con el estado de ánimo de su amigo y optó por lo que sabía hacer mejor: picarlo—. ¿Estás teniendo sentimientos humanos intensos?

—Ay, Gage, vete a la mierda.

—Ah, qué bien que has vuelto —le respondió Gage y le pasó un brazo sobre los hombros.

—Golpearte todavía no está excluido de las opciones.

—Si Layla estaba enojada contigo —apuntó Cal, tratando de ayudar—, ya no lo está más. No después de que llevaras a cabo esa rutina de caballero en corcel blanco.

—No se trata de eso. No es cuestión de estar enfadados o de salvar a la chica. Es querer y necesitar cosas diferentes. ¿Sabéis qué? Me voy a casa. No apagué nada ni cerré nada en la oficina.

—Podemos ir contigo, ver que todo está bien.

—No, puedo solo. De hecho, tengo cosas de trabajo que necesito terminar hoy. Si se necesita repasar algo más esta noche, me pondré al día después con vuestras notas. Nos vemos mañana.

—El pobre está mal —comentó Gage mientras él y Cal observaban a su amigo alejarse por Main—. Lo veo muy mal.

—Tal vez deberíamos acompañarlo de todas maneras.

—No. No somos nosotros lo que Fox quiere en este momento.

Cal y Gage se dieron la vuelta y emprendieron la marcha en sentido contrario al de su amigo mientras la noche se iba cerrando sobre ellos.

CAPÍTULO 18

Fox se acomodó en la oficina que tenía en casa, contando con que el papeleo iba a mantenerlo ocupado y distraído. Puso el reproductor de discos compactos en función aleatoria para dejarse sorprender por la variedad y, sentado frente a su escritorio, se preparó a trabajar para compensar el tiempo que había perdido durante el día debido a factores ajenos a su voluntad.

Escribió el borrador de algunas peticiones para el juzgado, correspondientes a un litigio de bienes raíces que esperaba finiquitar en noventa días más, después se dedicó a pulir una carta de respuesta al abogado de la contraparte en un caso de lesiones personales y, después de terminar, pasó a ajustar el lenguaje de un contrato de sociedad.

Le encantaban su trabajo y las leyes, todos los recovecos e intríngulis que implicaban, sus florituras y rigideces. Pero, en ese momento, Fox se vio forzado a admitir que el trabajo no lograba encenderle la chispa. Decidió que le iría mejor si se dedicaba a ver el canal de deportes.

El expediente que había preparado para Layla todavía reposaba sobre su escritorio y, puesto que le hacía sentir molesto, lo echó en uno de los cajones. «Estúpido», pensó. Qué estúpido pensar que la entendía sencillamente porque por lo general lograba entender a la gente. Qué estupidez pensar que sabía lo que ella quería sencillamente porque era lo que él quería. Como bien sabía ya a estas alturas, el amor no siempre era suficiente.

Se recordó que era mejor quedarse en el ahora. Era bueno en ello, siempre lo había sido. Era mucho mejor concentrarse en el presente en lugar de empujarse a sí mismo, y empujar a Layla, hacia un mañana nebuloso e incierto. Ella tenía razón cuando le había dicho que el pueblo no tenía un futuro claro. ¿Quién diablos querría abrir una tienda en un pueblo que bien podría desaparecer de la faz del planeta en cuestión de unos pocos meses? ¿Por qué alguien habría de invertir el tiempo y el dinero necesarios para plantar las semillas y después trabajar con ahínco, teniendo la esperanza de que los chicos buenos ganaran la batalla al final? Hoy, todos habían recibido el espantoso aviso que les recordaba que el reloj estaba marcando las horas y que se le estaba acabando el tiempo al pueblo... y a ellos seis.

Y eso era pura mierda. Molesto, Fox se puso en pie. Aquello no era más que pura mierda. Si la gente de veras pensaba de esa manera, ¿entonces para qué diablos se molestaban en levantarse de la cama por las mañanas? ¿Por qué la mayoría al menos trataba de hacer lo correcto, o a lo sumo su versión de lo correcto? ¿Para qué comprar una casa o tener hijos o comprar unas malditas entradas para el partido de la siguiente temporada, si el mañana era tan incierto?

Tal vez él había sido un imbécil al suponer que a Layla le importaba, no le importaba admitirlo. Pero ella era igual de imbécil por no darse la oportunidad de ver lo que podrían construir juntos sólo porque le parecía que el futuro no estaba perfectamente alineado en columnas perfectas. Lo que necesitaba, se dio cuenta Fox, era un enfoque diferente. Si era un abogado, por Dios santísimo, sabía cómo cambiar las perspectivas, darles rodeos a los obstáculos y establecer una nueva ruta para alcanzar la meta. Sabía cómo transigir y negociar, y cómo llegar a ese punto medio bueno para ambas partes.

«Entonces, ¿cuál es la meta?», se preguntó mientras caminaba hacia la ventana.

Salvar el pueblo y sus habitantes, aniquilar el demonio que quería destruirlo y matar a todos los que allí vivían. Ésos eran los dos objetivos a gran escala, pero si hacía a un lado esos asuntos de vida o muerte, ¿cuál era la meta de Fox B. O'Dell?

Layla. Una vida con ella. Todo lo demás no eran más que detalles. Había dejado caer la pelota antes de marcar el gol porque se había quedado atascado en los detalles. Así las cosas, lo primero que había que hacer era solucionarlos poco a poco. Una vez que se deshiciera de ellos, sólo quedarían un chico y una chica. Era tan sencillo y tan complejo como eso.

Regresó al escritorio. Había echado en el cajón el expediente para Layla, y éste justamente era el símbolo de los detalles. Cuando se disponía a abrir el cajón para sacar la carpeta, llamaron a la puerta, lo que le hizo fruncir el ceño. Seguro tenía que ser Cal o Gage, pensó Fox mientras caminaba fuera de la oficina para ir a abrir. Ahora no tenía tiempo para pasarlo con sus amigos, pensó. Necesitaba trabajar el enfoque más simple y eficiente que le iba a permitir conquistar a la mujer que amaba.

Cuando abrió la puerta, la mujer que amaba estaba de pie al otro lado del umbral.

—Hola. Estaba... ¿Has venido sola? —El tono de Fox pasó de sonar sorprendido y nervioso a irritado. La tomó de la mano y la hizo entrar—. ¿Qué crees que estás haciendo, vagando por el pueblo sola por la noche?

—No empieces a darme la lata. Twisse se manifiesta también a plena luz del día. Además, no estaba vagando, vine directa hasta aquí. Pensaba que ibas a volver a la casa, pero no lo hiciste.

—No tenemos ni idea de qué podría hacer Twisse después de un día como el de hoy. Y no regresé porque pensaba que ibas a querer dormirte temprano. Eso sin contar que después de la escena de esta tarde no parecías estar muy contenta que digamos conmigo.

—Y ésa es exactamente la razón por la cual pensaba que ibas a volver, para que pudiéramos hablar sobre ello —le dijo Layla hundiéndole un dedo en el pecho—. No te voy a permitir que te enfades conmigo por esto.

—¿Perdón?

—Ya me has escuchado. No te vas a enfadar conmigo sólo porque no me embarqué sin pensar en unos planes que hiciste sin consultarme.

—Espera un maldito momento...

—No, no voy a esperar ningún maldito momento. Tú decidiste lo que yo debía hacer el resto de mi vida, dónde debía vivir el resto de mi vida y cómo debía ganarme la vida. Y, encima de todo, hiciste un *expediente*. —La indignación le resplandeció en los ojos y le tiñó la voz. Desde donde estaba Fox, le pareció que prácticamente le irradiaba de los dedos de las manos—. No me sorprendería que hubieras incluido un muestrario de colores y de posibles nombres para la tienda imaginaria.

—Se me ocurrió un tono pardo rojizo, para que combine. No creo que el pardo rojizo se haya usado lo suficiente. En cuanto a los nombres, el que encabeza mi lista es Que Tomes el Puto Control, pero probablemente necesita pulirse.

—No me vengas con palabrotas ni trates de hacer una broma de todo este asunto.

—Si ésos son tus dos requisitos, estás en el lugar equivocado con el tipo equivocado. Ven, te llevo a casa.

—No me vas a llevar a ninguna parte. —Con los pies firmemente plantados en el suelo, Layla se cruzó de brazos—. Me voy a marchar cuando esté lista para hacerlo, no antes. Y todavía no lo estoy. Ni siquiera se te ocurra considerar la posibilidad de echarme fuera o voy a...

—¿A qué? —¿Cómo podía no hacer una broma sobre esto, si la situación era absolutamente ridícula? Levantó las manos, cerró los puños y se puso en posición de boxeo—. ¿Crees que vas a poder noquearme?

Un torrente de ira le corrió por las venas a Layla y se encendió tanto, que habría podido hacer hervir el aire a su alrededor.

—No me tientes. Me sales con una cosa de éstas, sin previo aviso, además, y después, cuando no bailo de felicidad ni me embarco en tus planes exultante de la emoción, sencillamente te vas. Me dices que me amas y después te das media vuelta y te marchas.

—Lo siento. Supongo que necesitaba un tiempo a solas después de darme cuenta de que la mujer de la que estoy enamorado no está interesada en construir una vida conmigo.

—Nunca dije que... Nunca quise decir que... ¡Diablos! —Layla se cubrió el rostro con las manos e inspiró profundamente varias veces. La ira se había esfumado cuando volvió a descubrirse la cara—. Una vez te dije que me asustabas, pero sigues sin entenderlo. Tú no eres de los que se asusta fácilmente.

—Eso no es cierto.

—Pero por supuesto que es cierto, claro que sí. Has vivido con esta amenaza demasiado tiempo como para que te asustes con facilidad. Tú te enfrentas a las cosas. En parte es debido a las circunstancias, en parte es sólo tu naturaleza, pero el hecho es que tú te enfrentas a lo que se te venga encima. A mí no me ha tocado mucho tener que hacer eso. Las cosas para mí habían sido bastante comunes y corrientes toda mi vida, hasta febrero pasado. Nunca había tenido mayores escollos en el camino, ni tampoco sucesos particularmente extraordinarios. Pero con todo y con eso, creo que he tenido un desempeño aceptable en todo este asunto. En general, creo que no lo he hecho tan mal —concluyó con un suspiro y empezó a caminar de un lado a otro de la habitación.

—Lo estás haciendo muy bien.

—Le temo a lo que pasa aquí, a lo que se avecina, a lo que puede suceder. Yo no cuento con la energía de Quinn, ni con... ¿cómo decirlo...? Las habilidades o experiencia de Cybil. Soy perseverante y cuando me comprometo con algo, hago todo lo que puedo para llevarlo a cabo. También tengo la habilidad de descomponer en fragmentos el asunto general, fragmentos con los cuales puedo lidiar racionalmente. Eso es algo, creo yo. Así no me siento abrumada ni aterrorizada, porque me enfrento sólo a pequeñas unidades que tengo que solucionar. Pero el problema ahora es que no he podido encontrar una manera de lidiar racionalmente con las cosas entre tú y yo, Fox. Y eso me asusta. —Layla se giró para mirarlo—. Me asusta que nunca antes hubiera sentido por nadie lo que siento por ti. Me he dicho que está bien, que no hay ningún problema en permitir que esos sentimientos afloren y se apoderen de mí, porque en todo caso todo lo demás que nos rodea es una locura. Pero el hecho es que todo es una locura, sí, pero es real. Lo que sucede a nuestro alrededor, lo que sucede en mi interior, todo es real. Y sencillamente no sé qué hacer con todo eso, no sé qué hacer al respecto.

—Y yo vine a empeorar la situación con mi idea de abrir una tienda aquí, lo que hace que las cosas sean más complicadas y aterradoras. Ya entiendo. Saquemos la idea de la mesa, ¿vale? No te lo propuse para presionarte, Layla. Yo sé que todos tenemos suficiente presión ya con como están las cosas.

—Quería estar enfadada porque es más fácil estar enfadada que asustada, pero no quiero pelearme contigo, Fox. Todo lo que ha sucedido hoy... pero tú estabas allí. Cuando recuperé la conciencia después de esa pesadilla, estabas a mi lado. Pero después te fuiste y no regresaste. —Cerró los ojos—. No regresaste.

—No me fui lejos.

Cuando Layla abrió los ojos, Fox vio que las lágrimas se los aguaban.

—Pero pensé que podría no haber sido así. Y esa posibilidad me asustó más que cualquier otra cosa.

—Te amo —respondió Fox sencillamente—. ¿Adónde me iba a ir?

Layla se lanzó a los brazos del hombre.

—No te vayas lejos, Fox. —Su boca se posó sobre la de él—. No me eches de tu vida. Déjame estar contigo.

—Layla —Fox tomó el rostro de la mujer entre sus manos y la alejó ligeramente, hasta que sus ojos se encontraron—, si lo único que quiero es que al final del día estés conmigo.

—Estoy aquí. Es el final del día y estoy aquí. Y aquí es donde quiero estar.

Los labios de Layla eran tan suaves, tan generosos. Sus suspiros, mientras su cuerpo se amoldaba al de Fox, sonaban como música a los oídos del hombre. Le acarició la cara con las manos, le pasó los dedos por el pelo mientras él la llevaba hacia la habitación. Y en la oscuridad, se acostaron en la cama, uno frente al otro, con las piernas entrecruzadas. A medida que se excitaban uno al otro con largos y lentos besos, Fox podía ver en la oscuridad el brillo de los ojos de Layla, la curva de sus mejillas, podía sentir la forma de sus labios y los latidos de su corazón contra el suyo.

Layla giró y se puso de rodillas para desabotonarle la camisa. Después se inclinó hacia delante y puso sus labios sobre el corazón de Fox. Delicadamente, recorrió con los dedos los costados del hombre, mientras su boca lo acariciaba y su lengua le resbalaba por la piel. Layla sintió que los músculos de Fox se estremecían a medida que esos besos con la boca abierta de ella avanzaban por su vientre, a medida que ella le iba abriendo los vaqueros.

Layla quería que Fox se estremeciera.

Le bajó la cremallera, apenas un susurro quedo en la oscuridad, y le deslizó los vaqueros por esas caderas angostas en las que la piel se sentía tibia. Fox no pudo por menos que gemir cuando Layla empezó a complacerlo.

Ella gobernaba el cuerpo del hombre. Sus manos y su boca lo fueron llevando lenta e inexorablemente hacia el bravío océano de calor hasta que estuvo completamente empapado de él. Y cuando la sangre empezó a arderle bajo la piel, ella se volvió de nuevo. Fox escuchó el susurro ahogado de las ropas de la mujer al caer al suelo.

—Te quiero pedir algo. —Una vez desnuda, Layla atravesó la cama hacia Fox gateando sobre manos y rodillas. A Fox se le secó la boca como si fuera de arena.

—Si quieres pedirme un favor, probablemente éste es buen momento para hacerlo.

Layla bajó la cabeza y le dio un beso suave sobre los labios, le acarició los labios con sus labios, entonces se retiró. Cuando él le pasó la mano por la nuca para atraerla hacia su boca de nuevo, Layla le ofreció un seno a cambio.

—Cuando me tocas, cuando me haces el amor, cuando estás dentro de mí, ¿puedes sentir lo que yo siento? ¿Podría yo sentir lo que tú sientes? Quiero tener eso contigo. Quiero saber lo que se siente al estar juntos de esa manera cuando estamos así.

Un regalo, pensó Fox. Un regalo de confianza total, de parte de ambos lados. Se sentó y la miró fijamente a los ojos.

—Ábrete —le murmuró, y frotó los labios contra los de ella—. Sólo ábrete.

Fox pudo sentir los nervios de Layla, sus necesidades y los pensamientos que iban y venían dentro de su cabeza como tenues reflejos. Quería que él la deseara, que él y sólo él la tocara. Cuando Layla pasó las manos a lo largo de su espalda, Fox sintió tanto la sensación de aprobación de ella como el placer que la embargaba. Él sintió lo que le provocaba a ella la presión de sus cuerpos, los latidos de ambos corazones uno contra el otro.

Entonces recostó a Layla sobre la cama y dándole un beso profundo se abrió a ella.

Al principio fue como un suspiro a lo largo del cuerpo de Layla, en su mente. Pensó: «Encantador». Era encantador, entonces la expectativa fue creciendo más y más. Volvió la cabeza y le ofreció el pulso del cuello, porque sintió que él quería probar ese punto específico.

Ahogó un jadeo, una conmoción corta y rápida, cuando la boca de Fox tocó sus senos. Había tanto por sentir, tanto por saber... Layla tembló con cada nueva sensación que entró y salió de su cuerpo, que la rodeó y la embargó. Las manos de él, la piel de ella, los labios de él, el sabor de ella. Las necesidades de Layla atadas y enredadas a las de Fox mismo en una caída libre, inexorable.

Ansias, tal vez de ella o de él, no lo supo bien, fue lo que hizo que rodara con él sobre la cama, desesperada por alcanzar más, pero cuanto más atesoraba, más desataba nuevos y salvajes anhelos. Las manos de Fox la usaron, más bruscamente que las veces anteriores, en respuesta a las exigencias mudas de la mujer. Tomar, poseer, tomar. El placer creció y se desplegó, para después hacer explosión una y otra vez. Y otra.

Las uñas de Layla se hundieron en la piel del hombre, sus dientes lo mordieron y, cuando finalmente él se abrió paso dentro de ella, Layla pensó que iba a perder la razón debido a la fuerza de los poderes fundidos.

—Quédate conmigo, quédate conmigo. —Desesperada, delirante, Layla envolvió las piernas alrededor de Fox como si fueran cadenas cuando sintió que él iba a empezar a retroceder. El placer, como una espada de doble filo, era brutalmente agudo. Layla envolvió a Fox con él.

Y retuvo el cuerpo del hombre, sus pensamientos, su corazón, hasta que ninguno de los dos pudo aguantar más.

Fox quedó desparramado boca abajo sobre la cama, con la cabeza dándole vueltas y los pulmones esforzándose por recuperar el aliento. Sintió que no tenía aliento, todavía no, para preguntarle a Layla si estaba bien ni mucho menos como para moverse y constatarlo por sí mismo.

Layla lo había extenuado completamente y no se sentía capaz de recuperar las fuerzas todavía. Los pensamientos no le coordinaban y no estaba seguro de que lo que escuchaba dentro de su cabeza no fuera todavía el eco de los pensamientos de ella.

Sin embargo, al cabo de unos pocos minutos Fox se dio cuenta de que bien podría morir de sed, si no iba a buscar algo de beber.

—Agua —croó con voz seca.

—Dios, por favor.

Fox empezó a darse la vuelta para intentar levantarse y tropezó con ella; Layla yacía atravesada en la cama.

—Perdona.

Fox a duras penas gruñó cuando puso los pies sobre el suelo, después se tambaleó hasta la cocina. Cuando abrió el refrigerador, la luz le hirió los ojos como si hubiera sido el resplandor del sol. Se puso una mano sobre los ojos y a tientas buscó sobre las repisas una botella de agua. Cuando la encontró, bebió la mitad allí donde estaba, desnudo frente al refrigerador abierto y con los ojos cerrados para protegérselos de la fuente de luz. Sintiéndose más estable, entreabrió los ojos como un par de ranuras y sacó otra botella de agua antes de volver a su habitación.

Layla no se había movido ni un milímetro de la posición en la que la había dejado.

—¿Estás bien? ¿Te hice...?

—Agua. —Levantó la mano en el aire—. Agua.

Fox abrió la botella y le pasó el brazo por debajo de la espalda para ayudarla a beber. Layla bebió con la misma urgencia que lo había hecho él, recostada en el brazo del hombre.

—¿Te pitan los oídos? —le preguntó Layla a Fox—. Yo estoy oyendo pitos y, además, creo que me he quedado ciega. —Fox la arrastró hacia las almohadas y la recostó contra ellas, después encendió la lámpara de la mesilla de noche. Ella gritó y se llevó una mano a los ojos—. Muy bien, muy bien, no estoy ciega, pero es posible que ahora sí lo esté. —Con cuidado, abrió dos dedos y echó un vistazo entre ellos—. ¿Alguna vez habías...?

—No. Ésta ha sido la primera vez. —Puesto que todavía sentía un poco débiles las piernas, Fox fue a sentarse junto a ella, lo que le pareció una idea regular, decidió, porque perdía la oportunidad de apreciar la vista de cuerpo entero de Layla que tanto le gustaba—. Intenso, ¿no?

—«Intenso» es un adjetivo demasiado débil. Yo creo que no existe una palabra que describa exactamente lo que es esto.

La Academia tendrá que inventarse una nueva, ¿no crees? Pienso que no vamos a ser capaces de resistir faenas como ésta todas las veces que hagamos el amor.

Podemos reservarlas para ocasiones especiales.

Layla sonrió y reunió las fuerzas necesarias para sentarse y apoyar la cabeza sobre el hombro de Fox.

—Pronto se celebra el Día del Árbol. Yo considero que es una ocasión de lo más especial.

Fox se rió y frotó la mejilla contra el pelo de ella. «Te amo», pensó, pero esta vez se guardó las palabras para sí mismo.

* * *

Puesto que Fox tenía reuniones fuera de la oficina, Layla aprovechó la tranquilidad de la tarde para dedicarse a leer extractos del tercer diario de Ann Hawkins. Aunque tenía la esperanza de que fuera así, en su lectura no encontró ninguna fórmula, encantamiento o instrucciones paso a paso para matar a un demonio de siglos de antigüedad. Esto llevó a Layla a pensar que Giles Dent no le había dicho a su mujer cuáles eran las respuestas. El enfoque de Cybil era más místico, supuso Layla. Si Ann sabía qué había que hacer, también sabía que lo que fuera que se necesitara para acabar con Twisse se vería debilitado, o incluso invalidado, si sencillamente se daban las instrucciones de cómo hacerlo.

A Layla le pareció que este hecho era de lo más críptico e irritante, por lo cual dedicó una enorme cantidad de tiempo a tratar de leer entre líneas, pero terminó con dolor de cabeza y sintiéndose frustrada. ¿Por qué la gente no podía ser directa? A ella le *gustaban* las instrucciones paso a paso. Y por supuesto que, si las encontraban, las usaban y eran eficientes, las iba a dejar registradas por escrito, en caso de que alguna generación futura se encontrara con un problema similar.

—¿Por qué no regresas? —murmuró Layla—. Vuelve a hablar conmigo, Ann. Ven y dame alguna pista, para que salgamos de esto de una buena vez y después todos podamos proseguir con nuestra vida común y corriente.

Y apenas hubo terminado de pronunciar las palabras, Layla escuchó que la puerta principal se abría. Se puso en pie como un resorte, pero sólo para ver entrar tranquilamente a Brian O'Dell.

—Hola, Layla... Perdón, ¿te he asustado?

—No. Un poquito. No esperaba que viniera nadie por aquí. Fox está trabajando fuera de la oficina toda la tarde.

—Ah, bueno. —Brian se metió las manos en los bolsillos y se balanceó sobre los talones—. Andaba por el pueblo, así que pensé pasar a saludar.

—Probablemente Fox no llegue antes de las seis, pero si quiere dejarle un mensaje...

—No, no pasa nada. ¿Sabes? Ya que estoy aquí, tal vez pueda ir a la cocina. —Sacó una mano del bolsillo y señaló con el pulgar hacia atrás—. Fox me dijo que quiere cambiar el suelo y poner uno nuevo y hacer un par de arreglos más. Puedo tomar las medidas, ya que estoy aquí. ¿Quieres un café o algo?

Layla ladeó la cabeza.

—¿Cómo piensa medir si no trae metro?

—Sí, sí, tienes razón. Voy a traerlo de la camioneta...

—Señor O'Dell, ¿acaso Fox le pidió que pasara por la oficina hoy por la tarde?

—Ah. Él no está.

—Exactamente. —Igual que el hijo, pensó Layla, el padre era un pésimo mentiroso—. Así que Fox le pidió que pasara por aquí y me echara un vistazo, ¿no? De lo que no me habría percatado, de no ser porque su esposa pasó por aquí hace como una hora a dejar una docena de huevos. Eso sumado a esto me da la sensación de que están haciendo de niñera conmigo.

Brian sonrió y se rascó la cabeza.

—Me has pillado. A Fox no le gusta que te quedes sola aquí, y, la verdad, no puedo culparlo. —El hombre caminó hasta los asientos de la recepción y se dejó caer en uno—. Espero que no le vayas a dar la lata porque quiera cuidarte.

—No. —Layla suspiró y se sentó también—. Supongo que, de una manera u otra, todos nos preocupamos por los demás. Pero tengo mi teléfono móvil en el bolsillo y tengo a todos mis conocidos en marcación rápida. Señor O'Dell...

—Llámame Brian. Y trátame de tú.

—Gracias, Brian. Quería preguntarte, ¿cómo lidias con todo esto? Sabiendo lo que pasa, o lo que puede sucederle a Fox.

—¿Sabes? Yo tenía diecinueve años cuando nació Sage. —Brian cruzó una pierna y apoyó uno de sus pies enfundados en botas de trabajo sobre la rodilla contraria mientras continuaba hablando en tono sosegado—. Jo tenía dieciocho. No éramos más que un par de críos que creían que se las sabían todas y que tenían todo cubierto. Pero cuando uno tiene un hijo, todo el mundo cambia. Hay una parte de mí que ha estado preocupada constantemente durante los últimos treinta y un años. —Sonrió al decirlo—. Aunque supongo que más que una sola parte de mí se preocupa cuando se trata de Fox. Y a decir verdad me enfurece cada vez que pienso que le robaron su infancia y su inocencia de esa manera. Después de que llegara a casa ese día, el día de su décimo cumpleaños, ya nunca volvió a ser un niño. No de la misma manera.

—¿Les contó lo que había sucedido? Es decir, ¿esa misma mañana en que regresó de la Piedra Pagana?

—Me gusta pensar que en general hemos hecho un buen trabajo con nuestros hijos, pero hay una cosa que sé con certeza que hemos hecho bien: todos saben que pueden decirnos cualquier cosa. Fox nos mintió al decirnos que iban a acampar en el jardín de la casa de Cal, pero tanto Jo como yo supimos que se trataba de algo más.

—¿Sabían que iban a pasar la noche en el bosque?

—Sabíamos que Fox y sus amigos se iban a embarcar en una aventura, entonces decidimos darle espacio para que lo hiciera. De no haber sido de esa manera, habría encontrado los medios de hacerlo de todas maneras. Los pájaros necesitan echar plumas para aprender a volar después; es algo que no puede evitarse. A pesar de que lo que uno más quiera sea mantenerlos a salvo dentro del nido. —Brian hizo una pausa unos minutos y Layla pudo verlo recordando. Se preguntó cómo sería eso de recordar la vida de otra persona. De alguien a quien se ama—. Cuando llegó a casa venía con Gage —prosiguió Brian—. Fue evidente en el acto que algo había cambiado en ambos. Entonces nos contaron lo que había pasado y en adelante todo fue diferente. Consideramos la idea de marcharnos; Jo y yo discutimos la posibilidad de vender la granja e irnos a otra parte. Pero Fox necesitaba estar aquí. Después de que pasara la semana, todos pensamos que ése era el fin de todo el asunto. Pero, más que eso, sabíamos que Fox necesitaba quedarse aquí, con Cal y Gage.

—Has visto a Fox enfrentarse a esto tres veces antes y ahora va a hacerlo de nuevo. Creo que se requiere de una tremenda valentía para aceptar lo que él está haciendo y no tratar de detenerlo.

Brian sonrió espontáneamente, esa sonrisa clara tan parecida a la del hijo.

—No es valentía, es fe. Tengo plena fe en Fox: él es el mejor hombre que he conocido en mi vida.

Brian se quedó en la oficina hasta que Layla cerró, después insistió en llevarla a su casa. «El mejor hombre que he conocido en mi vida», reflexionó Layla mientras abría la puerta y entraba. ¿Acaso podía haber un mayor tributo de parte de un padre para con su hijo? Subió las escaleras con la intención de devolver el diario a su lugar en la oficina. Allí se encontró a Quinn, frunciéndole el ceño a la pantalla del ordenador.

—¿Cómo va todo?

—Fatal. Estoy en el límite de la fecha de entrega de un artículo y, sencillamente, no puedo concentrarme.

—Siento interrumpirte, entonces. Voy abajo, para darte espacio.

—No. Mierda. —Se separó del escritorio—. No debía haber aceptado escribir este maldito artículo, para empezar, si no fuera porque me pagan bien. Pero con toda esta idea del ritual de sangre y tener que escribir inteligentemente lo que vamos a decir, no puedo poner la cabeza en nada más. Y, encima, Cybil está que muerde.

—¿Dónde está?

—Trabajando en su habitación, porque al parecer pienso en voz demasiado alta. —Quinn gesticuló con la mano—. Siempre nos enfurruñamos así cuando trabajamos por un período demasiado largo de tiempo en el mismo proyecto. Sólo que *ella* se pone peor que yo la mayoría de las veces. Quisiera comerme una galleta. —Recostó la barbilla sobre la mano—. De hecho, desearía tener toda una bolsa de galletas de chocolate. Maldición. —Levantó la manzana que tenía sobre el escritorio y le dio un mordisco—. ¿De qué te ríes, señorita talla pequeña?

—Mediana. Y sonrío porque me parece tranquilizante llegar a casa y encontrarte con este estado de ánimo tan regular y con ganas de comerte unas galletas, mientras Cybil está encerrada en su habitación. Es tan normal...

Quinn dejó escapar un sonido entre un gruñido y un resoplido, entonces le dio otro mordisco a su manzana.

—Mi madre mandó una muestra de la tela para los vestidos de las damas de honor: es fucsia. ¿Cómo puede ser eso normal?

—Podría vestirme de fucsia si tuviera que hacerlo, pero, por favor, no me obligues.

Quinn masticó y tragó mientras sus intensos ojos azules resplandecían de diversión traviesa:

—Cyb quedaría horrible de fucsia, pero si sigue molestándose conmigo, voy a escoger ese color para ella. ¿Sabes qué? Necesitamos salir de esta casa por un rato. No hacemos más que trabajar y no nos divertimos nada. Mañana nos vamos a tomar el día libre para irnos a comprar mi vestido de novia.

—¿En serio?

—En serio.

—Pensaba que nunca se te iba a ocurrir. Llevo días *muriéndome* de ganas de ir a comprar tu vestido. Dónde... —Layla se dio la vuelta cuando escuchó que la puerta de la habitación de Cybil se abría—. Nos vamos de compras, Cybil. Vamos a buscar el vestido de novia para Quinn.

—Bien, suena muy bien, de hecho. —En el umbral de la puerta, Cybil se recostó contra el quicio y examinó a sus dos amigas—. Eso es lo que podríamos llamar un ritual: uno blanco, femenino. A menos que queramos echarle un vistazo más de cerca al simbolismo. El blanco significa virginidad, el velo significa sumisión...

—No lo digas —la interrumpió Quinn—. Sin vergüenza soy capaz de olvidarme de mis principios feministas con tal de poder usar el vestido de novia perfecto el día de mi matrimonio. Puedo vivir con ello.

—Muy bien. Entonces... —Con un gesto ausente, Cybil se echó hacia atrás su mata de pelo oscuro—. Sin embargo, sigue siendo un ritual femenino. Tal vez sea el equilibrio para el que vamos a llevar a cabo dentro de dos semanas: magia de sangre.

* * *

Fox condujo directamente hacia la casa de Layla después de terminar sus citas de trabajo. Ella misma le abrió la puerta cuando él iba a empezar a subir los escalones. El cabello le oscilaba y una sonrisa de bienvenida le adornaba el rostro. ¿Acaso podían culparlo de que quisiera exactamente eso todas las noches al volver a casa?

—Hola. —Fox se agachó para besarla, pero volvió y se enderezó y ladeó la cabeza ante la respuesta ausente de ella—. ¿Por qué no lo intentamos de nuevo?

—Lo siento. Estoy distraída. —Lo tomó de las solapas de la americana y lo atrajo hacia sí, concentrándose en el beso.

—Eso sí es de lo que estoy hablando. —Pero Fox notó que esa sonrisa que lo había recibido ya no se reflejaba en los ojos de ella—. ¿Qué te pasa?

—¿Recibiste el mensaje que te dejé en el buzón del móvil?

—Por eso estoy aquí: «Te espero en casa en cuanto estés libre». Bien, ya estoy libre y estoy aquí.

—Es sólo que... Estamos en la sala... Cybil cree que por fin ha logrado ultimar los detalles para el ritual de sangre.

—Diversión y juegos para todos. —Fox le acarició una mejilla a Layla con el pulgar, con preocupación—. ¿Cuál es el problema?

—Cybil... Cybil estaba esperando a que llegaras, para explicaros a los tres juntos lo que ha descubierto.

—Cualquiera que sea la explicación que te dio no te ha encendido las mejillas.

—Algunos de los resultados posibles no son nada divertidos —lo tomó de la mano—, pero es mejor que lo escuches directamente de ella. Pero antes... necesito decirte algo más.

—Muy bien.

—Fox —los dedos de Layla se apretaron a los de él, como si quisieran reconfortarlo—... siéntate aquí un momento, para que podamos hablar.

Se sentaron juntos en uno de los escalones del porche, mirando hacia la calle silenciosa; Layla con las manos clavadas sobre las rodillas, una señal —Gage lo llamaría un cante— de lo nerviosa que estaba.

—¿Qué es eso tan malo que pasa? —le preguntó Fox.

—Es sólo que no sé cómo te vas a sentir al respecto, o cómo vas a reaccionar. —Apretó los labios con fuerza—. Te lo voy a decir de una vez por todas, directamente, después puedes tomarte todo el tiempo que necesites para... asimilarlo: Carly estaba conectada. Conectada con esto que pasa aquí. Ella también era descendiente de Hester Deale.

Las palabras de Layla lo alcanzaron con fuerza, como un gancho al hígado. Los pensamientos se le arremolinaron en la cabeza, entonces hizo la primera pregunta que logró articular:

—¿Cómo lo sabes?

—Le pedí a Cybil que —se interrumpió y volvió la cara para mirarlo de frente, entonces empezó de nuevo—... me pareció que tenía que haber una razón para lo que sucedió, Fox, una razón que explicara por qué Carly se vio afectada con tanta rapidez, tan... fatalmente. Entonces le pedí a Cybil que investigara y eso ha estado haciendo.

—¿Por qué no me dijiste nada?

—No estaba segura de que fuera así y pensé que si estaba equivocada, te iba a indisponer por nada. Y... Debía habértelo comentado —se corrigió—. Lo siento.

—No. —La cabeza dejó de darle vueltas a Fox y el dolor que había empezado a extendérsele por todo el cerebro empezó a replegarse. Layla había querido protegerlo hasta que confirmara sus suposiciones, y él habría hecho exactamente lo mismo—. Está bien, entiendo por qué lo hiciste. ¿Cybil revisó el árbol genealógico de Carly?

—Sí. Hace un rato me dijo que había logrado encontrar la conexión. Ella tiene todos los detalles, si quieres echarles un vistazo. —Dado que él sólo asintió con la cabeza, Layla prosiguió—. No sé si esto hace que las cosas sean mejores o peores para ti, o si cambia algo, pero pensé que debías saberlo.

—Carly formaba parte de esto —dijo él quedamente—. Desde el principio.

—Twisse usó ese hecho, y os usó tanto a ti como a ella. Lo siento, Fox, lo siento mucho, pero nada de lo que hubieras hecho o dejado de hacer habría cambiado las cosas lo más mínimo.

—No sé si lo que dices es cierto, Layla, pero la realidad es que no hay nada que pueda hacer ahora por cambiar lo que sucedió. Tal vez Carly y yo nos encontramos en la vida debido a esa conexión, pero después ambos decidimos, escogimos unas determinadas opciones que desencadenaron el final que tuvimos. Tal vez si hubiéramos tomado otras decisiones, el resultado habría sido diferente, pero no hay manera de saberlo ahora. —Después de un momento, Fox puso una mano sobre una de las de Layla antes de empezar a hablar de nuevo—. Siempre voy a sentir dolor y culpa cuando piense en ella, pero por lo menos ahora sé en parte cuál es de la razón de todo. Nunca había entendido el porqué, Layla, y eso empeoraba la tortura.

—Twisee la mató para hacerte daño. Y pudo matarla de la manera en que lo hizo porque ella era descendiente suya. Y porque...

—Continúa —la animó él cuando Layla se interrumpió.

—Yo creo que otra razón es que ella no creía, no en realidad. Carly no creía lo suficiente como para sentirse asustada, para pelear o incluso para huir. Sólo estoy especulando y es posible que me esté sobrepasando, pero...

—No —respondió él quedamente—. Tienes toda la razón: Carly no creía, ni siquiera pudo creer cuando lo vio con sus propios ojos. —Fox levantó la mano que tenía libre y se examinó la palma sin marcas—. Me dijo lo que pensaba que yo quería escuchar, me prometió que se iba a quedar en la granja esa noche a pesar de que no tenía ni la más mínima intención de cumplir su promesa. Ella era una persona escéptica, ésa era su naturaleza y no podía evitarlo. —Cerró la mano en un puño suelto y lo dejó caer. Y por primera vez en casi siete años, se desligó—. Nunca se me había ocurrido pensar que podía haber una conexión. Fuiste lista al considerar la posibilidad. Y estuviste en lo correcto al contármelo. —Levantó sus manos y entrelazó los dedos entre los de ella—. Ser directos y claros uno con el otro, aunque sea duro, es la mejor opción para nosotros.

—Quiero decirte una cosa más antes de que entremos: si te prometo algo, si me pides que haga o deje de hacer algo y yo prometo que así será, voy a cumplir mi palabra.

Fox comprendió a lo que Layla se refería, entonces se llevó a los labios sus manos entrelazadas.

—Y yo voy a creer cualquier cosa que me digas. Ven, vamos adentro.

Fox pensó que no podía cambiar el pasado. Lo único que podía hacer era prepararse para el futuro y atesorar y vivir el presente lo mejor que pudiera. Layla era su presente y le pertenecía, igual que la gente que estaba en la casa en ese momento. Ellos lo necesitaban y él los necesitaba a ellos. Eso era suficiente para cualquier hombre.

Se sentó en su lugar habitual en el suelo, al lado de *Lump*. Lo que se sentía en el ambiente, pensó Fox, era una mezcla entre nervios y miedo, en cuanto a las mujeres se refería. Por parte de Cal y Gage sintió más bien una mezcla de impaciencia e interés.

—¿Qué está pasando? Sea lo que sea, terminemos con ello de una buena vez.

Cybil tomó la palabra:

—He comentado con varias personas que conozco, y en quienes en general confío plenamente, la posibilidad de realizar el ritual de sangre con el objeto de volver una sola piedra los tres fragmentos de la sanguinaria de Dent que tenemos. Estamos suponiendo que eso es algo que necesitamos hacer. Hemos llegado a un montón de suposiciones basándonos solamente en fragmentos o retazos de información, en puras especulaciones.

—Las tres partes separadas no parecen haber sido de mayor utilidad hasta ahora —apuntó Gage.

—No creo que sepas eso a ciencia cierta, ¿no es cierto? —respondió Cybil—. Es muy posible que esos fragmentos de la piedra sean los que os han dado vuestros dones: la rapidez con que os curáis, la capacidad de cada uno de ver el pasado, el presente y el futuro. No sabemos, si logramos unir la piedra, si vosotros vais a perder eso. Y sin esos dones, los tres sois de lo más vulnerables a Twisse.

—Si no unimos los tres fragmentos —comentó Cal—, no son más que tres piedras que no entendemos. Todos estuvimos de acuerdo en intentarlo. Los tres *hemos* probado antes, pero si has encontrado otra manera, ésa es la que vamos a probar a continuación.

—Los rituales de sangre son una magia poderosa y peligrosa. Ya estamos enfrentándonos a una fuerza de por sí poderosa y peligrosa. Así que todos tenéis que entender las posibles consecuencias. Todos tenemos que considerar cuáles son. Y todos tenemos que estar de acuerdo, porque todos tenemos que desempeñar una parte en el ritual, si queremos aumentar las posibilidades de que funcione. Yo no voy a dar mi consentimiento hasta que todos entendáis claramente lo que implica.

—Ya lo entendemos. —Gage se encogió de hombros—. Es posible que Cal tenga que rebuscar entre sus reliquias del pasado para desenterrar sus antiguas gafas y los tres vamos a ser susceptibles de pescar un refriado.

—No subestimes esto, Gage —le dijo Cybil enfadada—. Podríais perder lo que tenéis, y más. Cabe la posibilidad de que nos explote en la cara: tú has visto esa eventualidad. La mezcla de fuego y sangre, la piedra sobre la piedra. Todos los seres vivos consumidos hasta las cenizas. Fue la mezcla de la sangre de vosotros tres lo que liberó al demonio, por tanto, tenemos que considerar la posibilidad de que al realizar este ritual vayamos a liberar algo peor.

—Tienes que arriesgar para ganar.

—Gage tiene razón. —Fox miró a su amigo—. Nos arriesgamos o no hacemos nada. Le damos crédito a las palabras de Ann Hawkins o no. Ella le dijo a Cal que éste era el momento. Así, este Siete es el todo o nada, y la piedra, completa, puede ser un arma. Yo creo a Ann. Sacrificó su vida con Dent y ese sacrificio condujo a nosotros: uno en tres y tres en uno. Si hay una manera, hay que hacerlo.

—Ahora hay que tener en cuenta otro trío: Q., Layla y yo. Nuestra sangre, contaminada, si queréis ponerlo en esos términos, con la del demonio.

—Pero que también lleva la sangre inocente. —Layla estaba sentada con las manos entrelazadas sobre el regazo, como si tuviera algo delicado entre ellas—. Hester Deale no era malévola. Dijiste sangre inocente, Cybil. La sangre inocente es un elemento poderoso en un ritual.

—Eso me han dicho. —Cybil dejó escapar un suspiro—. También me han advertido de que la sangre inocente puede usarse para aumentar el poder del lado oscuro, del demonio, y que el ritual que estamos considerando llevar a cabo bien podría ser una invitación. Tres niños cambiaron irremediablemente a causa de un ritual de sangre en ese suelo. Cabe la posibilidad de que suceda de nuevo, con nosotras —Cybil pasó la mirada de Quinn a Layla—, y de que lo que está diluido, o en estado latente, o simplemente eclipsado por las personas que somos, emerja a la superficie.

—Eso no va a suceder —Quinn habló deprisa, enfáticamente—. No solamente porque no considero nada atractiva la moda de los cuernos y las pezuñas —Quinn hizo caso omiso del improperio impaciente que dejó escapar Cybil—, sino porque no lo vamos a permitir. Cyb, tú eres una persona demasiado cabezota como para permitir que una pequeña parte demoniaca de tu ADN lidere tu espectáculo. Además, no es tu responsabilidad. Ni se te ocurra —le ordenó Quinn cuando Cybil empezó a hablar—. Nadie te conoce como yo. Si todos votamos en favor del ritual, todos estamos de acuerdo, todos estamos tomando la decisión. Y cualquiera que sea el resultado, ya sea positivo o negativo, no es responsabilidad tuya. Tú eres solamente la mensajera.

—Es importante que todos entendáis que, si el ritual sale mal, puede salir grave y violentamente mal.

—Pero si sale bien —Fox le recordó a Cybil—, es un paso más hacia la posibilidad de salvar vidas, hacia el final definitivo de todo esto.

—Lo más probable es que sólo perdamos un poco de sangre y ninguna otra maldita cosa cambie. Lo mires como lo mires —añadió Gage—, es una posibilidad remota. A mí me gustan las posibilidades remotas, así que voto afirmativamente.

—¿Alguien vota por el no? —preguntó Quinn mirando a su alrededor—. Creo que éste es un sí rotundo.

—Empecemos, entonces.

—No tan rápido, grandullón —le dijo Cybil a Gage—. Aunque el rito es de lo más sencillo, hay que cuidar los detalles y seguir los procedimientos. Como primera medida, tenemos que estar los seis, intercalados chico-chica-chico-chica, como en cualquier fiesta formal, formados en el típico círculo ritual, en el suelo ritual de la Piedra Pagana. Cal, supongo que ya no tienes el cuchillo que utilizaste aquella vez, ¿no es cierto?

—¿Mi cuchillo de niño explorador? Por supuesto que lo tengo.

—Por supuesto que lo tiene. —Encantada, Quinn se inclinó y le dio un beso en la mejilla a Cal.

—Lo vamos a necesitar. Tengo una lista de todo lo demás que vamos a necesitar y tenemos que trabajar en las palabras que vamos a decir durante la ceremonia. Hay que esperar hasta la noche de luna llena. Debemos empezar media hora antes de la medianoche y terminar antes de que pase media hora después de la medianoche.

—Ay, por Dios santísimo.

—Un ritual requiere un ritual —le espetó Cybil a Gage—. Y requiere respeto y una enorme fe. La luna llena nos da luz, literal y mágicamente. La media hora antes de la medianoche es el tiempo del bien y la media hora después, del mal. Ése es el tiempo, ése es el lugar y, si lo hacemos como debe ser, es nuestra mejor posibilidad de que el resultado sea el que queremos. Piénsalo como si fuera echar la suerte a nuestro favor, Gage.

Tenemos dos semanas para pulir los detalles, para solucionar las posibles dificultades... o para cancelar todo el asunto e irnos a San Bartolomé. Mientras tanto —le echó un vistazo a su copa vacía—... me he quedado sin vino.

La discusión empezó de inmediato, pero Gage se escabulló para seguir a Cybil hasta la cocina.

—¿Qué te asusta?

—Ay, no sé. —Cybil se sirvió una generosa cantidad de *cabernet* en su copa—. Debe de ser la muerte y la condenación.

—Tú no eres de las que se asusta con facilidad, así que escúpelo.

Cybil le dio un breve sorbo a su copa antes de girarse a mirar a Gage.

—Tú no eres el único que ve avances de los espectáculos por venir, ¿recuerdas?

—¿Qué has visto esta vez?

—Vi morir a mi mejor amiga y a la otra mujer a la que he llegado a querer y respetar. Vi morir a los hombres que las aman al tratar de salvarlas. Te vi morir a ti en medio de sangre y fuego. Y yo sobreviví. ¿Por qué eso es peor? Que haya visto morir a todos mientras yo logré sobrevivir.

—De nuevo no suena como una premonición, sino más bien como nervios y culpa.

—Por regla general no me siento culpable por nada. En el lado amable, en mi sueño la ceremonia dio resultado: vi la sanguinaria completa, descansando sobre la Piedra Pagana bajo la luz de la luna llena. Y por un instante resplandeció más que el sol. —Cybil suspiró larga y quedamente—. No quiero salir sola del claro, así que hazme un favor: no te mueras.

—Veré qué puedo hacer.

CAPÍTULO 19

Fuera, bajo la tenue luz de la luna en cuarto creciente, Layla le dio un beso de buenas noches a Fox. Y esa suave caricia de labios le dio paso a una segunda, tan cálida y seductora como el aire tibio de la noche.

—Creo que me tengo que quedar en casa esta noche. —Pero, tras decirlo, Layla se derritió entre los brazos de Fox en otro beso—. Cybil está de malas pulgas y Quinn está distraída. Y ambas se han estado echando pullas; necesitan un árbitro.

—Yo podría quedarme —con gentileza, Fox le mordisqueó el labio inferior—, para apoyarte.

—No, porque entonces yo sería la que estaría distraída. Ya estoy distraída, de hecho. —Se separó de él, dejando escapar una queja queda—. Además, tengo la sensación de que los tres os vais a ir a casa de Cal. Seguramente querréis comentar este asunto.

—Es mucho. —Fox le pasó las manos sobre los brazos a la mujer—. Tú estás lista para hacerlo.

—No estaba en discusión.

—No. Pude verlo hace un rato y puedo verlo ahora.

Muy poco habría podido complacerla más que ese sencillo y casi informal voto de confianza.

—Es tiempo de dar el siguiente paso. A propósito, necesito tomarme el día libre mañana.

—Muy bien.

—¿Sólo «muy bien»? —Layla negó con la cabeza—. ¿Nada de «para qué» o «quién diablos se va a encargar de la oficina mañana»?

—Tres o cuatro días al año, ése era el límite, podíamos tomarnos el día libre de la escuela. Sólo teníamos que decirles a mis padres: «No quiero ir a la escuela mañana», y eso era todo. Nunca tuvimos que hacernos los enfermos o hacer novillos. Supongo que lo mismo se aplica al trabajo.

Layla se inclinó hacia él y le pasó los brazos alrededor de la cintura, con las manos entrelazadas.

—Tengo un jefe maravilloso que incluso manda a sus padres a que me echen un vistazo cuando está fuera de la oficina.

Fox frunció el ceño.

—Es posible que haya mencionado algo, pero...

—Está bien. De hecho, está mejor que bien: charlé de lo más agradablemente con tu madre y, después, con tu padre, que no deja de sorprenderme porque te le pareces tanto cuando sonríes.

—Esa sonrisa es el arma de encantamiento número uno de los O'Dell. Nunca falla.

Layla se rió y se echó para atrás.

—Hay algo que debería decirte antes de que te vayas. Ya llevo tiempo dándole vueltas en la cabeza, pero hoy, mientras hablaba con tu padre, se me ocurrió que no entiendo por qué le he estado dando tantas vueltas, ¿por qué no permitir que sencillamente fuera? Porque la realidad es ésa, sencillamente es.

—¿Qué es?

—Estoy enamorada de ti. —Layla dejó escapar una risa a medias—. Te amo, Fox. Eres el mejor hombre que conozco.

Fox no logró encontrar las palabras, no con tantas emociones circulándole por el cuerpo. «Te amo», le había dicho ella con una sonrisa que hizo que las palabras centellearan en la oscuridad. Entonces el hombre bajó la frente y la unió a la de ella, cerró los ojos y se dejó llevar plenamente por el momento. Aquí estaba ella, pensó Fox, todo lo demás no eran más que detalles.

Layla echó la cabeza hacia atrás y Fox le dio un beso sobre una ceja, en la mejilla y finalmente otro sobre los labios.

—¿Me dices esto para después mandarme a casa?

Layla se rió de nuevo.

—Eso me temo.

—Tal vez podrías venir conmigo por una hora. No, mejor dos. —La besó de nuevo, más y más profundamente—. Mejor que sean tres.

—Quisiera, pero...

Cuando Layla empezaba a ceder —¿qué son un par de horas cuando se está enamorado?—, Gage salió por la puerta principal.

—Perdón. —Le echó una mirada a Fox y ladeó la cabeza.

Fox asintió.

—¿Cómo os las arregláis para tener una conversación sin ni siquiera dirigiros la palabra? —le preguntó Layla mientras Gage se dirigía a su coche.

—Probablemente tiene que ver con el hecho de que nos conocemos desde que nacimos. Me voy con él. —Fox tomó el rostro de ella entre sus manos—. Mañana por la noche.

—Sí, mañana por la noche.

—Te amo. —Fox la besó de nuevo—. Maldición, me tengo que ir. —Y de nuevo—. Mañana.

Cuando caminó hacia el coche, la cabeza de Fox estaba demasiado colmada de ella como para darse cuenta de que una nube negra había ocultado la luna.

* * *

Layla pensó que lo mejor era dejarle a Quinn la tarea de encontrar la perfecta tienda de trajes de novia. Y una vez que llegaron a la encantadora casa victoriana de tres pisos y jardines deslumbrantes, decidió que había valido la pena cada minuto de las dos horas y media de viaje. El ojo experto de Layla reparó en los detalles: la combinación de colores, la decoración, los probadores completamente femeninos y la bastante halagadora iluminación.

Por no mencionar el surtido. La exhibición de vestidos, zapatos, tocados y ropa interior, todo expuesto de una manera tan creativa, hizo que Layla se sintiera como si estuviera caminando sobre un pastel de boda con cobertura glaseada y de lo más elegante.

—Demasiadas opciones. Demasiadas. Creo que me voy a atragantar —comentó Quinn aferrándose del brazo de Cybil.

—Por supuesto que no. Tenemos todo el día, Q. Dios mío, ¿habíais visto antes tanta blancura? Esto parece una ventisca de tul, o un bosque invernal de seda china.

—Pero además de blanco, también hay tonos marfil, crema, champaña y crudo —empezó Layla—. Sin embargo, teniendo en cuenta tu color de piel y de pelo, yo me inclinaría por el blanco, Quinn. Puedes probártelo.

—Tú escoge uno. Eso es lo que haces... hacías, ¿no es cierto? —Quinn se llevó una mano a la garganta y se la frotó—. ¿Por qué estoy tan nerviosa?

—Porque uno se casa por primera vez sólo una vez en la vida.

Quinn se rió y le hundió un dedo en el estómago a Cybil.

—Ay, cállate. Muy bien. —Inspiró y exhaló profundamente, tratando de tranquilizarse—. Natalie me está preparando un probador —comentó Quinn refiriéndose a la administradora de la tienda—. Me voy a probar los vestidos que haya escogido ella, pero quiero que las tres escojamos por lo menos uno cada una. Y tenemos que jurar que vamos a ser honestas: si el vestido me queda espantoso, lo decimos francamente. Separémonos, entonces. Nos vemos en el probador dentro de veinte minutos.

—Vas a saber cuál es el tuyo en cuanto te veas en él: así es como funciona —le dijo Layla y se alejó entre los vestidos.

Layla se paseó mirando encajes, seda, satén, cuentas. Examinó líneas, cortes, colas y escotes. Y al cabo de un rato, mientras estaba considerando un vestido en particular mientras se imaginaba a Quinn enfundada en él, Natalie se le acercó bulliciosamente. El cabello corto jaspeado con unas pocas canas le iba a la perfección a su rostro ligeramente masculino. Y las gafas pequeñas de montura negra le daban el toque final. Natalie era pequeña y delgada y llevaba puesto un traje negro, que Layla supuso ella prefería más para contrastar que para combinar con los vestidos a su alrededor.

—Quinn está lista, pero no quiere empezar sin vosotras. Tenemos seis vestidos para comenzar.

—¿Sería posible incluir éste también?

—Por supuesto. Lo llevo de inmediato.

—¿Cuánto tiempo llevas en el negocio?

—Mi socia y yo abrimos esta tienda hace cuatro años, pero administré durante varios años otra tienda en Nueva York antes de mudarme aquí.

—¿En serio? ¿Qué tienda?

—Acepto, en el Upper East Side.

—Es una maravilla ese sitio. Una amiga mía compró su vestido de novia allí hace unos pocos años. Yo vivo... vivía —¿cuál de las dos opciones?, se preguntó Layla—... hum... en Nueva York. Era la administradora de una tienda en el centro. Urbania.

—Conozco esa tienda. —Natalie sonrió—. Qué mundo tan pequeño.

—Lo es. ¿Puedo preguntarte qué te hizo tomar la decisión de renunciar a Acepto, dejar Nueva York y abrir una tienda aquí?

—Pues, Julie y yo lo habíamos hablado infinidad de veces a lo largo de los años. Hemos sido amigas toda la vida, desde la universidad. Ella encontró este sitio, entonces me llamó y me dijo: «Nat, éste es el lugar». Y tenía razón. Pensé que había perdido la razón. De hecho, pensé que *yo* había perdido la razón, pero a la larga ella tenía razón. —Natalie ladeó la cabeza—. ¿Sabes lo que se siente cuando le encuentras a una clienta exactamente lo que quiere, exactamente lo que es apropiado para ella? ¿La expresión en su rostro, el tono de su voz?

—Sí, así es.

—Pues la satisfacción se siente por triplicado cuando la tienda es tuya. ¿Te guío al probador?

—Sí, gracias.

Té en delicadas tazas de porcelana y galletas de papel sobre una bandeja de plata esperaban en una habitación espaciosa en cuyo centro se alzaba un espejo de cuerpo entero de tres secciones rodeado de sillones con cojines de encaje de punto de aguja, mientras rosas blancas y lirios sonrosados perfumaban el ambiente.

Layla estaba sentada en uno de los sillones y bebía de su taza de té mientras Quinn avanzaba de un vestido a otro de los que habían escogido.

—Éste no apesta —Cybil sonrió mientras Quinn se daba la vuelta frente a los espejos—, pero es demasiado aparatoso para ti. Demasiado —hizo girar la mano—... femenino —decidió finalmente.

—Me gustan las cuentas. Me gustan los destellos.

—No —fue lo único que Layla dijo, entonces Quinn suspiró.

—Siguiente.

—Mejor —comentó Cybil—. Y no lo estoy diciendo solamente porque fui yo quien lo escogió. Pero si estamos pensando que éste va a ser el vestido más importante de tu vida, todavía le falta algo. Me parece que es demasiado circunspecto... No es lo suficientemente divertido.

—Pero me veo tan elegante. —Quinn se dio la vuelta, los ojos le brillaban mientras se miraba en las tres partes del espejo—. Casi... no sé, majestuosa. ¿Layla?

—Te viene bien teniendo en cuenta tu complexión y altura, y las líneas son clásicas. No.

—Pero... —Quinn dejó escapar un suspiro que le hizo vibrar los labios.

Después de dos vestidos más que también fueron rechazados por consenso, Quinn se tomó un descanso en ropa interior para tomarse un té.

—Tal vez deberíamos fugarnos mejor. Irnos a Las Vegas y hacer que un imitador de Elvis nos case. Podría ser más divertido.

—Tu madre te mataría —le recordó Cybil partiendo una de las delicadas galletitas en dos para ofrecerle a Quinn una de las mitades—. Y Frannie también reaccionaría de la misma manera —finalizó Cybil, refiriéndose a la madre de Cal.

—Tal vez no estoy hecha para ponerme un vestido de novia. Tal vez un vestido de noche sería mejor idea, como de cóctel. No tenemos que ser tan formales y remilgadas —dijo Quinn poniendo la taza sobre la mesa para ir a escoger otro vestido al azar—. Esta falda probablemente va a hacer que el culo se me vea como de tres metros cuadrados. —Le lanzó una mirada de disculpa a Layla—. Lo siento, éste es el que escogiste tú.

—Es tu elección la que cuenta. Ese tipo de falda con volantes se llama enfaldo —explicó Layla.

—O tal vez podríamos optar por una boda completamente informal; podríamos casarnos y hacer la recepción en el jardín. Todo esto no son más que oropeles —le dijo Quinn a Cybil mientras Layla le ayudaba a ponerse el vestido—. Amo a Cal, quiero casarme con él y quiero que el día de nuestra boda sea una celebración de ese amor, de lo que somos el uno para el otro y de lo que los seis habremos logrado para entonces. Quiero que sea un símbolo de nuestro compromiso y de nuestra felicidad y que la fiesta sea todo un acontecimiento. Quiero decir, por Dios santo, con todo lo que hemos tenido que luchar, y lo que todavía nos falta por luchar, un estúpido vestido no significa nada de nada. —Cuando Layla dio un paso atrás, Quinn se dio la vuelta para mirarse en el espejo—. Dios mío santísimo. —Sin poder hablar, Quinn sólo atinó a mirarse en el espejo, estupefacta. El corpiño del vestido, sin mangas y en forma de corazón, dejaba al descubierto los brazos y hombros fuertes y tonificados de la mujer, mientras unas discretas cuentas de vidrio lanzaban ligeros destellos. La falda caía desde una angosta cintura en suaves volantes de tafetán adornados con perlas. Quinn apenas rozó ligeramente la falda con la punta de los dedos—. ¿Cyb?

—Pues, Dios mío. —Cybil se secó una lágrima—. No esperaba reaccionar de esta manera. Jesús, Q., es perfecto. Tú eres perfecta.

—Por favor, dime que el culo no se me ve como de tres metros cuadrados. Miénteme, si hace falta.

—El culo se te ve estupendo, Q. Dios mío, necesito un pañuelo de papel.

—Por favor olvidaos de todo lo que acabo de decir, que todo esto no son más que oropeles y que el vestido no importa. Retiro absolutamente todo lo dicho. Layla —Quinn cerró los ojos y cruzó los dedos—, ¿qué opinas?

—No tengo que decírtelo, Quinn, ya sabes que éste es tu vestido.

* * *

La primavera le trajo color al pueblo. Los sauces reverdecidos se reflejaban en el estanque del parque, los cornejos y los árboles del amor estaban florecidos en el bosque y a lo largo de los caminos. Los días se hicieron más largos y cálidos, como un avance delicioso de lo que sería el verano por venir.

Con la primavera, los porches empezaron a relucir de pintura fresca y los jardines de las casas eran una sola explosión colorida de plantas en flor. Las podadoras de césped zumbaban y chirriaban hasta que el olor a hierba recién cortada endulzaba el aire. Los chicos jugaban al béisbol y los hombres limpiaban sus parrillas de barbacoa.

Y con la llegada de la primavera, los sueños se hicieron más frecuentes y peores.

Fox se despertó bañado en sudor frío. Todavía podía percibir el aroma a sangre, al humo sulfuroso del infierno y a cuerpos carbonizados, de los malditos y condenados. La garganta le ardía de todos los gritos que se habían abierto paso a través de su cuerpo durante el sueño. Había estado corriendo, pensó, todavía le dolían los pulmones por el esfuerzo y todavía tenía desbocados los latidos del corazón. Había estado corriendo por las solitarias calles del pueblo, mientras los edificios a su alrededor ardían en llamas, tratando de encontrar a Layla antes de que...

Extendió el brazo sobre la cama a su lado: ella se había ido.

Saltó de la cama y se puso a toda prisa unos calzoncillos que encontró por ahí. La llamó a gritos, pero supo, incluso antes de ver la puerta abierta, adónde la había llevado su propio sueño.

Sin pensarlo, salió a las carreras por la puerta hacia el frío de la noche primaveral, y empezó a correr, justo como lo había hecho en el sueño. Con los pies descalzos, fue pasando por el ladrillo, el asfalto, el césped. Un humo fétido enturbió las calles desiertas, hizo que le ardieran los ojos, le resecó la garganta. A todo lo largo de su carrera, los edificios y las casas ardían en llamaradas. «No es real», se dijo a sí mismo. Las llamas no eran reales, pero el peligro sí lo era. Continuó corriendo, sin importarle que el calor le quemara la piel, sin importarle que pareciera que los ladrillos ardían con el único propósito de chamuscarle los pies. Y siguió corriendo.

El corazón desbocado le dio un vuelco cuando finalmente la vio caminando entre las llamas falsas. Layla resplandecía entre el humo como una aparición, mientras las luces furiosas que se desprendían de las llamas le bailaban sobre la piel. La llamó, pero ella no se dio la vuelta, no se detuvo. Él siguió corriendo detrás de ella y cuando la alcanzó y le dio la vuelta para verla de frente, ella tenía los ojos en blanco.

—¡Layla! —Fox la sacudió—. ¡Despierta! ¿Qué estás haciendo?

—Estoy condenada. —Las palabras le salieron casi como un cántico y la sonrisa que se le dibujó en el rostro era atormentada—. Todos nosotros estamos condenados.

—Ven. Vuelve a casa.

—No, no. Soy la madre de la muerte.

—Layla. Eres Layla. —Fox trató de penetrar la bruma de su mente, pero sólo se encontró con la locura de Hester—. ¡Vuelve! —Tratando de mantener a raya su propio pánico, Fox la apretó con más fuerza—. Layla, regresa a casa. —Y mientras Layla luchaba por romper el hechizo, Fox sólo atinó a abrazarla firmemente—. Te amo, Layla; te amo. —Sin soltarla, ahogó todo lo demás, el miedo, la rabia, el dolor, con amor.

Entre los brazos del hombre, la mujer renqueaba antes de empezar a estremecerse.

—Fox.

—Todo está bien. Nada de esto es real, Layla. Te tengo. Yo soy real. ¿Me entiendes?

—Sí, aunque no puedo pensar... ¿Estamos soñando?

—Ya no. Vamos a regresar a casa, vamos adentro. —Y tras decirle esto, y con el brazo firmemente aferrado a la cintura de la mujer, se dieron la vuelta.

El chico saltaba entre las llamas, las remontaba como un niño humano podría hacerlo con un patinete, alegremente, encantado de la vida, mientras el pelo negro le ondeaba con la fuerza del viento. Una furia casi ciega invadió a Fox, y se preparó para saltarle encima.

—No lo hagas. —A Layla la voz le sonó ronca del cansancio, y antes de que Fox pudiera hacer nada, ella apoyó todo el peso de su cuerpo contra él—. Él quiere que lo hagas, quiere separarnos, pero yo creo que somos más fuertes estando juntos, abrazándonos uno al otro.

«Muerte para uno, vida para el otro. Voy a beberme tu sangre, muchacho, antes de plantar mi semilla en tu puta humana».

—¡No! —Esta vez, Layla tuvo que aferrarse a Fox para evitar que corriera a atacar al chico que no era un chico. Entonces le habló con la mente: «No podemos ganar aquí. Quédate conmigo, tienes que quedarte conmigo, Fox»—. No me dejes —le dijo en voz alta.

Fue brutal para Fox tener que irse, luchando consigo mismo para hacer caso omiso a la porquería que el demonio les lanzó encima. Seguir caminando mientras les daba vueltas alrededor, azuzándolo, aullando mientras sobrevolaba en su patinete de fuego. Pero, mientras proseguían la marcha, las llamas se fueron consumiendo y para cuando terminaron de subir las escaleras del apartamento de Fox, la noche estaba clara y fría de nuevo y el viento a duras penas llevaba el último resto de azufre.

—Estás helada. Ven, volvamos a la cama.

—No, necesito sentarme. —Se sentó en una silla de la sala y, sin poderlo evitar, permitió que el temblor se apoderara de su cuerpo—. ¿Cómo me encontraste?

—Lo soñé: me vi corriendo por el pueblo, por entre las llamas, soñé todo. —Para ayudarla a calentarse, Fox tomó la manta que su madre le había hecho para el sofá y le cubrió las piernas desnudas con ella—. Así que corrí hasta el parque, hasta el estanque. Pero, en el sueño, llegué demasiado tarde: estabas muerta cuando te saqué del agua.

Layla lo tomó de las manos: estaban tan frías como las de ella.

—Necesito contártelo: fue como aquella vez en Nueva York, cuando soñé que me violó, cuando soñé que yo era Hester y me violaba. Quería que se detuviera, que todo terminara. Me iba a suicidar, a ahogarme. Ella también y no pude detenerla. Él se apoderó de mi mente.

—Pero ya no más.

—Se ha fortalecido; tú también lo sentiste. Lo sabes. Fox, casi logra que me suicidara. Si es lo suficientemente fuerte para

398

hacer eso, si no somos inmunes, me refiero a Quinn, Cybil y yo, él puede hacer que os hagamos daño a vosotros tres. Puede hacer que te mate.

—No.

—Maldición, Fox. ¿Y si me hubiera hecho ir a la cocina, sacar un cuchillo y clavártelo en el corazón? Si puede controlarnos mientras estamos dormidas, entonces...

—Si pudiera controlarte de esa manera, si pudiera hacer que me mataras, lo habría hecho. Su objetivo número uno es matar a Cal, a Gage o a mí. Tú provienes de él y de Hester, así que lo usó en tu contra. Si fuera de otra manera, yo estaría muerto, con un cuchillo clavado en el corazón, y tú estarías a punto de hundirte por tercera vez en el estanque. Tú tienes una mente lógica, Layla. Esta explicación es lógica.

Layla asintió con la cabeza y aunque luchó contra las lágrimas, las primeras se le escaparon.

—Me violó, Fox. Sé que no era yo, sé que no era real, pero lo *sentí* como si lo fuera. Lo sentí arañándome, clavándoseme por dentro. Fox. —Cuando Layla se interrumpió, Fox la abrazó y la sentó sobre sus piernas. Mientras la acunaba sobre su regazo y la mecía al tiempo que ella lloraba, pensó que no había un infierno lo suficientemente oscuro—. No pude gritar —logró decir ella después de un momento, y presionó la cara contra el hombro de él—. No pude detenerlo. Después no me importó más o no pude lograr que me importara más. Era Hester, y ella lo único que quería era que terminara.

—¿Quieres que llame a Quinn y a Cybil? ¿Preferirías...?

—No, no.

—Él usó eso: la conmoción, el trauma, para hacerte perder la voluntad. —Le acarició el pelo—. No vamos a permitir que suceda de nuevo, Layla. No voy a permitir que te toque otra vez. —Le levantó la cara y le secó las lágrimas con los pulgares—. Te lo juro, amor, sin importar lo que haya que hacer, no va a volver a tocarte nunca más.

—Tú me encontraste antes de que yo misma pudiera hacerlo. —Recostó la cara de nuevo contra el hombro de él, cerró los ojos—. No vamos a permitir que suceda de nuevo.

—En unos pocos días vamos a dar el siguiente paso. No vamos a pasar por esto para perder, y cuando le pongamos punto final a esta cosa, tú vas a formar parte de eso. Tú vas a formar parte de lo que lo va a terminar.

—Quiero que le duela. —Al darse cuenta de ello, su voz se fortaleció—. Quiero que grite de la misma manera que yo estaba gritando dentro de mi cabeza. —Cuando abrió los ojos de nuevo, estaban secos, claros—. Quisiera que hubiera una manera de poder mantenerlo fuera de nuestra cabeza. Como el ajo con los vampiros. Aunque suene estúpido.

—A mí me suena bien. Tal vez se le ocurra algo a nuestra investigadora estrella.

—Tal vez. Necesito darme un baño. También suena estúpido, pero...

—No, no suena estúpido para nada.

—¿Me hablarías mientras me baño? ¿Sólo hablarme?

—Por supuesto.

Layla dejó la puerta del baño abierta y él se quedó recostado contra el marco.

—Ya casi va a amanecer —comentó Fox—. Tengo huevos frescos de granja, cortesía de mi madre. —Lo que ambos necesitaban era volver a la normalidad, pensó él—. Puedo preparar unos huevos revueltos, si te apetece. Todavía no he cocinado nada para ti.

—Creo que me abriste un par de latas de sopa cuando pasamos la nevada en casa de Cal.

—Hum, entonces sí te he cocinado. Sin embargo, de todas maneras puedo revolver unos huevos ahora. Como extra.

—Cuando estuvimos en la Piedra Pagana, no era tan fuerte como lo es ahora.

—No.

—Va a fortalecerse aún más.

—Nosotros también. No puede ser que te ame tanto como para hacerte unos huevos revueltos y que eso no me haga más fuerte que lo que era antes de ti.

Bajo el chorro de agua caliente, Layla cerró los ojos. No era el jabón y el agua lo que la estaban haciendo sentir limpia; era Fox.

—Nadie me ha amado antes como para hacerme unos huevos revueltos. Me gusta.

—Juega bien tus cartas y es posible que un día me decida a prepararte mi sándwich de tocino, lechuga y tomate, que es famosísimo en toda la región.

Layla cerró el grifo del agua y fue a coger una toalla.

—No estoy segura de que yo merezca tal honor.

—Ah —Fox sonrió al pasarle la mirada por el cuerpo desnudo—, créeme cuando te digo que lo mereces. Puedo poner a tostar un *bagel* también, si tengo la motivación apropiada.

Layla se detuvo en el umbral de la puerta.

—¿Tienes *bagels*?

—No en este momento, pero la panadería abre dentro de una hora aproximadamente.

Layla se rió —Dios, qué alivio poder reírse— y pasó junto a Fox para sacar la bata que había guardado en el armario de él.

—En Nueva York hay montones de panaderías buenísimas —prosiguió Fox—. La ciudad de los *bagels*. Así que he estado pensando, dado que me gustan las buenas panaderías y me gustan los *bagels,* que después del verano podría trasladar mi despacho allá.

Layla se dio la vuelta mientras se abrochaba el cinturón de la bata.

—¿El despacho?

—La mayoría de los bufetes de abogados son remilgados a la hora de contratar nuevos socios a menos que les cedan su propio bufete antes. El contrato de alquiler de tu apartamento vence en agosto, así que pensé que de todas maneras querrías quedarte aquí hasta después de que Cal y Quinn se casen en septiembre. O no sé si querrías ir a buscar un nuevo sitio donde vivir. Tenemos mucho tiempo para decidir todavía.

Layla se quedó clavada donde estaba, sólo mirándolo a la cara.

—Estás hablando de mudarte a Nueva York.

—Estoy hablando de estar contigo, no importa dónde.

—Éste es tu hogar, tus clientes están aquí.

—Te amo, Layla. Ya tratamos ese tema, ¿no? —Fox dio un paso hacia ella—. Y después tratamos la parte en que tú también me amas, ¿verdad?

—Así es.

—Por lo general, las personas que están enamoradas quieren estar juntas. ¿Tú quieres estar conmigo, Layla?

—Sí, así es, quiero estar contigo.

—Muy bien, entonces. —La besó ligeramente en los labios—. Voy a revolver unos huevos.

* * *

Más tarde, esa misma mañana, Fox se encontró sentado en la oficina de Cal, acariciándole las patas traseras a *Lump* con un pie, mientras Gage caminaba de un lado a otro. Gage odiaba estar ahí, Fox lo sabía, pero no había habido otra opción: la oficina de Cal era privada y era un lugar conveniente para reunirse. Y, más que cualquier otra razón, Fox había prometido mantenerse a una llamada de distancia de Layla hasta que llegara la luna llena.

—Tiene que haber una razón por la cual ataca específicamente a Layla. Maldito violador.

—Y si supiéramos la razón, podríamos evitarlo —asintió Cal—. Es posible que ella sea el cabo suelto. Es decir, los tres estamos en esto desde el principio y Quinn y Cybil se conocen desde la universidad, pero nadie conocía a Layla antes de febrero.

—O es posible que el maldito bastardo haya echado los dados. —Gage se detuvo en la ventana y tras no ver nada de interés, regresó—. Ninguna de las otras ha demostrado evidencia de infección.

—Es diferente con ella. No es como lo que le sucede a la gente durante el Siete. Sólo ha sucedido... la violación, quiero decir, sólo ha sucedido cuando está dormida y después le sobreviene como una especie de sonambulismo que la hace seguir el mismo patrón de Hester Deale. Hay muchas maneras de suicidarse, y creo que nosotros hemos visto muchas, pero esta vez iba a ser ahogándose en un cuerpo de agua a la intemperie, igual que Hester. Tal vez tenía que ser así.

—Uno de nosotros se tiene que quedar en esa casa siempre hasta que todo esto termine —decidió Cal—. Aunque Layla esté en tu casa, Fox. Ninguna de ellas debe quedarse sola de noche de aquí en adelante.

—Hacia allá era adonde me dirigía. Una vez que hayamos hecho nuestro baile a la luz de la luna llena, tenemos que dedicarle más tiempo a analizar este nuevo ángulo. Necesitamos encontrar una manera de evitar que esto vuelva a suceder. Tenemos que protegerla... protegerlas a las tres.

—Pasado mañana —murmuró Gage—, gracias a Dios. ¿Alguien ha sido capaz de sacarle algo más de información a Madam Mim?

Cal frunció los labios.

—En realidad no. Si Quinn sabe algo, también tiene los labios sellados. Lo único que me dijo fue que Cybil estaba puliendo los detalles y después me distrajo con su cuerpo, lo que no es difícil de hacer.

—Ella escribe el guión —comentó Fox levantando las manos ante el resoplido de Gage—. Piénsalo así: ya lo intentamos a nuestra manera, de varias maneras, de hecho, y no conseguimos nada. Dejemos que la señorita haga su intento.

—La señorita está preocupada de que todos vayamos a morirnos. O cinco de los seis, al menos.

—Mejor preocupada que fanfarrona —decidió Fox—. Cybil va a tener en cuenta todos los puntos de su lista de control. Es sin duda una mujer muy lista, por no mencionar que quiere profundamente a Quinn. A Layla también, pero ella y Quinn tienen una relación tan estrecha como la que más. —Se puso en pie—. Tengo que volver a la oficina. Hablando de cosas: he estado pensando que me voy a mudar a Nueva York después de que Quinn y tú os caséis.

—Dios mío, ¿otro con anzuelo en la boca? —Gage negó con la cabeza—. ¿O será más bien un anillo en la nariz?

—Vete a la mierda, Gage. Todavía no le he dicho nada a mi familia. Voy a irles soltando la noticia con cuentagotas —Fox observó el rostro de Cal a medida que fue hablando—, pero pensé daros a vosotros la primicia. Creo que voy a esperar hasta después del Siete para poner mi casa a la venta. Pienso que puede valer un buen dinero y el mercado está bastante estable, así que...

—El eterno optimista. Hermano, por lo que sabes hasta el momento, ese lugar bien puede quedar reducido a escombros después del 14 de julio.

Esta vez, Fox sólo le hizo la señal del dedo a Gage.

—En todo caso, Cal, pensé que tal vez tú o tu padre podríais estar interesados en ella. Si es así, podemos hacer números en algún momento más adelante.

—Es un paso muy grande, Fox —comentó Cal con cautela—. Estás establecido aquí, no sólo a nivel personal, sino tu ejercicio también.

—No todo el mundo se puede quedar. Tú no te vas a quedar —le dijo Fox a Gage.

—No, no me voy a quedar.

—Pero regresas y siempre vas a regresar, igual que yo. —Fox levantó la muñeca donde se veía la cicatriz que se la atravesaba—. Nada puede borrar esto, nada lo va a borrar. Maldición, además Nueva York queda a sólo unas pocas horas de distancia. Yo me pasé el tiempo yendo y viniendo mientras estuve en la universidad. Es...

—Cuando estabas con Carly.

—Sí —asintió con la cabeza—. Pero ahora es diferente. Todavía tengo algunos contactos allí, así que sólo tengo que tantear el terreno y ver qué pasa. Pero, por lo pronto, tengo unos asuntos legales pueblerinos que resolver. Puedo tomar el turno nocturno esta noche en la casa de las mujeres —añadió dirigiéndose a la puerta—. Pero sigo insistiendo en que estas mujeres *tienen* que poner el canal de deportes.

Después de que Fox se marchara, Gage se sentó en la esquina del escritorio de Cal.

—Lo va a odiar.

—Sí, lo va a odiar.

—Sin embargo, lo va a hacer y probablemente va a encontrar una manera de que funcione. Porque eso es lo que hace O'Dell: hacer que las cosas funcionen.

—Lo habría intentado con Carly. No sé si con éxito, pero lo habría intentado de todas maneras. Pero tiene razón: con Layla es diferente. Fox va a hacer funcionar las cosas con ella y yo voy a ser el que lo va a odiar, porque no voy a poderle ver su estúpida cara todos los malditos días.

—Alégrate, Cal, que cinco de nosotros seis pueden morir en un par de días.

—Gracias, Gage, eso me hace sentir mejor.

—Siempre que pueda ayudarte... —Gage se levantó—. Bueno, tengo cosas que hacer. Nos vemos después.

Gage estaba casi en la puerta cuando su padre entró en la oficina. Ambos se detuvieron en seco como si se hubieran estrellado contra una pared. Sintiéndose impotente, Cal se puso en pie.

—Ah... Bill, ¿por qué no le echas un vistazo al ventilador del extractor, en la parrilla? Bajo en un minuto, ya casi termino aquí.

El color que le había dado a Bill en las mejillas el esfuerzo de la subida se desvaneció al ver a su hijo.

—Gage...

—No —fue la palabra vacía que pronunció Gage con voz vacía antes de salir de la oficina—. No tenemos nada de que hablar.

Detrás de su escritorio, Cal no pudo sino frotarse el cuello, que se le empezó a tensionar. Bill se volvió a mirarlo con ojos avergonzados.

—Humm... ¿Qué es lo que quieres que revise?

—El ventilador del extractor. Está haciendo demasiado ruido. Pero tómate tu tiempo.

A solas, Cal volvió a sentarse y se apretó los ojos con los dedos. Sus amigos, sus hermanos, pensó, habían escogido, ambos, caminos pedregosos y no había nada que él pudiera hacer, salvo caminar a su lado, tan lejos como fuera necesario.

CAPÍTULO 20

Algunas personas podrían pensar que era un poco extraño levantarse por la mañana e ir a trabajar normalmente, cuando los planes de la noche incluían un ritual de sangre, pero Fox concluyó que para él y sus amigos esto era un procedimiento de lo más común y corriente.

Layla, que en cuestiones administrativas y gerenciales podía hacer que la querida Alice Hawbaker pareciera una completa zángana, había apretado y manipulado la agenda de Fox de tal manera que había logrado finalmente que la oficina pudiera cerrar a las tres de la tarde en el gran día. Fox ya había preparado su mochila. La mayoría seguramente no sabría qué llevar en un paseo por el bosque al final de la tarde que los haría pasar por una laguna encantada para terminar en un claro místico regido por un altar de piedra milenario, pero Fox tenía cubierta esa parte. Y, por primera vez, incluso había recordado echarle un vistazo al pronóstico del tiempo.

Cielo despejado, lo que era una ventaja, con temperaturas que iban a oscilar entre los tibios veintiún grados y los fríos pero todavía placenteros trece. Las capas eran la clave para la comodidad.

En el bolsillo llevaba su tercio de la sanguinaria. Fox tenía la esperanza de que ésta fuera otra clave.

Mientras Layla se cambiaba de ropa, él metió algunas otras cosas esenciales en su nevera. Se dio la vuelta cuando escuchó que Layla salía de la habitación y en el acto una sonrisa se le dibujó en el rostro.

—Pareces la portada de *Senderismo con Estilo,* si es que existe tal revista.

—De hecho me debatí entre si ponerme pendientes o no —le contestó ella mientras examinaba el contenido de la nevera y de la mochila: Coca-Colas, galletitas, chocolates—. Supongo que es como dices tú: cada uno hace lo que hace.

—Estas provisiones particulares son una tradición honrada con el paso de los años.

—Al menos tenemos garantizada la ingesta de azúcar. Dios mío, Fox, ¿estaremos locos?

—Son los tiempos los que están locos, nosotros sólo vivimos en ellos.

—¿Es eso un cuchillo? —preguntó ella con la boca abierta de la sorpresa al ver la funda que Fox llevaba colgada del cinturón—. ¿Vas a llevar un cuchillo? Ni siquiera sabía que tuvieras un cuchillo.

—De hecho, es una sierra de jardinería, mejor dicho: es una hoz japonesa de jardinería. Es muy bonita.

—¿Y qué? —Layla se llevó una mano a un costado de la cabeza, como si ejerciendo presión pudiera hacer que todo en su cabeza cobrara sentido—. ¿Estás planeando podar las plantas mientras estemos en el bosque?

—Nunca se sabe, ¿no?

Layla le puso una mano sobre el brazo mientras él cerraba la mochila.

—Fox...

—Lo más probable es que Twisse se interese por lo que vamos a hacer esta noche. Se le puede hacer daño, Layla. Cal lo lastimó con su útil cuchillo de niño explorador la última vez que estuvimos allá. Y puedes apostar a que Gage va a llevar de nuevo su maldita pistola. Por tanto, decidí que esta vez no voy a entrar en el bosque armado solamente con mis galletas.

Layla iba a empezar a discutir, Fox pudo verlo en sus ojos, pero al momento cambió de opinión y otra cosa se reflejó en su mirada.

—¿Tienes uno de sobra?

Sin decir nada, Fox se dirigió al armario de las herramientas y rebuscó dentro.

—Se llama garlopa —le dijo mostrándole la cuchilla larga y plana—. Sirve para cepillar las astillas en las junturas de la madera. O para sacarle una rebanada a un demonio. Mantenla dentro de la funda —añadió él enfundando de nuevo la herramienta en la funda de cuero—, está muy afilada.

—Está bien.

—No te olvides de que soy un firme defensor de los derechos de las mujeres y de la igualdad entre los sexos —le dijo Fox poniéndole las manos sobre los hombros—, y no quiero que te tomes esto a mal, pero te voy a proteger, Layla.

—Tampoco te tomes esto a mal, Fox, pero yo también te voy a proteger a ti.

Fox le dio un ligero beso en los labios.

—Entonces supongo que estamos listos.

* * *

Se encontraron en casa de Cal para empezar la marcha juntos por el sendero que desembocaba cerca de ella. El bosque había cambiado desde la última vez que habían estado allí, pen-

410

só Layla. Aquella vez había habido nieve y los charcos húmedos se reflejaban en la penumbra, el sendero había estado resbaladizo a causa del barro y los árboles estaban completamente desnudos y estériles. Ahora, se veían los brotes tiernos de las hojas emergiendo de las ramas y el suave blanco de los cornejos silvestres lanzaba destellos a la luz diagonal del sol.

Ahora, llevaba un arma corta punzante colgando a la cintura.

Había caminado por ese mismo sendero antes, hacia lo desconocido con cinco personas más y el afable perro de Cal. Esta vez sabía lo que podía estar esperándolos y se dirigía hacia ello como parte de un equipo. Se dirigía hacia ello junto al hombre que amaba. Y debido a esto, esta vez tenía mucho más que perder.

Quinn aminoró la marcha y señaló la funda.

—¿Lo que llevas ahí es un cuchillo?

—De hecho, es una garlopa.

—¿Qué diablos es una garlopa?

—Es una herramienta. —Cybil extendió la mano por detrás de Layla para sopesar la funda—. Se usa para cortar madera, partiéndola por la veta. Es más segura que un hacha. A juzgar por el peso y el tamaño de ésta, me parece que probablemente es una garlopa para bambú y se usa para sacar las astillas del bambú que se requieren para los trabajos de carpintería japonesa.

—Exactamente lo que Cybil dijo —coincidió Layla.

—Pues yo quiero una garlopa o alguna otra cosa. Quiero llevar una funda a la cadera. Aunque, no —cambió de opinión Quinn—, más bien quiero un machete, uno que tenga un mango estilizado, de esos largos, y una hoja curva. Sí, necesito comprarme un machete.

—La próxima vez puedes usar el mío —le dijo Cal.

—¿Tienes un machete? Por Dios, mi hombre está lleno de sorpresas. ¿Por qué diantres tienes un machete, Cal?

—Para arrancar la maleza y la broza. Tal vez es más una guadaña que un machete.

—¿Cuál es la diferencia? No. —Quinn levantó una mano antes de que Cybil pudiera hablar—. No importa.

—Entonces sólo voy a decir que probablemente preferirías una guadaña, dado que, tradicionalmente, tiene un mango largo. Sin embargo... —Cybil se interrumpió—. Los árboles están sangrando.

—A veces sucede —le dijo Gage—. Mantiene a raya a los turistas.

La espesa savia sanguinolenta empezó a correr a chorros corteza abajo para después regarse sobre las hojas caídas sobre el suelo. El aire empezó a apestar a cobre quemado mientras los seis amigos avanzaban hacia el Estanque de Hester. Al llegar, se detuvieron en la orilla de las aguas pardas, que repentinamente empezaron a hervir y a teñirse de rojo.

—¿Acaso sabe que estamos aquí? —preguntó Layla quedamente—. ¿O es ésta la versión demoniaca de un sistema de seguridad? ¿Será que piensa que a estas alturas puede asustarnos con estas cosas, o es como dice Gage: un espectáculo para los turistas?

—Tal vez es una mezcla de todo lo que dices. —Fox le ofreció una Coca-Cola, pero ella la rechazó con la cabeza—. Los sistemas de seguridad envían una señal de alarma, así que si el maldito bastardo no sabe cuándo salimos, sí se entera de cuándo llegamos a ciertos puntos específicos.

—Y éste es un punto frío, en jerga paranormal —explicó Quinn—. Un lugar importante y poderoso. Cuando estemos... Ay, Jesús.

Quinn frunció la nariz cuando algo emergió a la superficie.

—Un conejo muerto. —Cal le puso una mano sobre el hombro a Quinn y apretó cuando otros cadáveres emergieron a la superficie burbujeante.

Pájaros, ardillas, zorros. Quinn dejó escapar un sonido de consternación, pero levantó la cámara que llevaba y empezó a tomar fotografías. El hedor de la muerte empezó a viciar el aire.

—Las cosas han estado movidas por aquí —comentó Gage en un murmullo.

Y mientras hablaba, el cuerpo de una cierva hinchada salió a la superficie.

—Ya es suficiente, Quinn —le dijo Cal en voz queda.

—No, no lo es. —Pero bajó la cámara. La voz le sonó ronca, sus ojos cobraron una expresión fiera—. No es suficiente. Éstos eran unos pobres animales inofensivos y éste es *su* mundo. Y ya sé, ya sé, es estúpido molestarse tanto por unos cuantos animales muertos cuando cientos de vidas humanas están en juego, pero...

—Vamos, Q. —Cybil le pasó un brazo por los hombros y le dio la vuelta—. No hay nada que podamos hacer.

—Tenemos que sacarlos —dijo Fox mientras observaba la obscenidad de los cadáveres; se obligó a mirarlos, se obligó a endurecerse—. Ahora no, pero tenemos que regresar a sacarlos y después quemar los cadáveres. No es sólo su mundo, es el nuestro también, y no podemos dejarlo así como está. —Sintiendo una ira intensa alojada en sus entrañas, Fox le dio la espalda al estanque—. Está aquí. —Lo dijo casi como cualquier cosa—. Nos está observando. —«Y está esperando», pensó mientras caminaba para tomar la delantera en la marcha hacia la Piedra Pagana.

Una ráfaga de frío los envolvió. No importó que el frío no fuera real, de todas maneras les caló los huesos. Fox se subió la cremallera de la sudadera y, sin aminorar el paso, tomó la mano de Layla para calentarla entre las suyas.

—Sólo quiere hacernos sentir tristeza.

—Ya lo sé.

La mente de Fox siguió la pista de los sonidos de crujidos y aullidos. Pensó que no había que aminorar la marcha, había que mantener el paso. «Sabe adónde vamos, pero no qué estamos planeando hacer cuando lleguemos a nuestro destino».

Los truenos resonaron a través del claro cielo y de repente se desgranó una lluvia intensa que les picó y pinchó la piel como si las gotas de agua fueran agujas. Fox se levantó la capucha de la sudadera y se cubrió la cabeza mientras Layla hacía lo mismo. Después el viento empezó a rugir con bocanadas gélidas y aplastantes que hacían inclinarse a los árboles y arrancaban las hojas de las ramas. Fox le pasó un brazo por la cintura a Layla para sostenerla y, encogiendo los hombros, continuó avanzando con paso firme a través de la tormenta.

Qué gotas de rocío sobre rosas ni qué carajos, pensó, pero mantuvo sosegada la mente.

—¿Todos bien por ahí atrás? —Ya había confirmado que estaban bien con la mente, pero lo tranquilizaron los gritos de afirmación—. Vamos a hacer una cadena —le dijo a Layla—. Ponte detrás de mí y sujétate con fuerza a mi cinturón. Cal y Gage saben qué hacer. Cal se va a sujetar a ti y así los demás.

—¡Canta algo! —le gritó Layla desde atrás.

—¿Qué?

—Canta algo que todos nos sepamos para que podamos cantar juntos. Haz sonidos alegres, Fox.

Fox sonrió y le mostró los dientes a la tormenta.

—Estoy enamorado de una mujer de lo más lista. —«Canciones que todos nos sepamos», pensó, mientras Layla se aferraba a su cinturón. Ésa era una fácil.

Decidió empezar con Nirvana, pues pensó que ninguno de los seis podía haber pasado por la secundaria sin haberse aprendido la letra de «Smells Like Teen Spirit». El coro de los seis cantando «Hello!, Hello!» resonó desafiantemente mientras las gotas de lluvia afiladas los acuchillaban. Después pasó por una canción de los Smashing Pumpkins, unas cuantas de Springsteen (no le decían El Jefe por nada), después Pearl Jam y finalmente se suavizó con Sheryl Crow. Durante los siguientes veinte minutos, los seis amigos avanzaron penosamente, un paso combativo tras otro a través del despiadado vendaval mientras cantaban la versión de Fox de rock alternativo.

Poco a poco la borrasca fue aplacándose hasta que no fue más que una brisa gélida que levantaba una débil llovizna. Y como si fueran uno solo, los seis se dejaron caer al suelo empapado para recuperar el aliento y permitir que los doloridos músculos descansaran.

—¿Eso es lo mejor que tiene? —A Quinn las manos le temblaban cuando les sirvió café de un termo a cada uno—. Porque...

—No —respondió Fox—. Sólo está jugando con nosotros, pero al carajo si tenemos que jugar con él de vuelta. La madera va a estar mojada, así que es probable que vayamos a tener problemas para encender una fogata cuando lleguemos. —Los ojos de Fox se encontraron con los de Cal cuando este último soltó la correa de *Lump* de su propio cinturón.

—Ya tengo esa parte cubierta. Creo que es mejor que reemprendamos la marcha. Yo voy delante un rato.

Un perro saltó al sendero, enorme y negro. Con los colmillos pelados, empezó a gruñir amenazas. Y mientras Fox se llevaba la mano hacia la funda que le colgaba de la cintura, Cybil se puso en pie y sacó un revólver de debajo de su chaqueta y con frialdad disparó seis balazos.

El perro aulló de dolor y rabia, su sangre humeó e hirvió sobre el suelo antes de que diera otro salto y se desvaneciera en una ráfaga de aire.

—Eso es por haberme arruinado el peinado. —Cybil se echó para atrás la mata de pelo desordenada y húmeda mientras abría uno de los bolsillos de la chaqueta y sacaba una caja de municiones.

—Bonito. —Ya de pie de nuevo, Gage extendió una mano y Cybil le puso el revólver sobre la palma: era un elegante calibre veintidós con una reluciente empuñadura de nácar. Por lo general, Gage habría sonreído burlonamente ante ese tipo de arma, pero Cybil la había manejado como una profesional.

—Es sólo algo que conseguí por medios *legales.* —Tomó el arma de vuelta y la cargó competentemente.

—Caramba. —Fox detestaba las armas, era una reacción automática, pero esta vez tuvo que admirar la rimbombancia de Cybil—. Seguro que le diste algo en que pensar al maldito bastardo.

Cybil deslizó el arma dentro de la pistolera que llevaba debajo de la chaqueta.

—Pues no será una garlopa pero tiene sus méritos.

El aire se entibió de nuevo y el sol de la tarde resplandeció sobre los brotes de las hojas jóvenes mientras los seis amigos terminaron el paseo hasta la Piedra Pagana.

La Piedra se levantaba sobre el suelo calcinado en el claro que formaba casi un círculo perfecto. Lo que todos los análisis habían demostrado que no era más que una formación de piedra caliza común se alzaba y extendía como un altar en la callada luz del final de la tarde primaveral.

—Primero hagamos la fogata —decidió Cal y se quitó la mochila de la espalda—, antes de que se vaya toda la luz. —Abrió la mochila y sacó dos troncos de serrín.

Después de la espantosa excursión hasta la Piedra Pagana, las carcajadas de Fox fueron como un bálsamo.

—Sólo se te ocurre a ti, Hawkins.

—Me gusta estar preparado. Podemos prender uno de éstos y poner alrededor de la llama otros leños para que se sequen. Yo creo que será suficiente para secar madera para mantener encendida la fogata.

—¿No es un encanto? —comentó Quinn, poniéndole los brazos alrededor a Cal para darle un alegre apretón—. En serio.

Recogieron rocas y ramas y se quitaron las chaquetas húmedas para colgarlas en unas pértigas que Fox ideó con la esperanza de que el fuego alcanzara a secar la ropa. Asaron salchichas de pavo, que fueron contribución de Quinn, en unas estacas afiladas, compartieron el queso *brie* de Cybil y las rodajas de manzana que Layla había llevado y comieron como si no lo hubieran hecho en días.

Cuando la oscuridad se hizo más espesa, Fox sacó unos pastelitos de chocolate mientras Cal revisaba las linternas.

—Anda —le dijo Fox a Quinn cuando ella les lanzó una mirada anhelante—. Date el gusto.

—Se me van directos al culo. Si sobrevivimos, tengo que caber en mi absolutamente espectacular vestido de novia. —Tomó uno y lo partió prudentemente por la mitad—. Sé que vamos a sobrevivir, así que medio pastelito no cuenta.

—Estarás preciosa —le dijo Layla con una sonrisa—. Y esos zapatos que encontramos son totalmente perfectos. Además, Cybil y yo no nos vamos a ver desharrapadas. Me encantan los vestidos que encontramos para nosotras. La idea del color ciruela con la orquídea es sencillamente...

—Me han dado unas ganas irresistibles de hablar de béisbol —comentó Fox, lo que le valió un codazo por parte de Layla.

La conversación avanzó hasta que sólo quedó el chisporroteo de la leña y el solitario ulular de un búho. Entonces se sentaron en silencio mientras la gorda luna resplandeció como una antorcha blanca en medio de un cielo atestado de estrellas. Fox se puso en pie y empezó a recoger la basura. Todos se unieron a la actividad y con manos diligentes guardaron la comida que había quedado y le pusieron más leña al fuego.

Cuando Cybil les hizo una señal, las mujeres se dispusieron a desembalar lo que Layla había decidido llamar la mochila ritual: un cuenco de cobre pequeño, una bolsa de sal marina, hierbas frescas, velas, agua mineral.

Fox regó la sal marina en un amplio círculo alrededor de la Piedra Pagana, tal y como le había explicado Cybil que hiciera.

—Muy bien. —Cybil dio un paso atrás, examinó la disposición de los objetos sobre la piedra—. No sé qué cuánto de esto no es más que parafernalia, pero todo el material que encontré en mi investigación recomendaba usar estos elementos. La sal es para protegernos contra el mal, crea como una especie de barrera. Debemos mantenernos dentro del círculo que Fox dibujó. Tenemos seis velas: cada uno de nosotros debe encender una, de uno en uno. Pero primero tenemos que poner el agua en el cuenco, después añadimos las hierbas, después los tres fragmentos de la sanguinaria, uno a uno. ¿Q.?

—He impreso seis copias de las palabras que tenemos que decir. —Quinn sacó una carpeta de su mochila—. Hacemos la lectura uno por uno, alrededor del círculo, al mismo tiempo que cada uno se hace un corte en la mano con el cuchillo de Cal.

—La sangre debe caer dentro del cuenco —le recordó Cybil.

—Sí, dentro del cuenco. Después de que el último lo haya hecho, unimos las manos y repetimos las palabras al unísono seis veces.

—Deberían ser siete veces —dijo Layla—. Sé que somos seis, pero tiene que ser siete veces: el siete es el número clave. Tal vez la séptima vez es por el guardián o simboliza a los inocentes, el sacrificio; no lo sé a ciencia cierta, pero sé que deben ser siete veces.

—Y necesitamos siete velas —de pronto cayó en la cuenta Fox—. Una séptima vela que debemos prender todos juntos. Mierda, ¿por qué no se nos ocurrió esto antes?

—Creo que es un poco tarde —apuntó Gage—. Si tenemos seis velas, pues lo hacemos con seis.

—Podemos hacer siete. —Cal extendió la mano hacia Layla—. ¿Me prestas tu garlopa?

—Espera, ya te entiendo. —Fox sacó su cuchillo—. Éste es mejor. Déjame ver. —Cogió una de las gruesas velas blancas—. Cera de abejas, qué bien. Cuando estaba creciendo me pasé mucho, mucho tiempo trabajando con cera de abejas y mechas. —Después de tumbar la vela, le echó un vistazo a Cybil—. ¿Existe alguna razón que justifique las medidas de estas velas? ¿Que tengan esta altura particular?

—No. Pero mis fuentes dijeron todas que debían ser seis. —Cybil miró a Layla y después asintió con la cabeza—. Al carajo las fuentes: haznos otra vela.

Fox se puso manos a la obra. La cera iba a estropear la hoja del cuchillo, pensó, pero si todas las cosas iban bien en el mundo, podría limpiarla y afilarla de nuevo cuando regresara a casa. El trabajo le llevó tiempo, el suficiente como para que Fox se preguntara por qué diablos Cybil no había llevado otras seis velas, pero finalmente logró cortar ocho centímetros de la vela. Después tomó la garlopa de Layla y le hizo un hueco a la nueva vela con ella para ponerle allí la mecha.

—No es mi mejor trabajo, pero sin duda va a prender —concluyó.

—Encendemos ésta al final —dijo Layla observando el rostro de sus amigos—, y la encendemos todos juntos. —Tuvo que inspirar profundamente para ayudarse a que la voz no le temblara—. Ya casi es la hora.

—Necesitamos las piedras —empezó Cybil— y el cuchillo de explorador —añadió con una sonrisa escuálida.

El chico salió de entre los árboles, dando alegres volteretas. Arañó el suelo con las garras de los pies y de las manos, y los surcos que se hicieron se llenaron de sangre.

—Creo que debe saber que ya antes usamos sal —le dijo Gage a Cybil, al tiempo que sacaba su Glock de nueve milímetros de detrás del pantalón— y no sirvió para una mierda. —Pero no pudo por menos que levantar una ceja al ver que el chico tocaba la sal con la mano sólo para después aullar de dolor y dar un salto hacia atrás—. Ésta debe de ser de una marca diferente. —Y mientras Gage le apuntaba, el chico silbó y se desvaneció en el aire.

—Tenemos que empezar ya. —Con mano firme, Cybil echó el agua en el cuenco y después metió las hierbas dentro—. Ahora las piedras, en orden: Cal, Fox, Gage.

Los truenos retumbaron a través del cielo y con el resplandor de un rayo se soltó una espesa lluvia de sangre. El suelo calcinado la absorbió, y humeó.

—Nos está evitando —comentó Layla mirando hacia el cielo—. No cae dentro del círculo.

Fox apretó su fragmento de piedra en el puño. La había llevado consigo con esperanza cerca de veintiún años ya. Y con esa misma esperanza la echó dentro del cuenco después de que Cal hubiera hecho lo mismo con su parte. Y después de él, Gage repitió la operación. Fuera del círculo, el mundo enloqueció: el suelo empezó a estremecerse y la sangre empezó a correr por encima de él para ir a estrellarse y arder contra la barrera de sal.

«Está tratando de consumirla», pensó Fox. «Está tratando de quemar y penetrar la barrera». Le llegó el turno de encender su vela, lo hizo y le pasó el encendedor a Layla. Y a la luz de seis velas, los seis pusieron mano sobre mano y encendieron la séptima vela.

—Deprisa —ordenó Fox—. Está regresando, y viene muy enfadado.

Cal sostuvo la mano sobre el cuenco y se pasó el cuchillo a través de la palma al tiempo que leía las palabras. Así lo hizo Quinn después de él y después de ella, Fox.

—Mi sangre, su sangre, nuestra sangre, la sangre del demonio. Uno en tres, tres en uno. Luz con oscuridad. Los seis hacemos este sacrificio, los seis hacemos este juramento.

Gritos y alaridos, ni animales ni humanos, se dispersaron por la oscuridad mientras *Lump*, atado a la base de la Piedra, levantaba su enorme cabeza para aullar.

Layla tomó el cuchillo y resopló por el dolor rápido del corte mientras leía las palabras. Entonces, su mente voló hacia la de Fox mientras Gage hacía su parte: «¡El frío! ¡Casi acabamos!».

Después de Gage, Cybil hizo lo propio. Y mientras el suelo se estremecía bajo sus pies, los seis unieron las manos ensangrentadas. El viento empezó a soplar salvajemente. Fox no podía escuchar a los otros, ni con los oídos ni con la mente, pero gritó las palabras de todas maneras y rezó por que los otros estuvieran haciéndolo con él. Sobre la Piedra Pagana las siete velas se consumieron con llama estable y en el cuenco el agua enrojecida empezó a echar burbujas. El suelo se estremeció con tal ímpetu que lanzó a Fox contra el altar de piedra con tanta fuerza que le hizo perder el aliento. Algo parecido a unas garras le arañó la espalda. Se sintió dar vueltas inexorablemente. Con desesperación, trató de buscar a Layla con la mente, pero la explosión de luz y calor lo empujó ciegamente dentro de una profunda oscuridad.

Fox gateó, arrastrándose sobre el suelo hacia el débil eco que percibía de Layla. Sacó el cuchillo de la funda y se detuvo sobre el suelo que no cesaba de dar coces.

Layla gateó hacia él y sus peores temores se aplacaron cuando su mano encontró la de ella. Cuando sus dedos se entrelazaron, hubo otra explosión de luz y se escuchó el estruendo de un sonido terrible parecido a un alarido. Una llamarada envolvió la Piedra Pagana y la cubrió como una funda de cuero cubre la hoja de una daga. Con un bramido ensordecedor, las llamas se alzaron como tratando de alcanzar la fría luna que los observaba desde la infinidad del cielo para después volar hacia los límites del claro y encerrarlo en una cortina de fuego serpenteante. A la salvaje luz de las llamas, Fox vio a los demás, de bruces contra el suelo o de rodillas.

Todos, los seis, estaban atrapados dentro de una cortina circular de fuego mientras en el centro la Piedra Pagana vomitaba más y más llamas.

«Juntos», pensó mientras el calor brutal le perlaba la piel con gotas de sudor. Ya fuera que vivieran o murieran, tenían que hacerlo juntos. Sin soltarle la mano a Layla, cruzaron el claro hacia los demás, ayudándose mutuamente. Cuando llegaron donde Cal, éste se aferró del antebrazo de Fox y, tirando de él, le hizo caer sobre las rodillas. Sus ojos se encontraron con los de Gage y, sintiendo que el aire hirviente les desollaba los pulmones, los seis, de rodillas, se tomaron nuevamente de las manos.

«Juntos», pensó otra vez Fox mientras el mortal círculo de fuego se iba cerrando amenazadoramente sobre ellos.

—Por los inocentes —jadeó Fox a través del humo que le recubría la garganta. El fuego, cegadoramente brillante, estaba consumiendo el suelo a su alrededor. No había adónde huir, y Fox sabía que sólo quedaban pocos momentos. Presionó la mejilla contra la de Layla—. Lo que hicimos lo hicimos por los inocentes, por los otros y, a la mierda, lo haríamos de nuevo.

Cal logró dejar escapar una carcajada cansada y se llevó la mano de Quinn a los labios:

—A la mierda.

—A la mierda —confirmó Gage—. El final también podría ser con bombos y platillos. —Atrajo a Cybil hacia sí de un tirón y le cubrió la boca con la suya.

—Diablos, supongo que también podríamos tratar de atravesar las llamas. —Fox pestañeó tratando de aliviar en algo el ardor de los ojos—. No tiene sentido quedarnos sentados aquí esperando a que nos tueste, si podemos... ¡Está replegándose!

—Estoy ocupado. —Gage levantó la cara y miró el claro a su alrededor. La sonrisa que tenía dibujada en los labios era tanto satisfecha como adusta—. Sí que sé besar más que estupendamente.

—Imbécil —le dijo Cybil empujándolo y poniéndose en pie. Las llamas empezaron a retroceder hacia la Piedra Pagana y a subir sobre ella—. No nos mató.

—Sea lo que sea que hayamos hecho debió de ser lo correcto. —Con ojos estupefactos, Layla vio cómo las llamas regresaban hacia el cuenco y se ahogaban dentro de él con un resplandor dorado—. Creo que lo que hicimos aquí que dio resultado fue, especialmente, encontrarnos unos a otros y permanecer unidos.

—No huimos. —Quinn frotó su mejilla sucia contra el hombro de Cal—. Cualquier persona sensata habría salido a perderse, pero ninguno de nosotros lo hizo. No estoy segura de que lo hubiéramos podido hacer.

—Te escuché —le dijo Layla a Fox—, cuando pensaste, o dijiste, que teníamos que hacer esto juntos, ya fuera que viviéramos o muriéramos.

—Hicimos un juramento, Cal, Gage y yo, cuando teníamos diez años. Y los seis esta noche. Todos hicimos un juramento. El fuego se consumió —dijo, y se puso en pie con esfuerzo—. Creo que deberíamos ir a echar un vistazo —y cuando se giró hacia la Piedra Pagana, se quedó sin palabras.

Las velas se habían consumido completamente y no quedaba ni rastro de ellas, el cuenco también había desaparecido. La Piedra se alzaba bajo la luz de la luna, incólume, y en el centro yacía la sanguinaria, una sola piedra completa.

—Por Dios santo —Cybil escupió las palabras—. ¡Ha funcionado! No puedo creer que haya funcionado...

—Tus ojos. —Fox se giró hacia Cal y le pasó una mano frente al rostro—. ¿Qué tal ves?

—Déjate de tonterías —lo espetó Cal y le empujó la mano lejos—. Veo bien. Lo suficientemente bien como para estar seguro de que los tres fragmentos son una sola piedra ahora. Buen trabajo, Cybil.

Los seis amigos caminaron hacia la Piedra y, tal como lo habían hecho durante la ceremonia, se dispusieron en un círculo alrededor de la piedra sobre la Piedra.

—Pues muy bien. —Quinn se humedeció los labios—. Alguien tendrá que recogerla, lo que significa alguno de los hombres, porque la piedra es suya.

Antes de que Fox pudiera levantar la mano para señalar a Cal, Cal y Gage lo señalaron a él.

—¡Diablos! —Fox se frotó las manos contra los vaqueros, movió los hombros y extendió el brazo y la tocó. Entonces, repentinamente la cabeza le cayó hacia atrás y el cuerpo empezó a convulsionarle. Y cuando Layla lo tomó del brazo, Fox estalló en carcajadas—. Sólo estaba bromeando.

—¡Maldita sea, Fox!

—Una pequeña frivolidad, eso es todo. —Acunó la sanguinaria en la palma de la mano—. Está tibia. Tal vez a causa del terrorífico fuego mágico o sencillamente porque así es. ¿Está brillando? ¿Las manchas rojas están resplandeciendo, o me lo parece?

—Ahora lo están haciendo —murmuró Layla.

—Twisse... Él no entiende esto, no lo sabe. No puedo ver. —Fox se tambaleó, el mundo le dio vueltas alrededor, pero cuando Layla lo tomó de la mano, todo volvió a la normalidad—... Estoy sosteniendo su muerte.

Dando un codazo a Gage para que la dejara pasar, Cybil se acercó a Fox:

—¿Cómo es eso, Fox? ¿Cómo es que esta piedra es la muerte de Twisse?

—No lo sé. Ahora nos contiene a todos, por lo que hicimos: nuestra sangre fue lo que la unió. Y la piedra es parte de lo que puede... de lo que va a acabar con él. Tenemos el poder de hacerlo, de aniquilarlo. Lo hemos tenido todo el tiempo.

—Pero estaba en fragmentos —añadió Layla—. Hasta ahora. Hasta que nos unimos, los seis.

—Ya hemos hecho lo que vinimos a hacer —Quinn extendió la mano y pasó los dedos sobre la piedra— y sobrevivimos. Ahora tenemos una nueva arma.

—Que ninguno de nosotros sabe cómo usar —apuntó Gage.

—Pero, por ahora, ¿qué tal si simplemente volvemos a casa y le buscamos un lugar bien seguro dónde guardarla? —Cal le echó un vistazo al claro—. Ojalá nadie llevara nada de valor en las mochilas, porque todas se quemaron. Las neveras también.

—Hasta ahí llegaron mis tentempiés. —Fox tomó la mano de Layla y le besó la palma herida—. ¿Quieres dar un paseo bajo la luz de la luna?

—Me encantaría. —¿Acaso podría haber un mejor momento?, pensó ella, ¿un momento más perfecto?—. Menos mal que dejé mi bolso en casa de Cal. Lo que me recuerda: Cal, ahí tengo las llaves, pero me gustaría quedarme con ellas, si os parece bien a ti y a tu padre.

—No hay problema.

—¿Qué llaves? —preguntó Fox mientras le limpiaba el hollín del rostro a Layla.

—Las llaves de la tienda de Main Street. Las necesitaba para que Quinn y Cybil le echaran un vistazo. Está muy bien que observes el espacio con ojos de carpintero, o de abogado, cualquiera de los dos, pero si voy a abrir una tienda para mujeres, quería ojos de mujeres.

—¿Vas a... qué?

—Pero de todas maneras te voy a necesitar, y ojalá tu padre quiera participar también. Espero poder convencerlo de que me haga un buen descuento, teniendo en cuenta que estoy enamorada de su hijo. Ojalá pueda ser un gran descuento debido al gran amor que te tengo. —Remilgadamente, le sacudió la suciedad que le cubría la camisa—. Además del hecho de que, con el préstamo, voy a tener un presupuesto muy apretado. Y también estoy contando contigo para que me ayudes con el banco y des una buena referencia mía.

—Dijiste que no era eso lo que querías.

—Lo que dije fue que no sabía lo que quería. Pero ahora ya lo sé. —Sus ojos verdísimos, claros, lo miraron divertidos directo a sus propios ojos—. ¿Acaso me olvidé de mencionarlo antes?

—Pues básicamente sí.

—Pues bien —le dio un golpe con el hombro—, es que he tenido muchas cosas en la cabeza estos días.

—Layla...

—Quiero tener mi propio espacio. —Inclinó la cabeza sobre el hombro de Fox a medida que empezaban a caminar—. Estoy lista para ir en busca de lo que quiero. Después de todo, por Dios, si no es ahora, ¿entonces cuándo? A propósito: considera esta conversación mi preaviso de dos semanas.

Fox se detuvo abruptamente y tomó el rostro de ella entre sus manos, entonces los otros chocaron contra ellos antes de seguir de largo.

—¿Estás segura?

—Voy a estar demasiado ocupada supervisando la remodelación, comprando la mercancía y luchando contra demonios como para poder administrarte la oficina. Sencillamente, te va a tocar hacerte a la idea.

Fox le dio un ligero beso sobre la frente, las mejillas y la boca. Entonces le sonrió:

—Muy bien.

Agotado pero satisfecho, Fox caminó junto a Layla detrás de sus amigos por un sendero salpicado de luz de luna. Habían hecho magia esa noche, pensó. Habían escogido su camino y habían encontrado la dirección.

Todo lo demás sólo era circunstacial.